실수할 자유

FREE TO FALL

실수할 자유
FREE TO FALL

로렌 밀러 지음 | 강효원 옮김

라임

차 례

의사 결정 앱, 럭스

내 열일곱 번째 생일이 지나고 딱 한 달이 흐른 뒤, 그러니까 4월의 어느 평범한 목요일에 편지 한 통이 배달되었다. 나는 일부러 점심시간이 될 때까지 편지 봉투를 뜯지 않았다.

"그냥 읽어 버려."

벡이 카메라 셔터를 누르면서 소리쳤다. 우리는 여느 때처럼 점심시간 내내 도서관에서 얼쩡거렸다. 5교시가 시작되기 전에 교실로 가야 했지만 둘 다 굳이 서두르지 않았다. 벡은 사진을 더 찍고 싶어 했고, 나는 도덕 수업을 들을 기분이 아니었다.

"안 뜯어 봐도 뭐라 쓰여 있는지 알 거 같아."

나는 봉투를 이리저리 살피면서 덧붙였다.

"얇잖아. 떨어진 게 분명해."

"진짜?"

벡은 카메라에서 눈을 떼고는 나를 바라보았다. 나는 어깨를 으쓱했다. 벡은 내 손에서 봉투를 낚아채더니 눈 깜짝할 새에 뜯어 버렸다.

"야!"

나는 소리를 지르면서 벡에게로 손을 뻗쳤다. 벡은 이미 편지를 펼쳐서 읽고 있었다. 그때 단추 크기의 배지가 편지 봉투에서 툭 떨어졌다. 배지는 바닥을 떼구르르 굴러가다가 뚝 멈추었다. 배지를 왜 보냈지? 만약…….

"친애하는 본 양."

바로 그때, 벡의 목소리가 도서관에 울려 퍼졌다.

"테덴 영재 학교의 2030학년도 신입생으로 선발된 것을 진심으로 축하합니다. 어쩌고저쩌고……. 나머지는 중요하지 않잖아. 일단 네가 합격했다는 거니까!"

건너편에 서 있던 여자가 인상을 잔뜩 찌푸린 채 우리에게 속삭였다.

"쉿, 여기는 도서관이에요."

나는 바닥에 떨어진 배지를 얼른 주웠다.

"죄송해요."

나는 여자에게 사과하면서 벡의 팔을 잡아서 문 쪽으로 끌고 갔다.

바깥으로 나가자 찬바람이 스치면서 빗방울이 떨어졌다. 우아, 합격이라니! 세상에! 나는 흥분을 감출 수가 없었다. 테덴 영재 학교는 아무나 들어갈 수 있는 곳이 아니었다. 게다가 교육비며 기숙사비, 그 외의 모든 경비가 무상으로 지원되었다.

"이리 줘."

나는 벡의 손에서 편지를 빼앗았다. 내 눈으로 직접 확인하고 싶었다.

"너, 합격할 줄 알았어."

"그래, 픽도 그러셨겠네."

"우리나라에서 제일 똑똑한 아이들이 가는 학교에 네가 아니면 누가 들어가겠냐?"

테덴 영재 학교는 사실 똑똑한 아이들이 가는 학교 그 이상이었다. 최상위권 대학으로 진학할 수 있는 특급 열차라고나 할까? 졸업만 하면 좋은 대학과 탄탄한 직장이 보장되었다. 그래서 입학보다는 졸업이 훨씬 더 어려운 학교라고 했다.

2000자에 달하는 자기소개서, IQ 검사, 심리 검사 두 번, 교사 추천서 석 장, 입학 사정관과의 끔찍한 인터뷰. 이 모든 과정이 지난하디지 난했지만, 일단 합격만 하면 인생의 골든 티켓을 받은 것이나 마찬가지였다. 교육비 전액이 무료가 아니었다면, 사실 나는 지원할 꿈도 못 꾸었겠지만.

"너, 우산 어떡했어?"

벡이 우산 없이 걸어가자 내가 팔을 붙잡았다.

"아, 그냥 둬. 어차피 망가진 건데, 뭐. 게다가 요런 건 비로 치지도 않는다고."

"너, 돌아가기가 귀찮아서 그러는 거잖아."

내 말이 끝나자마자, 벡이 주머니에서 제미니를 꺼냈다.

"럭스, 내가 지금 귀찮아하는 걸로 보이냐?"

"잘 모르겠는데."

럭스에서 벡의 목소리가 흘러나왔다. 이 의사 결정 앱에는 여러 종류의 목소리가 내장되어 있지만, 그걸 사용하는 사람은 거의 없었다. 자신의 목소리로 듣는 게 훨씬 근사하기 때문이었다.

"우산을 가지고 오는 데는 평균 도보 속도로 정확히 2분 20초가 걸려. 지금 가지러 갈 거야?"

"됐거든."

벡은 제미니를 주머니에 쑤셔 넣고는 빗속으로 성큼 발을 내딛었다.

"내가 가져올게."

나는 편지를 코트 주머니에 집어넣고 곧장 뒤로 돌아섰다.

물론, 벡은 나를 기다려 주지 않았다. 내가 우산을 가지러 갔다 오는 사이에 비는 아예 그쳐 버렸다. 뛰어가서 벡을 따라잡을까, 하는 생각이 잠깐 들었지만 이내 그만두었다. 운동화가 물에 젖어서 괜스레 기분이 꿀꿀해지고 싶지 않았다.

운동장에 이르러서야 벡을 겨우 따라잡았다. 벡은 멈춰 서서 카메라에 저장된 사진을 살펴보며 씩 웃고 있었다. 그러다 나를 보더니 카메라를 건넸다. 한눈에 봐도 노숙자인 여자가 푹 꺼진 눈으로 카메라를 정면으로 응시하고 있었다.

당신의 돈을 구걸하지 않아요.

손에 들고 있는 판지에는 이런 글이 적혀 있었다. 그런데 정작 눈길을 끄는 것은 그 여자의 표정이나 판지의 글이 아니었다. 바로 그 앞을 지나가는 사람들이었다. 하나같이 휴대폰에 두 눈을 고정하고서 어딘가를 향해 바삐 걸어가고 있었다. 그들은 판지를 들고 있는 여자 쪽으로는 눈길 한번 주지 않았다.

"내가 이 사진을 찍자마자 경찰이 여자를 끌고 가 버렸어."

벡이 눈썹을 찡긋하면서 말했다. 그러고는 걸음걸이를 빨리했다. 이미 수업을 시작할 시각이었다. 나는 제미니를 꺼내서 도착 예정 시간을 확인했다. 그러자 벡이 다시 말했다.

"휴대폰에 매달려 사는 바보들 때문에 무시당하는 사람이 얼마나 많은지……. 로리, 도착할 때가 되면 도착할 거야, 아니면 도착하지 않거나. 그걸 굳이 초 단위로 확인할 필요가 있냐고."

벡은 스마트 기기에 강한 불신을 가지고 있었다. 휴대폰을 하나 가지고 있긴 하지만, 전화를 걸거나 문자 메시지를 보낼 때만 쓸 뿐이었다. 반면에, 나는 정반대였다. 모든 것에 제미니를 이용했다. 학교 숙제는 물론, 일정 관리, 음악 감상, 추천 도서 목록, SNS까지. 말하자면 하루 종일 제미니를 끼고 산다고 해도 과언이 아니었다.

그리고 하루에 천 번도 넘게 럭스를 사용했다. 오늘은 뭘 입지? 어디에 앉지? 누구한테 말을 걸지? 내게 일어나는 모든 일의 결정을 럭스에게 맡기는 것이다. 테덴 영재 학교만 제외하고. 테덴 영재 학교에 지원할 때는 일부러 럭스한테 묻지 않았다. 혹시라도 안 된다고 할까 봐 두려워서였다.

나는 교실 앞에서 벡이랑 헤어진 뒤, 어기적어기적 문 쪽으로 걸어갔다. 그런데 포럼의 뉴스피드에 시선을 고정한 채 걷다가 그만 허쉬 클레멘츠를 미처 보지 못하고 부딪힐 뻔했다.

"너, 로리 맞지?"

허쉬가 교실문 앞에 버티고 서서 물었다. 허쉬는 까만색 머리카락을 몇 가닥만 땋아서 귀 뒤로 넘기고 있었다. 태닝을 해서 그런지 그 전보다 얼굴이 훨씬 더 예뻐 보였다. 얼마 전에 부모님과 함께 두바이로 여행을 갔다 왔다나 어쨌다나. 까무잡잡하게 태운 피부가 반짝반짝 빛났다.

사실 나는 허쉬와 대화를 제대로 나눠 본 적이 한 번도 없었다. 다만, 포럼에 친구로 등록돼 있어서 내가 원하든 원치 않든 근황을 수시로 알 수밖에 없었다. 허쉬가 여행 기간에 일어난 일을 시시콜콜히 업데이트한 덕분이었다.

"응, 안녕."

허쉬는 나를 유심히 살피면서 위아래를 쓱 훑었다. 갑자기 왜 그러는 거지? 원하는 거라도 있나? 그렇지 않고서야 나를 여기서 기다리고 있을 턱이 없었다. 평소에는 나 같은 부류의 아이들과 상대조차 하지 않았다. 허쉬는 우리 학교 아이들 중에서 몇 손가락 안에 드는 부잣집 딸이었다. 물론 나는 정반대였고. 그렇다고 내가 따돌림을 당하는 건 아니었지만, 딱히 인기가 있는 편도 아니었다.

"네 이름을 보고 깜짝 놀랐어."

허쉬가 다시 입을 열었다.

"뭐, 네가 똑똑하다는 건 알았지만 엄청난 노력형인 줄 알았지."

내가 무슨 소리인지 몰라서 눈을 휘둥그레 뜨자, 허쉬가 친절한 목소리로 덧붙였다.

"테덴에 합격한 거 알아."

나는 여전히 말귀를 못 알아들은 듯한 얼굴로 허쉬를 빤히 보았다.

"그걸 안다고?"

나는 그 소식을 조금 전에야 알았고, 아직 아무 데도 포스팅을 하지 않았다. 그새 벡이 포럼에 올렸나?

"앱에서 합격자 명단을 봤어."

"무슨 앱?"

허쉬는 웬 바보 천치랑 엮여서 짜증나 죽겠다는 듯이 한숨을 크게 내쉬었다. 그러고는 청치마 뒷주머니에서 제미니를 꺼냈다.

"테덴 앱 말이야."

허쉬는 내 주머니에 들어 있는 배지의 문양과 똑같이 생긴 나무 모양의 아이콘을 클릭했다.

"잠깐만, 근데 네가 왜……?"

순간, 허쉬의 팔목 안쪽에서 반짝거리는 금색 장신구가 눈에 들어왔다. 테텐 영재 학교의 배지였다. 캐시미어 재킷 소매 끝자락에 배지를 꽂아 두었다.

나는 허쉬의 눈을 똑바로 바라보았다.

"너도 합격한 거야?"

"뭐, 그렇게까지 놀랄 건 없잖아."

허쉬가 쏘아붙였다.

"놀란 거 아니야."

나는 짐짓 거짓말을 했다.

"아무래도 상관없어. 우리 할머니가 내 자리를 산 건 확실하니까. 기부금 입학이란 거 알지? 우리 아빠한테 그랬던 것처럼. 야, 네 제미니 좀 줘 봐."

허쉬가 손을 뻗어서 내 청바지 뒷주머니에 있던 제미니를 낚아채더니 공유 버튼을 눌렀다.

"자, 내 번호 입력했어. 이제 우리, 친구가 된 거야."

마치 내가 자기랑 친구가 되기를 무척 바라기라도 했다는 듯한 말투였다. 허쉬는 내가 뭐라고 대꾸도 하기 전에 교실 안으로 사라졌다.

엄마의 유품

8월은 영원처럼 느리게 흘러갔다. 아빠와 새엄마는 일을 하러 가기 때문에 낮 동안은 나 혼자 지냈다. 거의 매일 오후 시간을 벡하고 함께 보냈다. 벡은 멘토가 내준 과제를 아주 열심히 했다. 그래야 인턴 자리를 쉽게 얻을 수 있기 때문이었다. 벡은 고등학교를 졸업한 뒤 대학교에 진학하는 대신 직업 전선에 뛰어들 계획이었다.

올해 마지막 과제는 시애틀의 마지막 천막 도시인 니켈스빌에 사는 사람을 하루 종일 따라다니면서 기록하는 것이었다. 벡은 과제를 받고 난 뒤 신이 나서 날아오를 듯이 흥분했다.

내가 떠나기 하루 전날, 우리는 후쿠시아타프 근방에서 하루 종일 함께 시간을 보냈다. 저녁 7시가 넘었는데도, 벡은 자신의 피사체, 즉 한쪽 다리를 절름거리는 노숙자의 사진을 찍는 데만 골몰해 있었다. 벌써 몇천 장쯤 찍은 뒤였다. 해가 져서 어둑어둑해지자 슬금슬금 불안해지기 시작했다. 아니나 다를까, 제미니 화면에서 '좀 더 안전한 곳으로 이동할 것'이라는 메시지가 연방 반짝거렸다.

"이제 그만 가자. 아까 찍은 사진만으로도 충분한 것 같은데?"

나는 목소리를 낮추고 벡에게 속삭였다.

벡은 카메라에 눈을 고정한 채 절름발이 아저씨가 천막 옆에 둔 쇠양동이에 불을 지피는 장면을 재빨리 찍었다.

"로리, 저기 하늘 좀 봐. 이거야말로 사진 작가가 몽정을 하는 순간이라고!"

나는 코를 찡긋거렸다.

"우웩."

"급한 일 있으면 먼저 가."

벡이 눈을 렌즈에 바짝 붙인 채 말했다.

"아빠랑 저녁 먹기로 했어."

다음 날 아침 일찍 테덴으로 떠날 예정인 터라, 아빠가 시리어스파이에 가서 단둘이 저녁을 먹자고 했다. 나는 새엄마도 함께 가도 된다고 했지만, 아빠가 우리끼리만 가자고 고집을 부렸다. 새엄마가 이런 일로 마음 상해하지는 않을 거라나. 그 말을 믿지는 않았지만, 그 시간만큼 아빠를 오롯이 나 혼자 차지한다는 사실은 기뻤다. 새엄마는 아빠에겐 딱 맞는 짝일지 모르지만, 나랑 딱히 이어진 게 없어서 그런지 이따금씩 남같이 느껴지곤 했다.

"너 혼자 두고 가고 싶지 않아."

나는 아까보다 목소리를 더 낮추어서 말했다.

"괜찮아. 저길 봐."

벡은 카메라를 내려놓고, 건너편에 있는 경찰차를 손가락으로 가리켰다.

"알았어."

나는 이렇게 대답했지만, 불안한 마음을 완전히 지울 수는 없었다. 럭스가 이동하라고 할 때는 다 이유가 있기 때문이었다.

"럭스를 켜 두면 안 돼? 그럼 좀 안심이 될 거 같은데."

"싫어."

벡은 다시 카메라 렌즈에 눈을 대면서 대꾸했다. 나는 한숨을 쉬었다. 이 싸움에는 이길 재간이 없었다. 사실, 물어보는 일 자체가 시간 낭비였다.

이게 벡이 사는 방식이었다. 벡은 기계보다는 자신의 본능이나 직감을 믿었다. 그것이 바로 자신을 예술가로 만드는 비결이라나 뭐라나. 하지만 나는 알고 있었다. 벡이 믿는 건 직감이 아니라 다웃이었다.

벡이 다웃, 그러니까 목소리를 처음 들은 건 아주 어릴 때였다. 그때는 많은 아이들이 다웃을 들었다. 이 '마음의 목소리'는 새로 나타난 것이 아니라, 오랜 기간 대부분의 사람들이 겪어 온 현상이었다. 수세기 동안 사람들은 이것을 좋은 의미로 받아들였고, 초자연적인 직관이라고 믿었다. 어떤 사람은 신의 목소리라고 우기기까지 했다.

하지만 어느 신경 정신학자의 연구로, '마음의 목소리'는 단지 뇌의 결함으로 일어나는 청각 이상 장애 중의 하나일 뿐이라는 사실이 밝혀졌다. 이것을 다웃으로 부르기 시작한 건, 이 증상을 완화시키는 약을 개발한 제약 회사의 대대적인 홍보 마케팅 전략 중 하나였다.

나이가 어릴 때는 대개 크게 걱정을 하지 않았다. 뇌가 발달하면서 자연스럽게 치유된다는 의견이 지배적이었기 때문이다. 하지만 어른의 경우에는 신경성 질환으로 취급되었다. 심지어 제때 치료를 받지 못하면 논리적인 의사 결정을 할 수 없는 상태로까지 악화된다고 보았다.

내 생각엔 마케팅 전략이 잘 먹힌 것 같았다. 그 후로 사람들은 다웃에 대해 적당히 겁에 질렸다.

나는 5학년 때까지 다웃이 따라다녔다. 하지만 음악 같은 걸로 다웃을 지우거나 다른 생각을 떠올려서 없애려 노력했다. 그러다 점점 들리지 않게 되더니, 어느 순간 홀연히 사라져 버렸다. 대부분의 아이들은 이런 식으로 다웃을 떨쳐 내었다.

하지만 가끔씩 몇몇 사람들은 자연적으로 치유가 되지 않아, 다웃을 듣지 않게 될 때까지 항정신병 약물을 처방받았다. 그렇지 않으면 다웃이 시도 때도 없이 찾아와서 이성적인 뇌의 활동을 방해해, 상상을 초월하는 일을 저지르는 경우가 종종 있기 때문이었다.

벡은 진단 자체를 아예 거부했다. 그래서 나는 늘 벡이 걱정되었다. 그러다 치료할 수 없는 지경에 이르면 벡의 미래가 얼마나 불안정해질지 짐작하고도 남았기 때문이다. 벡은 고집이 아주 세었다. 아무것도 강요할 수 없었다. 특히 사진을 찍고 있을 때는 더욱더 그랬다.

"아, 로리! 잠깐만 기다려."

내가 길 건너편에 있는 버스 정류장 쪽으로 몸을 돌리려는 순간, 등 뒤에서 벡의 목소리가 들렸다. 내가 돌아서자, 벡이 주머니를 뒤적거렸다.

"작별 선물이야."

벡은 플라스틱 상자를 내밀었다. 상자 위에는 G자가 뚜렷하게 새겨져 있었다. 그노시스 로고였다. 나는 그노시스 제품에 유난히 집착하는 편이었다. 그노시스 제품들은 디자인이 매끈하게 잘 빠진 데다 기술적으로도 더할 나위 없이 뛰어나서, 다 쓰고 난 뒤에도 버리지 않고 분해해서 재활용하곤 했다.

"네가 갖고 싶어 하던 젤 이어버드야."

벡이 말하는 동안, 나는 뚜껑을 잽싸게 열었다. 몇 개월 동안 눈독을

들이던 제품이었다. 하지만 이어폰치고는 가격이 너무 비싸서 엄두를
내지 못하고 있던 참이었다.

"와, 최고의 선물이야!"

나는 함박웃음을 지으며 벡의 팔을 붙잡았다.

"이제 음악의 바다에 더 깊이 빠져들겠네."

벡이 장난스럽게 놀렸다. 벡도 음악을 좋아하긴 하지만, 나처럼 열
광적인 수준은 아니었다.

"너랑 전화할 때 네 목소리도 더 잘 들리겠지."

나는 벡의 선물을 귀 안에 살그머니 집어넣었다. 이어버드가 귓구멍
에 녹아들 듯이 찰싹 달라붙었다. 신기하게도 이어버드가 귀 안에 있
다는 사실이 전혀 느껴지지 않았다.

"하도 바빠서 전화도 못 받는 거 아니야?"

"야, 너한테는 절대로 바쁜 척 안 해."

벡이 미소를 지으며 말했다.

"몸조심해, 로리. 그리고 이거 하나만 기억해. 만약 낙제해서 쫓겨나
더라도 언제든 돌아와서 내 조수가 될 수 있다는 거."

나는 벡의 배를 팔꿈치로 쿡 찔렀다.

"그래, 아주 고맙네. 너, 많이 보고 싶을까 봐 걱정이다."

벡의 눈가가 금세 촉촉해졌다.

"나도 너, 많이 보고 싶을 거야, 로리."

나는 벡의 목에 팔을 두르고 꼭 껴안았다. 그러고는 잠시 뒤, 눈물을
흘리지 않으려고 눈을 연방 깜박거리면서 버스 정류장으로 향했다.

"이제 슬슬 털어놓으시죠. 뭔가 하실 말씀이 있으신 거잖아요."

나는 일부러 아빠에게 취조하듯 말했다.

우리는 마지막으로 남은 피자 한 조각을 막 나누어 먹었다. 아빠는 아까부터 빨간색 냅킨을 배배 꼬고 있었다. 엄청 긴장하고 있는 게 분명했다. 나는 "세월이 참 빠르구나. 네가 벌써 이렇게 자라서 내 곁을 떠나다니." 유의 신파적인 이야기를 들을 마음의 준비를 했다.

그때 아빠가 의자 옆에 놓아둔 물건에 손을 뻗었다.

"네 엄마가 주는 거야."

아빠는 작은 상자와 함께 편지 봉투를 내 앞에 내밀었다. 순간, 머릿속이 하얘졌다. 내가 엄마한테서 받은 거라곤 오로지 담요 한 장뿐이었다. 아빠 말에 의하면, 엄마는 나를 임신했을 때 줄곧 바느질을 했단다. 정사각형의 분홍색 천에 피보나치 수열(앞의 두 수의 합이 바로 뒤의 수가 되는 수의 배열이다. 즉 0, 1, 1, 2, 3, 5, 8, 13, 21, 34······.)이 수놓여 있었다. 전체적으로는 앵무조개 껍질 모양이었는데, 숫자들이 나선형을 이루면서 점점 커져 갔다.

여자아이가 쓸 담요의 무늬로는 그다지 안 어울리는 것 같았지만, 어차피 나는 꽃 무늬나 나비 무늬를 좋아하지도 않았다. 어쩌면 엄마는 자신의 딸이 장차 수학에 열광하리라는 걸 미리 알았는지도 몰랐다.

그런데 엄마에게 한 번도 물어볼 기회가 없었다. 엄마는 내가 태어나자마자, 그러니까 자신의 스무 번째 생일을 이틀 앞두고 숨을 거두었기 때문이다. 나는 조산아였다. 엄마는 제왕 절개를 하고 난 뒤 호흡 곤란을 겪다가 세상을 떠났다고 했다.

사망 진단서에는 '폐 색전증'이라고 적혀 있었다. 폐 색전증은 굵은 정맥에 핏덩이가 생겨서 흘러다니다가 혈관을 막아 심장에 부담을 주면서 호흡 곤란을 일으키는 병이다. 아홉 살 때인가, 크리스마스이브에

선물을 찾느라 아빠의 옷장을 뒤지다가 상자에 들어 있는 사망 진단서를 보았다.

"엄마가 너한테 전해 달라고 부탁했어."

아빠는 턱수염을 불안하게 손으로 문질렀다.

"언제요?"

내 질문은 엄마가 언제 부탁을 했냐는 것이었는데, 아빠는 말뜻을 잘못 이해하고 이렇게 대답했다.

"네가 테덴으로 떠나는 날."

"뭐라고요? 이해가 안 돼요. 엄마가 그걸 어떻게 알고…….."

"네 엄마도 거기에 다녔어, 로리."

"엄마가 테덴에 다녔다고요?"

나는 충격에 빠진 나머지, 아빠를 멍하니 바라보았다.

"두 분은 고등학교 동창이라고 하셨잖아요? 그리고 졸업식 날 결혼하셨다면서요? 아빠가 항상 그렇게…….."

"알아, 예쁜 딸. 네 엄마가 그렇게 말해 주길 바랐어. 엄마는 네 스스로 진학을 결정하지 않는 한, 테덴에 대해 알기를 바라지 않았거든."

"그럼, 이 상자에 들어 있는 건 어떡하고요?"

"네가 거기에 가지 않는다면 없애 버릴 작정이었지. 편지랑 함께."

"이 안에 뭐가 들어 있는데요?"

"모르겠구나. 열어 보지 말라고 부탁을 해서 말이야."

나는 편지 봉투를 먼저 들어 올렸다. 봉투 뒷면에 엄마의 손글씨가 보였다. 파란색 펜으로 내 이름을 또박또박 써 두었다. 엄마의 손글씨는 내 담요에 붙여 둔 이름표에도 있었다. 오로라. 나는 R이 주는 흐늘흐늘한 느낌 때문에 내 이름을 썩 좋아하지 않았다.

나는 손가락에 침을 살짝 묻혀서 대문자 A를 살짝 눌렀다. 내 손가락에 파란색 잉크가 희미하게 번졌다. 엄마가 살아 있을 때 손에 들고 썼던 펜의 파란색 잉크가……. 나는 눈가에 눈물이 고이는 게 느껴져서 짐짓 눈을 깜박였다. 이런저런 생각으로 가슴이 벅차올랐다.

"열어 볼 거니?"

아빠가 물었다. 그 안에 뭐가 들어 있는지 아빠도 나만큼이나 궁금한 모양이었다. 나는 봉투를 내 가방에 넣었다.

"나중에요."

대신에 상자를 손에 잡았다. 상자는 생각보다 가벼웠다. 나는 숨을 죽이며 뚜껑을 열었다. 은색 체인에 타원형의 펜던트가 달려 있는 목걸이가 들어 있었다. 내가 펜던트를 들어 올리자, 아빠가 얼굴 가득 미소를 지었다.

"사실은 그것일 거라고 짐작했어. 언젠가부터 그걸 안 갖고 있었거든. 네 엄마가 그걸 어디다 두었을까, 항상 궁금해했지."

"엄마 거예요?"

내가 묻자 아빠가 고개를 끄덕였다.

"테덴에서 돌아올 때 목에 걸고 있었어."

나는 펜던트를 손바닥 위에 올려놓고 표면에 새겨진 문양을 유심히 살폈다. 숫자 13 아래에 낚시 고리 모양이 있었다. 13은 엄마의 졸업 연도였다.

"이게 뭐예요?"

내 물음에 아빠는 어깨를 으쓱했다.

"학교에서 받은 거라는 것밖에 몰라. 엄마가 한 번도 말한 적 없거든. 하지만 그걸 무척 소중히 여겼어. 한 번도 빼는 걸 본 적이 없으니까."

나는 펜던트 목걸이를 다시 상자에 넣었다.

"혼란스러워요, 아빠. 엄마는 왜 저한테 거짓말을 하라고 한 거예요?"

아빠는 망설이다가 한참 만에 입을 열었다.

"테덴에 다닐 때 엄마한테 무슨 일이 있었던가 봐. 돌아왔을 때는 완전히 다른 사람이 돼 있었거든."

"어떻게요?"

"아비아나는 어릴 때 여기서 나하고 함께 자랐어. 야망이 매우 컸지. 그래서 테덴에 입학했을 때, 다시는 돌아오지 않을 줄 알았어. 뭐, 그래도 괜찮았어. 난 늘 네 엄마가 행복하기만 바랐으니까."

"엄마는…… 행복했나요?"

"그런 줄로 알고 있었어. 거기서 새 친구들을 사귀기도 했고, 또 수업에도 꽤 만족해하는 눈치였으니까. 그런데 졸업식을 일주일 앞두고 나를 찾아왔어. 학교를 그만두었다고 했지. 대학에 진학하지 않기로 했다나. 그러면서 나한테 결혼하자고 했어."

나는 아빠를 빤히 바라보았다. 내가 자라면서 들어온 두 사람의 연애담과는 전혀 딴판이었다. 고등학교 때부터 연인이었던 두 사람은 졸업식 날 혼인 신고를 하고 캠핑장으로 신혼여행을 떠났다고 했다. 차라리 그 편이 더 말이 되었다.

"나는 네 엄마를 거절할 힘이 없었어."

아빠가 미소를 지으면서 종업원에게 눈짓을 했다. 아빠는 내가 원하는 답을 주지 않았다. 아빠가 왜 열아홉 살에 결혼했는지는 설명했지만, 엄마가 왜 우리나라 최고의 고등학교를 졸업하기 일주일 전에 그만두었는지는 말하지 않았다. 엄마는 무엇 때문에 자신의 창창한 미래를 내동댕이친 걸까?

"그게 다예요?"

아빠는 뭔가 주저하는 기색이 역력했다.

"네 엄마는 보통 사람들과 달랐어. 아주 뛰어났지. 어릴 때부터 그랬어. 그런데 그날 우리 집 앞에 나타났을 때는 바르르 떨고 있었어. 내가 무슨 일이냐고 물었지만 끝내 대답을 하지 않더구나."

"엄마한테 무슨 일이 있었던 거예요?"

"좀 더 캐물었어야 했는데……. 하지만 그때는 우리에게 시간이 많이 남아 있는 줄 알았어. 네 엄마가……."

그동안 우리가 절대로 입 밖으로 내지 못했던 단어가 둘 사이로 비집고 들어왔다. 아빠는 엄마가 죽을 거라고는 꿈에도 생각하지 못했다. 하지만 그렇게 되고 말았다. 그것도 결혼하고 팔 개월 만에.

내가 중얼거렸다.

"무슨 일이 있었던 게 분명해요."

아빠도 고개를 끄덕였다.

"무슨 일이 있었던 게 분명해."

현명한 자의 특권

"땅콩 드릴까요, 프레첼 드릴까요?

"프레첼이요."

허쉬는 고개도 들지 않은 채 손만 내밀었다. 우리는 비행기에 나란히 앉아 하늘을 날아가고 있었다. 나는 허쉬가 잠들면 엄마의 편지를 열어 볼 참이었다. 하지만 내 동행인은 연예계 소식을 읽느라 G-태블릿에서 도무지 눈을 뗄 기미를 보이지 않았다. 나는 어젯밤에 엄마 생각으로 한숨도 자지 못했다.

나는 이어버드를 귀에 꽂고 볼륨을 높였다.

조금 뒤, 허쉬가 안전벨트를 풀고 자리에서 일어났다.

"화장실 가려고."

허쉬는 내 앞을 지나 복도로 나갔다. 허쉬가 사라지자마자, 나는 가방에서 편지 봉투를 꺼냈다. 봉투 안에는 카드가 들어 있었다. 카드에는 딱 세 줄이 적혀 있었다.

그들을 자유롭게 만들었다.

스스로의 노예가 될 때까진 자유롭게 지내리라.

아니면 그들의 본성을 바꾸고.

카드를 뒤집어 보았지만 뒷면에는 아무것도 없었다. 내 질문에 대한 답은커녕, 오히려 질문만 몇백 배 더 늘어나게 했다.

"그게 뭐야?"

어느새 허쉬가 돌아와서 내게 물었다.

"아무것도 아냐."

나는 카드를 얼른 가방에 다시 넣으려고 했다. 하지만 허쉬가 먼저 잡아채서 순식간에 읽어 내려갔다.

"어디에 나오는 글귀야?"

"몰라. 엄마한테서 받은 거야."

나는 그 말을 입 밖에 내자마자 곧바로 후회했다. 엄마 이야기를 허쉬와 나눌 생각이 눈곱만큼도 없었기 때문이다. 나도 모르게 목에 걸린 펜던트로 손이 갔다. 펜던트가 이상하리만큼 무겁게 느껴졌다.

허쉬는 자리에 앉더니, G-태블릿에 인터넷 검색창을 띄웠다.

"다시 읽어 봐."

허쉬가 말했다.

"*그들을 자유롭게 만들었다……*"

나는 무심코 허쉬가 시킨 대로 하다가 문득 의문에 휩싸였다. 누가 누구를 자유롭게 한다는 거지?

"*스스로의 노예가 될 때까진……*"

그때 허쉬가 말을 가로막았다.

"《실낙원》에서 나오는 구절이야. 3편 124줄에서 126줄까지."

"연극이니?"

"아니, 1667년에 씌어진 엄청 길고 지루한 시. 아담과 이브가 지옥을 탈출한 사탄의 꾐에 넘어가서 원죄를 짓고 낙원에서 추방되었다가 그리스도의 속죄에 희망을 거는 모습을 그린 작품이래."

허쉬가 화면에 있는 글을 읽어 주었다.

"누가 쓴 건데?"

"존 밀턴. 영국 사람이야."

허쉬가 존 밀턴의 사진을 손끝으로 밀어서 확대했다.

"음, 주름 제거 시술이 시급한 남자네."

허쉬는 벌써 지겨워졌는지 다시 연예 뉴스로 돌아갔다. 나는 G-태블릿에 《실낙원》을 띄워서 다운을 받기 시작했다. 그러다 허쉬가 조금 전에 그랬던 것처럼 눈이 휘둥그레졌다. 너무나 난해해 보였기 때문이다. 테덴에서 이런 걸 배우게 되는 걸까? 따라가지 못하면 어떡하지?

나는 눈을 감고 머리를 받침대에 기대었다.

'제발, 신이시여, 테덴에서 실패하지 않게 해 주세요.'

"너는 실패하지 않을 거야."

나는 깜짝 놀라서 온몸이 얼어붙었다. 열두 살 때 여름 이후로 다웃을 들은 적이 한 번도 없었다. 다웃은 불안정한 사람이나 예술가, 혹은 어린아이들에게나 나타나는 거다. 테덴 영재 학교 신입생이라는, 빛나는 미래를 보장받은 사람에게는 절대로 나타나선 안 되는 것이었다. 만약 입학 사정관 중 단 한 명이라도 지금 이 순간 내가 무엇을 들었는지 알게 된다면, 테덴에서의 생활은 시작도 못 해 보고 물 건너갈 판이었다. 테덴의 신입생이 되기 위해선 단지 똑똑하기만 해서 되는 게 아니었다. '정신적으로도 완전'해야 했다. 절대로 미치지 않기 위해!

'긴장해서 그런 거야.'

아주 정상적인 어른들도 스트레스를 받게 되면 다웃을 듣는 경우가 종종 있다고 했다. 하지만 두려움은 쉬이 사라지지 않았다.

"침대보를 세트로 주문해야겠어."

그때 허쉬의 목소리가 들렸다. 어느새 패션 브랜드인 앤트로폴로지의 카탈로그를 들여다보고 있었다.

"넌 어떻게 생각해?"

나는 우리 둘이 같은 방을 쓰게 된 일이 아직도 이해가 되지 않았다. 입학 안내 자료에 따르면, 기숙사의 룸메이트는 성격이나 관심사별로 분류해서 정한다고 했다. 그런데 허쉬와 나는 공통점이라곤 눈을 씻고 찾아보아도 전혀 없었다. 룸메이트를 정하는 프로그램이 엉터리인 게 확실했다.

나는 허쉬의 G-태블릿 화면에 뜬 휘황찬란한 녹색 무늬를 바라보았다. 정말이지 끔찍했다.

"방이 어떻게 생겼는지 보고 나서 정하는 게 어떨까?"

나의 제안에 허쉬가 딱하다는 듯한 표정으로 쳐다보았다.

"너한테 돈 내라고 안 할게. 혹시 그게 걱정돼서 그러는 거라면……."

"그런 거 아니야. 현란한 디자인이 싫어서 그래."

나는 뾰로통한 얼굴로 쏘아붙였다.

"그럼 낡은 천 조각을 잘라서 실로 직접 꿰매 만들어 보시든가……."

나는 허쉬의 빈정거림을 무시하고 G-태블릿으로 시선을 돌렸다. 《실낙원》의 단어 하나하나에 집중하면서 천천히 읽어 내려갔다. 아무것도 머릿속에 들어오지 않았지만, 비행기를 타고 가는 동안에 할 일은 생긴 셈이었다.

비행기는 예정 시간보다 15분 일찍 보스턴에 도착했다. 수하물 찾는 곳으로 발걸음을 옮겼다. 1분이 채 지나지 않아서 우리의 짐이 나타났다. 그런데 하트 모양의 내 자물쇠가 부서져 있었다. 지퍼가 고장나서 가방이 완전히 닫히지 않은 탓에 티셔츠의 소매가 컨베이어 벨트 위로 삐져나왔다. 럭스가 이중으로 묶으라고 제안했지만, 나는 꼭 자물쇠를 사용하고 싶었다. 벡이 내 열세 번째 생일에 빈티지 다이어리 세트와 함께 선물한 것이기 때문이었다. 다이어리는 아직도 사용하지 않았지만, 하트 모양의 자물쇠는 처음부터 매우 마음에 들었다.

허쉬는 거대한 루이비통 여행 가방을 컨베이어 벨트에서 내리느라 한참 동안 끙끙대었다.

"테덴 영재 학교 스쿨버스가 3분 뒤에 출발해."

나와 허쉬의 제미니에서 럭스가 동시에 알려 주었다. 우리는 서둘러 버스 정류장으로 향했다. 마침 운전기사가 우리를 보고 손짓을 했다.

"출발 시각에 딱 맞추어 도착했군요."

우리가 스쿨버스에 오르자 운전기사가 모니터에서 이름을 확인하면서 말했다. 허쉬는 곧바로 제미니를 꺼내서 지금의 상황을 업데이트했다. 나는 벡이 기다릴 걸 뻔히 알면서도 머릿속이 복잡해서 짤막한 포스팅도 하지 못했다.

주위를 휘둘러보았다. 그 누구도 천재로 보이지는 않았다. 하나같이 손에 제미니를 들고 있는 모습이 어디서나 만날 수 있는 평범하디평범한 열일곱 살짜리들로밖에 보이지 않았다. 조금 실망스런 기분이 들었다. 나 혼자 동떨어진 느낌이 들까 봐 걱정하고 있었는데……

학교로 가는 두 시간 동안 허쉬는 포럼에 푹 빠져 있었다. 나는 이어버드를 귀에 꽂은 채 창밖을 응시하며 〈어제와 같은 오늘〉을 반복해서 들었다. 높은 건물을 지나 한참을 더 가더니, 결국 나무와 바위 말고는 아무것도 없는 곳에 이르렀다. 사람들이 다니는 길도 없었고, 태양열 전차도 없었다. 마치 시간이 이 모든 것을 비켜 간 것처럼 느껴졌다. 나는 유리창에 볼을 댄 채 초점 잃은 눈으로 밖을 우두커니 내다보았다. 그러다 스쿨버스가 코네티컷 강기슭의 계곡 쪽으로 내려갈 즈음에 까무룩 잠이 들었다.

"로리, 도착했어."

허쉬가 팔꿈치로 옆구리를 쿡 찔렀다. 화들짝 놀라 눈을 뜨자, 스쿨버스가 막 정문으로 들어서고 있었다. 나는 몸을 곧추세웠다. 이윽고 커다란 철문이 뒤로 천천히 밀려나면서, 우리를 바깥세상에서 떼어 놓을 준비를 했다. 곧이어 미끈한 돌기둥과 높다란 아치형 장식물이 나타났다. 아치형 장식물의 한가운데에 나무 모양의 테덴 영재 학교 마크가 새겨져 있었다. 내 운동화에 붙여 둔 배지와 같은 모양이었다.

진입로에서 왼쪽으로 꺾어들자, 드디어 테덴 영재 학교 건물이 나타났다. 열두 개의 빨간색 벽돌 건물에 둘러싸여 있다는 광장은 아직 보이지 않았다. 홈페이지에 소개된 바로는 이 건물들을 테덴 영재 학교의 창립자가 1781년에 설계했다고 한다. 모퉁이를 돌아가자, 뜻밖에도 북미 동부 해안의 애팔래치아 산맥이 뒤로 펼쳐지면서 마치 건물을 껍데기처럼 감싸고 있었다.

"우아."

허쉬와 나는 동시에 감탄사를 내뱉었다.

스쿨버스가 '교직원'이라고 적힌 표지판이 서 있는 주차장으로 들어섰다. BMW가 줄지어 서 있는 곳에다 이중 주차를 하고 있을 때, 허쉬가 별안간 알은체를 하며 소리를 질렀다.

"저기, 아트워터 교장 선생님이셔."

허쉬가 은빛 머리에 키가 몹시 큰 신사를 손으로 가리켰다. 아트워터 교장 선생님은 빳빳하게 다린 카키색 바지 주머니에 손을 넣은 채 잔디밭을 가로질러 걸어오고 있었다.

"우리 아빠 졸업 앨범에서 봤거든."

운전기사가 시동을 끄자, 교장 선생님이 스쿨버스 안으로 들어왔다. 인자한 할아버지 같은 미소를 띠고 있는데도 교장 선생님의 위엄이 설핏설핏 엿보였다. 교장 선생님은 우리의 얼굴을 하나하나 살폈다. 교장 선생님의 눈길이 내게도 몇 초간 머물렀다. 그런데 눈빛이 마치 아는 사람을 대하기라도 하듯 살짝 흔들렸다. 나는 괜스레 가슴이 두근거렸다. 혹시 엄마 얼굴을 아는 걸까?

나는 엄마를 참 많이 닮아 있었다. 비록 색깔은 다르지만 곱슬머리에 볼록 튀어나온 광대뼈, 갸름한 얼굴, 그리고 아몬드를 닮은 눈. 아빠는 엄마가 나보다 키가 크다고 했지만 사진으로는 알 수가 없었다.

"드디어 도착했군요! 모두 반갑습니다."

교장 선생님의 인사에 학생들이 환호성을 질렀다. 교장 선생님은 얼굴 가득 미소를 머금었다.

"합격 통지서를 받았을 때는 시간이 참 느리게 간다 싶었을 거예요. 하지만 지금부터는 시간의 속도가 엄청나게 빨라질 겁니다. 눈 깜짝할 새에 삼 년이 지나고 졸업할 순간이 찾아올 테니까요. 나는 이십오 년째 이곳에 머무르고 있습니다."

이십오 년이라……. 교장 선생님은 엄마를 아는 게 분명했다. 나는 엄마가 남긴 펜던트를 손으로 만지작거렸다.

교장 선생님이 말을 이었다.

"오늘 저녁 6시에 강당에서 입학식을 할 겁니다. 그때까지는 자유 시간을 드리겠습니다. 아 참, 테덴 앱에서 '기숙사'를 검색해 보세요. 거기에 테덴 영재 학교에 관한 상세한 정보가 나와 있어요. 그리고 각 건물이나 교실로 들어가는 스마트키는 이미 여러분의 제미니와 연결돼 있어요."

그 말이 끝나자마자 아이들이 제미니를 꺼내 만지작거렸다.

"학교를 미리 둘러보는 것도 좋겠죠. 6시에 다시 봅시다."

교장 선생님은 손을 흔들며 스쿨버스에서 내렸다.

"아빠가 말한 그대로야."

허쉬가 테덴 앱을 클릭하면서 중얼거렸다. 다른 아이들도 한껏 들뜬 얼굴로 기숙사 정보를 확인하느라 바빴다. 아무도 내릴 생각을 하지 않았다.

"어떤 거?"

내가 물었다.

"완전 자유라는 거 말이야. 통금 시간도 엄청 늦고 복장 제한도 없대. 규칙이 거의 없는 셈이지. 뭐든지 원하는 대로 할 수 있어."

"진짜?"

나는 막연하게 테덴 영재 학교는 규칙이 엄격할 거라고 예상했다.

"응, '현명한 자의 특권'이라나 뭐라나."

허쉬가 내 쪽으로 기대면서 제미니로 셀카를 찍은 뒤 곧바로 포럼에 올렸다. 그러자 내 제미니에서 알림음이 울렸다.

'영원한 절친, 룸메이트!'
@허쉬 클레멘츠의 타임라인에 새 글이 추가되었습니다.

사진 속의 내 모습은 자못 끔찍했다. 이마는 번들거리는 데다 앞머리는 가운데로 쏠리고, 표정은 거의 울상에 가까웠다. 하지만 이제 와서 지우라고 할 방법도 없었다.

"참 근사하기도 하겠다."

내가 불퉁한 목소리로 중얼거리면서 짐을 주섬주섬 챙기고 있을 때 제미니의 알림음이 다시 울렸다.

@벡 암브로스 : 5000킬로미터를 날아가느라 끔찍했겠네. 더군다나 HC와 영원한 절친, 룸메이트가 되다니!

내가 킉킉거리며 웃자 허쉬가 빤히 쳐다보았다.

"뭐가 그렇게 웃겨?"

"아무것도 아니야. 가자, 룸메이트!"

나는 짐짓 얼버무리면서 허쉬를 앞으로 살짝 밀었다.

테덴 영재 학교에 다니는 288명의 학생들은 모두 아테나 홀에서 생활했다. 아테나 홀은 가장 북쪽에 있었는데, V자 모양의 구조를 띠고 있었다. 우리 방은 여학생 건물 2층이었다. 기숙사라기보단 고급 호텔의 객실같이 보였다. 침대 두 개에 마호가니 책상과 서랍장, 옷장, 그리고 전기 벽난로까지. 그런데 전등이 달려 있지 않았다. 다른 장치를 통해서 빛이 들어오는지, 방 안은 신기하게도 무척 밝았다.

허쉬가 침대 위에 놓인 까만색 리모컨을 들어 올렸다. 내 침대에도 똑같이 생긴 리모컨이 놓여 있었다. 앞면에는 버튼이 세 줄로 나란히 있었고, 뒷면에는 그노시스 로고가 새겨져 있었다. 허쉬가 버튼을 차례로 하나씩 눌렀다. 그러자 방 안의 밝기가 순차적으로 달라졌다. 좀 더 환해졌다가 어두워지더니, 그다음에는 완전히 깜깜해졌다.

허쉬의 얼굴이 순식간에 밝아졌다.

"이거, 유기 발광 벽지잖아!"

허쉬가 두 번째 버튼을 누르자, 벽이 TV 화면으로 바뀌었다. 한 번 더 누르자, 허쉬의 제미니 홈 화면이 나타났다. 또 한 번 누르자 이번에는 화면이 둘로 갈라졌다.

"너도 해 봐."

허쉬가 내 침대 위에 있는 리모컨을 가리켰다.

"링크라고 쓰여 있는 버튼이야."

내가 리모컨의 버튼을 누르자, 허쉬가 열어 놓은 화면 옆에 내 제미니 홈 화면이 떴다. 언젠가 그노시스에서 유기 발광 벽지를 개발했다는 뉴스를 들은 적이 있었다. 하지만 그것이 벌써 제품으로 출시되어 실제로 사용되고 있을 줄은 꿈에도 상상하지 못했다. 나는 벽 쪽으로 걸어가서 손끝으로 벽지를 만져 보았다. 부드러우면서도 차가운 느낌이 났다. 손을 떼자 벽지에 손자국이 그대로 남았다. 나는 티셔츠 자락으로 손자국을 문질러 지웠다.

허쉬가 리모컨을 침대 위로 툭 던졌다.

"산책 좀 하자. 커피 마시고 싶어."

"식당에 스낵바가 있다는 것 같아. 학교 소개 책자에서 봤어."

허쉬가 비웃듯이 말했다.

"바보! 시내까지 걸어가는 데 10분밖에 안 걸려. 지름길로 가면 8분만에 갈 수 있고."

허쉬는 가방에서 립글로스와 콤팩트를 꺼냈다. 콤팩트 뚜껑을 열어 얼굴에다 분을 덧바르고, 입술을 오므려 립글로스를 촉촉하게 발랐다. 그러고는 콤팩트 뚜껑을 닫으며 내게 외쳤다.

"가자."

'지름길'은 학교 동쪽에 있는 개인 묘지를 가로지르는 것이었는데, 묘지 앞에 '사유지-출입 금지'라는 표지판이 세워져 있었다. 한낮이라 햇볕이 제법 따스한데도 불구하고, 묘지 앞이라 그런지 으스스한 기분이 들었다. 이끼로 덮인 비석은 엄청나게 큰 데다, 몇 세기 전의 것인 양 몹시 낡아 보였다. 나는 묘지에서 뿜어 나오는 습한 공기에 몸을 부르르 떨었다.

"어느 쪽이야?"

나는 묘지에서 얼른 나가고 싶은 생각이 들어서 이렇게 물었다. 묘지 앞에 출입 금지 표지판을 붙인 데는 나름대로 이유가 있을 것이다. 게다가 묘지 한가운데에는 화난 천사처럼 보이는 거대한 조각상이 기다란 손가락으로 출입구 쪽을 가리키고 있었다. 마치 어서 나가라는 듯.

"나도 몰라. 연결이 안 돼."

허쉬는 눈을 가늘게 뜬 채 연방 제미니를 손끝으로 두드렸다.

"그냥 돌아가면 안 될까? 여기 온 첫날부터 잡혀가긴 싫은데."

목소리에 짜증이 배어나지 않도록 조심했지만, 뜻대로 되지 않은 모양이었다. 허쉬가 대번에 눈동자를 희번덕거렸다.

"조금만 기다려 봐. 여기만 지나면 시내야. 흥, '어디서나 인터넷' 좋아하시네!"

허쉬가 제미니를 위로 올려서 신호를 찾으려 애쓰며 중얼거렸다.

"중간에 길을 잃는다면 지름길이라고 할 수 없어."

내가 투덜거렸다.

"로리, 가만히 좀 있을 수 없어? 그리고 이거……."

허쉬는 가방을 뒤적거리더니 기내용 베일리스 칵테일 두 병을 꺼내서 한 병을 나한테 건넸다. 그러고는 병뚜껑을 비틀어 벗기더니 단숨에 들이켰다.

"꺼억. 이럴 땐 보드카가 딱인데!"

허쉬는 트림을 한 뒤, 손등으로 입술을 스윽 닦았다.

"난 안 마실 거야. 한 시간만 있으면 입학식이잖아."

나는 허쉬에게 칵테일 병을 돌려주었다. 허쉬가 한숨을 푹 내쉬었다.

"이것 봐, 로리! 내가 언제 술에 취하라고 부탁했니, 아니면 시험을 쳐 달라고 부탁했니? 입학식이라고 해 봤자, 선생들이 줄줄이 나와서 자화자찬이나 늘어놓을 게 뻔하잖아. 삶의 정수를 음미하는 건 우리 몫이야. 아무도 우리에게 그럴 기회를 주지 않을 테니까."

허쉬는 칵테일 병을 살짝 흔들며 다시 내밀었다. 내가 왜 그걸 받아들었는지 모르겠다. 설마 허쉬의 말이 내 마음을 움직인 걸까? 어쨌든 나는 병뚜껑을 딴 뒤 칵테일을 한 모금 마셨다.

허쉬가 그 모습을 보고선 빙그레 웃으며 빈 병을 마구 흔들었다.

"삶의 정수를 음미하기 위해서!"

나는 병을 허쉬 쪽으로 높이 쳐들었다. 그리고 허쉬와 마주 보며 깔깔 웃었다. 그러다 몇 발짝 떨어진 곳에 서 있는 비석을 발견하고는 웃음을 뚝 멈추었다.

근신하라, 깨어라, 너희 대적 마귀가 우는 사자같이 두루 다니며 삼킬 자
를 찾나니, 너희는 믿음으로 굳건하게 하여 그를 대적하라.

—베드로 전서 5:8

머리카락이 쭈뼛 서는 것 같았다. 나는 병을 다시 입에 가까이 댔지
만 이번에는 마시는 시늉만 했다. 허쉬는 이미 숲 쪽으로 몸을 돌리고
있었다. 나는 병 안의 내용물을 바닥에 쏟아 버리고 재빨리 허쉬를 따
라갔다.

"그래서 지금 어디로 가는 건데?"

나는 허쉬를 따라 성큼성큼 걸으면서 물었다.

"파라디소. 강가에 있는 카페인데, 예전에 방앗간이었다나 뭐였다나."

나는 제미니를 꺼내 포럼을 확인하려고 했지만 연결이 되지 않았다.

"여기 전체가 네트워크 장애인 거 같아."

내가 말하자 허쉬가 다시 깔깔댔다.

"딱 어울리지 않냐?"

그때 우리 눈앞에 나지막한 담장이 나타났다. 허쉬는 담장에 붙은
녹슨 철조망 위에 가방을 올려놓았다.

"으악!"

허쉬의 치맛단이 철조망에 걸려 찢어지면서 허벅지를 긁었다.

"괜찮아?"

허쉬가 담장을 풀쩍 뛰어넘었다.

"괜찮아. 근데 넌 안 와?"

나는 철조망에 걸리지 않도록 조심하면서 담장을 넘어갔다. 건너편
은 더 깊은 숲으로 이어져 있었다. 허쉬가 풀로 뒤덮인 언덕 쪽으로 뛰

어 올라가더니, 순식간에 나무 사이로 사라졌다.

그리고 잠시 후, 이렇게 소리쳤다.

"건물이 보여. 거의 다 왔나 봐."

나는 허쉬를 따라 허겁지겁 언덕으로 올라갔다. 위쪽은 숲이 울창해서 그런지 제법 서늘했다. 몇 걸음 더 걸어가자, 강물이 흐르는 소리가 들렸다. 카페 파라디소는 목재 건물이었는데, 외벽을 소방서같이 온통 빨간색으로 칠하였다. 그리고 다른 건물들과 약간 떨어져 있었다. 그제야 인터넷이 연결되었다. 나는 카페에 대한 정보를 잽싸게 찾아보았다. 기대한 만큼 평이 좋지는 않았다.

"몇 블록만 내려가면 다른 카페가 있어. 평이 훨씬 좋은……."

"럭스가 추천한 곳은 여기야."

내 말에 허쉬가 이렇게 대답하며 파라디소로 성큼성큼 걸어 들어갔다. 나는 한숨을 쉬면서 허쉬를 따라갔다.

우리가 카페 안으로 들어서자, 현관문에 매달린 종이 울렸다. 내부는 두 개의 층으로 나누어져 있었다. 별로라는 평이 많은 것에 비하면 이상하리만치 사람이 많았다. 심지어 빈자리가 하나도 없었다. 계산대로 가까이 가서야 그 이유를 알게 되었다. 계산대 아래에 형광펜으로 휘갈겨 쓴 표지판이 붙어 있었다.

우리 가게가 마음에 드시면, 거지 같은 리뷰를 포럼에 남겨 주세요.
그걸 저희한테 보여 주시면 음료 한 잔을 공짜로 드립니다!

"그 글귀에 속아 넘어간 건 아니겠지? 아님, 정말로 거지 같은 커피를 좋아하든지."

그때 어디선가 남자아이의 목소리가 들렸다. 나는 고개를 번쩍 들었다. 계산대 건너편에 고등학생쯤 되어 보이는 남자애가 나타났다. 팔을 온통 뒤덮은 문신만 아니면 꽤 잘생겨 보였을 듯했다.

"어디 보자. 테덴 1학년?"

왠지 목소리에서 경멸하는 빛이 어린 듯이 느껴졌다. 테덴 영재 학교에 다닌다는 이유로 우리를 자신과 다른 부류로 여기는 모양이었다.

"난 허쉬야, 그리고 애는 로리."

허쉬가 계산대 쪽으로 한 걸음 다가서면서 말했다.

"언제 이 동네 구경 좀 시켜 줘. 와, 멋지다."

남자애는 아무 말도 하지 않았다. 허쉬가 콧소리를 내면서 남자애의 팔뚝을 슬쩍 만졌다. 자세히 보니, 팔뚝에 손글씨가 새겨져 있었다. 시 같은 데서 인용한 문구인 듯했다.

"그쪽 이름은 뭐야?"

허쉬가 물었다.

"노스."

노스의 눈이 나에게로 꽂혔다. 뭔가 탐색이라도 하듯이 재빨리 위아래로 훑어내렸다. 나도 모르게 볼이 화끈 달아올랐다. 나는 일부러 노스를 지나쳐서 칠판에 적힌 메뉴판으로 눈길을 돌렸다. 허쉬가 제미니를 꺼냈다. 럭스가 추천하는 메뉴 가운데서 제일 밑의 것을 골랐다.

"코코넛 라테. 그런데 럭스는 내가 싫어할 거라네. 하지만 난 언제나 도전을 좋아하지."

허쉬는 늘 이런 식이었다. 럭스가 하지 말라는 걸 굳이 고집했다.

노스가 웃음을 참는 게 느껴졌다. 곧이어 장난기 가득한 목소리로 나에게 물었다.

"그쪽은? 그쪽도 도전을 좋아하나?"

나는 얼굴을 붉히며 제미니를 내려다보았다. 럭스가 내게 뭘 권할지는 안 봐도 뻔했다. 항상 똑같았다.

"바닐라 카푸치노."

"최악의 주문이군. 우리는 커피콩을 직접 로스팅해. 바닐라로 커피의 맛을 죽이지 마. 혹시 단걸 원한다면 마차 라테가 훨씬 나을 거야."

"그냥 바닐라 카푸치노 줘. 난 차를 싫어하거든."

내 말에 노스가 어깨를 으쓱했다.

"좋으실 대로."

우리는 제미니로 결제를 한 뒤, 계산대 반대쪽으로 가서 주문한 음료가 나오기를 기다렸다.

"저 애, 꼭 꼬시고 말 거야."

허쉬가 목소리를 낮추어 말했다. 나는 짐짓 얼굴을 찌푸렸지만, 속으로는 허쉬의 자신감이 부러웠다.

나는 노스가 우유 데우는 모습을 물끄러미 바라보았다. 여기서 사용하는 에스프레소 머신은 거의 골동품 수준이었다.

"코코넛 라테 한 잔, 그리고 바닐라 카푸치노 한 잔."

잠시 후 노스가 이렇게 말하며 종이컵 두 잔을 계산대 위에 올려놓았다. 얼굴에는 아무 표정이 없었지만 입가에는 미소가 슬쩍 감돌았다. 왠지 웃음을 참는 듯이 느껴졌다. 나는 예의상 미소를 지으며 VC라고 적힌 컵에 손을 뻗었다. 허쉬는 음료를 한 모금 맛보더니 치를 떨었다.

"윽, 엽기적이군. 완벽해."

허쉬가 노스에게 미소를 지었다.

"그렇게 불쾌해하다니 정말로 기뻐."

노스는 이렇게 대답하고는 내 쪽으로 돌아서며 물었다.

"그쪽은 어때?"

나는 음료를 한 모금 마셨다. 음료가 혀에 닿는 순간, 노스가 무슨 짓을 했는지 금방 깨달았다. 생강과 고추의 톡 쏘는 매운맛! 노스는 나에게 기어이 마차 라테를 만들어 주었다. 그런데 나는 아까 거짓말을 한 게 아니었다. 정말로 차를 좋아하지 않았다. 그중에서도 생강은 더없이 싫어했다. 하지만 이건 내가 지금껏 마셔 본 차와는 차원이 달랐다. 여러 향료와 절묘하게 조화를 이루어서 그런지, 혀끝에 감도는 생강 맛이 감미로울 지경이었다. 여태껏 맛본 것 중 최고였다.

나는 한 모금 더 마시려고 하다가 노스가 보고 있는 걸 깨달았다. 하지만 싫어하는 척하기에는 너무 늦어 버렸다. 노스의 얼굴에 나타난, '내가 그럴 줄 알았지.' 하는 듯한 표정을 일부러 모른 체했다.

"어때?"

노스가 다시 물었다.

"정말 끔찍한 카푸치노네. 내가 이걸 기꺼이 마신다고 해서 그쪽의 주장이 맞다고 생각하는 건 아니야."

나는 무표정하게 대답했다. 노스는 그 말을 듣고 웃음을 터뜨렸다.

"내 주장?"

"지금 이건 럭스에게 의사 결정을 맡기지 말라는 거잖아. 행간에 숨은 의미를 내가 모를 거라고 생각했어?"

"테덴 학생을 내가 무슨 재주로 과소평가하겠니?"

노스가 나를 갖고 노는 건지, 정말로 순수한 건지 알 수가 없었다.

"앞으로 럭스가 적극적으로 이걸 권한다 해도, 절대로 주문하는 일은 없을 거야. 여기 들어 있는 네 가지 재료 중 두 가지를 엄청 싫어하거든."

"아, 일곱 가지 재료가 들어간 건데. 그 가운데 두 가지를 싫어하는
게 뭐 어떻다고? 내가 러시안 드레싱을 싫어한다고 해서, 맛있는 루벤
샌드위치를 먹는 즐거움을 포기하지는 않거든. 그건 그렇고, 우리 가게
루벤 샌드위치 끝내주는데."

"이번엔 샌드위치야?"

바로 그때, 노스가 에스프레소 머신의 스티머 버튼을 누르는 바람에
뜨거운 김이 내 얼굴 쪽으로 확 뿜어 나왔다. 나는 손을 마구 휘저었다.

"그러니까 내 말은……."

나는 말끝을 흐렸다.

"메뉴판에 없는 건 얘기하지 말라?"

노스는 대뜸 이렇게 대답하고는, 내가 뭐라고 하기 전에 몸을 돌려
서 안쪽으로 들어가 버렸다.

"이제 다 노닥거렸어?"

나는 그 말에 화들짝 놀랐다. 허쉬가 옆에 서 있다는 걸 까맣게 잊고
있었다.

"노닥거린 거 아니야."

나는 어설프게 변명을 하면서 노스가 사라진 쪽을 힐끔거렸다.

"그랬든지 말든지. 로리, 이제 그만 가야 하지 않을까? 입학식 전에
옷을 갈아입고 싶어."

순간, 너무 억울한 마음이 들어서 이 탐험이 애초에 어떻게 시작되
었는지 상기시켜 주려는데, 허쉬는 이미 문 쪽으로 저만큼 걸어가고
있었다.

테덴 영재 학교 입학식

허쉬는 아주 짧은 하얀색 원피스에 납작한 금색 구두를 신었다. 그리고 머리는 뒤로 넘겨서 깔끔하게 묶었다. 허쉬 옆에 서 있으면 철지난 감색 드레스에 단화를 신은 내가 열두 살짜리 꼬마처럼 보일 듯했다. 나는 부글부글 끓어오르는 자괴감을 떨치기 위해 두 팔로 가슴을 꽉 안았다. 그 많은 아이들 중에서 하필이면 허쉬와 룸메이트가 되다니.

우리는 입학식이 예정된 시각보다 몇 분 일찍 강당에 도착했다. 허쉬는 이름표를 가지러 가고, 나는 입구 쪽에 뻘쭘하게 서 있었다. 강당의 천장은 돔 모양이었는데, 마치 머리 위로 하늘이 펼쳐져 있는 것처럼 파랗게 색칠을 했다. 바닥에 깔린 대리석에는 테덴 로고가 커다랗게 박혀 있었다.

양복을 차려입은 금발의 남학생이 내 옆으로 한 걸음 다가왔다. 머리카락은 가리마를 타서 양쪽으로 반듯하게 빗어 넘겼고, 발에는 특이하게도 동전이 달린 구두를 신고 있었다.

"안녕, 난 리암이라고 해. 2학년이야."

리암 선배가 손을 내밀며 악수를 청했다. 온몸에서 자신감이 흠씬 묻어났다.

"로리예요."

나는 얼떨떨한 기분으로 손을 맞잡아 흔들었다. 뜻밖에도 리암 선배의 손바닥은 굳은살이 박여 거칠거칠했다. 반대로 손톱은 깔끔하게 다듬어서 반짝반짝 윤이 났다. 그래서 그런지 한없이 세련된 듯하면서도 어딘가 거칠어 보였다. 요트에라도 오르는 듯이 말끔하게 차려입었는데도, 오른쪽 눈 아래에는 멍 자국이 푸르스름하게 나 있었다. 아마도 운동을 하다가 다친 모양이었다.

"테덴에 대해서 어떻게 생각해? 아직은 실감이 잘 안 나지?"

리암 선배의 물음에 나는 건성으로 대답했다.

"네, 정말 그래요."

"금방 익숙해질 거야. 나는 보스턴 남쪽에서 왔어."

보스턴 남쪽? 부잣집 아이들이 버글대는 그런 곳? 나는 짐짓 아무렇지도 않은 척하며 물었다.

"그럼 동문 자녀인 거예요?"

"아니, 오히려 그 반대. 개천에서 용 난 격이라고 해야 하나? 너는?"

"엄마가 여기를 다니셨어요."

그렇게 말하고 나니까 왠지 사기꾼이 된 듯한 기분이 들었다. 사실이긴 하지만, 리암 선배가 상상하는 것과는 전혀 다른 의미였다. 게다가 엄마는 여기에 다녔다는 사실조차 숨기고 싶어 하지 않았던가.

그때 허쉬가 뒤에서 나타나 내 어깨에 팔을 두르며 물었다.

"누구야?"

"리암이라고 해. 2학년이지."

리암 선배가 손을 뻗으면서 대신 대답했다.

"허쉬예요."

허쉬는 조금도 거리낌 없이 리암 선배의 손을 잡고 흔들었다.

"안으로 들어가자."

"안내해 주세요."

허쉬가 미소를 지으며 속삭이자, 리암 선배가 앞장을 섰다.

"옆문으로 가자."

우리는 리암 선배를 따라 옆문으로 들어갔다. 칠각형으로 생긴 강당에는 크리스털 샹들리에가 눈이 부시게 드리워져 있었고, 가장자리의 대리석 벽에는 가느다란 금색 관이 줄지어 설치돼 있었다.

앞에서 두 번째 줄로 향하다가 '학생회 임원용'이라고 적힌 종이를 보았다. 그 앞은 주황색 테이프로 막혀 있었다. 리암 선배는 테이프를 떼어 내더니 들어가서 앉으라는 시늉을 했다.

나는 머뭇거리며 이렇게 물었다.

"우리가 여기 앉아도 돼요?"

"물론이지. 학생회장의 일행인데."

리암 선배가 말하면서 안내문이 적힌 종이를 떼어서 손으로 구겨 버렸다. 우리 앞줄은 교직원 자리였다. 우리가 자리를 잡아 앉자 끝 쪽에 앉은 여자가 고개를 돌렸다. 티끌 한 점 없는 까만 피부에 매끈한 광대뼈가 돋보였다. 깊디깊은 초록색 눈동자가 나를 한참 동안 바라보았다. 나는 슬쩍 웃어 보였다. 하지만 그 여자는 웃지 않았다.

고개를 들자 아트워터 교장 선생님이 연단으로 걸어가는 게 보였다. 그러더니 사람들이 조용해지길 기다리지도 않은 채 마이크를 잡고 말을 하기 시작했다.

"여러분은 다른 친구에게는 없는 두 가지를 가졌기 때문에 이 자리에 왔습니다. 바로 인격과 의지입니다. 앞으로 더 고귀한 것을 추구하기 위해 여러분은 또 하나의 가치를 얻게 될 것입니다. 바로 지혜입니다. 지혜란 겁쟁이를 위한 것이 아닙니다. 여러분 모두가 우리 학교의 교과 과정을 통과하지는 못할 거라는 뜻입니다. 우리 학교의 교과 과정은 학생들 모두를 위한 것이 아니니까요."

나는 내 손을 내려다보면서 비행기 안에서 느꼈던 불안감에 다시 휩싸였다. 엄마는 졸업을 하지 못했다. 어쩌면 나도 그럴지도 모른다. 나는 말 그대로 고등학교 중퇴자와 일용직 노동자의 딸이다. 여기에서 살아남으리라고 누가 장담할 수 있을까?

그때 교장 선생님이 마치 내 마음을 읽기라도 한 듯이 말했다.

"여러분이 지금 무슨 생각을 하고 있는지 압니다. 내가 이 자리에 있는 게 맞을까, 입학 사정관이 실수로 나를 뽑은 건 아닐까, 이런 생각에 빠져 있겠죠."

객석에서 웃음소리가 터져 나왔다.

"단언컨대, 여러분 중에 누군가의 실수로 여기에 온 사람은 단 한 명도 없습니다."

교장 선생님은 안심하라고 한 말일 텐데도, 나는 왠지 주눅이 더 들었다.

"이제 학교생활에 대한 얘기를 하지요. 여러분은 열두 개의 동아리 중 하나에 가입하게 됩니다. 각 동아리에는 담당 선생님이 따로 있습니다. 우리 학교는 논리학을 매우 중요하게 여깁니다. 그래서 매일 논리력을 키우는 훈련을 하지요. 바로 내일부터 시작하겠군요."

교장 선생님은 미소를 지으며 말을 이었다.

"자, 이어서 학생회장 리암 스톤 군의 환영사를 듣도록 하겠습니다."

리암 선배가 연단 위로 올라가는 동안, 여기저기서 휘파람 소리가 울려 퍼졌다. 이윽고 마이크에서 리암 선배의 목소리가 흘러나왔다.

"학생회를 대표해서 여러분의 입학을 진심으로 환영합니다. 올해에는 9월 7일에 가면무도회가 있습니다. 해마다 진행돼 온 자선기금 행사입니다."

환호 소리가 강당 안을 가득 채웠다.

"가면무도회에는 동문들도 참석합니다. 다 같이 턱시도와 드레스를 착용하고 가면을 쓰게 됩니다. 진짜 털과 깃털, 가죽을 사용해서 만든 것이죠. 먼저 경험한 2학년으로서 덧붙이자면, 훌륭하다고 말하기에는 무리가 좀 있어요."

리암 선배가 웃었다.

"하도 낡아서 돈을 치를 가치조차 느끼지 못할 겁니다. 소문에는 그 가면이 삼백 년도 더 되었다고 하더군요."

교장 선생님이 껄껄 웃으며 리암 선배에게 물었다.

"더 할 말 있나, 리암 군?"

"없습니다."

아트워터 교장 선생님이 리암 선배와 손바닥을 딱 마주쳤다.

"자, 이제 식사를 시작하시죠!"

그날 밤은 잔뜩 긴장한 데다, 바다가재와 스테이크를 하도 많이 먹어서 그런지 침대에 눕자마자 바로 곯아떨어졌다. 나는 펜던트를 만지작거리면서, 십칠 년 전 입학식에서도 바다가재와 스테이크가 나왔는지 궁금해했다. 엄마도 강당에서 나와 같은 느낌을 받았을까?

나는 숨을 가쁘게 쉬면서 악몽을 꾸었다. 누군가에게 쫓겨서 어디론가 하염없이 달려가고 있었다. 하지만 어둠 속에서 눈을 뜨자마자 악몽에 대한 기억이 말끔히 사라져 버렸다. 혹시나 소리를 지른 건 아니겠지? 허쉬에게 괜스레 신경이 쓰였다. 제미니를 꺼내 시계를 보았다. 새벽 3시 3분이었다. 기억도 제대로 안 나는 꿈 때문에 여전히 몸을 바르르 떨면서 뒤꿈치를 들고 정수기 쪽으로 살금살금 걸어갔다. 그런데 허쉬의 침대가 비어 있었다.

허쉬에게 재빨리 문자 메시지를 보냈다.

어디 갔어?

그런데 허쉬의 제미니가 어둠 속에서 반짝였다. 제미니를 두고 나간 것이었다. 나는 허쉬의 제미니에서 내 문자 메시지를 지웠다.

나는 잠시 눈을 뜬 채로 침대에 누워서 허쉬가 이 시각에 어디를 갔을지 생각해 보았다. 혼자만 슬그머니 사라진 것이 조금 섭섭하게 느껴졌다. 어딘지는 모르지만, 같이 가자고 했어도 한밤중에 교칙을 어기면서 따라나서지는 않았을 테지만. 그런데 한 시간이 지나도 허쉬가 돌아오지 않자, 슬슬 걱정이 되기 시작했다.

'너는 룸메이트의 보호자가 아니야.'

나는 이렇게 중얼거리면서 다시 잠을 청했다. 시간이 얼마나 지났을까? 노랫소리가 하도 시끄러워서 잠이 깼다. 허쉬의 제미니에서 울리는 알람 소리였다. 허쉬는 더듬더듬 손을 뻗어서 제미니를 찾아 소리를 껐다.

"미안."

허쉬가 중얼거리더니 이불을 머리 위로 끌어당겼다. 알람은 계속 울렸다. 허쉬가 숲 속 어딘가에서 죽은 채 발견되지 않은 사실에 안도하면서도, 새벽 5시 45분에 끔찍할 정도로 시끄럽게 내 귓속으로 파고드는 알람 소리에 화가 치밀었다. 그래서 소리를 버럭 질렀다.

"허쉬!"

"알았어."

허쉬가 풀 죽은 목소리로 중얼거렸다. 하지만 제미니를 찾아 알람을 끄는 데 30초는 족히 더 걸렸다. 그때쯤엔 우리 둘 다 잠이 완전히 깨버렸다. 나는 옆으로 돌아누웠다.

"맙소사, 5시 45분? 지금 장난해?"

허쉬가 눈을 비비며 신경질적으로 내뱉었다. 나는 어처구니가 없어서 웃음을 터뜨렸다. 허쉬가 밤에 몰래 나간 일에 대해 자랑을 늘어놓거나 적어도 힌트 정도는 주리라 기대했는데, 뜻밖에도 아무 말 없이 벽쪽으로 돌아누웠다.

"잠은 잘 잤니?"

나는 또 한 번 기회를 주었지만, 허쉬는 그마저 받아들이지 않았다.

"잘 잤어."

허쉬가 심드렁하게 대답했다. 허쉬가 포럼에 접속하자 제미니가 다시 알림음을 울렸다. 나는 허쉬를 물끄러미 바라보았다. 내 룸메이트가 어떤 비밀을 간직하고 있는지 몹시 궁금해하면서.

순긍정 임팩트

드디어 첫 수업이었다. 교실에 들어서자 아이들이 문 앞에 옹기종기 모여 있었다. 스마트 기기는 모두 교실 밖 보관함에 두라는 안내문이 문 옆에 붙어 있었다. 아이들은 생각보다 순순히 제미니를 보관함에 넣었다.

교실에는 첨단 장비가 즐비했다. 일단 책상부터 독특했다. 기껏해야 책상 위에 모니터가 하나쯤 달려 있으리라 예상했던 나는 깜짝 놀라 입을 쩍 벌렸다. 마치 비행기의 일등석을 연상시키는 달걀 모양의 개인 공간이 각자에게 주어졌다. 그 안에는 첨단 기기가 장착돼 있었다.

"종은 울리지 않아요. 그래도 지각 처리는 엄격하게 합니다."

선생님의 목소리가 먼저 들리더니 이내 모습을 드러냈다. 내 시간표에서 E. 타서스라는 이름을 보았을 때, 머리가 희끗하고 두꺼운 안경을 쓴 남자 선생님을 떠올렸다. 그런데 타서스 선생님은 여자였고, 인상 역시 정반대였다. 독수리처럼 매서운 얼굴에 등허리가 막대기처럼 곧았다.

타서스 선생님은 입학식에서 아트워터 교장 선생님이 언급했던 논리학 중에서 시뮬레이션 수업을 맡고 있었다. 매일 들어야 하는 수업이었다. 더군다나 내 담임 선생님이기도 해서 어떻게든 잘 보이고 싶은 마음이 앞섰다.

아이들은 타서스 선생님을 따라 교실로 들어가며 하나같이 어리바리한 표정을 지었다. 선생님은 교실의 맨 앞으로 걸어갔다.

"자, 마음에 드는 팟을 골라 한 명씩 앉아요."

타서스 선생님은 이렇게 말하며 달걀형 좌석을 손으로 가리켰다. 나는 중앙에 있는 팟으로 가서 앉았다.

"화면 가운데에 조그만 상자가 보일 거예요."

내가 자리에 막 앉자마자 타서스 선생님이 말을 이었다. 좌석이 내 체형에 맞추어 위로, 아래로, 옆으로 움직이며 높낮이를 조절하였다.

"엄지로 상자를 꾹 누르세요. 터미널이 구동될 거예요."

타서스 선생님 말대로 조그만 상자에 엄지손가락을 대자, 좌석에 붙은 문이 자동으로 닫혔다. 그와 동시에 나를 둘러싼 벽이 유리처럼 투명해지면서 내 앞줄에 앉은 아이들이 고스란히 보였다.

타서스 선생님은 교실을 돌아다니면서 말했다.

"어제 교장 선생님이 설명하셨듯이, 이 프로그램은 우리 학교에서만 진행되는 것으로 매우 독특해요. 여러분은 여기에 지식을 배우러 왔죠? 국어, 수학, 사회, 역사, 과학 같은 지식을 배우기 위해서. 하지만 지식 그 자체보다 훨씬 더 가치 있는 것을 이곳에서 얻어야 합니다. 현명하게 판단할 수 있는 능력, 지혜롭게 행동하는 능력, 앞으로 남들보다 잘살기 위한 능력 같은 것들이죠."

순간, 내 가슴이 쿵 내려앉았다. 지혜롭게 행동하는 능력. 나는 그것을 간절히 원해 왔다. 럭스에 묻지 않고도 최선의 선택을 할 수 있다면 얼마나 좋을까? 언젠가부터 나는 매사에 자신이 없어졌다. 무엇을 결정하기도 전에 이미 내 결정이 옳은지 의문이 들었다. 그래서 나 혼자서는 아무 일도 할 수 없었다. 운동도, 숙제도, 취미 활동도 모두 럭스에게 물어서 결정을 했다. 심지어 옷을 입는 것조차도.

벡은 이 모든 게 말장난에 불과하다고 말할 것이다. 위대한 운동 선수와 재능 있는 예술가, 그리고 뛰어난 철학자는 모두 자신의 직감을 따른다고.

"진실을 거짓과 바꾸지 마."

그때 갑자기 목소리가 들려서 온몸이 뻣뻣하게 굳었다. 다웃이었다. 순식간에 두려움이 몰려오면서 속이 쓰라렸다. 왜 다웃이 들리는 거지? 진정하자. 나 자신에게 속삭였다. 다웃은 겉으로 드러내지 않으면 아무도 알아차릴 수 없으니 겁낼 필요가 없었다. 예전에 배운 대로 무시해 버리면 저절로 사라질 터였다.

선생님은 주머니에서 리모컨을 꺼내더니 화면에 글자를 몇 개 입력했다. 갑자기 팟의 벽이 불투명해졌다. 그제야 나는 팟에 방음 장치가 되어 있으며, 선생님 목소리는 위쪽에 붙은 스피커에서 흘러나온다는 사실을 깨달았다.

"지금부터 시뮬레이션을 통해 여러분에게 다양한 경험을 제공할 겁니다."

선생님의 말씀이 끝나자마자, 내 화면에 불이 들어오면서 사진 한 장이 나타났다. 샌프란시스코에 있는 부유층이 모여 사는 지역이었다. 한 번도 가 본 적은 없지만, TV랑 영화에서 본 가파른 언덕과 케이블카의 선로 덕분에 금방 알아보았다. 잠시 뒤 사진이 동영상으로 바뀌었다. 정류장에 사람들이 모여 서 있는 모습이었다.

"시뮬레이션은 여러분이 조종하는 대로 움직이게 됩니다. 팟 역시 여러분이 내리는 결정에 따라 작동하도록 설정돼 있어요. 내 목소리는 계속 들릴 거예요. 대신에 나는 한 번에 한 명하고만 대화할 수 있어요. 팟이 여러분의 목소리를 녹음하고, 녹음 순서에 따라 스피커를 통해 내게 전달이 돼요. 내 대답을 반드시 기다릴 필요는 없어요. 꼭 필요한 말만 하도록 해요. 여러분 한 명 한 명의 결정이 지연되면 수업도 따라서 늘어지게 됩니다."

선생님이 잠시 말을 멈추고 교실을 둘러보았다. 선생님 쪽에서 봐도 벽이 불투명할까? 아니면 우리가 훤히 들여다보일까? 만약을 대비해서 나는 일부러 미소를 지었다.

"질문 있나요?"

선생님의 질문에 나는 천천히 고개를 저었다. 그때 젊은 부부가 아기를 유모차에 태운 채 어린아이 세 명과 함께 지나가고 있었다. 그런데 유모차 바퀴가 그만 케이블카의 선로에 끼고 말았다.

"좋아요. 시작하죠."

갑자기 화면에서 소리가 새어 나왔다. 길가에서 사람들이 떠드는 소리가 생생하게 들렸다. 자동차 소음은 물론, 근처에 공사장이 있는지 드릴 소리까지 시끄럽게 났다. 유모차는 여전히 선로에 바퀴가 걸려 있었다. 아기가 울음을 터뜨렸다. 아기의 부모는 선로에서 바퀴를 빼지 못해서 쩔쩔매었다. 유모차에서 아기를 빼내는 데도 애를 먹고 있었다. 내 옆에는 티셔츠와 반바지 차림의 뚱뚱한 남자가 서 있었는데, 아까부터 자꾸만 허리춤을 만지작거렸다. 그때 케이블카가 곧 도착한다는 안내 방송과 함께 신호음이 울렸다.

몇 분 뒤 케이블카 도착 신호음이 또 한 번 울렸는데, 이번에는 좀 더 소리가 컸다. 나는 본능적으로 소리나는 쪽으로 고개를 돌렸다. 그러자 화면이 휙 바뀌었다. 내가 카메라를 조작하는 걸까? 그러고 보니 내 뒤통수 쪽의 머리 받침대에 동작 감지기가 있었다.

발을 막 떼려는 순간, 세 번째 신호음이 울렸다. 엄청 크게 들려서 나도 모르게 고개를 오른쪽으로 꺾었다. 케이블카가 언덕 위로 올라오더니 아래쪽으로 질주하기 시작했다. 그것도 아기가 타고 있는 유모차를 향해서 곧장!

바로 그 순간, 화면이 멈추더니 타서스 선생님의 목소리가 스피커를 통해 흘러나왔다.

"이게 여러분에게 주어진 상황이에요. 유모차 바퀴가 선로에 꽉 끼어 있지요? 해체하지 않는 한 뺄 수가 없어요. 유모차를 해체하려면 적절한 장비와 4분 30초의 시간이 필요합니다. 게다가 돌진하고 있는 케이블카는 브레이크가 고장난 상태입니다. 가만히 놔두면 케이블카는 정확히 42초 후에 시속 100킬로미터의 속도로 유모차를 덮치게 되지요. 유모차 안의 아기는 안전벨트가 꽉 조이고 있어서 꼼짝달싹도 못하고 있고요."

선생님 목소리는 마치 날씨 얘기라도 하고 있는 것처럼 무덤덤했다.

"만약 케이블카가 유모차를 덮치면 그 충격으로 선로를 벗어나면서 적어도 다섯 명의 승객이 죽게 됩니다. 어린아이 두 명과 행인 두 명도요. 아기의 부모 역시 유모차만 두고 자리를 뜨지는 않을 테니, 케이블카가 뒤집힐 때 아이 세 명과 함께 사고를 당하겠지요. 이 비극을 막는 유일한 길은 케이블카가 시속 75킬로미터에 이르기 전에 멈추도록 하는 거예요. 케이블카의 현재 시속은 30킬로미터입니다."

나는 두려움에 떨면서 두 눈을 커다랗게 떴다. 우리가 보고 있는 것이 실제 상황이 아니라 해도 두렵기는 마찬가지였다.

타서스 선생님이 계속 말을 이었다.

"여러분 옆에 서 있는 남자는 몸무게가 200킬로그램이 넘습니다. 장님이자 귀머거리예요. 여러분은 현재 의대 3학년입니다. 그 사람을 위해 자원봉사를 하고 있지요. 그 사람은 여러분이 이끄는 대로만 움직입니다. 10초 후에 그 사람이 선로를 건넌다면 시속 50킬로미터로 달려오는 케이블카에 치이게 될 겁니다. 그러면 케이블카가 유모차를 덮치기 직전에 멈추게 되겠지요. 선택은 여러분에게 달렸습니다. 어떻게 하는 것이 이 일을 해결하는 가장 현명한 방법일까요?"

화면이 다시 움직이기 시작했다. 나는 현장으로 돌아갔다. 오른쪽으로 몸을 돌려서 뚱뚱한 남자를 쳐다보았다. 그때 케이블카가 경적을 요란하게 울렸다. 나는 필사적으로 유모차를 잡아당기고 있는 아기의 부모를 바라보았다. 저 부모를 유모차에서 떨어지라고 설득할 수 있을까? 공포에 질린 아기 부모의 얼굴을 보는 순간, 그럴 수 없다는 걸 알아차렸다.

나는 다른 방법을 찾을 수 없는지 주변을 둘러보았다. 선로의 반대편에 핫도그를 파는 수레가 있었고, 그 옆에 줄무늬 모자를 쓴 장사꾼이 서 있었다. 저 수레가 뚱뚱한 남자의 몸무게와 비슷할까? 모르긴 해도 아닌 것 같았다. 나는 유모차 쪽으로 다시 고개를 돌렸다. 선로에서 유모차를 빼낼 방법이 있을까? 나는 유모차를 향해 뛰어갔다. 유모차 바퀴는 여전히 선로에 꽉 끼어 있었다. 잡아 빼려고 하는 대신, 힘껏 밀어 보았다. 유모차의 바퀴가 돌긴 했지만, 겨우 몇 센티미터만 움직이다가 말았다.

"유모차를 저쪽으로 밀어요!"

내가 소리치는 상대가 컴퓨터라는 걸 잊은 채 처절하게 울부짖었다. 저 사람들한테 내 목소리가 들리기나 할까? 놀랍게도 사람들이 유모차를 선로 아래쪽으로 밀기 시작했다. 나는 급히 핫도그 수레로 뛰어갔다. 수레가 뚱뚱한 남자만큼 무게가 나가지 않는다면 그리 빨리 케이블카를 멈추게 할 수는 없을 거다. 그래도 얼마쯤은 도움이 될 터였다. 아기의 부모가 유모차를 좀 더 아래쪽으로 민다면, 케이블카가 덮치기 전에 멈출지도 몰랐다. 무엇이든 시도를 해 봐야 했다. 장님에다 귀머거리인 남자를 차마 달려오는 케이블카 쪽으로 밀 수는 없었다.

"수레 미는 것 좀 도와주세요!"

내가 장사꾼에게 소리쳤다. 그러자 장사꾼이 내게 화를 버럭 냈다.

"안 돼! 내 장사를 망칠 셈이야?"

나는 아랑곳하지 않고 수레의 손잡이를 꽉 쥐고 선로 쪽으로 힘껏 밀었다. 하지만 꿈쩍도 하지 않았다. 젠장! 화면 아래쪽의 시계를 보니 벌써 21초가 지났다. 케이블카가 우리 쪽으로 점점 더 빠르게 다가오고 있었다. 뭐라도 해야 한다, 당장! 나는 케이블카 선로 쪽으로 밀 만한 것을 찾아 주변을 빠르게 둘러보았다. 아무것도 없었다. 뚱뚱한 남자와 유모차뿐이었다. 그리고 나……

나는 선로 한가운데로 달려가서 눈을 질끈 감았다. 물론, 나는 아무것도 느낄 수 없었다. 잠시 후 시뮬레이션이 끝났다는 버저 소리를 듣고 눈을 천천히 떴다. 화면에 사망자 수가 2로 표시되어 있었고, 내 '시체'가 바닥에 쓰러져 있었다. 케이블카에 치여서 피가 흥건했다. 아기 아빠 역시 죽은 채로 케이블카 아래에 깔렸다. 내 몸이 케이블카를 막기에 역부족이어서 도우려고 한 모양이었다. 다행히 아기와 엄마, 그리고 세 명의 아이는 살아 있었다. 그리고 뚱뚱한 남자는 그새 무슨 일이 일어났는지도 모른 채 선로 옆에 멀뚱히 서 있었다.

이윽고 화면이 까맣게 변하더니 목록이 죽 올라왔다. 열두 명의 수강생 명단이 사망자 수를 기준으로 순위가 매겨졌다. 일곱 명이 나보다 더 잘했다. 그 아이들의 사망자 수는 1명이었다. 짐작대로 사망자는 뚱뚱한 남자였다. 그 아이들이 점수 곡선에서 나를 중간으로 밀어내었다. 나머지는 아무것도 하지 않아서 아기의 가족을 모두 죽음으로 내몰았다. 나는 손에 힘을 풀고 어깨를 편안히 했다. 어쨌든 점수 곡선에서 중간은 되었다. 팟이 다시 투명해졌다.

타서스 선생님의 목소리가 스피커 너머로 울렸다.

"이 수업의 목적은 순긍정 임팩트라고 부르는 것이에요. 순긍정은 사회와 환경에 해가 되는 일을 단순히 '덜' 하는 것이 아니라 좋은 일을 '더' 많이 하는 것이 중요하다는 개념이에요. 가령, 나무를 베는 양보다 심는 양을 많게 한다든가…… 부정적인 행위를 덜 함으로써 얻는 영향과 긍정적인 행위를 더 함으로써 얻는 영향을 모두 더하는 게 결국 순긍정 임팩트라 할 수 있어요. 따라서 뚱뚱한 남자를 희생하기로 한 사람은 순긍정 임팩트의 효용을 높인 셈이죠. 반대로, 가장 낮은 점수를 받은 사람은 그만큼 저효용 가치를 얻었어요. 장님에 귀머거리에다 뚱뚱하기까지 한 이 사람은 사회의 웰빙에 전혀 도움이 되지 않아요. 여기서 가장 현명한 판단은 이 남자를 이용해 케이블카를 막는 거예요."

그때 누군가 질문을 했다.

"최선의 선택일지는 모르지만 사람이 죽었잖아요."

"훌륭한 질문이에요. 사람이 죽었지요. 하지만 그 사람은 사회에 암적인 존재예요. 사회적 자원으로 전혀 쓸모가 없죠. 그래서 이 사람의 죽음이 사회 전체에는 오히려 득이 된다는 거예요."

나는 흠칫 놀랐다. 장애가 있는 데다 체중 과다라는 이유로, 이 남자의 죽음이 사회에 득이 된다고?

"이번 시뮬레이션은 고대의 도덕 가설에 기반한 것이에요. 해마다 이 수업의 첫 시간에 다루었는데, 변함없이 두 그룹으로 갈라지곤 하죠. 한쪽은 뚱뚱한 남자를 희생하고, 한쪽은 아무것도 안 하는 식으로."

선생님이 잠시 말을 멈추더니 내 팟을 응시했다.

"하지만 올해는 독창적인 결과가 하나 더 있네요. 로리!"

선생님이 내 이름을 부르자 온몸이 바짝 긴장되었다.

"케이블카를 자기 몸으로 멈추려고 했어요. 이 시뮬레이션의 등장인물 가운데서 로리는 가장 높은 효용 가치를 지니고 있어요. 그다음은 아기 아빠고요. 유명한 벤처 투자자거든요. 그런데 둘 다 죽었군요."

선생님의 목소리가 사뭇 날카로웠다. 나는 한껏 움츠러들었다.

"혹시 영웅 콤플렉스라도 가지고 있나요?"

"어, 아, 아니요. 저는 단지……."

나는 말을 더듬거렸다. 선생님이 내 말을 잘랐다.

"영웅 심리는 나르시시즘(자기 자신을 훌륭하다고 여기는 일)의 다른 이름이에요. 나르시시즘은 현명함과 거리가 멉니다. 자신이 여기에 있을 자격이 충분하다는 걸 증명하고 싶다면 영웅 심리부터 먼저 버리는 게 좋을 거예요."

선생님이 내 팟에서 눈길을 거두더니 이내 몸을 돌렸다. 남은 시간 내내 내 쪽으로는 눈길 한번 주지 않았다.

여기에 있을 자격……. 그 말이 내 머리를 제대로 쾅 쳤다.

수업이 끝나자, 나는 다음 교실을 찾아 허둥지둥 달려갔다. 내가 도착했을 때, 선생님은 자리에 앉아서 천장에 매달린 줄을 만지작거리고 있었다. 이 교실이야말로 교실답게 생겨서 철제 책상이 줄지어 서 있었고, 앞쪽 벽에는 화면이 하나 붙어 있었다. 이 교실에서 딱 하나 눈에 띄는 건 책상마다 제미니 거치대가 붙어 있다는 점이었다. 내가 제미니를 거치대에 올려놓자 화면에 수강생 명단이 떠올랐다. 그리고 내이름이 빨간색에서 초록색으로 바뀌었다.

"심리학 수업에 온 걸 환영해요."

수강생이 모두 자리를 잡자, 선생님이 말을 하기 시작했다.

"나는 러드맨이에요."

러드맨 선생님은 이십 대 중반으로 보였다. 최신 유행하는 뿔테 안경과 운동화 때문인지, 타서스 선생님처럼 위협적으로 느껴지지 않았다. 그리고 꽤 잘생긴 편이었다. 나는 마음이 약간 편안해지는 걸 느끼면서 의자에 기대앉았다.

"이 수업에서는 사람들이 어떻게 인지하고, 기억하고, 생각하고, 말하고, 또 문제를 해결하는지 공부할 거예요."

선생님이 제미니의 버튼을 누르자, 뒤쪽의 벽에 불이 들어오면서 목록이 떴다. 왼쪽 줄에는 스물네 개의 정신 질환 목록이 철자순으로 나열되어 있었다. 오른쪽 줄은 아예 비어 있었다. 내 책상을 보자 제미니에도 똑같은 화면이 떠올랐다.

"첫 학기 연구 과제를 위한 주제를 선택하는 거예요. 오 주 안에 마쳐야 합니다. 연구해 보고 싶은 정신 질환 옆에 이름을 입력하고 '확인'을 누르세요. 결정하기가 어려운 경우엔 화면 맨 아래에 있는 자동 선택 버튼을 눌러도 됩니다. 그러면 럭스가 결정해 줄 거예요."

선생님이 화면을 건드리자, 목록이 초록색으로 변했다.

"현명한 선택을 하길 바라요."

나는 목록의 아래쪽부터 하나씩 쭉 훑어보았다. 아래에서 세 번째에 있는 '청각 이상 장애(APD, Akratic Paracusia Disorder)'가 맨 먼저 눈에 들어왔다.

"그걸 선택해."

다웃이 고요한 외침처럼 귓가에서 속삭였다. 두 시간 만에 두 번째였다. 나는 긴장한 나머지, 어릴 때 다웃을 떨치기 위해 불렀던 노래를 재빨리 떠올렸다.

조심해, 아가야. 다웃을 조심해. 조심해, 조심해, 조심해.

이마를 타고 땀이 삐질삐질 흘러내렸다. 열두 살 때 이후로 다웃을 들은 적이 없었는데. 나는 다웃을 떨쳐 내려고 고개를 세차게 흔들었다. 심각하게 생각하지 말자. 럭스가 결정하게 내버려 두면 돼.

자동 선택 버튼을 재빨리 누르자, '폐쇄 공포증' 옆에 내 이름이 회색으로 떴다. 이제 확인 버튼을 누르면 끝이었다. 그런데 아래에서 세 번째 항목으로 자꾸만 눈길이 갔다. 그 옆은 아직 비어 있었다.

"그걸 선택해."

우습게도 다웃이 나한테 다웃을 선택하라고 말했다. 그게 APD라는 거다. 다 자란 뒤에도 '마음의 목소리'를 듣는 증상을 일컫는 의학 용어였다. 누구든 감추고 싶어 하는 증상이었다.

벡의 부모님도 그랬다. 벡이 다웃을 떨쳐 내지 못하자, 처음에는 장난삼아 놀리곤 했다. "다웃이 오늘 저녁으로 뭘 먹고 싶다니?" "다웃이 초콜릿 아이스크림을 엄청 좋아하나 보지?" "다웃이 쿠키 먹으면서 우유도 마시고 싶다고 그랬어?" 하는 식으로 짓궂게 물었다. 그러면 벡은 다웃은 사람이 아니라 영혼이며, 영혼은 육체가 없으니 먹을 수 없다고 참을성 있게 대답했다.

하지만 우리가 나이를 먹고 다른 아이들이 다웃을 듣지 않게 되자, 벡의 부모님은 웃음과 함께 짓궂은 질문을 멈췄다. 결국 벡은 신경 정신과로 끌려가서 APD 진단을 받았다. 그리고 신체 활동을 늘리고 온라인 활동을 열심히 해서, 머리를 바쁘게 하라는 조언을 들었다. 벡은 이 조언을 무시했고, 다웃은 벡의 주변을 여전히 맴돌았다. 벡은 부모님에게 다웃이 더 이상 들리지 않는다고 거짓말을 해서 관심을 내려놓게 만들었다. 자신을 가만히 내버려 두길 원했던 것이다.

그런데 다웃은 왜 생기는 거지? 내가 다웃을 다시 듣게 되자 그런 의문이 더 크게 일었다. APD를 연구 과제 주제로 선택하는 게 비이성적인 행동인가? 당연히 비이성인 행동이다. 다웃이 원하는 일이니까. 다웃은 진실을 추구하는 이성을 의심하게 만들어서 혼란에 빠뜨린다. 나는 럭스의 추천 목록에서는 APD가 몇 번째에 있는지 확인했다. 제일 마지막이었다.

"30초 남았어요!"

러드맨 선생님이 소리쳤다. 그 순간에도 목록은 빠르게 채워지고 있었다.

나는 다웃을 따르는 게 아니야. 다웃으로부터 나 자신을 지키려는 거야. 결국 나는 APD 옆에 내 이름을 입력하고 확인 버튼을 눌렀다.

"그릇된 역사를 반복하는 건 바보다. 현명한 사람은 그것을 피하는 지혜를 가진다."

머리카락이 하얗게 센 역사 선생님이 이번 학기 수업에 대해 설명하고 있었다. 하지만 나는 거의 듣고 있지 않았다. 학생들이 수업 계획표를 열심히 들여다보는 동안, 나는 제미니를 켜고 인터넷에 접속한 채 정신을 딴 데 팔고 있었다. 검색창에다 APD를 입력했다.

청각 이상 장애. 같은 목소리의 환청이 계속해서 비이성적인 말을 하는 것으로 신경증적 장애이다. '다웃'으로 알려진 이 목소리는 사춘기 이전의 건강한 어린이에게는 흔하게 나타나는 증상 중 하나이다. 그러나 사춘기가 지나도 다웃이 남아 있을 때는 청각 이상 장애로 진단한다. 진단은 행동 관찰이나 부모의 소견에 근거한다.

이 질병의 원인은 아직 밝혀지지 않았지만, 가족력이 있거나 고도의 스트레스, 정서적인 변화, 주변인과의 격리 등이 영향을 미치는 것으로 알려져 있다. 초기에 발견하면 약물로 치료가 가능하다. 적절한 시기에 약물 치료를 하지 않으면 뇌의 일부가 급격히 퇴행해서 자기 파괴 행동을 일으키거나 치매에 이를 수도 있다.

"질문 있는 사람?"

선생님이 나를 똑바로 바라보며 물었다. 나는 고개를 가로젓고는 제미니의 전원을 껐다. 수업 계획표를 들여다보았지만 도무지 집중할 수가 없었다. 눈앞이 뿌옇게 흐려지더니 어린이, 퇴행, 치매 세 단어가 계속 아른거렸다.

지금까지도 다웃을 듣는 벡의 정신 건강을 걱정하면서 많은 시간을 보내 왔다. 사실은 내 정신 건강에나 신경을 썼어야 했던 게 아닐까?

나는 다웃을 무시하려고 무진장 애를 썼다. 하지만 결국은 다웃이 시키는 대로 따르고 말았다. 아니다, 완벽하게 이성적인 이유로 APD를 선택했다. 하지만 내가 다웃을 듣는다는 것은 명백한 사실이었다. 마음이 걷잡을 수 없이 혼란스러웠다.

3교시가 꿈속같이 멍하게 지나갔다. 배는 고프지 않았지만 역사 수업을 함께 들은 아이들에게 휩쓸려 식당으로 향했다. 식당 안으로 들어서자 허쉬가 손을 흔들었다. 샐러드 바 앞에서 접시에 양상추를 수북하게 담고 있었다. 환하게 미소짓는 걸 보니, 아침에 까칠하던 분위기는 온전히 사라진 모양이었다.

"나, 이 접시에 완전 꽂혔어."

내가 다가가자 허쉬가 말했다. 접시를 집어 들자 손가락이 시릴 정도로 차가웠다. 어디에서 만든 건지 확인하려고 뒤집자, 반짝거리는 글씨로 새겨진 G자가 눈에 들어왔다. 고개를 들자 선반에도 G자가 새겨져 있었다. 그노시스에서 교실에 있는 첨단 장비뿐 아니라 식당의 집기들까지 다 기부한 모양이었다.

"멋지네."

나는 차분하고 무덤덤하게 말했다. 오전 수업 시간에 겪은 일 때문에 접시에 열광할 여유가 생기지 않았다. 허쉬는 곧 양상추에서 오이 쪽으로 옮겨 갔다. 나는 허쉬의 뒤를 따라가면서 기계적으로 접시에 음식을 담았다. 샐러드 바에 있는 야채는 유기농 인증을 받았을 뿐 아니라, 밭에서 막 따 온 듯 최고의 신선도를 자랑했다. 하지만 나는 전혀 먹고 싶지 않았다. 다웃이 내 식욕을 다 앗아 가 버렸다.

"저 사람, 미혼일 거 같아."

허쉬가 파스타 코너에 서 있는 러드맨 선생님을 보고 중얼거렸다.

"선생님이야."

"내 수업 선생님은 아니거든."

허쉬가 눈썹을 위아래로 씰룩이더니 곧장 파스타 코너로 걸어갔다. 나는 식당을 두리번거리며 앉을 자리를 찾아보았다. 중학교 때는 식당에서 점심을 먹은 적이 없었다. 항상 벡이랑 도서관 근처에서 시간을 보냈다. 빈자리가 눈에 띄지 않았다.

"이리 와."

허쉬가 뒤쪽에서 쟁반으로 나를 살짝 밀었다. 우리는 허쉬와 같은 반인 여학생 두 명이랑 창가 자리에 앉았다. 레이첼과 이사벨이라고 했다. 허쉬는 그 애들과 수다를 떨었고, 나는 말없이 샐러드를 먹었다.

이사벨은 치즈버거를 먹다가 접시 위에 내려놓았다.

"난 식탐이 많아서 큰일이야. 럭스가 권장하는 것보다 500칼로리는 더 먹었어. 그래도 뭐, 신경 안 쓰면 그만이지. 나는 지금 이대로가 좋으니까."

이사벨이 내 샐러드로 눈길을 돌렸다.

"너는 럭스한테 안 물어보고 음식을 골라도 되겠네."

사실은 나도 샐러드를 싫어한다고 말하려는 순간, 리암 선배 목소리가 들렸다.

"안녕, 아가씨들!"

리암 선배가 내 옆자리에 앉았다.

"첫날 수업은 어떠셨나?"

"끝내줬죠."

허쉬가 대답했다. 반쯤은 지겨운 듯, 반쯤은 비꼬는 듯이 들렸다. 다행히 리암 선배는 눈치를 못 챈 것 같았다.

그때 교장 선생님이 이쪽으로 다가왔다.

"후배들에게 방향 제시를 잘해 주고 있는가, 리암 군?"

리암 선배는 등을 꼿꼿이 세우면서 의자에 바로 앉았다.

"최선을 다하고 있습니다."

리암 선배가 이렇게 대답하면서 허쉬를 쳐다보았다.

"이 학생은 자네 도움이 전혀 필요 없을 텐데."

교장 선생님이 말했다. 나는 무언가 재치 있는 대답을 기대하면서 허쉬를 쳐다보았다. 그런데 허쉬는 오히려 나를 보고 있었다. 다른 아이들도 마찬가지였다. 나는 고개를 들어 교장 선생님을 올려다보았다. 교장 선생님도 나를 보고 있었다.

"자네가 올해 신입생 중 유일한 헵타더군."

헵타. 그리스어로 '일곱'을 의미했다. 합격 통지서를 받았을 때, 조그만 네모 안에 숫자 7이 적혀 있는 걸 보았다. 내가 일곱 개 분야에서 재능이 뛰어나다는 뜻이었다. 테덴에서는 아주 흔한 일일 거라 생각했다.

"헉, 저희 학년에는 한 명도 없어요."

리암 선배가 놀라움을 감추지 못하며 말했다.

"그 앞 해도 마찬가지였지. 그래서 우리에겐 로리가 아주 특별해."

교장 선생님이 내 어깨에 손을 올려놓았다. 허쉬가 눈을 가늘게 떴다. 나는 일부러 무표정한 얼굴을 했지만 마음속은 마구 요동을 쳤다. 테덴에서 아주 특별한 존재라니! 꿈에도 상상해 보지 못한 일이었다.

"다행히 과거로부터 전혀 방해받지 않았더군. 그래서 더 대단하다고 생각하네."

교장 선생님은 내 어깨를 한 번 더 토닥이고는 천천히 자리를 떴다.

이사벨은 파란색 안경테 너머로 나를 바라보며 말했다.

"우리 오빠는 헥사야. 아빠는 그것도 엄청 대단한 거라고 하셨어."

이사벨과 레이첼은 마치 내가 존경의 대상이라도 되는 양 감탄 어린 눈길로 바라보았다. 허쉬는 눈을 가늘게 떴다. 과거에 대한 언급이 무얼 뜻하는지 무척 궁금해하는 눈치였다. 그것은 나도 마찬가지였다.

"하긴, 대부분의 학생이 펜타스니까. 대체로 다섯 개 분야에서 뛰어나다는 거지."

리암 선배의 목소리에 전에 없이 가시가 돋았다. 태도로 보아, 리암 선배도 헥사인 듯했다. 여섯 개 분야에서 뛰어난 셈이었다.

탁자에 잠시 정적이 흘렀다. 갑자기 허쉬가 의자를 박차고 일어섰다.

"나중에 보자."

허쉬는 이렇게 말하고는 곧장 몸을 돌려 나가 버렸다. 리암 선배가 허쉬의 뒷모습을 물끄러미 바라보았다. 레이첼이 허쉬의 뒷모습을 눈으로 쫓으며 중얼거렸다.

"시샘은 초딩 때 졸업해야 하는 거 아냐? 나는 네가 헵타인 게 대단하다는 생각만 드는구먼."

"고마워. 그게 무슨 의미인지는 잘 모르겠지만."

내가 말하자 리암 선배가 끼어들었다.

"그게 무슨 의미냐면, 네가 테덴을 위해 태어났다는 뜻이지. 다시 말하면, 위대함을 위해서."

왠지는 모르겠지만, 리암 선배의 목소리에 비장함이 묻어나는 듯했다. 순간, 다웃을 얼른 잠재워야 한다는 생각이 들었다. 내가 헵타여서 남들보다 능력이 뛰어난 거라면, 설령 다웃을 들었다 해도 뇌의 회복 속도가 빠르지 않을까?

지혜는 겁쟁이를 위한 것이 아니다

"카페인이 필요해."

오후 수업이 끝난 뒤 광장 쪽으로 걸어가면서 럭스에게 중얼거렸다. 오늘이 수업 첫날인데도 불구하고 선생님들은 숙제를 산더미같이 내주었다.

"9시까지는 식당에서 커피를 마실 수 있어."

럭스가 대답했다. 그리고 곧바로 제미니 화면에 커피 목록을 띄웠다. 바닐라 카푸치노가 맨 위에 있었다. 그런데 막상 식당으로 들어서자, 커피를 기다리는 줄이 어마어마하게 길었다. 나는 그것을 보고 걸음을 뚝 멈추었다. 여기서 차례를 기다릴 시간이면 시내의 카페에도 충분히 다녀올 수 있을 듯했다.

나는 럭스가 전날 추천했던 리버시티 빈스를 목적지로 설정했다. 정말로 마시고 싶은 건 카페 파라디소의 마차 라테였지만, 이틀 연속으로 모습을 드러내기엔 좀 멋쩍었다. 게다가 그 음료를 주문해서 노스를 의기양양하게 만들고 싶지도 않았다.

이번에는 큰길을 따라 조용한 주택가를 지나고 징검다리를 밟으며 강을 건너갔다. 바람이 세차게 불자, 나는 몸을 부르르 떨면서 카디건을 가지고 오지 않은 걸 후회했다. 구름이 산 위에 빼곡하게 몰려와 하늘을 까맣게 물들였다. 나는 고개를 들어 구름을 살피면서 리버시티 빈스의 문손잡이를 돌렸다. 그런데 문이 꿈쩍도 하지 않았다. 그러고 보니, "월요일은 쉽니다."라고 적힌 표지판이 창문에 걸려 있었다.

비가 몰아치기 전에 얼른 학교로 돌아갈까, 하는 생각이 들었다. 그때 갑자기 하늘에서 천둥소리가 울리더니 번개가 번쩍거렸다. 카페 파라디소까지는 두 블록만 더 내려가면 되었다. 아무래도 거기에 가서 천둥 번개가 지나갈 때까지 기다려야 할 듯싶었다.

파라디소의 문을 열자, 노스가 에스프레소 머신에서 커피를 뽑는 모습이 보였다. 종소리가 나자 고개를 번쩍 들었다. 나는 혼자서 여기까지 온 사실이 새삼 바보같이 느껴져서 눈을 발 쪽으로 내리깔았다.

"안녕? 도저히 참을 수가 없었나 보지?"

노스가 인사를 건네며 빙긋 웃었다. 신기하게도 어제와는 느낌이 사뭇 달랐다. 잘난 체하던 모습은 온데간데없고 두 눈이 맑게 반짝였다.

"바닐라 카푸치노?"

노스가 놀리듯이 말하면서 마차 통으로 손을 뻗었다. 귀에 꽂은 이어버드가 청바지 허리띠에 붙여 둔 성냥 상자 크기의 하얀색 장치와 연결되어 있었다. 언젠가 옛날에 쓰이던 MP3를 사진으로 본 적이 있는데, 아마도 그것인 듯싶었다.

"뭐 들어?"

내가 물었다.

"카다몸즈 카우치. 이 동네 출신 밴드야."

노스가 귀에서 이어버드 한쪽을 뽑아서 나한테 건네주었다. 나는 계산대로 바짝 다가가서 이어버드를 받은 뒤 귀에 꽂았다.

"만돌린을 연주하는 닉이 내 친구야. 개네 형은 기타를 연주하고."

음악에 온전히 집중하는 데 시간이 조금 걸렸다. 화음 구조가 독특했다. 저마다 따로 노는 듯하면서도 묘하게 조화를 이루었다. 귀를 사로잡는 선율 속에 기타는 바닥에 깔리고 만돌린은 절정을 향해 치달았다. 무슨 소리인지 알 수 없는, 또 다른 소리가 윙윙, 쨍그랑, 끼익끼익하면서 섞여들었다. 노래가 끝나자, 나는 이어버드를 빼서 노스에게 돌려주었다.

"멋진데! 카다몸즈 카우치라고 했지? 내 재생 목록에 넣어야겠어."

나는 제미니를 꺼내서 이름을 검색했다. 곧 제미니 화면에 밴드의 연주자 프로필이 떴다. 그런데 사용자 랭킹도 없고 판매 기록도 없었다. 알려지지 않은 밴드인 모양이었다.

"신인인가 보네."

노스가 고개를 저었다.

"아니, 세 번째 앨범이야."

나는 아래로 내려가 기사를 훑으면서 노스 말이 맞다는 걸 알았다. 첫 앨범은 사 년 전에 발표되었다.

"이해가 안 돼. 왜 아무도 안 듣지? 좀 독특하긴 하지만, 럭스가 추천하는 곡보다 훨씬 좋은데."

"럭스는 네가 좋아하는 것 따위엔 관심 없어. 럭스는 네가 뭔가를 사는 것에만 관심이 있지."

나는 시큰둥하게 대답했다.

"그게 그거 아닌가?"

"전혀. 너는 좋아하지도 않는 걸 늘 사고 있는 거야. 단지 깨닫지 못하고 있을 뿐이지. 하도 바빠서 뭘 살지조차 생각할 시간이 없으니, 그냥 그걸 좋아한다고 스스로에게 우기는 거지. 아 참, 박수 칠 줄 알아?"

나는 럭스에 의존해서 사는 삶이 얼마나 위험한지에 대해 한바탕 설교를 들을 준비를 하고 있었기에, 뜻하지 않은 노스의 질문에 오히려 깜짝 놀랐다.

"뭐라고?"

"박수 칠 줄 아냐고."

노스가 자신의 손으로 박수를 쳤다.

"박수 칠 줄 모르는 사람도 있나 보지?"

"박수 한번 쳐 봐."

노스는 이렇게 말하면서 두유를 길쭉한 금속 용기에 따랐다.

"왜 그래야 하는데?"

"일단 한번 쳐 봐."

내가 박수를 치자 노스가 빙그레 웃었다.

"오, 제법 근사하게 박수를 치는데?"

"내 박수에 왜 관심을 갖는 건데?"

나는 음료 값을 계산하려고 제미니를 계산대 스캐너에 갖다 대면서 물었다. 삐삐 소리가 나지 않아서 제미니를 센서에 대고 살짝 흔들었다. 그래도 여전히 소리가 나지 않았다.

"내가 대접하는 거야. 뭐, 테이크 아웃으로 가져간다면 말이야."

노스가 쉭쉭 소리를 내고 있는 스티머 뒤편에 서서 말했다.

"나, 얼른 나가라고 뇌물 쥐어 주는 거야?"

노스가 스위치를 누르자 스티머에서 쉭쉭 소리가 멈췄다.

"아니, 나랑 같이 어디 좀 가 달라고 뇌물 주는 거야."

내 심장이 조금 두근거렸다.

"어딜 가는데?"

노스의 시선이 나를 지나쳐서 외부로 돌출된 창문으로 향했다. 파라디소 티셔츠를 입은 까까머리 여자애가 창문을 닫고 있었다. 그때 창문 너머에서 번개가 번쩍하고 빛났다.

"곧 알게 될 거야."

노스가 의미심장하게 말하면서 종이컵에 우유를 따랐다. 손목을 살짝 움직였을 뿐인데, 우유 거품 위에 잎사귀 모양이 생겼다. 그때 노스의 이마에 새긴 문신이 눈에 띄었다.

당신 옆에서 함께 걷고 있는 사람 중 제삼자는 누구입니까?

노스가 생각해 낸 말인지, 어딘가에서 따온 글귀인지 알 수가 없었다.

"T. S. 엘리엇이 쓴 〈황무지〉란 시의 한 구절이야."

나는 노스의 말에 놀라서 머리를 치켜들었다.

"일부러 그러려고 한 게……."

"이마의 문신은 어차피 남들더러 읽으라고 한 거야. 그런데 지금은 시간이 없어. 나가야 하거든."

노스가 나한테 마차 라테를 건네며 말했다.

"금방 비가 올 거 같은데."

나는 창밖을 바라보며 대답했다.

"그러니까 빨리 가야 해."

노스가 이렇게 말하면서 앞치마를 벗었다. 창가에 있던 여자애가 계산대 안으로 들어가며 앞치마를 건네받았다.

"서둘러야겠다. 산 쪽에는 벌써 비가 와."

여자애의 말에 노스는 신이 났는지 눈동자가 반짝거렸다.

"여기서 잠깐만 기다려."

노스는 나에게 이렇게 말하고 밖으로 뛰어나갔다.

여자애가 나를 보며 물었다.

"노스를 어떻게 알아?"

"잘 몰라."

나는 시큰둥하게 대답했다. 그때 노스가 한쪽 어깨에 카디건을 걸친 채 가방을 들고 나타났다.

"가방 이리 줘."

노스가 내 가방을 잡으며 말했다. 나는 고개를 세차게 저었다.

"안 돼. 숙제해야 돼."

"걱정 마. 한 시간도 안 걸려."

나는 가방에 붙은 작은 주머니에서 제미니를 꺼내 시계를 보았다.

"하지만 네가 쇠사슬을 두고는 못 가겠다면야……."

노스가 나를 보면서 눈썹을 찡긋했다. 나는 사실 노스를 따라가지 않겠다고 말하려던 참이었다. 그런데 노스가 그 전에 내 말을 막았다.

"지금 카다몸즈 카우치랑 새 노래 녹음하러 가는 거야. 박수 칠 사람이 필요한데, 원래 오기로 한 사람이 일이 생겨서 못 온다지 뭐야. 그래서 박수 없이 그냥 하려고 했는데 마침 네가 왔잖아. 왠지 네가 박수를 끝내주게 칠 것 같아서……."

그때 밖에서 천둥소리가 울렸다. 노스의 눈이 나를 지나 창밖으로 향했다.

"가고 싶지 않으면 어쩔 수 없지. 아직은 네가 나를 잘 몰라서 그러는 거니까 이해할게. 난 이만 가야 해서……."

노스가 가방의 한쪽 끈을 어깨에 메면서 말했다. 나를 더 이상 설득하려는 뜻이 없어 보였다. 나는 어두워지고 있는 하늘을 바라보았다. 노스 말이 맞았다. 나는 노스에 대해 아는 게 없었다. 게다가 숙제도 있었다. 하지만 내가 들었던 노래는 정말이지 끝내줬다. 갑자기 호기심이 생겼다. 밴드에 대해서, 노스에 대해서.

나는 노스를 바라보았다.

"박수 치는 일은 일당이 얼만데?"

노스가 빙그레 웃었다.

"마차 라테 무한 제공."

나는 노스에게 가방을 건네주고는 까까머리 여자애를 향해 말했다.

"내가 만약 90분 안에 돌아오지 않으면 경찰에 연락해 줘."

시커먼 태풍 구름이 계곡을 지붕처럼 덮었다. 엄청난 천둥소리에 곧 비가 쏟아질 거라 예상했는데, 의외로 비는 한참 동안이나 주춤거리고 있었다.

"어디로 가는 거야?"

숲 쪽으로 걸어가면서 노스에게 물었다. 긴장한 나머지, 위가 배배 꼬이는 느낌이었다. 나는 이런 즉흥적인 일에 익숙하지 않았다.

"묘지로."

"묘지라고?"

"안에 들어가서 설명해 줄게."

노스가 내 손에서 종이컵을 받아 들었다. 나는 언덕의 가장자리 쪽으로 조심조심 내려간 뒤 철조망을 둘러친 담장 앞에 서서 노스를 기다렸다. 이틀 전에 허쉬랑 내가 기어 올라갔던 그 담장이었다. 노스가 내 옆에서 몸을 굽히더니 담장 아래 오목한 부분에 종이컵을 내려놓았다. 나는 주변을 살피면서 물었다.

"어디 안?"

노스가 묘지 중앙에 있는 정사각형의 작은 건물을 가리켰다. 건물의 지붕이 풀로 덮여 있어서 출입구의 일부만 보였다. 건물 바로 앞에는 내 신발에 붙인 배지처럼 생긴 사과나무가 가지를 사방으로 뻗은 채서 있었다. 키가 거의 건물 높이만 했다.

"곧 비가 뿌릴 거야. 생쥐처럼 쫄딱 젖고 싶지 않으면……."

노스는 내가 발을 디딜 수 있게 두 손을 활짝 폈다. 나는 노스의 어깨를 잡고 손바닥 위에 발을 디딘 뒤 담장 안으로 풀쩍 뛰었다. 노스도 뒤따라 담장을 넘어왔다.

"가자."

노스가 내 손을 잡았다. 우리는 죽 늘어선 묘비를 돌아서 묘지 입구 쪽으로 뛰었다. 공기에서 차가운 기운이 느껴졌다. 나는 화난 천사의 무서운 시선을 외면하려고 눈을 바닥으로 내리깐 채 지나갔다.

마침내 건물 안으로 들어서자, 우리는 웃음을 터뜨리면서 좁다란 차양 아래로 들어갔다. 노스가 기타를 메고 있어서 바짝 붙은 채로 걸어야 했다. 괜스레 심장이 쿵쾅거렸다.

"이제 어디로 가?"

나는 일부러 밝은 목소리로 물었다. 머리카락을 뒤로 넘겨도 자꾸만 앞으로 쏟아졌다. 노스가 내 머리카락을 귀 뒤로 넘겨 주었다. 노스의 손가락이 볼을 스치자, 나도 모르게 아랫입술이 설핏 떨렸다.

이윽고 노스가 화강암으로 된 벽을 밀었다. 그러자 돌이 안으로 스르르 움직였다. 나는 깜짝 놀라 눈을 동그랗게 떴다.

"어떻게 한 거야……?"

"간단해. 도르래 작동 원리랑 비슷한 거야."

노스가 설명하면서 따라 들어오라는 뜻으로 손짓을 했다.

안쪽은 몹시 어두웠다. 그래서 조심조심 움직이지 않으면 안 되었다. 내부의 공기는 생각했던 것보다 습하지 않고 오히려 상쾌해서 막 청소를 마친 방 같았다. 노스가 뭔가를 만지작거리자 방 안이 곧 환해졌다.

벽이랑 바닥이 온통 대리석이었다. 천장은 금색으로 덮여 있었다. 예상한 것보다 방이 훨씬 더 컸다. 기숙사 방 크기만 했는데 관을 빼고는 아무것도 없었다. 그저 벽을 따라 의자가 줄지어 놓여 있었다. 아마도 애도자를 위한 자리로 보였다.

"여긴 가족 묘인가 보네?"

내가 말했다.

"흠, 영재 학교에 어떻게 입학했는지 이제 알겠군."

노스가 놀리듯 말했다. 그러곤 가방에서 무언가를 주섬주섬 꺼내기 시작했다. 은색 노트북, 단추보다 작은 크기의 마이크, 커피캔 두 개, 녹슨 체인, 동전이 가득 들어 있는 비닐봉지.

밖에는 이제 비가 쏟아지고 있었다. 내가 노스에게 물었다.

"넌 지금 누군가의 영원한 안식처에서 음악을 녹음한다는 거야?"

노스가 눈썹을 위로 찡긋했다.

"영원한 안식처라……. 대단한 어휘 선택인데, 로리?"

처음으로 노스가 내 이름을 말했다. 노스의 입술에서 내 이름이 흘러

나오자 괜스레 기분이 좋았다. 그때 밖이 왁자지껄해지더니 돌문이 스르르 열렸다. 남자애 세 명이 비에 쫄딱 젖은 채 안으로 뛰어 들어왔다.

"로리, 내 친구들이야. 닉, 아담, 브렌트."

노스는 손가락으로 한 명 한 명을 가리켰다.

"한마디로, 카다몸즈 카우치라고 하지. 여러분, 우리의 박수 담당을 소개할게요."

"안녕."

세 명이 동시에 말하면서 대리석 바닥에 악기 가방을 내려놓았다.

"젠장, 아주 퍼붓네."

브렌트가 머리를 흔들어서 빗물을 털었다. 다른 두 사람보다 훨씬, 심지어 나보다도 어려 보였다. 노스가 핀잔하듯 말했다.

"천둥소리 들리면 출발하라고 했잖아."

"그러게. 근데 여기 이 천재분께서 그건 쿵쾅이지 아직 우르르 쾅쾅이 아니라잖아."

닉이 대답하면서 아담의 어깨를 툭 쳤다.

"여기까지 왔는데 때맞춰 비가 오지 않으면 허탕치는 거잖아."

아담이 비에 젖은 겉옷을 벗으면서 어깨를 으쓱했다. 그러곤 옷을 관 위로 휙 던졌다. 옷이 관 위에 떨어지면서 털썩 소리가 났다. 나도 모르게 몸을 움찔했다.

"걱정 마. 저 안에 아무도 묻혀 있지 않으니까."

아담이 나를 안심시켰다.

"어떻게 알아?"

내가 물었다.

"노스가 열어 봤거든."

나는 입을 쩍 벌린 채 노스를 바라보았다.

"열어 봤다고?"

노스가 어깨를 으쓱했다.

"밀폐한 흔적이 없어서 안에 시체가 없을 거라고 생각했어. 뚜껑이 굉장히 가벼워."

노스가 가장자리를 잡고 관뚜껑을 살짝 들어 올렸다.

"이게 진짜 대리석일 리가 없어."

"그럼, 시체도 없이 관을 여기다 둔 이유는 뭐래?"

"훌륭한 질문!"

닉이 말하면서 만돌린 가방의 지퍼를 내렸다.

"물론 더 훌륭한 질문은, 왜 묘지 한가운데다 이렇게 완벽한 음향 시설을 갖춘 건물을 지었을까, 하는 거지만."

"아, 그래서 여기에 연주를 하러 온 거구나?"

내 말에 노스가 대답했다.

"여기가 녹음 스튜디오보다 훨씬 나아."

"게다가 공짜고. 근데 비는 왜 와야 해?"

나는 고개를 끄덕이며 다시 물었다.

"소음을 없애 주거든. 비 오는 날엔 여길 찾는 사람이 없기도 하고. 미친 사람이 아니고서야 그렇지 않겠어?"

노스가 빙그레 웃었다.

여기에 있다가 들키기라도 한다면 테덴에서의 내 미래는 끝장난다고 봐야 했다. 하지만 나는 애써 지금 벌어지고 있는 일이 아무것도 아니라고 스스로를 위로했다. 노스 말대로 미친 사람이 아니고서야 이런 날씨에 여기로 오는 모험을 할 리가 없었다.

닉이 만돌린을 가볍게 퉁기기 시작했다. 악기가 적어도 백 년 이상은 된 것처럼 낡아 보였지만, 몸통의 나무에는 흠집 하나 없을뿐더러 소리 또한 완벽했다. 이윽고 다른 사람도 합류했다. 아담은 드럼을 쳤고, 브렌트는 베이스 기타를 잡았다. 연습 삼아 몇 음절을 연주하는데도 정말 멋졌다.

"좋아."

노스가 바닥에 노트북을 내려놓고 세팅을 했다. 우리는 둥그렇게 자리를 잡았다.

"다섯 박자로 박수."

노스가 나를 올려다보았다.

"머릿속으로 세는 거야. 하나, 둘, 셋, 넷, 짝. 계속, 계속."

나는 고개를 끄덕였다. 그러면서도 혹시라도 내가 연주를 망치게 될까 봐 겁이 났다. 세 사람은 곧 악기를 가져와서 연주할 준비를 하고, 노스는 관뚜껑 위에 둔 체인과 커피캔을 가져와 다시 노트북 옆에 앉았다.

"준비 완료."

모두가 준비를 마치자 서로가 마주 보며 고개를 끄덕였다.

닉이 말했다.

"하나, 둘, 셋……."

곧 다 같이 연주를 하기 시작했다. 나는 그들이 연주하는 모습에 넋이 빠져 있다가 그만 박수 칠 차례를 놓칠 뻔했다. 다행히 노스가 딱 맞춰 눈짓을 해 주었다. 노스는 체인으로 커피캔을 톡톡 쳤다. 나는 눈을 감고 음악에 귀를 기울이며 박수 치는 데 최대한 집중을 했다. 어느 순간부터 박수가 본능적으로 나왔다. 숫자를 셀 필요조차 없었다.

세 곡을 연주했는데 그중 두 곡에 박수를 쳤다. 노스는 캔에 동전을 넣기도 하고 체인으로 대리석을 내려치기도 하면서 자못 그럴싸하게 연주를 했다. 나는 박수를 치지 않아도 되는 마지막 곡을 들으면서 노스의 얼굴을 가만히 바라보았다. 이 곡은 내 재생 목록에 있는 그 어떤 음악보다 훌륭했다.

"이제 다 했어."

연주가 끝나자 노스가 말했다. 순간, 나는 심장이 쿵 내려앉았다. 이 대로 끝나지 않았으면 좋겠다는 생각이 들었다. 세 사람은 이곳에 들어올 때처럼 순식간에 인사를 하고 사라졌다. 잠시 후엔 나와 노스만 다시 남았다.

"넌 음향 감독쯤 되는 거야?"

노스는 노트북을 가방의 앞주머니에 챙겨 넣었다.

"그런 셈이지. 저 애들은 원래 보스턴에 있는 스튜디오에서 녹음을 했는데, 너무 비싼 데다가 여기서 녹음한 것보다 음질이 좋지도 않았어. 그래서 내가 마이크랑 음향 기기를 직접 샀어. 그 뒤로 여기서 우리끼리 녹음하기 시작한 거야."

"너, 기계 안 좋아하잖아?"

노스가 웃음을 터뜨렸다.

"왜? 내가 스마트 기기를 안 써서? 난 그저 제미니를 사용하지 않을 뿐이야."

"그러면 넌 안티-제미니구나? 이유가 뭐야?"

"그게 어떻게 작동하는지 잘 알기 때문이지."

노스가 담담한 목소리로 말했다.

어느새 빗소리가 멈추었다. 비가 그친 모양이었다. 하지만 햇볕은

한 줌도 들어오지 않았다. 문득 미뤄 둔 일들이 떠올라서 얼른 가야겠다는 생각이 들었다. 나는 자리에서 벌떡 일어섰다.

"가야겠어. 시간이 이렇게 많이 흐른 줄 몰랐어."

나는 입구 쪽으로 서둘러 걸어갔다. 그리고 밖으로 발을 내딛자마자 젖은 잔디에 발이 쭉 미끄러져 넘어질 뻔했다. 노스가 황급히 내 팔꿈치를 붙잡았다.

"얼른 가자."

노스가 담장 쪽으로 나를 이끌었다. 문득 산더미처럼 쌓인 숙제가 머릿속에서 맴맴 돌았다. 무슨 생각으로 여기까지 왔을까? 입학식 때 교장 선생님이 한 말이 생각났다.

"지혜란 겁쟁이를 위한 것이 아닙니다. 여러분 모두가 우리 학교의 교과 과정을 통과하지는 못할 거라는 뜻입니다. 우리 학교의 교과 과정은 학생들 모두를 위한 것이 아니니까요."

그때 노스의 목소리가 들렸다.

"게임 좋아하니? 하드 드라이브 찾으러 갈 건데 혹시 같이 갈 수 있나 싶어서. 파라디소에서 조금만 아래쪽으로 내려가면 되는데 굉장히 멋진 곳이야. 옛날 버전의 게임이 잔뜩……."

나는 짐짓 노스의 말을 잘랐다.

"학교로 돌아가야 해."

"아, 새는 새장 속으로 돌아가시겠다?"

노스가 빈정거리자, 나는 마음이 상해서 쏘아붙였다.

"테덴은 새장이 아니야."

"학교에 대해서 말한 거 아닌데."

노스는 엄지와 검지로 직사각형을 만들더니, 자석이나 밧줄로 당기는 시늉을 했다. 나는 불퉁한 표정을 지으며 담장을 올랐다. 노스가 도와주려 손을 내밀었지만 거칠게 뿌리쳤다. 뾰족한 모서리에 이마를 긁혔지만 조금도 아랑곳하지 않았다. 노스는 담장을 풀쩍 뛰어넘어 반대편으로 먼저 건너갔다.

시내로 접어들자마자 제미니에 접속하려고 노스를 앞질러 걸었다. 그사이에 아무도 나를 찾지 않으면 좋으련만.

파라디소 앞에 도착하자 노스가 나지막이 말했다.

"같이 가 줘서 고마워. 학교 근처까지 데려다줄게. 아니면……."

"괜찮아."

나는 재빨리 대답했다. 잠시 어색한 침묵이 감돌았다. 머릿속은 학교로 돌아가야 한다고 아우성치고 있었지만, 발은 그곳에 뿌리라도 내린 듯 꼼짝을 하지 않았다. 노스가 미소를 지으면서 무언가 말을 꺼내려는 순간, 내가 먼저 가로막았다.

"한동안은 시간을 낼 수 없을 거야. 엄청 바쁘거든. 공부에 집중해야 돼. 테덴은 정말 힘든 곳이야."

막상 말을 내뱉고 나자 무척 재수 없게 들렸을 거란 생각이 들었다.

"미안. 나는 그저……."

"너한테 시간을 내 달라고 부탁하려던 거 아닌데."

노스가 심술궂은 표정을 지었다. 순간, 내 얼굴이 후끈 달아올랐다. 노스는 몸을 휙 돌리더니 휘파람을 불면서 가 버렸다.

허쉬는 내 책상 앞에 앉아 나를 기다리고 있었다. 나를 보자마자 대뜸 이렇게 물었다.

"어디 있었어?"

"도서관에."

이거야말로 완벽한 알리바이였다. 허쉬는 절대로 도서관에 갈 리가 없으니까. 나는 허쉬에게 내가 어디에 갔다 왔는지 말하지 않기로 결심했다. 허쉬도 혼자만의 비밀을 간직하고 있지 않은가. 책상 옆에 가방을 내려놓는데 파라디소 로고가 찍힌 냅킨이 삐져나왔다. 나는 발로 가방을 책상 밑으로 쓱 밀어 넣었다. 그러고 나서 짐짓 아무렇지도 않은 척하며 물었다.

"왜? 나 찾았어?"

"응, 두 시간 내내."

허쉬는 눈을 가늘게 뜨고 나를 살폈다.

"포럼에도 안 나오더라고."

"제미니를 사생활 보호 모드로 설정해 둬서 그래."

나는 어깨를 으쓱했다.

"문자 메시지라도 보냈으면 좋았잖아. 괜히 걱정했네."

내 룸메이트가 내 행방을 궁금해한 건 절대로 나의 안전을 염려해서는 아닐 터였다. 나는 진흙투성이 신발을 벗고 깨끗한 신발로 갈아 신었다.

"미안. 다음에는 꼭 그럴게."

다음번에는 분명히 도서관에 가 있을 테니 거짓말을 할 필요가 없을 거다. 이건 지킬 수 있는 약속이었다. 엄마처럼 중도 탈락자가 되지 않기 위해서라도 공부에 집중해야 했다. 오늘 묘지에서 시간을 허비한 탓에 숙제를 모두 끝마치려면 얼마나 오래 걸릴지 알 수가 없었다.

"밥 먹으러 갈래?"

내가 허쉬에게 물었다. 저녁 식사 시간은 6시부터였다. 이미 10분이

지나 있었다.

"나도 너처럼 공부하는 습관이 몸에 배었으면 좋겠어. 너, 진짜 공부 열심히 하잖아."

허쉬가 복도로 나가면서 내 팔에 팔짱을 꼈다. 나는 얼굴을 찌푸리지 않으려고 애썼다. 허쉬가 왜 헵타 얘기를 안 꺼내나 싶었다. 결국 이런 식으로 내 노력을 과장해 헵타의 의미를 깎아내리려는 셈인 거다.

"스트레스 때문에 힘든 적 없니? 다른 사람들의 기대, 뭐 그런 거 때문에 말이야. 나 같으면 진작에 신경쇠약에 걸렸을 거 같아."

"걱정하지 마. 신경쇠약 근처에도 안 갔으니까. 왜? 실망스럽니?"

"로리, 진정해."

허쉬가 살짝 웃으면서 내 팔꿈치를 장난치듯 꼬집었다.

"너, 칭찬하려고 그러는 거야. 너는 테덴에서 완전 스타잖아. 스트레스를 어떻게 견디는지 궁금했을 뿐이야."

"별거 없어."

내 목소리가 자못 날카로웠다. 학생 식당으로 가는 계단에 이르자, 나는 허쉬의 팔을 풀고 조금 앞서 내려갔다. 식당은 엄청나게 붐볐다. 나는 허쉬와 약간 거리를 두고 줄을 섰다.

내 앞에 있는 선배 한 명이 등을 구부린 채 제미니에서 동영상을 보고 있었다. 화면은 제대로 보이지 않았지만, 목소리는 분명하게 들렸다. 그노시스의 CEO인 그리핀 페인 회장으로, 얼굴만큼이나 목소리가 유명했다.

"베타 테스터가 되신 행운의 주인공들은 다음 주에 제미니 골드를 받게 됩니다. 그리고 공식적인 판매는 육 주 후에 시작됩니다."

그노시스는 일 년 전부터 제미니 골드의 출시를 예고해 왔는데, 드디어 이번에 정확한 출시일을 밝히는 모양이었다. 그노시스는 광고에 돈을 쓰지 않는 대신, 이런 영상을 통해 새 제품에 대한 홍보를 하곤 했다. 이윽고 페인 회장이 목소리를 높였다.

"지금 보여 드리겠습니다. 제미니 골드!"

순간, 내 앞에 있는 여학생들이 제미니 골드를 보고 웅성거렸다.

"우아, 예쁘다."

누군가 탄성을 지르자, 옆에 있는 사람이 얼굴을 찌푸리며 반박했다.

"장난해? 엄청 후지구먼!"

"피, 난 엄청 마음에 드는데?"

제미니 골드는 말 그대로 금색이었는데 성냥갑보다 좀 더 작은 크기였다. 나는 곧 고개를 돌리며 그들의 수다에 관심을 껐다. 줄을 따라 어슬렁어슬렁 걸어가면서 벡이 뭘 하고 있는지 찾아보았다.

포럼 지도에서는 벡이 4번가에 있는 바텔 약국에 있는 걸로 나타났다. 벡의 근황이 내 뉴스피드 제일 위에, 그러니까 11초 전에 포스팅되어 있었다. 그 아래에는 메일 수신함을 찍은 사진이 올라와 있었다. 벡이 한 줄만 남기고 다 지워 버렸다.

@그노시스 : 축하해요, 벡 암브로즈. 제미니 골드의 베타 테스터로 선정되셨습니다! '확인' 버튼을 눌러 주세요.

"장난하는 거야?"

나도 모르게 이렇게 중얼거렸다. 사람들이 운명에 얽힌 농담까지 하면서 간절히 기다리는 제미니의 새 모델을 벡이 남들보다 몇 달이나 먼저 손에 쥔다고? 나는 벡에게 바로 전화를 걸었다. 신호가 한 번 울리자마자 벡이 전화를 받았다.

"지금 샘나 죽겠지?"

벡이 의기양양한 목소리로 말했다.

"말도 안 돼. 내가 훨씬 더 잘할 수 있을 텐데."

나는 일부러 뿌루퉁한 목소리로 말했다.

"그건 절대 아니지."

벡이 당당하게 대답했다. 그 점에 대해서는 벡의 말이 옳았다.

"그래서 언제 받는 거야?"

"다음 주."

"우선 비밀 유지 서약서에다 한 백 번쯤 서명을 해야 돼."

웅얼웅얼하는 소리가 들리더니 다시 벡의 목소리가 이어졌다.

"야, 로리, 나중에 전화할게. 독감 백신 맞으려고 줄 서 있는데, 저기 할아버지가 새치기하네. 본때를 보여 줘야겠어."

"행운을 빌게."

나는 웃으면서 뒤로 돌아섰다. 그때 허쉬 목소리가 들렸다.

"우아, 멋져! 이 남자가 단 한 번이라도 나한테 집적대 주면 얼마나 좋을까?"

허쉬는 내 바로 뒤에서 그리핀 페인 회장이 나오는 동영상을 보면서 호들갑을 떨고 있었다. 페인 회장은 제미니 골드를 구식 시계처럼 손목에 찬 채 시연하고 있었다. 나는 얼굴을 찌푸렸다.

"이 사람, 네 아빠 나이쯤 되지 않아?"

"아니거든!"

허쉬는 이렇게 말하면서 나를 지나쳐 식당으로 먼저 들어갔다.

비밀 동아리의 신고식

"뭐 하나 물어봐도 돼?"

"좋아."

나는 고개도 들지 않은 채 대답했다. 허쉬와 나는 각자 침대에 앉아서 숙제를 하고 있었다. 어쨌든 겉모습은 그랬다. 나는 역사 교과서를 들여다보면서 오늘 오후에 함께 담장을 넘었던 사람의 얼굴을 떠올렸다. 허쉬는 TV를 보고 있었다.

"아까 교장 선생님이 너한테 과거로부터 방해받지 않았다고 말씀하셨잖아. 그게 무슨 뜻이야?"

"글쎄올시다."

나는 침대에 엎드렸다. 그때 마침 옆에 놓여 있던 제미니에서 알림음이 울렸다. 나는 이 순간을 방해해 준 것에 고마워하며 얼른 제미니를 집어 들었다. 그런데 저장되어 있지 않은 번호였다.

문자 메시지에 글은 하나도 없고, 첨부 파일 아이콘만 보였다. 아이콘을 누르자 화면이 하얗게 변했다. 몇 초 후, 빨간색 글자가 떠오르기 시작했다.

뒤죽박죽된 글자가 나타나 빙빙 돌다가 서서히 멈추었다. 그리스 문자가 세 줄 나타나는가 싶더니 이내 영어로 바뀌었다.

오로라 본,

오늘 밤 11시에 미가엘 천사장의 왼쪽 날개 아래로 올 것을 요청한다.

선택은 너에게 달렸다. 단, 혼자 와야 한다. 아무에게도 말해서는 안 된다.

몇 초 후, 글자는 사라지고 화면이 까맣게 변했다. 문자 메시지 아이콘을 눌러 보았지만, 첨부 파일도 사라지고 없었다. 머리카락이 절로 쭈뼛거렸다. 미가엘 천사장의 왼쪽 날개라면 묘지에 있는 동상을 말하는 게 분명했다. 제정신이 아니고서야 어떻게 밤 11시에 혼자서 묘지에 가냐고! 그것도 통금 시간이 지나서. 심지어 누가 초대하는지도 모르는 채.

"가라."

그때 내 안에서 목소리가 들렸다. 나는 얼른 귀에 이어버드를 꽂았다. 목소리가 그치지 않으면 내가 막으면 된다. 하지만 얼마 지나지 않아 마음이 흔들리기 시작했다. 내 이름을 정확히 알고 있는 걸로 봐서는 전혀 모르는 사람은 아닌 듯했다. 나는 포럼에서 로리라는 이름을 쓰고 있었다. 그리고 아무도, 심지어 아빠도 나를 오로라라고 부르지 않았다.

그리스어를 쓴 걸로 보아, 학교와 관련 있는 것이 틀림없었다. 초대받은 사람만 가입할 수 있는 동아리가 있다고 안내 책자에서 읽은 적이 있었다. 어쩌면 그 동아리에서 보낸 초대장일지도 몰랐다. 게다가 나는 우리 학년에서 유일한 헵타이지 않은가. 또 메시지는 전혀 위협적이지 않았다. 강요하는 게 아니라 요청한다고 했다. 선택은 너에게 달렸다.

나는 럭스에게 물어볼까 하다가 문자 메시지의 지시 사항을 떠올리고 멈추었다. 아무에게도 말해서는 안 된다. 그 '아무'에는 제미니에 깔린 앱도 해당하는 걸까? 설마 문자 메시지를 보낸 사람이 내가 럭스에게 의견을 구하는지도 알아낼 수 있는 건 아니겠지.

하지만 그때, 내 문자 메시지함에서 첨부 파일이 사라진 것이 떠올랐다. 어쩌면 알 수도 있을 것 같았다. 시험일지도 몰랐다. 알아보는 방법은 딱 하나뿐이었다.

"피곤하네."

나는 일부러 이불을 잡아당기며 말했다. 이런 상황을 설명하지 않고도 방에서 무사히 빠져나갈 방법은 허쉬가 잠드는 길밖에 없었다.

"잠옷으로 안 갈아입어?"

허쉬가 말했다.

"귀찮아. 가끔 이래. 잘 자."

나는 이불 속으로 들어가면서 스탠드로 손을 뻗었다.

"잘 자."

허쉬는 이렇게 대답하고는 여전히 TV를 바라보았다. 나는 눈을 감고 기다렸다. 허쉬는 분명 피곤할 거다. 어젯밤에 잠을 거의 자지 않았으니까.

TV가 꺼지기를 기다리는 시간이 영원처럼 길게 느껴졌다. 허쉬는 욕실로 들어가서 양치질을 했다. 나는 제미니를 슬쩍 보았다. 10시 29분. 밖으로 나가려면 아직 30분 정도 시간이 있었다.

허쉬가 방으로 돌아오고 몇 초가 지나자 방 안에 불이 꺼졌다. 그대로 누워서 귀를 기울였다. 마침내 허쉬의 숨소리가 일정해졌다. 잠이 든 거다. 나는 침대에서 살그머니 빠져나온 뒤, 부츠를 손에 들고 문밖으로 나갔다.

묘지의 철문 앞에 도달했을 때는 10시 58분이었다. 담장을 막 넘으려는데 놀랍게도 문이 살짝 열려 있었다. 나는 묘지로 들어섰다. 묘지 안은 황량하고 어두웠다. 길을 밝혀 주는 달빛조차 없어서 세상이 온통 새까맸다.

주머니에서 제미니를 꺼내 플래시 아이콘을 눌렀다. 내가 지금 이 순간 절대로 하고 싶지 않은 일은 비석에 걸려 넘어져서 누군가의 시체가 묻힌 무덤에 얼굴을 처박는 거였다.

약속 장소에 이르자 '서비스 안 됨'이라는 메시지가 화면 제일 위에서 깜박였다. 갑자기 심장이 벌렁거렸다. 내가 무슨 짓을 하고 있는 걸까? 나는 고개를 들어 천사상을 바라보았다.

처음에는 천사상의 손가락이 출구를 향하고 있는 줄 알았는데, 이제 보니 하늘을 가리키고 있었다. 그런데 왜 저렇게 화가 나 보일까? 왠지 천사답지 않아 보였다.

"오로라 본."

어둠 속에서 목소리가 들렸다. 순간, 머리카락이 쭈뼛 섰다. 부자연스러운 금속성 목소리였지만 남자인 건 분명했다. 목소리 변조 앱을 쓴 모양이었다.

나는 천천히 몸을 돌리며 목소리의 주인공을 만날 준비를 했다. 목소리는 모자가 달린 까만색 망토로 몸을 철저히 감추었다. 얼굴까지 온전히 가려서 누군지 알아보기가 힘들었다. 움직일 때마다 망토 자락이 부스럭거렸다. 4~5미터가량 걸어와 멈춰 서더니 팔을 앞으로 뻗었다. 긴 벨벳 장갑을 낀 손에 눈가리개가 들려 있었다. 나더러 눈가리개를 쓰라는 얘기인가?

"우리의 초대에 응하려면 이걸 써야 한다."

목소리가 약간 윙윙거렸다. 한 걸음 더 다가오자, 망토 자락 아래로 하얀 운동화가 드러났다. 목소리는 망토로 그걸 급히 가리려다가 발부리에 걸리자 저도 모르게 욕을 내뱉었다. 나는 웃음이 터져 나오려는 걸 간신히 참았다.

더 이상 무섭지가 않았다. 그는 죽음의 신이 아니었다. 단지 괴상한 의상을 입은 채 목소리 변조 앱을 쓰는 평범한 사람일 뿐이었다. 이것은 예상대로 동아리의 신고식이었던 거다.

"좋아요."

내가 짧게 대답하고 돌아서자, 목소리가 내 눈에 눈가리개를 씌었다. 벨벳의 느낌이 피부에 부드럽게 와 닿았다.

"입을 벌려."

목소리가 지시했다.

"왜요?"

하고 묻는 찰나, 내 입술에 벨벳 천이 닿는 것 같더니 이내 혀에 체리 맛이 느껴졌다. 혓바닥에 얇은 플라스틱이 닿는 느낌이 들었다. 혀로 밀어내려고 하는 순간 이미 녹아 버렸다.

"이게 뭐예요?"

이렇게 물어보려고 했지만 말을 할 수가 없었다. 단 몇 초 만에 세상이 까맣게 변했다.

얼마 뒤 정신이 들었을 때는 몸이 경직되어 있었다. 나는 벌떡 일어나 앉았다. 엉덩이 아래가 딱딱했다. 거대한 원형 경기장의 돌계단에 앉아 있었다. 역사 교과서에서 본 고대 로마 유적지인 헤로데스 아티쿠스의 오데온 사진이 떠올랐다. 얼마 동안 정신을 잃은 걸까? 내가 아는 한 학교 근처에는 이 정도 크기의 원형 경기장이 없었다.

어디인지 확인하려고 고개를 돌리다가 가슴으로 불어오는 공기가 서늘해서 깜짝 놀랐다. 머리가 묵직해서 손을 가져다 대었다. 나를 데려온 사람이 입었던 것과 똑같은 벨벳 망토의 모자였다. 망토는 내 손가락 끝을 지나 바닥까지 끌려 내려왔다.

바로 그때 중앙 무대를 U자 모양으로 둘러싼 횃불이 보였다. 불빛은 흐릿해서 계단의 제일 아래까지도 못 미쳤다.

왼쪽으로 고개를 돌리자 몇 명이 더 보였다. 똑같은 망토를 입은 채 계단에 흩어져 있었다. 오른쪽에는 다섯 명이 더 있었다. 모두들 나처럼 고개를 이리저리 돌리면서 거대한 공간을 살펴보았다.

잠시 후 돌 사이에서 징소리가 들렸다. 그 소리가 어디에서 나는지는 알 수 없지만 이내 쇳소리가 경기장을 가득 채웠다. 징소리가 다시 울리더니 아래쪽에서 사람들의 움직임이 보였다. 똑같은 망토를 입긴 했지만 머리에는 모자 대신 다른 걸 쓰고 있었다. 정교하게 만든 종이 가면이었다. 리암 선배가 가면무도회에서 쓸 가면을 묘사한 딱 그대로, 진짜 털과 깃털, 가죽으로 장식이 되어 있었다.

나는 적잖이 안심이 되었다. 학교에서 쓰는 가면을 가지고 있다면, 테덴과 관련 있는 사람들이 분명했다. 그렇다면 나는 괜찮다는 거다. 심장 박동이 느려졌다. 무대 근처에 있는 사람들의 움직임이 하나하나 눈에 띄었다. 마치 춤을 추고 있는 것처럼 동작이 부드러우면서도 느렸다.

그때 목소리가 들렸다. 여자 목소리인 것 같았다. 하지만 역시나 목소리 변조 앱을 사용하고 있어서 확실하지는 않았다. 내 뒤에 있는 스피커를 통해 소리가 울려 퍼졌다.

"모두가 네 명령에 따라 네 앞에 와서 놀지 않느냐."

순간, 동물 가면을 쓴 사람들이 모두 무릎을 꿇었다. 이어서 남자와 여자가 나란히 나타났다. 이번에는 사람 가면을 쓰고 있었다. 고대 그리스의 동상처럼 갸름한 얼굴이었다. 특이하게도 눈이 없었다. 좀 더 자세히 보려고 몸을 앞으로 숙이자 또 다른 목소리가 말을 했다. 아까보다 더 으스스한 목소리였다.

"모든 것이 그들의 것은 아니다!"

더 으스스한 목소리가 소리치자 징이 세 번째로 울렸다. 이윽고 또 다른 사람이 나타났다. 다른 사람들과 똑같이 까만색 망토를 걸쳤지만 가면이 두 배로 더 크고 다섯 배는 더 괴상망측했다. 거대한 뱀의 머리였는데, 비늘이 매우 사실적이어서 흉측하기 짝이 없었다.

뱀이 무대 한가운데의 연단으로 움직이자, 남자와 여자 가면이 돌아가지도 않는 얼굴을 존경의 의미로 애써 숙였다. 뱀이 양팔을 죽 뻗자 망토 자락이 날개처럼 활짝 펼쳐졌다.

"환영한다. 그대들이 여기에 와서 기쁘다."

뱀 가면을 쓴 사람의 목소리가 맞는지, 아니면 그렇게 믿도록 설정된 건지 알 수가 없었다. 뱀은 말을 하면서 발레리나처럼 천천히 제자리를 빙그르 돌았다. 뒷면은 파충류의 머리로 연결되어서 마치 코브라가 공격을 준비하는 것같이 보였고, 등 뒤로는 뿔 달린 용의 꼬리가 바닥까지 내려왔다.

"그대들처럼 초대장을 받았으나 너무 두려워서, 혹은 알아보지 못해서 오지 못한 자들이 있다. 여기에 응한 그대들은 우리와 함께하러 온 것이다. 고대 그리스어로 이것을 '누스'라고 한다. 이른바 직관이라는 것이다. 직관은 몇 명만이 가지고 있지. 여기에 온 그대들은 직관을 가지고 있다는 거다."

나는 의자에서 움찔했다. 여기에 온 건 직관이 아니다. 다웃이 나를 이쪽으로 이끌었다. 내 눈은 이제 깜박거리는 희미한 불빛에 완전히 적응을 했다. 원형 경기장을 재빨리 훑어보면서 몇 명이나 계단에 앉아 있는지 세어 보았다. 모두 열네 명이었다. 순간, 속에서 부러움이 일었다. 이 아이들은 직관에 따라 여기로 왔다는 거잖아!

뱀이 다시 침묵을 깼다.

"이제 또 다른 선택의 순간이 왔다. 그대들은 여기에 대해 알고자 이 초대에 응했을 것이다. 진실을 알게 되려면 시간이 필요하다. 그대들은 재능 있는 자들의 성스러운 동아리에 들어오기 위한 시험을 거치게 된다. 다음 몇 주 동안 시험이 이어질 것이다."

내 가슴이 두려움 대신 흥분으로 요동쳤다. 가면, 횃불, 그리스어. 이거야말로 어린애들이나 하는 동아리가 아니다. 바로 비밀 모임인 것이다.

뱀의 목소리가 멈추자 무대에 무릎을 꿇었던 사람들이 일어났다. 사람 얼굴의 가면이 뱀 옆에 서는 동안 동물 가면은 계단을 오르기 시작했다. 사자 가면이 바로 내 밑에 서서 두꺼운 망에 덮인 눈동자로 나를 올려다보았다.

"이제는 선택의 순간이다."

으스스한 목소리가 이어졌다. 사자 가면이 장갑 낀 양손을 내밀었다. 양손에는 서로 다른 카드가 들려 있었다.

"이 지원 절차를 계속하려면 오른쪽 카드를 선택하라. 그리고 누구에게도 발설하지 말라. 때가 되면 우리가 연락할 것이다."

나는 카드를 자세히 보려고 몸을 앞으로 숙였다. 희미하긴 하지만 정교하게 색칠한 그림이 그려져 있었다. 벌거벗은 여자가 팔을 양쪽으로 뻗은 채 초록색 화환에 둘러싸인 지구 아래에 서 있었다. 여자 아래쪽에는 다양한 동물들이 있었는데, 무대에서 본 가면과 매우 흡사했다. 또다시 뱀의 목소리가 이어졌다.

"더 이상 시험을 원하지 않으면 왼쪽 카드를 선택하라. 어떤 질문도 하지 않을 것이다."

나는 사자 가면의 다른 쪽 손을 바라보았다. 십 대로 보이는 소년이 깃털 달린 모자를 쓴 그림이 그려져 있었다. 어깨에는 자루를 걸치고 손에는 하얀 장미 다발을 들었다.

"누구를 따를지 선택해."

다웃을 듣고도 심장이 오그라들지 않은 첫 순간이었다. 대신 마음이 약간 들떴다. 뱀이 하는 말이 내 안의 무언가를 자극했다. 이 사람들이 기대하는 사람이 되고 싶다는 생각이 들었다.

후보자들이 선택의 기로에 서서 고민에 빠지자 경기장 전체가 고요해졌다. 사자 가면의 눈을 볼 수는 없지만 나를 관찰하는 게 느껴졌다.

"시간을 가지고 생각하라."

뱀이 말했다. 하지만 나는 더 이상의 시간이 필요 없었다. 오른쪽 카드로 손을 뻗었다. 사자가 고개를 살짝 끄덕이더니 왼손의 카드를 재빨리 망토 안으로 숨겼다. 그리고 나를 일으켜 세워서 자신을 똑바로 보게 한 뒤 손가락 끝으로 내 입술을 살짝 건드렸다. 입을 벌리자 혀에 다시 얇은 플라스틱 조각이 느껴졌다.

"네가 들어올 줄 알았어."

그 순간, 사자 가면이 나지막이 중얼거렸다. 이번에는 목소리 변조 앱을 사용하지 않아서 누구인지 바로 알아차렸다. 리암 선배였다.

얼마 후, 나는 놀랍게도 내 침대에 앉아 있었다. 망토는 사라졌지만 내 손에는 빳빳한 종이 카드가 남아 있었다. 허쉬의 침대는 비어 있었다. 이번에도 몰래 나간 걸까, 아니면 경기장에 함께 있었던 걸까?

나는 카드를 가만히 내려다보았다. 방 안이 어두워서 잘 보이지 않았다. 이불 속으로 기어 들어가 엄마의 담요를 덮어썼다. 그리고 제미니를 켜서 카드를 살폈다. 리암 선배가 보여 주었던 것과는 달리, 이 카드에는 그림이 없었다. Z자 아래에 숫자 32가 적혀 있었다. 내 졸업 연도였다. 손가락으로 글자를 만지자 심장이 두근거렸다. 무늬와 숫자는 다르지만, 디자인은 엄마의 펜던트와 똑같았다. 엄마도 이 동아리 회원이었을까?

'테덴 비밀 동아리'를 검색했지만 아무 결과도 찾지 못했다. 연관 검색어조차 하나 없었다. '테덴 고대 동맹'이라고 입력해 보아도 결과는 마찬가지였다. 나는 제미니 화면을 보면서 씩 웃었다. 진짜로 비밀 동아리였다. 이 얼마나 멋진 일인가?

나는 벡에게 문자 메시지를 보내려다가 급히 지웠다. 그 사람들이 내 문자 메시지까지 볼 수 있는 건 아닐 테지만, 굳이 위험을 감수하고 싶지는 않았다.

"동아리에 꼭 들어가게 해 주세요."

나는 어둠 속에서 나직이 속삭이며, 행운의 부적이라도 되는 양 펜던트를 만지작거렸다. 그러곤 눈을 감고 잠을 청했다. 선뜻 잠이 올 것 같지 않아서 피보나치 수열의 숫자를 머릿속으로 세기 시작했다.

나만의 잠 청하기 방법이었다. 양 숫자 세기의 수학 괴짜 버전인 셈이었다. 몹시 피곤하지만 도저히 잠을 이룰 수 없을 때에 써먹는 방법이었다. 0, 1, 1, 2, 3, 5, 8, 13, 21, 34, 55, 89, 144, 233, 377, 610, 987, 1597……. 어느 순간, 내 뇌가 숫자 세기를 포기하고 잠이 들었다.

잊어버리기 힘든 아이

허쉬가 돌아오는 소리를 듣지는 못했다. 하지만 다음 날 아침에 눈을 떴을 때는 침대에 누워 있었다. 내가 샤워를 하고 나왔는데도 아직 잠에서 깨어나지 못했다. 결국 나는 혼자서 아침 식사를 하러 갔다. 식당으로 들어가자, 리암 선배가 와플 코너 쪽에 서 있는 게 보였다. 선배는 나를 못 본 척했지만, 이미 봤다는 걸 한눈에 알아차렸다.

"안녕."

내가 옆으로 다가가자, 리암 선배가 오목한 접시에 국자로 소스를 퍼 담으며 아무렇지도 않은 척 인사를 건넸다.

"물어볼 거 엄청 많아요."

"답해 주실 거야, 네가 들어오고 나면."

선배가 목소리를 낮추고 답을 하면서 김이 모락모락 나는 와플에 버터를 듬뿍 끼얹었다.

"선배가 저한테 들어올 줄 알았다고 말한 것 같은데요. 이제는 아니라는 거예요?"

"우선 시험을 거쳐야지. 모든 후보가 똑같아. 위원회에서 결정……."

"위원회라고요?"

내가 되묻자 리암 선배가 움찔했다.

"그 얘기는 그만 잊어 줄래? 로리, 네가 얼마나 흥분되고 혼란스러울지 충분히 알아. 나도 딱 일 년 전에 너랑 똑같았으니까. 하지만 선발 과정은 존중해야 해. 나도 규칙을 깨면 안 되고."

"그럼 내가 왜 선택되었는지만 말해 줄래요? 헵타이기 때문인가요?"

"그게 다는 아니야. 네가 제타를 받은 이유이긴 하지만."

"카드에 적혀 있는 Z 말이에요?"

리암 선배가 고개를 끄덕였다.

"후보자에게 그리스 문자를 하나씩 정해 줘."

리암 선배는 혹시라도 근처에서 누가 엿듣고 있는 건 아닌지 주변을 휘둘러보았다.

"제타는 일곱이라는 의미를 지니고 있어서 헵타에게 주거든. 네가 만약 들어오게 된다면 그게 네 닉네임이 될 거야. 그리스 문자와 네 졸업 연도만 회원 명단에 기록이 돼."

리암 선배가 설명하면서 메이플 시럽을 집어 들었다.

"선배는 뭐예요?"

선배의 얼굴에 그늘이 드리웠다.

"로리, 이런 얘기를 자꾸 나누면 안 돼. 이미 너무 많은 얘기를 했어."

내가 투덜댔다.

"꼭 그렇게 숨겨야 해요? 그럼 어젯밤에 왼쪽 카드를 선택한 사람들은 어떡하는데요? 그 사람들도 동아리에 대해 알지만 더 이상 끼어들고 싶지 않다는 거잖아요."

"딱 한 명밖에 없었어."

선배가 두 번째 탁자에 앉아 있는 학생을 고갯짓으로 가리켰다. 정보 수업을 함께 듣는 아이였다.

"입속에 넣어 준 물질이 뇌를 자극해서 기억력을 방해해. 조금 많은 양이 들어가면 기억이 아예 사라져 버리지."

선배가 목소리를 낮추고 설명했다.

"저 애에게 그걸 다시 먹인 거예요?"

그 아이를 바라보면서 내가 물었다. 아이는 오트밀을 입에 떠 넣고 있었는데, 반쯤 졸고 있는 듯이 눈동자가 풀려 있었다. 리암 선배의 입꼬리가 살짝 올라가면서 장난스러운 미소를 지었다.

"어젯밤의 기억이 꿈으로 느껴질 만큼만."

리암 선배가 제미니를 꺼내서 문자 메시지를 확인했다.

"난 이만 가야겠다. 나중에 또 얘기해. 하지만 이것에 관해서 더 이상의 질문은 안 돼."

나는 시큰둥한 목소리로 대답했다.

"알았어요. 그런데 허쉬도 거기 있었는지만 말해 주면 안 돼요? 마지막 질문이에요. 약속할게요."

리암 선배는 웃음을 참느라 입술을 깨물었다.

"허쉬? 허쉬는 거기에 없었어, 절대로."

"마치 그런 질문을 하는 게 말도 안 된다는 듯이 말하네요."

리암 선배가 옆으로 지나갈 때 내가 투덜거리듯 중얼거렸다.

"말도 안 되는 게 맞거든."

선배는 뒤돌아보지도 않고 대답했다.

그 주는 계획했던 대로 학업에만 매달렸다. 날마다 수업이 끝나면 식당에 들러서 커피 머신에서 바닐라 카푸치노를 뽑은 뒤 도서관에 가서 숙제를 했다. 그렇게 하는 것이 학업에 뒤처지지 않게 할 뿐 아니라, 파라디소에 노스를 만나러 가고 싶은 마음을 누를 수 있게 해 주었다.

나는 매일 오후 4시가 되면 파라디소에 가고 싶은 충동에 시달렸다. 노스가 보고 싶은 게 아니라 마차 라테가 마시고 싶은 것뿐이라고 스스로를 합리화하곤 했다. 어쩌면 정작 노스는 카페에 없을지도 몰랐다.

어쨌든 테덴에서 뛰어난 성적을 올리려면 공부에 집중해야 했다. 그 누구에게서도 방해받아선 안 되었다. 내가 공부에 이렇게까지 매달리는 이유를 절대로 이해하지 못하는 시골 청년이라면 더욱더.

다웃은 결국 사라졌다. 월요일 밤 이후로 한 번도 듣지 않았다. 동아리에서도 아무 소식이 없었다. 시험이 어떤 건지는 몰라도 아직 시작을 하지 않은 것 같아서 차라리 다행이라 여겨졌다. 잠잘 시간조차 없었기 때문이다. 쉬는 시간까지 다 바쳐도 시간이 모자랄 만큼 숙제가 많은 데다, 공식적인 학교 행사가 무척 많았다.

게다가 하나같이 적극적인 참여를 강력히 요구했다. 수요일은 1학년들끼리 모닥불을 피워 놓고 마시멜로를 구워 먹었고, 목요일에는 첫 단합 대회를 했고, 오늘 오후에는 운동장에서 체육 대회를 했다. 나는 처음 두 가지는 참가를 하고, 마지막 건 엄두가 안 나서 건너뛰었다.

"오늘 밤에 타이 요리 먹으러 가자."

점심시간에 식당에서 허쉬가 식판을 내려놓으며 말했다. 이번에도 이사벨과 레이첼이 함께였다. 언젠가부터 우리 넷은 항상 식사를 같이 했다. 이사벨은 겸손하고 똑똑한데 몸무게 때문에 고민이 많았다. 레이첼은 겁이 없고 명랑한 데다 관심사가 매우 다양했다. 나는 두 사람 다 좋아했다. 하지만 두 사람 역시 허쉬와 맞먹을 정도로 부유한 집안의 출신이었다. 나로선 절대로 따라갈 수 없는…….

단합 대회가 끝난 뒤에는 피자를 먹으러 갔고, 목요일 밤에는 인도 음식을 사 와서 먹었다. 두 번 다 금액을 넷이서 나누었는데 말도 못 하게 비쌌다. 이렇게 호사스런 식사를 내가 계속 감당할 수 있는지는 럭스한테 굳이 물어볼 필요도 없었다.

"맛있겠다."

이사벨이 대답했다.

"나도 먹을래."

"나도."

레이첼이 웃으며 거들었다. 허쉬가 나를 향해 눈썹을 찡긋했다.

"좋아."

나는 한숨을 꾹 누르며 말했다. 허쉬에게 내 몫을 대신 내 달라고 해도 되긴 했다. 식사를 하러 나갈 때, 허쉬가 내 귀에 대고 그렇게 속삭였기 때문이다. 하지만 그러고 싶지 않았다. 다른 세 명과 내가 얼마나 다른지 굳이 드러내 보이기가 싫었다.

모든 학생에게 똑같은 기회를 주었는데, 나만 경제적으로 뒤처진다는 게 좀 이상하게 여겨졌다. 하지만 테덴에 다니는 학생들 대부분은 엄청난 부자였다. 부모님이 의사나 변호사처럼 돈을 잘 버는 직업에 종사하는 경우도 있었지만, 대개는 집안 대대로 부자여서 스무 살이 되면 물려받을 집이나 땅, 주식들이 기다리고 있었다. 처음에는 그 돈이 이 아이들을 여기에 입학시켜 준 게 아닌가 하는 의심이 들었지만, 막상 얘기를 나눠 보면 그 생각이 싹 바뀌었다. 깜짝 놀랄 만큼 똑똑했기 때문이다.

그날 오후 기숙사에 돌아왔을 때 허쉬는 보이지 않았다. 나는 가방을 내려놓고 바람을 쐬러 나갔다. 그 시간엔 자못 한적한 편인 운동장 쪽으로 천천히 걸어가며 제미니를 꺼냈다. 그새 새로운 글이 엄청 많이 올라와 있었다. 오후 1시 53분에 벡이 셀카를 포스팅했다. 블러드 브리지 아래에 벡이 서 있었고, 그 뒤로는 배가 지나가고 있었다. 그 밑에 "미술관에 있는 줄 알았는데……, 결국 아니네."라고 쓴 글이 달려 있었다. 나는 댓글 아이콘을 누른 뒤, "우, 내 옷장에 완벽하게 어울리겠는걸."이라고 썼다.

벡이 바로 답글을 달지 않아서, 나는 화면을 스크롤하며 앞쪽으로 거슬러 갔다. 갑자기 한기가 훅 느껴지면서 화면이 꺼져 버렸다. 깜짝 놀라 고개를 번쩍 들자 녹투성이 차양이 눈에 들어왔다.

어느새 숲까지 와 있었다. 그제야 나뭇잎이 바스락거리는 소리와 강물이 흐르는 소리가 멀리서 들렸다. 좀 더 귀를 기울이면 운동장에서 뛰어다니는 학생들의 소리도 들릴 듯했다. 나는 뉴스피드를 닫고 최근 재생 목록을 찾아서 음악을 들었다.

묘지 쪽으로 가지 않고 담장을 따라 폴로 경기장 쪽으로 향했다. 말을 키우는 마구간을 지나자, 여자 필드하키 팀이 소리를 지르면서 연습하고 있는 모습이 보였다. 나는 언덕에 앉아서 구경을 했다. 스틱에서 스틱으로 옮겨 다니는 공을 눈으로 바쁘게 쫓아다니노라니 아무 생각도 나지 않았다. 경기 종료를 알리는 호루라기 소리에 맞춰 제미니가 진동을 했다. 해가 지평선 너머로 떨어지면서 오후의 햇볕이 가라앉기 시작했다. 금세 어두워질 기세였다.

@허쉬 클레멘츠 : 뭐 해?

나는 "필드하키 구경."이라고 입력했다.

@허쉬 클레멘츠 : 얼른 와. 식사하러 가야 해. 사랑해.

나는 기숙사로 급히 발길을 돌렸다. 몇 분 뒤, 숨을 헐떡거리며 방 안에 들어서자 허쉬가 마치 선언을 하듯 똑 부러지게 말했다.

"60초 안에 출발해야 돼. 이사벨이 잠자리에 들기 전에 소화를 다 시켜야 한대서 일찍 먹어야 하거든."

내일이 가면무도회에서 입을 드레스를 맞추는 날인데, 이사벨은 한 치수 작은 사이즈를 입으려고 일주일 내내 다이어트를 하고 있었다. 럭스에 따르면 이사벨은 2킬로그램을 더 빼야 했다. 사실 이사벨은 약간 통통하긴 하지만 허리가 잘록해서 그리 걱정스러워 보이지 않았다. 오히려 내가 더 걱정이었다. 가슴은 절벽인 데다 다리는 짧아서 뭘 입어도 도무지 태가 나지 않을 듯했다. 몸매가 이 지경이니 여지껏 남자친구가 변변히 없는 것도 전혀 이상한 일이 아니었다.

"이따가 시내에서 만나자. 난 지금 샤워 좀 해야겠어."

나는 허쉬를 지나쳐 방 안으로 걸어 들어갔다. 허쉬는 마치 내가 저녁 식사를 망치기라도 한 것처럼 한숨을 푹 내쉬었다.

"이사벨이 내일 9시에 옷을 맞춘대. 8시 45분까지는 식사를 마쳐야 붓기 뺄 시간을 조금이라도 더 벌 수 있다는 거야."

"어쨌든 난 씻어야겠어. 기다릴래, 아니면 먼저 갈래?"

허쉬가 기다릴 리 없다는 걸 너무나도 잘 알고 있었다.

"씻든지 말든지 네 맘대로 해. 드레이크 가에 있는 타이푼이야."

허쉬는 내 손에서 제미니를 낚아채더니 엄청나게 빠른 속도로 메모장에 주소를 입력하고 지도를 붙여 넣었다. 그런 다음 제미니를 내 손에 쥐어 주고 밖으로 휙 나가 버렸다.

나는 재빨리 샤워를 한 뒤 옷을 갈아입었다. 좀 비싼 축에 드는 청바지(새엄마의 입학 선물)와 시애틀에 있는 보세 옷가게에서 내가 직접 고른 티셔츠를 입었다. 티셔츠 길이가 약간 짧아서 엄마의 펜던트를 길게 늘어뜨렸다. 펜던트가 티셔츠를 묵직하게 눌러 주어서 고개를 숙일 때마다 내 빈약한 가슴을 손으로 가리는 일을 하지 않아도 되었다. 허쉬가 모자 달린 스웨터를 겉옷처럼 어깨에 걸치던 게 떠올라서 똑같이 해 보았다. 소매를 목에 둘러 묶은 다음 모자는 등 쪽으로 내렸다.

결국 나는 허쉬가 참을성 없이 보낸 문자 메시지를 두 개나 받고서야 밖으로 나섰다. 식당은 파라디소에서 북쪽으로 한 블록 떨어진 곳에 있었다. 일부러 빙 둘러서 먼 길로 돌아가지 않는 한 파라디소를 지나칠 수밖에 없었다. 파라디소의 문이 열려 있는 게 보이자 심장이 엄청나게 빨리 뛰었다.

"바보같이 굴지 마."

나는 속으로 중얼거렸다. 카페 앞을 지날 때 고개를 푹 숙인 채 문자 메시지에 집중하고 있는 척했다. 나는 "바보 같아, 바보 같아, 바보 같아."를 연속해서 메모장에다 입력했다.

"안녕."

나는 그 소리를 듣고 다리가 휘청거려 넘어질 뻔했다. 노스가 팔을 잡아 주었지만, 제미니는 그새 바닥에 떨어져서 떼구르르 굴렀다.

"조심해."

노스는 이렇게 말하면서 제미니를 줍느라 몸을 굽혔다. 노스가 화면에 적힌 글을 읽는 걸 보자 내 얼굴이 후끈 달아올랐다.

"멋지다고 적지 그랬어?"

노스가 제미니를 내 손에 쥐어 주었다. 노스에게서 얼그레이 향기가
났다.

"스웨터 멋지다."

"저녁 약속이 있어."

나는 이렇게 웅얼거리고는, 짐짓 아무렇지도 않은 척하며 제미니를
주머니에 집어넣었다.

"타이푼에서."

노스가 안 믿기라도 하는 것처럼 손가락으로 저만치 앞에 보이는 간
판을 가리켰다.

"이제 얼른……."

가야겠다는 말이 나올 차례였지만, 노스와 눈이 마주치자 입이 그대
로 얼어붙었다. 노스가 물었다.

"저 고가격 저용량 야채투성이 타이 음식을 진짜로 먹고 싶어?"

"더 나은 아이디어라도 있으신가 보지?"

내가 비꼬는 투로 말했는데도 노스는 빙그레 미소를 지었다.

"당연하지. 저가격 고용량 미트볼 샌드위치."

노스가 대뜸 내 제미니를 가져갔다.

"비밀번호가 뭐야?"

"비밀번호를 가르쳐 줄 순 없지!"

"좋아, 그럼 네가 직접 비밀번호를 눌러."

"내가 왜 그래야 하는데?"

나는 이렇게 말하면서도 제미니에 비밀번호를 순순히 입력한 뒤 노
스에게 다시 건넸다.

"이 동네 최고의 비밀을 네 포럼을 통해 팔로들에게 들키면 안 되거든. 그러면 지오바니 아저씨가 가격을 올릴 거야."

그러더니 노스가 갑자기 눈을 동그랗게 떴다.

"왜 사생활 보호 모드로 해 뒀어?"

"룸메이트가 들들 볶아서. 그런데 무슨 노트북이 그렇게 커?"

나는 노스의 가방을 가리켰다. 노트북이 하도 커서 가방의 지퍼가 제대로 닫히지 않았다.

"골동품이지. 실은 여기서 몇 블록 떨어진 수리점에 가던 참이야. 같이 갔다가 샌드위치 먹을래?"

나는 이미 허쉬에게 문자 메시지를 보내는 중이었다.

몸이 안 좋아. 저녁 못 먹겠어.ㅠㅠ

"룸메이트?"

노스가 화면을 향해 고갯짓을 하면서 물었다. 나는 고개를 끄덕였다.

"여기 처음 온 날 같이 왔던 친구."

나는 제미니의 전원을 끈 뒤 뒷주머니에 넣었다.

"아, 기억나. 잊기 힘든 타입이지."

노스가 가방 끈을 고쳐 메면서 길 건너편을 바라보았다.

"얼른 가자. 7시에 문을 닫거든."

나는 고개를 끄덕였다. 그런데 자신감이 온통 사라져 버리고 말았다. 잊기 힘든 타입이라……. 나한테는 해당되지 않는 말이었다. 나는 어디에서든 뒷배경으로 녹아 버리기 쉬운 타입이었다.

수리점은 골목 안에 있어서 입구가 잘 보이지 않았다. 내가 상상한 번쩍번쩍한 전자제품 대리점과는 판이하게 달랐다. 가게 안에는 낡디낡은 장비가 빽빽하게 들어차 있었다.

"안녕, 노스."

계산대 뒤에 있는 여자아이가 제미니를 보고 있다가 고개를 들었다. 내 또래이거나 좀 더 어려 보였다. 짧은 머리칼은 진분홍색으로 물들였고, 코에는 백금으로 된 코걸이를 했다.

"노엘, 여기는 로리야. 테덴에 다녀. 로리, 여기는 노엘. 얘 할아버지가 여기 주인이셔."

노스가 소개했다.

"안녕."

내가 먼저 인사를 건넸다. 노엘이 소리쳤다.

"우아, 테덴에 다닌다고? 대단하다. 나도 지원서 넣으려고 하는데. 어떻게 하면 되는지 정보 좀 줘."

"내가 합격한 게 나도 놀라워. 너도 꼭 합격할 거야."

나는 사람들이 흔히 대답하는 식으로 말했다. 그러면서도 심리 검사 평가서에 분홍색 머리카락과 코걸이에 대해 뭐라고 적힐지 궁금증이 일었다. 테덴에서는 아무도 그런 모습을 하고 있지 않았다.

"그래서 뭐가 문제야?"

노엘이 커다란 은색 노트북을 집어 들면서 노스에게 물었다. 그때 천장에 걸린 등에서 쏟아진 불빛 때문인지, 유리 진열장 안에서 유난히 반짝이는 금빛 장신구가 눈에 들어왔다. 비둘기 모양의 로켓(사진이나 기념품을 넣어 목걸이에 다는 작은 갑)이었는데, 왼쪽에 경첩이 붙어 있었다. 새의 눈에는 파란색 보석이 박혔고, 날개는 은색을 띠었다. 그 로켓은 고물 천지인 이런 곳에 안 어울리게 매우 섬세하고 우아했다.

"하드 드라이브가 나간 거 같아. 이반 할아버지가 고치실 수 있을까?"

"할아버지는 뭐든 고치시지."

노엘은 노트북을 지퍼가 달린 주머니에 넣더니, 수리 요청서 같은 걸 작성했다. 노스의 연락처를 알고 있는지, 묻지도 않고 줄줄 써 내려갔다.

"혹시 임시 대여품 필요해?"

노엘이 물으면서 서명하라고 G-태블릿을 노스 쪽으로 내밀었다.

"아, 아니다. 너, 컴퓨터가 일곱 대던가?"

"아홉 대야, 정확히는."

노스가 빙그레 웃었다. 수리 요청서를 등록하는 데 잠시 시간이 걸렸다.

"컴퓨터가 아홉 대라고? 컴퓨터를 수집하는 거야?"

내가 놀라서 물었다.

"취미 생활로 구형 컴퓨터를 수집하거든."

노스가 가방을 어깨에 메면서 대답했다.

"다 되면 연락 줄 거지?"

노스가 노엘에게 물었다.

"그럼."

노엘이 대답하면서 제미니로 손을 가져갔다.

"테덴에 합격하길 빌게."

내가 말했다.

"고마워."

노엘은 이미 제미니에 쏙 빠져들어 건성으로 대답했다. 노스가 문을 열어 주어서 내가 먼저 골목으로 발을 내디뎠다.

"그럼 이제 저녁 식사?"

노스가 옆문에 붙은 녹색 간판을 가리켰다. '지오바니'라고 쓴 하얀색 페인트 글씨가 군데군데 벗겨져 있었다.

막연히 패스트푸드점을 생각하고 있었는데, '지오바니'는 하얀 식탁보를 덮은 탁자가 몇 개 놓여 있는, 제법 멀쩡한 식당이었다. 지오바니 아저씨가 직접 요리를 한다고 했다. 노스를 격하게 안아 주다가 티셔츠에 토마토소스 자국을 남기고는 급히 샌드위치를 만들러 들어갔다.

노스 말로는 미트볼 샌드위치는 정식 메뉴에 없단다. 어렸을 때부터 여기 와서 식사를 했는데, 노스는 미트볼만 골라서 마늘빵 사이에 넣고 소스를 듬뿍 발라서 먹었다나. 스파게티를 좋아하지 않아서였다는 것이다. 그걸 눈치챈 지오바니 아저씨는 그다음부터 스파게티 대신 샌드위치를 만들어 주었고, 그때부터 노스는 이것만 먹는다고 했다.

"여기에서 자란 거야?"

샌드위치가 든 봉지를 받아 들고 식당에서 나온 뒤에 내가 물었다.

"보스턴에서 자랐어."

노스가 메인 가 뒤쪽의 좁다란 골목으로 접어들면서 대답했다.

"근데 이모가 여기 사셔서 자주 왔어. 파라디소 주인이야."

"부모님은……?"

"아빠는 보스턴에 계셔. 외아들이 고등학교 중퇴자라는 사실을 애써 무시하시면서. 엄마는 세 살 때 돌아가셨고."

갑자기 모든 게 한꺼번에 이해가 되었다. 노스에게서 유달리 느껴지던 친밀감……. 노스도 엄마가 돌아가셨구나! 요사이는 과학과 의학의 기술이 눈부시게 발전한 덕분에 사고나 병을 쉽게 피할 수 있었다.

따라서 엄마가 없는 아이는 극히 드물었다. 루스벨트 중학교에서는 내가 유일한 아이였다. 아마 테덴에서도 그럴 거다. 노스에게 나도 엄마가 돌아가셨다고 말하고 싶었지만, 목구멍에 뭐가 걸린 듯 말이 새어 나오지 않았다.

"학교는 왜 관뒀어?"

내가 묻자 노스가 나를 빤히 바라보았다.

"나는 학교랑 안 맞아."

"그래서 커피를 만드는 거야?"

노스의 눈에 그림자가 어릿거렸다.

"네 기준에 한참 못 미치지? 미안하다."

"그런 뜻 아니야."

나는 얼굴을 붉히며 덧붙였다.

"내 기준에 못 미치는 거 아니야. 사실 난 기준도 없는걸."

"너 정도 되면 기준이 있어야지. 그것도 아주 높은 걸로."

노스가 특유의 미소를 지어 보였다. 그리고 파라디소의 뒷문 앞에서 걸음을 멈추었다. 그 옆에 철문이 하나 있었다.

"아직은 기준이 없으니까 커피를 만드는 걸로 돈을 버는 고등학교 중퇴자랑 빈 집에서 저녁 먹는 걸 못 하겠다고 하진 않겠네."

노스가 철문의 손잡이를 돌렸다.

"그 고등학교 중퇴자는 정확히 몇 살인데?"

나는 뒤따라 들어가면서 순진한 척 물었다. 문 안쪽에 위로 통하는 계단이 있었다. 노스가 등 뒤로 문을 닫더니 자물쇠를 잠갔다.

"열여덟 살."

노스가 계단을 오르기 시작했다. 다리가 자꾸만 후들거렸다. 빈 집이라는 말이 마음에 걸렸다. 여태껏 남자의 침실을 한 번도 본 적이 없었다. 벡을 빼고는. 하지만 벡을 남자라고 생각한 적은 단 한 번도 없었다.

현관문을 열자 바로 거실이 나왔다. 진짜 거실이라기보다는 소파와 주방과 잠자는 공간을 책이 잔뜩 꽂힌 책장으로 구분해 놓은 정도였다.

"여기서 혼자 살아?"

나는 노스를 따라 주방으로 들어가면서 물었다. 침대가 하나만 놓여 있는 걸로 봐서는 그런 것 같았다. 노스는 샌드위치의 포장지를 벗기면서 고개를 끄덕였다.

"파라디소에 딸린 방이야. 이모가 공짜로 살게 해 주셨어."

노스는 샌드위치를 한입 베어 물었다. 소스가 턱으로 줄줄 흘러내렸다. 나는 내 몫의 샌드위치를 요리조리 돌려 보면서 나이프와 포크가 있으면 좋겠다고 생각했다.

"그냥 먹어. 어차피 예쁘게 먹을 방법은 없으니까. 일단 한입 베어 먹어 보면 그런 것 따윈 신경 안 쓰게 될걸."

노스 말이 맞았다. 샌드위치를 입에 넣는 순간 아무 생각이 없어졌다. 특별한 재료를 쓰지 않고도 이렇듯 훌륭한 맛을 낼 수 있다는 사실이 신기해서, 잠시 동안 럭스에다 제일 좋아하는 샌드위치로 등록할까 하는 생각까지 했다. 그러다가 이 샌드위치는 나 혼자서는 구할 수도 없을뿐더러 내 소비 방식과 맞지 않는다는 걸 깨달았다.

"영화 볼래?"

노스의 말이 입안에 든 샌드위치 때문에 웅얼거리며 흘러나왔다. 나는 급히 입가를 닦았다. 노스가 책장의 맨 아래칸을 가리켰다. 거기엔 책 대신 시디 케이스가 꽉 차 있었다.

"하나 골라 봐."

나는 그쪽으로 다가가서 제목을 죽 살폈다.

"몽땅 스포츠 영화인데?"

나는 실망감을 감추지 못하며 이렇게 말했다.

"거기에 스포츠만 나오는 건 아니지. 넌 스포츠 영화 안 좋아하는구나? 그럼 네가 제일 좋아하는 건 뭐야?"

내가 얼른 대답하지 못하자, 노스가 씨익 웃으며 말했다.

"내가 고를 테니까 기다려 봐."

노스는 내가 보지 못하도록 시디 케이스를 등 뒤로 숨겼다. 나는 시간을 확인하려고 제미니를 꺼냈다. 허쉬가 문자 메시지를 여섯 개나 보냈다. 가장 마지막은 3분 전에 엄청 큰 글씨로 보낸 것이었다.

@허쉬 클레멘츠 : 어디야?!?!

나는 얼른 허쉬의 위치를 확인했다. 드레이크 가와 메인 가 사이? 아직 식당에 있는 모양이었다.

"룸메이트야?"

노스가 물었다.

"으응, 도서관에 있다고 해야겠어. 그래야 날 좀 내버려 두지."

"거짓말하면 안 돼. 특히나 문자로는……. 그냥 답장을 보내지 마."

"내가 거짓말하는 걸 허쉬가 알 리 없잖아. 게다가 난 지금 사생활 보호 모드라고."

"네 위치 추적은 차단했지만 제미니는 여전히 GPS 좌표를 알고 있어. 럭스 앱이 돌아가고 있지 않아도 로그인은 되어 있는 거라고."

"그걸 어떻게 알아?"

"사용 설명서에 다 적혀 있으니까."

"사용 설명서를 읽어?"

노스가 이맛살을 찌푸렸다.

"넌 안 읽어?"

"말도 안 돼. 사용 설명서 읽는 사람이 어디 있다고."

노스가 고개를 저었다.

"럭스에게 모든 결정을 맡기면서 어떤 원리로 작동하는지도 모른단 말이야?"

나는 괜스레 부아가 치밀었다.

"그래, 네 말이 맞다 치고…….."

"맞다 치는 게 아니라 맞다니까!"

"그래그래, 알았다고. 근데 럭스가 지금 내가 어디 있는지 아는 거랑 내가 거짓말하는 거랑 무슨 상관이야?"

노스는 찬찬히 설명을 했다.

"럭스는 사용자의 경험을 바탕으로 유형을 찾아 설계를 하기 때문이야. 럭스가 보기에 너는 거짓말을 '이럴 때' 하는 거지. 죄책감을 느끼거나 다른 사람의 기분을 상하게 하고 싶지 않을 때, 혹은 하지 말아야 한다는 걸 알면서도 굳이 하고 있을 때…….. 지금처럼."

노스가 살짝 웃었다.

"네가 지금 거짓말을 하면, 럭스는 이 상황에 대한 데이터를 수집해서 다음번에는 이런 상황 속으로 너를 들여보내지 않으려고 할 거야. 그런데 나는 그러지 않기를 바란단 말이지."

마치 어떤 음모론의 피해 망상적인 얘기로 들리긴 했지만, 여기서 중요한 사실은 럭스가 어떻게 작동하는지 그동안 전혀 모르고 있었다는 사실이다. 팝업창에 사생활이나 업데이트 관련 정보, 혹은 사용 설명 같은 게 뜨면 무조건 '동의'나 '허용'을 눌렀다.

나는 탁자 위에 제미니를 엎어 놓았다.

"그래서 영화를 볼 거야, 말 거야?"

"어땠어?"

엔딩 자막이 올라가기 시작하자, 노스가 나를 바라보며 물었다.

"재미있네."

나는 간단하게 대답했다.

"별로였다는 거네."

"아냐! 좋았어. 그런데 어떤 기분을 느껴야 하는지 잘 모르겠어. 레이 머릿속에 들리는 목소리가 다웃인 거 맞지? 레이가 불쌍하다고 생각해야 하는 거야?"

노스가 소리내어 웃었다.

"감동해야지. 감정을 일으키는 거 말이야."

그 말에 나는 움찔했다. 솔직히 말하면, 이야기가 감동적이라는 게 오히려 더 문제였다. 영화가 담고 있는 메시지가 나를 불편하게 만들었다. 주인공이 다웃을 들었기 때문이다.

"그것을 만들면 그들이 올 거다."

레이가 자신의 옥수수 농장에 야구장을 만들자, 이미 죽은 야구 선수들이 나타나서 경기를 한다. 이야기가 완전 허구라는 점은 접어 두고, 나는 주인공이 계속 듣는 목소리의 의미를 금세 알아차리고 받아들이는 장면에서 짜증이 훅 치밀었다.

"난…… 납득이 안 돼."

나는 노스가 제일 좋아하는 영화를 폄하하고 싶지 않아서 조심스레 말을 꺼냈다.

"뭐가?"

"음, 레이의 머릿속에 들리는 목소리가 옥수수 농장에 야구장을 만들라고 했다는 거."

"그 말을 따라서 어떻게 되었지? 농장을 살렸잖아. 아버지하고는 화해를 하고, 사람들에게는 즐거움을 주고. 그 목소리를 듣지 않았다면 어떻게 되었을지 상상해 봐."

내가 제정신을 잃는 것보다 농장을 잃어버리는 게 낫다고 반박하려는 순간, 노스의 시선이 벽에 붙은 뻐꾸기시계로 향했다. 나는 그만 입을 다물어 버렸다. 벌써 9시 15분 전이었기 때문이다.

"이만 가야겠어. 샌드위치 고마웠어. 영화도……."

나는 노스가 입을 열기 전에 재빨리 말하고 자리에서 일어섰다.

노스가 문까지 따라나와 배웅해 주었다.

"차라리 〈록키〉를 볼 걸 그랬네. 거기엔 죽은 사람이나 이상한 목소리는 안 나오거든."

"다음에."

나는 현관 밖으로 나섰다. 노스가 따라나오리라 기대했지만 문에 몸을 기대고 가만히 서 있었다. 나는 실망스러운 마음을 꾹 눌렀다.

"안녕."

내가 몸을 돌리기 전에 노스가 손을 흔들었다.

"저기, 로리?"

"응?"

나는 노스를 향해 얼른 돌아섰다. 키스라도 하려는 걸까? 심장이 두

방망이질을 했다. 키스를 어떻게 하는지 잘 아는 여자아이인 척하면서 노스의 얼굴을 빤히 바라보았다. 사실은 남자와 키스를 해 본 적이 한 번도 없었다. 중학교 3학년 때 남자 친구랑 시도를 하다가 입술만 씹힌 게 전부였다.

"우리가 만난 거, 허쉬한테는 말하지 말아 줘. 알았지?"

순간, 누군가 심장을 꽉 쥐어짜는 것처럼 통증이 느껴졌다. 허쉬는 '잊기 힘든' 아이라서 노스가 이름까지 분명하게 기억하고 있었다. 나는 그 애의 이름을 한 번도 말한 적이 없는데.

"물론."

나는 아무렇지도 않은 척하며 담담히 대답했다.

"난 단지 그냥……."

"괜찮아. 이해해."

나는 애써 미소를 지었다. 그리고 더 어색해지기 전에 서둘러 몸을 돌려 계단을 내려왔다. 곧이어 노스가 현관문을 닫는 소리가 들렸다.

나는 학교를 향해 터벅터벅 걸어갔다. 한참 뒤에야 기숙사 건물 앞에 다다랐다. 우리 방 창문을 올려다보니 불이 켜져 있었다. 허쉬가 돌아와 있는 게 틀림없었다. 나는 한숨을 쉬면서 제미니를 꺼내 들고 문 쪽으로 향했다. 그때 새 문자 메시지가 도착했다.

한 남자가 직사각형 집을 지었다.

창문은 모두 남쪽을 향한다.

곰은 무슨 색깔인가?

곧이어 문자 메시지가 또 들어왔다.

30초 안에 답해야 한다.

갑자기 심장이 쿵쾅거리기 시작했다. 동아리에서 온 것이 분명했다. 하지만 질문이 도저히 이해가 안 되었다. 남자가 짓는 집의 모양이랑 곰의 색깔이랑 무슨 상관이 있다는 거야? 혹시 함정이 있는 질문인가? 곰의 종류를 모르고서 색깔을 어떻게 알겠느냐고. 게다가 거기가 어디 인지도 모르는데…….

그러다 불현듯이 깨달았다. 창문이 모두 남쪽을 향한다면? 남극이었다. 북극곰이다! 그렇다면 하얀색이겠지. 나는 재빨리 답신을 보냈다. 몇 초 후에 다시 문자 메시지가 왔다.

잘했다, 제타.

나는 손가락으로 화면을 톡톡 두드리는 소리와 책장이 쉭쉭 넘어가는 소리에 잠이 깼다. 허쉬가 침대 위에 다리를 꼬고 앉아서 G-태블릿으로 《보그》를 읽고 있었다.

어젯밤에 내가 방으로 들어왔을 때, 마침 허쉬는 자고 있어서 질문을 피할 수 있었다. 아니, 솔직히 고백하면 지금까지 미룬 셈이었다.

"같이 가기 싫었으면 처음에 그렇게 말했음 좋았잖아."

내가 눈을 뜨자마자 허쉬가 볼멘소리로 말했다.

"도서관에 잠시 들른다는 게 그만……."

나는 손등으로 눈을 비비면서 말했다. 허쉬는 한숨을 푹 내쉬었다.

"로리, 너 공부 너무 열심히 하는 거 아냐?"

'너랑 비교하면 그렇지. 여기선 다들 열심히 해.'

나는 마음속으로 중얼거렸다. 사실 나는 허쉬가 공부하는 걸 한 번도 본 적이 없었다. 허쉬가 G-태블릿을 옆에 내려놓았다.

"그래도 이해할게. 네가 어제 같이 있지 않아서 아쉬운 마음에 하는 말이야."

순간, 마음이 누그러졌다. 나는 왜 늘 허쉬에게 이렇듯 예민하게 굴까? 허쉬는 나랑 친구가 되려고 끊임없이 노력하는데, 나는 줄곧 형편없는 애로만 여겼다.

그때 허쉬가 침대에서 몸을 일으켰다.

"얼른 가자. 드레스 맞추는 데 늦으면 안 되잖아."

우리는 곧 시내로 가는 큰길로 접어들었다. 다행히 가게가 메인 가의 남쪽 끝에 있어서 파라디소 앞을 지나치지 않아도 되었다. 노스가 어떤 마음으로 허쉬에게 우리가 만난 일을 말하지 말라고 했는지는 모르지만, 바로 다음 날에 허쉬랑 같이 그 앞을 지나가고 싶지는 않았다.

"목적지는 바로 왼쪽에 있어."

허쉬의 제미니에서 럭스가 말했다. 우리는 이내 가게의 불투명한 유리문 앞에 도착했다. 진열장 너머로 보니 색색깔의 드레스가 투명한 비닐에 감싸인 채 산더미같이 쌓여 있었다. 우리 반 여자아이가 치수를 재고 있었고, 그 옆에 있는 의자에는 대기자가 한 명 앉아 있었다. 허쉬의 제미니에서 럭스가 또다시 말했다.

"약속 시간까지 10분 남았어."

"좋았어. 커피 한 잔 마실 시간으로는 충분해."

허쉬는 이렇게 말한 뒤 대뜸 파라디소 쪽으로 걸음을 옮겼다.

"리버시티 빈스로 가는 거 어때?"

나는 허쉬를 따라잡느라 걸음을 서두르면서 말했다. 지금 허쉬와 함께 파라디소에 가는 것보다 더 끔찍한 일은 없을 듯했다.

"파라디소 앞인데? 게다가 쟤도 있고."

허쉬가 카페의 유리창으로 안을 들여다보면서 미소를 지었다. 그러더니 카페 문을 열고 쏜살같이 들어가 버렸다. 종소리를 듣고 노스가 고개를 번쩍 들었다. 그 바람에 나와 눈이 마주쳤다. 노스는 잠시 나를 응시하더니 곧 허쉬에게로 눈길을 돌렸다. 웃지도 않고, 인사도 하지 않았다. 눈빛에 아무것도 담겨 있지 않았다. 나는 실망감을 억눌렀다.

"안녕, 로리."

그때 여자애 목소리가 들렸다. 노스와 묘지에 가던 날 만났던 여자애였다. 내 이름을 알려 준 적이 없는데……. 노스가 내 이름을 말해 준게 분명했다. 나는 짐짓 그쪽으로 몸을 돌렸다. 노스가 나를 무시한다면, 똑같이 해 주고 싶었다.

"바닐라 카푸치노 트리플 샷으로."

내가 말했다.

"손님은요?"

여자애가 허쉬에게 물었다.

"그냥 아메리카노."

허쉬가 대답했다. 나는 허쉬가 노스에게 관심을 돌릴 줄 알았다. 문앞에서 한 말도 있고……. 하지만 딱히 그러지는 않았다.

"쟤, 어떻게 알아?"

허쉬가 주문한 커피를 만들고 있는 여자애를 가리키며 물었다.

"어젯밤에 잠깐 들렀거든."

나는 이렇게 대답한 뒤, 최대한 용기를 쥐어짜 내서 아무렇지도 않은 척하며 물었다.

"근데 너, 저 남자애 잘생겼다고 생각하는 거지?"

"잘생긴 건 아니야. 약간 섹시하지. 그런데 그때는 내가 시차 적응이 안 돼서 피곤한 상태라 제대로 못 본 거 같아."

허쉬가 어깨 너머로 노스를 흘낏 보았다. 노스는 싱크대에서 우유통을 씻는 중이었다.

"그래서?"

허쉬 목소리가 갑자기 커졌다.

"내가 누구 만나고 있다고 아직 말 안 했니?"

이제야 늦은 밤에 몰래 나갔던 게 설명이 되었다. 나는 짐짓 놀란 척했다.

"정말?"

허쉬가 과장되게 고개를 끄덕였다.

"아직은 비밀이야. 하지만 확실히 전기가 통하고 있어."

허쉬가 노스를 다시 쳐다보았다. 노스가 듣고 있는지 확인하는 게 분명했다. 노스는 우리 쪽을 쳐다보지는 않았지만 허쉬의 말을 전부 듣고 있는 듯했다. 하긴 허쉬같이 예쁜 애가 큰 소리로 데이트에 대해 떠들어 대고 있는데, 누군들 관심이 쏠리지 않을 수 있을까?

"테덴에 다녀?"

내가 묻자 허쉬가 알 수 없는 미소를 지었다.

"약속 시간까지 2분 남았어."

까까머리 여자애가 우리가 주문한 커피를 계산대에 내려놓는 순간, 럭스가 친절하게 알려 주었다. 나는 커피를 한 모금 마시고 일부러 미소를 지었다.

"음, 지난번에 마신 마차 라테보다 백 배는 낫네."

정말로 유치한 말이라는 걸 알지만 나로서도 어쩔 수가 없었다. 허쉬가 커피가 든 종이컵을 집어 들면서 노스를 다시 한 번 쳐다보았다.

"진짜로 누구 만나는 거야?"

나는 카페 밖으로 나와서 허쉬에게 다시 물었다. 허쉬가 내 어깨에 팔을 둘렀다.

"만난다는 것은 좀 과장된 얘기이고, 자유로운 곳에서 어울린다는 게 좀 더 정확한 표현이지."

순간, 역겨움이 훅 치밀었다. 자유로운 곳이라는 게 혹시 여기를 말하는 걸까? 좀 전에 노스가 나를 대하던 태도는 생각할수록 화가 치밀었다. 단둘이 있을 땐 더할 나위 없이 다정하게 굴더니, 허쉬와 함께 있으니까 아예 모르는 사람처럼 대했다. 허쉬에게 우리가 만난 걸 말하지 말라고 한 건, 둘을 놓고 재 보겠다는게 분명했다. 이 나쁜 자식아! 그래, 다시는 보지 말자.

내가 머릿속으로 '네가 뭔데 그따위로 굴어?'라는 말을 노스에게 던지고 있을 때, 옷가게 주인의 목소리가 들렸다.

"어떤 게 마음에 들어요?"

나는 그새 여섯 벌을 입어 보았다. 그중 다섯 벌은 럭스가 골랐고, 나머지 한 벌은 허쉬가 골랐다. 하지만 모두 다 비쩍 말라 볼품없는 몸매로는 감당할 수 있는 옷이 아니어서 결정을 내리지 못했다. 허쉬는 처음 입어 본 드레스를 바로 선택했다. 바닥까지 닿는 빨간색 드레스로 목이 깊게 파이고 몸에 딱 붙어서 몸매를 돋보이게 해 주는 디자인이었다.

내가 막 단순한 모양의 드레스를 고른 뒤 주인에게 말하려는 찰나,

허쉬가 마구잡이로 끼어들었다.

"얘는 디오르로 할 거예요."

허쉬가 내 옆의 옷걸이에 걸려 있는 초록색 드레스를 가리켰다. 나 스스로는 절대로 고를 수가 없는 디자인이었다. 상체에는 커다란 보석이 달려 있는 데다 안에는 드레스를 부풀리려고 크리놀린이 겹겹이 들어 있었다. 하지만 내 체형의 결함을 감추기에는 그중 적당한 것이어서 나도 고개를 끄덕여 동의했다.

청바지로 다시 갈아입고 있을 때, 제미니에서 알림음이 울렸다. 누군가 포럼에 메시지를 남긴 모양이었다.

> @케이트 프리벌스키 : 아까는 미안. 이따 만나서 설명할게. 오늘 밤에 올 수 있어?

낯선 이름이어서 프로필 사진을 확대해 보았다. 머리는 빡빡 밀었고 코걸이를 했다. 노스와 함께 일하는 여자애였다. 그 여자애는 나한테 사과할 일이 전혀 없었다. 그렇다면 이 문자 메시지는 노스가 보낸 것이었다.

정말로 짜증나게도 내 심장이 다시 두근거렸다. 진짜 한심했다. 나는 "오늘 밤은 안 돼."라고 메시지를 보내고는 케이트 프리벌스키를 차단해 버렸다.

가면무도회의 뒷모습

금요일은 시뮬레이션 수업이 유난히 힘들었다. 나는 심리학 수업을 듣기 위해 자리를 잡아 앉고서 가쁜 숨을 몰아쉬었다. 가면무도회가 내일로 다가오기도 했지만, 무엇보다 이틀 동안은 그 괴물로부터 해방이라는 사실이 안도감을 불러왔다.

타서스 선생님의 시뮬레이션 수업은 매일 아침 50분 동안 완벽한 지옥을 선사했다. 수업 내용이나 방식 때문이 아니었다. 순전히 타서스 선생님 때문이었다. 나는 수업에 적극적으로 참여할 때마다 한마디씩 들어야 했다. 나에 대한 코멘트는 "시야가 좁다." 혹은 "잘못 이해했다." "한심하게 답한다." 이런 식이었다. 그렇다고 조용히 있으면 소극적이라고 비난을 받았다. 도대체 뭘 어쩌라는 건지 알 수가 없었다.

나는 타서스 선생님을 떨치기 위해 머리를 흔들었다. 그리고 제미니를 거치대에 올리고 전원을 켰다. 지난 시간에 뇌의 구조에 대해 배웠고, 오늘은 전두엽에 대해 배울 차례였다.

그런데 교실 앞의 화면이 깜깜했다. 러드맨 선생님이 G-태블릿을 손에 들고 돌아다니면서 책상마다 잠시 멈춰 섰다. 재치 있고 따뜻한 러드맨 선생님은 타서스 선생님과는 정반대였다. 이 학교에서 내가 제일 좋아하는 선생님이었다.

"3장 들어갈 차례 아닌가요?"

러드맨 선생님이 내 책상 옆으로 왔을 때 누군가가 질문을 던졌다.

"아니. 2장을 끝내려면 이틀은 더 걸릴 거예요. 여러분의 연구 주제에 대해 얘기하는 시간을 가질 겁니다."

선생님이 내 제미니로 손을 뻗었다.

"안녕, 로리. APD 선택한 거 맞지?"

나는 입안이 바짝 말랐다. 내 연구 주제에 대해 물을 거라고 예상하고 있었지만, 선생님이 막상 그걸 입 밖에 내는 순간 뼛속에서부터 두려움이 차오르기 시작했다. 그때 그냥 럭스의 선택을 따를걸, 하고 후회가 밀려들었다.

기사나 논문을 읽을 때마다 의문이 계속 생겨났다. 나 스스로 의문을 품고서 이 주제에 접근하는 건 큰 허점을 안고 있는 것이나 마찬가지였다. 이론상으로는 전두엽의 신경 전달 물질에 변화가 생기면서 청각 이상 장애를 유발한다고 했다. 하지만 딱히 이렇다 할 사례가 나온 증거는 없었다.

아무래도 다웃에 대해 알려진 것보다 뭔가가 더 있을 것 같은 의심이 생겼다. 그것 때문에 럭스는 내가 APD를 주제로 선택하는 걸 말린 걸까? 내가 이런 반응을 보이리라는 걸 미리 짐작해서? 그동안 찾은 자료에서 보면, 다웃을 듣는 사람 중에서 스스로 차단하는 일이 어려운 경우가 있다는 것이다. 혹시 내가 거기에 해당하는 걸까?

"로리?"

"아, 네. APD 맞아요."

내가 대답했다.

러드맨 선생님이 G-태블릿 맨 아래 버튼을 누르자, 내 제미니 화면에 아이콘이 생겼다. 가운데에 DPH라는 글자가 새겨진 빨간색 아이콘으로, 오른쪽 끝에 자물쇠 표시가 있었다.

"여러분은 지금 DPH, 즉 국립의료센터의 의료 기록 데이터베이스에 접근할 수 있는 권한을 부여받았습니다."

선생님이 교탁 앞으로 돌아가면서 설명했다.

"여러분은 각자 선택한 주제에 한해서만 로그인이 가능합니다. 지금부터 여러분이 연구하는 주제의 정신 병력을 가진 환자의 의료 기록을 살펴볼 수 있어요."

선생님이 G-태블릿에서 DPH 아이콘을 클릭했다. 교실 앞쪽에 있는 화면에 앱이 구동되었다.

"대신에 이미 사망한 사람의 의료 기록에만 접근할 수 있고, 이 데이터베이스는 이름이 가려져 있으므로 성과 인종, 생일, 사망일 정보로만 구별할 수 있어요. 여기서 중요한 점은 여러분이 수사관처럼 굴어야 한다는 겁니다. 여러분이 연구하는 주제의 병이 환자의 삶에 어떤 영향을 끼쳤는지, 다른 환자들과의 차이점이나 유사점은 무엇인지, 그리고 진단에서 사망에 이르기까지 각각의 단계에서 어떤 변화가 일어났는지 찾아내야 합니다."

다웃이 사람들의 삶을 어떻게 망치는지 알아낸다면, 내 마음속의 의문을 지우는 데 크게 도움이 될 터였다. 문득 다행이란 생각이 들었다.

수업이 끝나자 점심 식사를 하러 갔다. 친구들은 이미 식당에 와 있었다. 이사벨이 샐러드 바 앞에 서서 제미니를 들여다보고 있었다.

"이번에는 오이만 먹으라네. 그 말은 내가 오이는 무한정 먹어도 된다는 뜻일까?"

내가 가까이 다가가자 이사벨이 말했다. 이사벨은 럭스의 도움을 받아 가면무도회를 대비한 다이어트를 하고 있었다. 지금은 목표에 절반쯤은 도달해 있었다.

"그렇지 않을까?"

"좋았어."

이사벨은 이렇게 말하고는 접시에 오이를 잔뜩 퍼 담았다. 나는 쟁반을 들고 계산대로 갔다. 중국산 닭고기 샐러드의 재료를 살펴보고 있는데, 누군가 옆에 와서 서는 게 느껴졌다.

"내일 경기에 올 거지?"

리암 선배 목소리였다.

"어⋯⋯."

폴로 경기에 대해 말하는 거겠지만, 나는 거기에 갈 생각이 눈곱만치도 없었다. 운동 경기를 관람하러 가 본 건 내 인생을 통틀어도 한 손에 다 꼽을 정도였다.

리암 선배는 내 표정을 보고는 금방 웃음을 터뜨렸다.

"안 간다는 걸로 알아들을게."

"운동 경기하고는 거리가 멀어서요."

나는 미안해하며 우물거렸다.

"뭐, 괜찮아. 대신에 첫 번째 질문에 아니라고 답을 했으니, 두 번째 질문에는 아니라고 답을 하면 안 돼."

"글쎄요."

나는 선배의 얼굴을 의심스러운 눈길로 살폈다.

"내일 가면무도회에서 파트너가 되어 줘."

"잠깐만요, 우리 학교 가면무도회 말하는 거예요?"

"다른 가면무도회가 또 있어?"

리암 선배가 놀리는 듯이 말했다. 나는 잠시 그대로 서서 마지막 말을 곱씹으며 얼어붙었다. 리암 선배가 지금 나한테 데이트 신청을 하는 건가? 리암 선배 같은 사람이 왜 나 같은 애랑 어울리려고 하는 거지? 그때 허쉬가 수프 코너에서 이쪽을 유심히 바라보고 있다는 걸 알아차렸다. 그래서 일부러 얼른 대답했다.

"좋아요, 그렇게 해요."

리암 선배가 빙그레 웃었다.

"다행이네. 그럼, 내일 보자."

리암 선배가 자리를 떠나자마자 허쉬가 호기심 가득한 눈길로 다가왔다.

"무슨 일이야?"

허쉬가 식판을 내 옆에 내려놓고 금속 집게를 집어 들면서 물었다.

"리암 선배가 가면무도회에 같이 가자고 그러네."

내가 우물쭈물하며 말하자 허쉬가 내 엉덩이를 툭 쳤다.

"세상에! 이제 선배랑 사귀는 거야?"

"아냐! 그냥 그것만 물어봤어. 아직 거기까지는 생각해 본 적 없어."

"그럼, 이제부터 거기까지 생각해 봐. 선배랑 사귀는 걸 상상할 수 있는지, 아니면 상상할 수 없는지."

'사귀다'라는 말을 들을 때마다 노스가 머리를 스쳤다. 이런 상황에서 어떻게 리암 선배와 사귈 수 있을까? 그런데도 나는 대뜸 이렇게 말해 버렸다.

"할 수 있을 거 같아, 아마도."

"너, 선배 좋아하는구나?"

"좋은 사람인 거 같아."

"친절한 걸 좋아하는 걸로 오해하면 안 돼, 로리."

허쉬가 뱀처럼 긴 혀를 내게 쏙 내밀었다. 그러곤 활짝 웃으면서 식판을 들고 자리를 떴다.

강당 1층에는 이번 주 내내 바리케이드를 쳐 두었다. 토요일 밤에 문을 열고 들어가서야 그 이유가 곧바로 이해되었다. 원래 있던 대리석 벽은 온데간데없고 화려한 무도회장으로 바뀌어 있었다.

"네가 얼마나 예쁜지 잠시도 눈을 뗄 수가 없어."

리암 선배가 문을 잡아 주면서 이렇게 말했다. 목소리가 사자 가면 안에서 울려 퍼졌다.

"드레스 덕분이죠."

나는 수줍은 목소리로 대답했다. 사실은 "얼굴을 가렸기 때문이에요."라고 덧붙이고 싶었다. 가면은 목요일 오후에 기숙사로 배달되었다. 그날 밤 원형 경기장에서 본 가면과 똑같았다. 다만, 그때 보았던 것보다 훨씬 더 근사했다. 내 가면은 공작새였다. 무엇보다 노란색 옻나무로 만든 긴 부리가 인상적이었다. 눈 아래는 진짜 가죽이었다. 눈 위에는 하얀 줄이 붙어 있었는데, 왕관 주변까지 가느다란 깃털이 백 개쯤 장식되어 있었다. 머리 위는 파란색과 초록색이 섞인 깃털이 부채꼴 모양으로 이어져 있었는데, 보석을 장식한 머리핀 주변까지 튼튼한 줄로 연결해 두었다. 초록색 드레스와 완벽하게 어울렸다.

허쉬의 가면은 표범이었다. 내 가면처럼 독특하지는 않았지만 정말로 아름다웠다. 마치 진짜 표범 가죽으로 만든 것 같았다. 이것들이 모두 삼백 년도 더 되었다는 사실이 믿기지 않을 정도였다. 깃털 한두 개가 꺾인 걸 제외하고는 대체로 멀쩡했다.

"드레스 안에 있는 소녀를 두고 한 말인데?"

리암 선배가 고쳐 말했다. 리암 선배의 사자 가면을 불빛 아래서 보자, 두꺼운 캐러멜 색상의 갈기에서 털이 붙은 삼각형 코와 그 밑에 붙은 까만 입까지, 얼마나 진짜 같은지 깜짝 놀랄 지경이었다.

리암 선배가 내 손을 살짝 쥐며 덧붙였다.

"그 가면을 벗고 얼굴을 드러내면 훨씬 더 예쁠 텐데."

듣기에 거북할 정도로 낯간지러운 말이었지만, 왠지 리암 선배의 진심이 묻어 있는 것 같아서 나도 모르게 활짝 웃었다. 아무도 웃는 걸 보지는 못했을 테지만.

"우아."

갑자기 리암 선배가 탄성을 내질렀다. 눈동자를 볼 수가 없으니 어디를 향하고 있는지는 알 수 없었다. 하지만 그런 반응을 불러낸 장면은 금방 알아보았다.

허쉬가 우리한테서 몇 미터 떨어진, 그러니까 연기가 모락모락 피어나고 있는 화산 옆에 갈색 곰 가면을 쓴 남자랑 나란히 서 있었다. 드라이아이스가 뭉게뭉게 피어 올라와서 허쉬 주변을 감돌며 빨간색 드레스의 끝자락을 살랑살랑 나부끼게 했다. 내가 아는 허쉬라면 그 효과를 노리고 일부러 그 자리를 선택한 게 분명했다.

"아, 저기 허쉬가 있네요."

그때 허쉬가 곰 가면의 이마에 살며시 손을 얹자, 곰 가면이 불쾌한 듯 손으로 툭 쳐냈다. 저 가면을 쓴 사람은 누굴까? 왠지 몸짓이 익숙한 것 같은데, 누구인지 알 수가 없었다. 저 사람이 허쉬의 남자 친구일까? 그렇다면 뭔가 문제가 생긴 듯했다. 곰 가면의 몸짓으로 봐서는 썩 유쾌한 상황이 아닌 듯했다.

내가 허쉬 쪽으로 한 걸음 다가가자, 리암 선배가 팔을 붙잡았다.

"춤추자."

리암 선배가 나를 돌려서 얼굴을 마주 보았다. 가면의 눈썹이 하도 진짜 같아서 나는 또다시 깜짝 놀랐다.

"어, 좋아요."

나는 얼결에 대답을 하면서도, 이런 드레스에 이렇게 굽이 높은 구두를 신고 춤을 출 수 있을지 엄두가 나지 않았다. 리암 선배의 손을 잡고 균형을 잡으면서 무대 한가운데로 걸어 나갔다.

"가면 뒤의 네가 고스란히 보여. 신비스러운 두 눈으로 나를 분석하고 있는 거."

리암 선배가 손으로 내 허리를 감쌌다.

"선배를 분석한다고요?"

거대한 가면을 쓰고 춤을 추느라 정신이 없어서 분석 따위를 할 새가 없었지만 선배가 그런 것까지 알 리가 없었다.

"우리가 처음 만났을 때도 그랬잖아."

리암 선배가 대답했다.

"나는 멋지고 매력적으로 보이려고 애를 썼지만 네가 무슨 생각을 하는지 알 수가 없었어. 그래서 계속 궁금해만 했지. 네가 나를 좋아할까, 아닐까? 지금도 그 질문을 계속하고 있어."

선배는 잠시 말을 멈추고 내 대답을 기다렸다. 나는 그만 얼어붙고 말았다. 선배는 무슨 뜻으로 이런 말을 하는 걸까? 허쉬가 어제 나를 놀릴 때까지만 해도 진지하게 생각해 본 적이 없는 얘기였다.

"안 좋아할 이유가 뭐 있어요?"

나는 가볍게 말했다.

"우리는 공통점이 많아. 알지? 그동안 둘 다 초라한 감옥에 갇혀 살았지. 너는 시애틀에서, 나는 보스턴에서. 그런데 이제 우리 둘 다 여기 있어. 앞으로는 더, 훨씬 더 나을 거야."

나는 몸을 움찔했다. 나도 고향에서는 아웃사이더로 느껴지는 때가 있었다. 그리고 거기를 탈출하는 것 말고는 아무것도 원하지 않는 때도 있었다. 하지만 감옥은 아니었다. 아빠랑 새엄마와 사는 삶도 초라하지는 않았다.

선배가 재빨리 덧붙였다.

"내 말이 좀 심했나? 내가 말하고 싶은 건 우리 둘이 완벽한 커플이 될 거라는 얘기야. 네가 나를 거부하지만 않는다면."

사자 가면 아래에서 선배가 아랫입술을 씹는 게 보였다. 순간 여태까지 보았던 선배의 자신감은 모두 꾸며진 것이라는 걸 깨달았다. 자신이 되고 싶어 하는 모습으로 꾸며 낸 모습이랄까. 가면 뒤에는 다른 사람의 의상을 빌려 입은 불쌍한 소년이 숨어 있었다. 나는 마음이 차분히 가라앉았다.

"음, 앞으로 선배가 하는 경기는 모두 보러 갈게요. 동아리의 비밀을 다 털어놓는다면요."

"그건 불가능해, 네가 들어올 때까지는."

리암 선배가 목소리를 낮추고 대답했다.

"우아, '만약 들어온다면'이 아니라 '들어올 때까지는'이라고요?"

리암 선배는 몸을 앞으로 기울인 뒤 내 귀에 대고 속삭였다.

"너는 헵타잖아. 네가 안 되면 누가 되겠니?"

"부담 주지 말아요."

나는 새침하게 말했지만 선배는 듣지 못한 듯했다.

"가자."

선배가 갑자기 내 손을 잡아끌었다.

"어디로요?"

선배가 인파 사이를 뚫고 길을 안내했다. 이제 강당은 재학생보다 동문이 더 많아졌다. 동문은 알아보기가 쉬웠다. 눈만 가리는 조그만 가면을 쓰고 있었기 때문이다. 곰 가면은 최근 졸업생들과 이야기를 나누고 있었다. 하지만 허쉬는 눈에 띄지 않았다.

"야, 리암! 얼른 이리 뛰어와!"

폴로 팀원들이 리암 선배에게 손짓했다. 선배는 손을 내젓고는 강당 발코니로 이어지는 계단으로 향했다. 거기에는 오래된 전화 부스가 있었고, 부스마다 칸막이 문이 달려 있었다. 선배가 부스의 문을 열고 안으로 들어갔다. 그러고는 내 가면을 재빨리 벗기고 자신의 가면도 벗었다.

"뭐 하려고요?"

내가 물었다.

"이거."

선배가 나를 부스 안으로 잡아당겼다. 높은 굽 때문에 내가 비틀거리자, 황급히 내 팔을 잡고는 내 입술에 입을 맞추었다. 그때 칸막이 문이 뒤에서 닫히면서 나를 선배 쪽으로 떠밀었다. 선배의 입술이 느껴지자 가슴속에 찌릿한 전율이 흘렀다.

그런데 자꾸만 노스의 얼굴이 어른거렸다. 토마토소스 자국이 묻은 티셔츠를 입고 오래된 종이책이 잔뜩 꽂힌 책장에 둘러싸인 채 낡은 소파에 앉아 있던 모습이……. 리암 선배는 착하고 똑똑하다. 게다가 나랑 엮이는 걸 거부하지도 않는다. 그런데도 선배의 혀가 내 입술로 파고드는 순간, 나도 모르게 밀어내고 말았다.

"이따가 저쪽에서 봐요. 화장실에 가고 싶어요."

나는 이렇게 중얼거리면서 한 손으로 문을 밀었다. 선배가 내 손을 잡으려고 했지만, 나는 이미 몸이 반쯤 밖으로 나와 있었다.

"로리."

"네?"

"가면 가져가야지."

선배가 가면을 건넸다. 여전히 부스 안에 서서 문이 닫히지 않게 한 손으로 붙잡고 있었다.

"고마워요. 이따 봐요."

나는 화장실이 어디 있는지 알고 있는 것처럼 중앙홀의 반대편으로 성큼성큼 걸어갔다. 그러다 나도 모르게 발코니로 이어지는 반대편 계단으로 올라가고 말았다. 대체 내가 뭘 하고 있는 걸까?

계단에는 낯선 남자가 서 있었다. 까만 정장을 입은 근육질의 몸매로 보아 보안 요원 같았다. 그 사람이 올라오면 안 된다고 말할까 봐 주저주저했는데, 나를 보곤 옆으로 비켜 서면서 길을 내주었다. 나는 더 위로 올라간 뒤 난간을 손으로 꼭 잡았다. 금속의 감촉이 차갑게 와 닿았다. 아래쪽에 있는 리암 선배가 눈에 들어오자, 반사적으로 기둥 뒤에 몸을 숨겼다.

"사람들은 절대로 위를 올려다보는 법이 없지."

내 뒤에서 목소리가 들렸다. 그리핀 페인, 그노시스의 그리핀 페인 회장이었다. 대리석 기둥에 기대어 서 있었는데, 제미니 골드가 손목에서 반짝거렸다. 깃털이랑 뾰족한 부리가 달린 까만색 가면이 눈을 가리고 있었지만 미소만큼은 아주 따뜻했다.

"해마다 여기에 올라오지만 매번 놀라곤 하지. 한 번도 이쪽을 올려다보는 사람을 본 적이 없거든."

"회장님이 사람들의 고개를 아래로 향하게 만드셨잖아요."

나는 제미니 골드를 향해 고갯짓을 했다. 그 바람에 내 가면이 살짝 흔들렸다. 그리핀 회장이 웃음을 터뜨렸다.

"듣고 보니 그런 것 같군. 난 그리핀이야."

페인 회장은 한 걸음 다가서며 내게 손을 내밀었다. 우리나라에서 이 사람이 누구인지 모르는 사람이 있을까?

"로리입니다."

나는 재빨리 손바닥을 드레스에 스윽 닦은 뒤, 땀이 배어나지 않기만 바라면서 악수를 했다. 그러다 페인 회장의 손가락에서 반지를 보았다. 학교 반지처럼 굵은 편이었는데, 커다란 보석 대신 아랍어인지 히브리어인지 알 수 없는 문자가 네 개 새겨져 있었다. 순간, 내 펜던트에 있는 그리스 문자가 떠올랐다. 하지만 완전히 달랐다.

페인 회장은 난간으로 좀 더 다가가며 말했다.

"여기 올라오면 신이라도 된 듯한 기분이 들어. 아래에 있는 사람을 조용히 관찰하게 되거든. 저기, 저 남학생 좀 봐."

페인 회장이 범고래 가면을 쓰고 그 위로 머리카락을 분수처럼 뻗쳐 세운 사람을 가리켰다. 리암 선배의 친구였다.

"머지않아 저 모습을 후회할 날이 올 거야. 지금 당장은 멋지다고 여기겠지만. 졸업 앨범을 보는 날에는 그야말로 후회막급일걸."

내가 큭큭 웃었다. 페인 회장이 다시 힘주어 말했다.

"아, 이건 그냥 하는 말이 아니야. 개인적인 경험에서 우러나온 거야. 만약 배꼽 빠지게 웃고 싶어지면, 아담스 홀 4층에 가서 다섯 번째 사진을 봐. 아프로 헤어스타일(꼬불꼬불하게 파마를 한 다음, 머리카락을 빗어 세운 뒤 둥글게 다듬은 것)을 한 소년이 있어. 그게 바로 나야. 절대로 아름다운 모습은 아니지."

나는 다시 큭큭 웃었다. TV에서 볼 때 페인 회장은 좀 차갑게 여겨졌는데, 개인적으로 만나 보니 여유가 넘치고 재미가 있었다.

"언제 졸업하셨⋯⋯."

그때 발자국 소리가 나서 나는 얼른 입을 다물었다.

"여기 있었군."

페인 회장과 나는 동시에 몸을 돌렸다. 독수리 가면을 쓰고 있어서 얼굴은 보이지 않았지만 목소리는 금방 알아챘다. 아트워터 교장 선생님이었다.

"또 숨는 거야?"

교장 선생님이 우리 쪽으로 성큼성큼 걸어오면서 말했다.

"성공하지는 못했네요. 교장 선생님께 딱 걸렸으니⋯⋯."

페인 회장이 대답했다. 교장 선생님이 껄껄 웃더니 내 쪽으로 몸을 돌렸다. 두 눈에서 반짝거리는 검은색 눈동자가 뿌옇게 보였다. 하지만 가면 때문에 표정은 전혀 읽을 수가 없었다.

"무척 예쁘구나, 로리. 하지만 여기가 아니라 무도회장에서 즐기는 게 어떻겠니?"

교장 선생님의 목소리는 부드러웠지만, 어딘가 꾸짖는 듯한 기색이 느껴졌다. 나는 재빨리 대답했다.

"네, 안 그래도 내려가려던 참이었어요."

그러곤 페인 회장을 향해 인사를 했다.

"만나 뵈어서 영광이에요, 페인 회장님."

페인 회장은 자신을 그리핀으로 소개했지만, 왠지 교장 선생님 앞에서 그렇게 부르면 안 될 것 같았다. 페인 회장은 나를 향해 따뜻하게 미소를 지었다.

"나도 반가웠어요."

나는 잠시 어색하게 손을 흔든 뒤, 넘어지지 않으려고 양손으로 드레스 자락을 움켜쥔 채 계단으로 향했다.

"로리!"

페인 회장이 뒤에서 나를 불렀다. 나는 몸을 돌려 뒤를 돌아다보았다.

"나중에 우리 회사에 인턴 지원해. 지원서를 기다리고 있을게."

나는 연방 고개를 끄덕였다.

"꼭 그럴게요. 감사합니다!"

나는 얼굴에 함박웃음을 머금은 채 계단을 내려왔다. 그노시스에서 인턴으로 일하면 그 회사에 취직하는 데 큰 도움이 될 터였다.

마지막 계단으로 내려서면서 중앙홀을 살폈다. 리암 선배는 친구들과 어울리고 있었다. 나를 찾는 것 같지는 않았다. 허쉬도, 곰 가면의 남자도 없었다. 나는 지갑에서 제미니를 꺼낸 뒤 럭스에게 물었다.

"리암 선배랑 데이트를 해야 할까?"

럭스에게 물었다.

"멋진 커플이 될 거야."

럭스가 대답했다. 나는 노스에 대해서도 물어볼까 하다가 그만두었다. 노스는 럭스를 쓰지 않기 때문에 앱이 분석할 정보가 없었다.

페인 회장과 교장 선생님이 계단을 내려오자 주변이 왁자지껄해졌다. 나는 얼른 옆으로 비켜섰다. 페인 회장은 작년에 《포브스》지가 선정한 '최고의 경영인 40인 중' 유일하게 40세 이하에 속했다. 그러니까 지금 삼십 대인 셈이었다. 그 말인즉슨 엄마와 같이 학교를 다녔을 가능성이 아주 높다는 거다. 판옵티콘이 그 답을 알려 주었다.

그리핀 페인은 17세에 테덴 영재 학교에 입학했다. 테덴 영재 학교는 매사추세츠 주 남쪽 버크셔에 있으며, 미국에서 최고의 영재 학교로 손꼽힌다. 2013년에 테덴 영재 학교를 졸업하고, 그해 여름에 그노시스 연구 개발팀에서 인턴 사원으로 업무를 시작했다. 2017년에 하버드 대학을 졸업한 뒤, 제품 개발팀 이사로 그노시스에 돌아갔다.

2013년에 졸업했다면 엄마와 같은 학년이었다.

나는 강당 옆문으로 빠져나와서 아담스 홀로 곧장 향했다. 놀랍게도 문이 열려 있었다. 초록색 비상등만 제외하고 건물은 칠흑처럼 어두웠다. 나는 제미니의 플래시 앱을 켠 뒤 4층으로 가는 계단을 올랐다.

벽은 온통 테덴 졸업생의 사진으로 가득했다. 나는 첫 번째 사진 앞에서 걸음을 멈추었다. 사진 아래에 졸업 연도가 적혀 있었다. 사진을 세면서 계속 걸어갔다. 연도는 이리저리 뒤섞여 있었다. 페인 회장의 학급 사진은 아까 말한 그 자리, 즉 다섯 번째에 정말로 있었다. 플래시로 졸업 연도를 비춰 보았다. 2013년.

나는 플래시를 이리저리 비추면서 엄마 사진이 있는지 한 줄씩 꼼꼼히 뒤졌다. 학생들이 반팔을 입고 있는 걸 보면 사진을 초가을이나 늦

봄에 찍은 모양이었다. 엄마가 학교를 떠난 뒤일지도 몰랐다. 그렇게 생각하는 순간, 뜻밖에도 내 얼굴이 눈에 확 들어왔다. 페인 회장의 바로 옆, 오른쪽에 서 있었다. 내가 제일 마지막에 살핀 곳이었다.

물론, 내 얼굴이 아니라 엄마 얼굴이지만, 모르는 사람은 구별할 수 없을 정도로 똑같았다. 엄마의 눈, 광대뼈, 코……. 좀 더 키가 크고 호리호리한 몸에 내 얼굴이 붙어 있는 것 같았다. 다만 머리카락 색깔은 달랐다. 엄마는 연한 갈색이고 나는 진한 갈색이었다. 하지만 흑백 사진으론 알 수가 없었다. 나는 한 걸음 다가가서 손으로 유리를 만지작거렸다. 지문 따위는 신경도 쓰이지 않았다.

나는 잠시 그대로 서 있다가 사진을 찍으려고 한 걸음 뒤로 물러섰다. 우리 엄마가 친구들에게 둘러싸여서 환히 웃고 있었다. 자신감이 넘치는 웃음이었다. 눈빛에서는 그 어떤 갈등도 보이지 않았다. 훗날 무슨 일이 생길지 전혀 짐작도 하지 못하는 듯한 표정이었다.

제미니가 어둠 속에서 빛났다.

@리암 스톤 : 어디야?

나는 한숨을 푹 내쉬었다. 그렇다고 이 어두운 복도에 영원히 숨어 있을 수는 없었다. 제미니로 사진을 몇 장 더 찍었는데, 플래시 때문에 유리가 반사되어 제대로 보이지 않았다. 플래시를 *끄고서*는 사진이 아예 보이지 않았다. 마지막으로 엄마만 클로즈업해서 사진을 찍었다. 그러자 파란색 포럼 아이콘이 제미니 화면에 나타났다.

사진을 포럼에 업로드할까요?

내 손가락이 화면 위에서 맴돌았다. 나는 모든 것을 포럼에 올린다. 하지만 이 사진만은 그러고 싶지 않았다. '취소' 버튼을 누르자 팝업창이 사라졌다. 대신 벡에게 전화를 걸었다. 벡이야말로 아빠를 빼고, 이 사진을 찾은 의미를 설명하지 않아도 이해해 줄 유일한 사람이었다.

"여보세요."

신호가 두 번째로 울렸을 때 벡이 전화를 받았다.

"너, 지금 그 근사한 파티에 있을 시간 아니야?"

"맞아."

내가 대답했다.

"근데 지금 엄마 사진을 막 찾았어. 그래서……."

"문자 메시지로 보내 줘."

벡이 말했다. 이윽고 내 문자 메시지가 벡의 휴대폰에 도착했다는 알림음이 들렸다. 벡이 소리쳤다.

"우아! 진짜 너랑 똑같다."

"그러게 말이야."

"아빠한테도 보냈어?"

"아니, 아직."

사실은, 아빠한테 보낼지 말지도 결정하지 못했다. 엄마 사진을 보는 게 아빠한테 얼마나 괴로운 일인지 잘 알기 때문이었다.

"이제 파티에 다시 가 봐야겠어."

"네가 엄마 사진을 찾아서 기뻐."

벡이 말했다.

"고마워."

나는 이렇게 대답하고 전화를 끊었다. 그리고 천천히 강당 쪽으로 걸어갔다. 사진 속의 소녀를 생각하면서. 잔디밭을 지나느라 걸음을 내디딜 때마다 구두 굽이 부드러운 진흙에 턱턱 박혔다. 그 소녀 역시 이 잔디를 밟았을 텐데, 나에게는 또 다른 세계에 살고 있는 것처럼 느껴졌다. 얼굴 말고 또 어떤 걸 닮았을까?

내가 강당으로 들어가자 리암 선배가 손짓을 했다. 선배는 파충류 가면을 쓴 교직원들에 둘러싸여 있었다. 뱀 가면을 찾아보았지만 눈에 띄지 않았다. 나는 짐짓 리암 선배를 못 본 척하며 페인 회장을 찾았다. 역시 금방 눈에 띄었다. 한쪽 구석에서 나이 많은 동문들에 둘러싸인 채 손을 내저으면서 열심히 이야기를 나누고 있었다.

리암 선배가 다가왔다.

"로리, 어디 갔었어?"

"허쉬를 찾고 있었어요. 아까부터 안 보여서요. 혹시 허쉬 봤어요?"

나도 모르게 거짓말을 했다.

"아니, 본 지 한참 되었어. 우리, 춤출까?"

리암 선배가 손을 내밀었다. 나는 선배가 내민 손을 물끄러미 바라보았다. 지난주에 내가 길에서 넘어질 뻔한 걸 잡아 준 그 손과 얼마나 다른지. 그 손은 얼룩투성이에 커피 가루까지 묻어 있는 데다 손톱은 속살이 보일 정도로 물어뜯겨 있었다. 그리고 내 팔을 잡았을 때 심장이 몹시 두근거렸다.

"난 이만 가 봐야겠어요."

나는 뜬금없이 이렇게 말했다. 리암 선배가 당황한 얼굴로 물었다.

"어딜 가?"

"갈 데가 있어요."

리암 선배가 뒤통수에 대고 뭐라고 했지만 조금도 신경 쓰이지 않았다. 나는 이미 문 쪽으로 걸어가고 있었다. 노스가 허쉬 앞에서 나한테 한 행동 때문에 여전히 화가 나 있었다. 뺨이라도 한 대 때려 주고 싶은 심정이었다. 그런데도 노스가 보고 싶어서 미칠 지경이었다.

기숙사에 들러서 가면을 벗고 재킷을 걸쳤다. 혹시라도 허쉬가 방 안에 쓰러져 있거나 토하고 있을까 봐 걱정했지만, 다행히도 방 안은 텅 비어 있었다. 노스 앞에 당당히 나설 자신감이 몽땅 사라진 터라, 허쉬가 비행기에서 슬쩍한 술을 찾으려고 서랍을 뒤졌다. 내용물이 반쯤 남아 있는 칵테일 병이 눈에 띄었다. 한꺼번에 모두 들이킨 다음, 화장실에 가서 입안을 물로 헹군 뒤 밖으로 나왔다.

꽤 늦은 시각이라 어둡고 추웠다. 이번 학기의 가장 중요한 행사를 놓치게 생겼는데도 상관없다는 생각이 들었다. 그저 노스가 보고 싶을 뿐이었다. 걸어가는 내내 노스에게 뭐라고 말할지 연습을 했다. 아무렇지도 않게 〈록키〉를 보러 왔다고 할 거다. 그러면 노스가 지난주에 있었던 일에 대해 사과하면서 다시는 그러지 않겠다고 약속하겠지.

그런데 막상 카페에 도착했을 때 노스는 보이지 않았다. 나는 몹시 당황한 나머지, 별 생각 없이 건물을 돌아서 노스의 집으로 가는 계단을 올랐다. 그리고 현관 앞에서 문을 두드렸다. 한참 만에 문이 열렸다. 노스의 얼굴을 보는 순간, 조금 전까지 터질 듯하던 가슴이 차갑게 가라앉았다.

"무슨 일이야?"

노스가 나직한 목소리로 말했다.

"나는, 아……."

나는 어찌할 바를 몰라 눈을 바닥으로 내리깔았다. 바닥에는 갈색 종이로 싼 소포 상자가 놓여 있었는데, 노빈 파스칼 앞으로 주소가 적혀 있었다. 노스는 무릎을 꿇더니 잽싸게 상자를 들어 올렸다. 노스가 서 있던 자리로 시선을 돌리자, 놀랍게도 소파 위에 허쉬의 드레스가 펼쳐져 있는 게 보였다. 노스는 급히 일어나 내 앞을 막아섰다.

"얼른 가."

나는 멍한 얼굴로 고개를 끄덕였다. 허쉬의 드레스가 왜 여기에 있는 거지? 내 마음속에서 비명 소리가 울렸다. 하지만 곧바로 모든 상황을 알아차렸다. 노스가 왜 우리 둘이 어울린다는 사실을 허쉬에게 말하지 말라고 했는지 알 듯했다. 그날 아침에 허쉬가 왜 굳이 파라디소에 들르고 싶어 했는지, 우리가 갔을 때 노스가 왜 그리도 이상하게 굴었는지 다 알 것 같았다. 허쉬가 사귀는 남자는 바로 노스였던 것이다!

"내가 나중에 다 설명해 줄게."

노스가 이번에는 더 작은 목소리로 말했다.

"필요 없어."

나는 화가 난 나머지, 목이 잠겨서 목소리가 제대로 나오지 않았다. 그대로 몸을 홱 돌려서 뛰쳐나가고 싶었지만, 구두 굽이 높아서 그럴 수가 없었다. 계단을 천천히 내려오는데 몸이 바르르 떨렸다. 다만, 노스가 눈치채지 않기만을 바랐다. 잠시 후, 문이 달칵 닫히는 소리가 들렸다.

나는 도서관 열람실에 우두커니 앉아 있었다. 연방 눈물을 훔쳐 대면서. 컴퓨터 화면에 집중하려고 애를 썼지만, 간밤에 잠을 못 잔 탓에 눈이 뻑뻑하고 아팠다.

기숙사로 돌아간 뒤 잠이 들긴 했지만, 허쉬가 들어오는 소리에 잠이 깬 뒤로는 통 잠을 이루지 못했다. 그저 천장만 바라보면서 시간이 흐르기만을 기다렸다. 그러다 6시가 되자마자 일어나 여기로 달려왔다. 하루 종일 이 의자에 처박힌 채 심리학 보고서를 쓰려고 노력했지만, 어이없게도 머릿속에 노스의 얼굴이 둥둥 떠다니는 바람에 아무것도 할 수가 없었다. 나 자신이 정말 바보같이 느껴졌다. 우리는 이제껏 고작 두 번 만난 게 전부였다. 어떤 이유로도 노스한테 화를 낼 상황이 아니었다.

그때 제미니에서 진동음이 울렸다.

@허쉬 클레멘츠 : 어디야? 배고파 죽겠어. 식당에서 만날까?

나는 1초도 생각하지 않고 답장을 보냈다.

먼저 먹었어. 공부 중.

물론 허쉬에게 화가 난 건 아니었다. 나한테 그럴 자격은 없었다. 게다가 허쉬는 내가 노스랑 만난 걸 모르고 있었다. 그러나 아무렇지도 않은 척할 자신이 없었다. 적어도 지금 이 순간만큼은 허쉬와 마주치고 싶지 않았다. 제미니가 다시 진동음을 울렸다.

@나단 크린스키 : 카페로 와 줘. 꼭이야. 네가 알아야 할 일이 있어.

나는 프로필 사진을 들여다보았다. 노스의 카페에서 일하는 남자였다. 언젠가 바닥 청소하는 걸 본 적이 있었다. 순간, 가슴이 두근거렸다. 그런 나 자신이 한없이 저주스러웠다. 카페에 안 갈 거야. 다시는 안 가. 나는 나단 크린스키를 차단한 뒤 제미니를 가방에 집어넣었다.

하지만 불행히도 내 뇌에는 차단 기능이 없었다. 내 머릿속에서 노스를 몰아낼 수가 없었다. 나를 바라보던 노스의 그 눈빛을……. 그러다 노스가 소포를 집어 들 때 우연히 보았던 허쉬의 빨간색 드레스가 떠올랐다. 순간, 노스는 내가 갑자기 찾아온 사실보다 그 소포에 더 신경을 쓰는 것 같았다는 생각이 들었다. 왜 그랬을까?

소포 상자에는 노빈 파스칼이라는 이름이 적혀 있었다. 노스의 본명이 노빈인 걸까? 나는 포럼을 열고, 그 이름을 검색해 보았다. 프로필 사진을 보는 순간 숨이 턱 막혔다. 굳이 확대를 하지 않아도 노스라는 걸 한눈에 알 수 있었다. 도무지 믿을 수가 없었다. 포럼 따위는 '보이지 않는 철장'이라고 하지 않았나? 웃기고 있네. 심지어 지금도 온라인 상태였다. 게다가 최근에 올린 글은 역겨워서 속이 울렁거릴 지경이었다.

@노빈 파스칼 : 사람들은 흔히 쥐구멍에도 볕 들 날이 있다고 말한다. 하지만 나는 이렇게 생각한다. "쥐구멍에 비가 들면 어떨까?" 비야, 내려라! 모두 다 찬양하라!

토악질이 나려는 걸 간신히 참았다. 포럼을 닫고 나 자신을 애써 추슬렀다. 공부해야 한다. 나에겐 이게 제일 중요해. 다른 것들은 아무래도 상관없어.

나는 컴퓨터 화면을 클릭한 뒤, APD 환자의 자료를 수집했다. 우선 환경적 병인부터 찾기로 결정하고, 태평양 북서쪽의 여성으로 한정한 뒤 검색을 했다. 그리고 연령순으로 분류를 했다. 연령에서 '18~24'를 클릭하자, '날짜순'이라는 버튼이 나타났다. 나는 검색 결과를 사망일

순으로 분류한 뒤, 가장 오래된 결과를 제일 위로 올렸다. 아래로 스크롤을 하면서 훑어보고 있는데, 파일 하나가 눈에 띄었다.

출생일 : 1994년 4월 13일

성별 : 여성

사망일 : 2014년 3월 21일

출생일이 제일 먼저 눈에 들어왔다. 바로 엄마의 생일이었다. 하지만 내 머리카락을 쭈뼛 세운 건 사망일이었다. 내 생일이었다.

심장이 콩닥콩닥 뛰기 시작했다. 파일을 클릭하자, 새로운 화면이 펼쳐졌다. 맨 아래로 내려가 보니, 마지막 기록이 2014년 3월 21일이었다. 그 날짜를 클릭해 보았다. 나는 그만 경악하고 말았다. 워싱턴 대학 부속 병원, 즉 내가 태어난 병원의 로고가 찍혀 있었다.

환자는 집에서 22시간 동안 진통이 진행되었으며, 매우 극심한 고통을 호소했다. 초음파 소견으로는 과숙아 증후군과 양수 과소증이 겹쳐 나타났으며, 응급 제왕 절개 수술로 3.2kg의 여아를 출산했다. 출산 직후 호흡 장애로 인한 의식 불명 상태가 지속되었다. CT 스캔 결과, 오른쪽 폐에 혈전이 발견되었으며, 결국 6시 5분에 사망 선고를 받았다. 사인 : 폐 색전증.

글을 읽어 가는 동안, 내 머리는 얼어붙는 것만 같았다. '폐 색전증'이라는 단어를 읽고 또 읽었다. 이건 엄마의 의료 기록이 틀림없었다. 출생일과 사망일은 물론, 워싱턴 대학 부속 병원에서 제왕 절개로 여자아이를 출산한 것까지 똑같았다. 심지어 사망 원인까지 딱 맞아떨어졌다. 그런데 이 환자는 APD를 앓았다.

나는 믿을 수가 없었다. 어쩌면 또 다른 스무 살짜리 여자가 워싱턴 대학 부속 병원에서 제왕 절개로 여자아이를 낳은 뒤 폐 색전증으로 사망했는지도 몰랐다. 그게 아니면 엄마의 의료 기록이 잘못되었든가. 그것도 아니면 우리 엄마가 미쳤거나.

순식간에 공포가 나를 사로잡았다. 검색한 자료에 따르면, 엄마가 APD를 앓은 경우에 그 자녀가 같은 병을 앓을 확률은 정상인의 세 배가 넘었다. 그렇다면 다웃이 들리는 것도……. 그런데 다웃은 신체적인 문제가 아니었다. 어디까지나 신경성 질환일 뿐이었다. 게다가 APD에 걸린 사람은 대개 자신이 병에 걸렸다고 생각하지 않았다.

다시 위쪽으로 올라와 첫날의 기록을 클릭했다. 엄마가 태어난 1994년부터 시작해서 하나하나 점검을 해 보았다. 정기 검진을 비롯해서 각종 진료 기록을 자세히 훑어 내려갔다. 일곱 살 때 발목이 부러진 것, 아홉 살 때 팔꿈치를 다쳐서 꿰맨 것, 열네 살 때 맹장 수술을 한 기록까지 모두 다 있었다. 여기까지는 보통의 아이와 비슷했다. 다웃에 대한 언급이나 정신병, 혹은 어떤 심리학적 소견도 없었다. 그제야 조금 안심이 되기 시작했다. 내가 예상했던 것처럼 엄마의 의료 기록이 잘못 정리된 게 틀림없어 보였다.

2013년 4월의 기록은 테덴 병원에서 작성한 것이었는데, 정신적 장애로 우울증이 심해져 학교를 그만두었다고 적혀 있었다. K. 힐드브랜드 박사가 서명을 했고, 그 아래에는 심리 검사 결과가 적혀 있었다.

청각 이상 장애에 따른 이상 행동과 성격 장애.

그다음 기록도 같은 의사가 작성했는데, 신경 정신과에서 실시한 열두 가지의 검사 결과를 요약한 뒤 자신의 초기 진단을 확정했다.

치료 불가.

그다음 기록은 2013년 5월이었는데 '퇴학 통보'로 이어졌다.

이 학생의 심리 상태는 더 이상 학업을 수행하기에 적절하지 않음.

그 파일에는 힐드브랜드 박사와 아트워터 교장 선생님이 서명을 했다. 그러니까 엄마는 테덴을 자의로 그만둔 게 아니라 쫓겨난 거였다.

나는 손을 덜덜 떨면서 엄마가 사망한 날의 기록을 좀 더 자세히 읽었다. 엄마는 예정일보다 삼 주나 일찍 출산한 데다, 여러 가지 합병증이 있어서 제왕 절개를 할 수밖에 없었다. 엄마의 다리에 생겼던 혈전증(심장이나 혈관에서 피가 엉겨붙는 것)이 폐로 옮겨 가는 바람에 사망으로 이어졌다.

나는 화면을 캡처해서 사진 보관함에 저장한 뒤, 한참 동안 앞을 뚫어져라 쳐다보았다. 초점이 점차 흐려지더니 화면이 뿌옇게 보였다.

승선장 폭발 사건

"그럼, 내일은?"

리암 선배의 목소리가 등 뒤에서 들렸다. 나는 짐짓 제미니에 눈을 고정했다. 중간고사를 이틀 남겨 두고 있었다. 혼자서 공부에 집중하려고 일부러 구석 자리를 차지하고 있었는데, 하필이면 리암 선배가 내 뒷자리를 꿰찬고 앉았다.

리암 선배는 지난 한 달간 스무 번도 넘게 데이트를 하자고 졸랐다. 그럴 때마다 나는 정중히 거절했다. 만약 다른 사람이었다면 대놓고 화를 낼 수도 있었지만, 동아리 회장인 데다 어떤 결정권을 가지고 있는지 몰라서 단호하게 대할 수가 없었다. 이런 일로 리암 선배의 심기를 건드려서 동아리에 들어가는 데 지장을 받고 싶지는 않았다.

"로리! 이렇게 부탁해도 안 돼?"

선배가 웃으며 물었다.

"내일은 안 돼요."

"그럼, 토요일은?"

"시험 끝나고 다시 얘기해요."

선배가 이쯤에서 마음을 접어 주면 얼마나 좋을까? 나는 밖으로 나갈까도 생각해 보았지만, 날씨가 추워서 엄두가 나지 않았다. 열람실 중앙에 있는 벽난로에서 탁탁 하는 소리가 아늑한 분위기를 자아내 주었다. 아늑함은 마음을 편안하게 해 주었다. 지금은 편안함이 필요했다. 시험에 대한 걱정으로 줄곧 패닉 상태에 빠져 있었기 때문이다.

첫날 시험은 좌뇌를 사용하는 과목이었다. 미적분과 정보, 그리고 중국어. 내일은 몇만 배나 더 심각했다. 영어와 심리학, 그리고 제일 끔찍한 시뮬레이션 수업. 이 과목은 뭘 준비해야 할지조차 알 수가 없어서 더 불안했다. 시험 유형이 해마다 바뀌기 때문에 선배들에게 도움을 청할 수도 없었다.

나는 지난 이 주일 동안을 꼬박 도서관에서 보냈다. 자정이 되어서야 일어섰는데, 그것도 럭스가 최소한 여덟 시간은 수면을 취해야 된다고 경고를 해서였다. 시선을 돌리다가 이사벨이 자리를 찾아 두리번거리는 걸 보았다. 나는 잽싸게 가방을 챙겼다. 얼마 전에 이사벨과 공부를 같이한 적이 있었는데, 공부는 뒷전이고 그저 수다 떨기에만 바빴다.

"어머, 야! 벌써 가는 거야?"

나는 일부러 화들짝 놀라는 척하면서 이사벨을 바라보았다. 누군가에게 거짓말을 하는 건 싫지만, 중간고사를 코앞에 두고서 영화나 화장, 다이어트 얘기나 하면서 시간을 죽일 수는 없었다.

"어, 안녕! 허쉬하고 기숙사에서 같이 공부하기로 했거든. 허쉬가 도서관을 싫어해서……."

마음속으로 슬쩍 찔리기는 했다. 허쉬와 나는 단 한 번도 같이 공부를 한 적이 없었기 때문이다.

"허쉬가 공부를 한다고?"

그때 리암 선배가 끼어들자, 주변에 있던 아이들이 낄낄거렸다.

"나중에 봐요."

나는 인사를 하고 황급히 자리를 떴다. 역시나 바깥은 엄청 추웠다. 게다가 비까지 뿌리기 시작해서 한기를 더했다. 기숙사를 향해 전력질주했지만, 방 안에 들어섰을 때는 온몸이 생쥐마냥 흠뻑 젖어 있었다. 허쉬는 책상 앞에 앉아 제미니를 들여다보고 있었다. 공부하고 있을 줄 알았는데, 웬일인지 훌쩍거리는 소리가 들렸다.

"허쉬?"

허쉬는 내가 불러도 꿈쩍하지 않았다. 혹시 내 목소리를 못 들은 건가 싶어서, 가방을 침대에 내려놓고 가까이 다가가 보았다. 허쉬는 주먹을 꼭 쥔 채 어깨를 들썩이고 있었다. 내가 어깨에 손을 대자 깜짝 놀라 고개를 번쩍 들었다. 얼굴이 퉁퉁 부은 데다 빨갛게 달아올라 있었다.

"무슨 일이야?"

"나, 아무래도 낙제할 거 같아. 로리, 공부를 하나도 못 했어. 여태까지 난 무슨 생각을 한 걸까? 지금까지 그랬던 것처럼, 대충 살다 보면 어찌어찌 될 거라 생각했던 거 같아."

"걱정 마. 낙제하지 않을 거야."

문득 허쉬가 가엾게 여겨졌다.

"넌 내가 그래도 싸다고 생각하는 거지? 우리 부모님은 어떡하지?"

허쉬의 눈동자에 눈물이 가득 차올랐다.

"허쉬를 도와줘."

그때 다웃이 들렸다. 엄마의 병을 알게 된 뒤로 다웃을 듣게 될까 봐 바짝 긴장하면서 지냈다. 화가 불쑥 치밀었다. 다웃이 들리기 전에 이미 나는 허쉬를 도와줘야겠다고 생각하고 있었는데……. 마치 다웃의 말을 따르는 것처럼 되어 버렸다. 나는 허쉬를 물끄러미 바라보았다. 허쉬는 키가 나보다 10센티미터는 더 큰데도, 어깨를 잔뜩 웅크린 채 떨고 있어서 그런지 매우 작게 느껴졌다.

너 때문이 아니야. 나는 마치 다웃이 내 말을 알아들을 수 있기라도 한 듯이 속으로 매섭게 쏘아붙였다. 그러고는 허쉬를 향해 부드러운 목소리로 말했다.

"내가 도와줄게."

허쉬는 깜짝 놀란 얼굴로 눈물에 젖은 눈을 깜박거렸다.

"그래도 괜찮아? 너도 공부해야 하잖아."

공교롭게도 허쉬하고 나는 시험 시간표가 정반대였다. 그러니까 서로 엇갈려서 시험을 보는 셈이었다. 한 과목도 겹치는 게 없었다.

나는 어깨를 으쓱했다.

"괜찮을 거야."

나 스스로도 이 말을 믿으려 애썼다. 허쉬는 내 손을 꼭 잡았다.

"고마워."

허쉬의 눈이 고마움과 기대감으로 빛났다.

우리는 허쉬가 잘하는 정보 과목을 먼저 공부한 다음에, 내 비장의 무기인 미적분을 공부했다. 허쉬는 하나도 준비가 되어 있지 않은 상태였지만, 생각보다 빨리 학습 내용을 받아들였다.

새벽 3시 반이 되자, 우리는 자판기 커피를 마시러 아래층의 휴게실로 내려갔다. 리암 선배가 역사 구술 시험을 대비하고 있었다. 나는 럭스를 켠 다음, 취침 시간을 자정에서 오후 4시로 변경했다. 그리고 '체력 보강'을 선택한 뒤, 센서를 자판기에 갖다 댔다. 그러자 종이컵이 툭 떨어지더니, 까만색 액체가 모락모락 김을 뿜으며 흘러내렸다.

"뭐야?"

허쉬가 물었다.

"나도 몰라. 럭스한테 맡겼거든."

나는 컵을 꺼내면서 대답했다. 한 모금 마시자 굉장히 텁텁했다.

"칵테일 레드아이 맛이야. 설탕 대신 스테비아를 넣은 거 같아."

"좋아."

허쉬가 메뉴를 입력하고는 제미니를 자판기에 갖다 댔다. 두 번째 컵이 툭 떨어졌다. 나는 컵이 채워지길 기다리면서, 짐짓 리암 선배한테 등을 보이고 섰다. 허쉬의 눈이 나한테서 리암 선배로 옮겨 갔다.

"두 사람, 무슨 일 있어?"

"아무 일도 없어. 우린 그냥 선후배 사이잖아."

"네가 그렇게 말한다면야. 왠지 네가 나한테 말하지 않은 게 있는 것 같은 이 느낌은 뭐지?"

허쉬가 손을 뻗어 컵을 들어 올렸다. 순간, 노스네 집 소파에 걸쳐져 있던 빨간색 드레스가 떠올라서 나도 모르게 얼굴을 붉혔다. 그래, 허쉬에게 말하지 않은 게 있긴 하지. 하지만 리암 선배랑은 상관없었다.

"다시 공부하러 가자."

나는 컵을 들고 문 쪽으로 걸어갔다.

"근데, 로리!"

"응?"

내가 몸을 돌렸다.

"왜 나를 도와주는 거야?"

나는 반사적으로 대답이 입에서 튀어나왔다.

"넌 내 친구니까."

허쉬가 내 손을 꼭 쥐었다.

우리는 밤을 꼬박 새웠다. 그 덕분에 허쉬는 시험 준비가 얼추 다 되었다. A⁺를 받을 정도는 아니었지만 낙제는 확실히 면할 것 같았다. 대신에 나는 완전히 망했다. 둘째 날 시험을 대비해서 공부를 한 셈이니까. 첫째 날 시험 과목을 최종 점검할 시간을 놓쳐 버렸다. 게다가 6시간의 수면이 날아가 버린 건 말할 것도 없었다. 새벽녘에 마신 커피 때문에 속이 쓰리고 울렁거렸다. 너무너무 피곤한 나머지, 눈이 빠질 것처럼 아팠다. 하도 건조해서 눈물도 나오지 않았다.

샤워를 끝낸 뒤, 머리카락을 말릴 힘조차 없어서 고무줄로 대충 묶었다. 반면에, 허쉬는 콧노래를 흥얼거리면서 화장을 했다.

"거의 다 했어."

허쉬가 거울 속으로 나를 바라보며 말했다.

"간단하게 아침 먹을까?"

내 위는 지금 뭔가를 소화시킬 상황이 아니었다.

"아니, 나중에 먹을래. 시험 끝나고……."

시험 시간까지 20분밖에 남지 않았다. 한껏 치장을 하고 있는 허쉬를 향해 비명이라도 지르고 싶은 심정이었다. 나는 가방을 어깨에 메고 문 쪽으로 성큼성큼 걸어갔다. 그때 허쉬가 내 등에 대고 소리쳤다.

"사실은 나, 네가 나를 왜 도와줬는지 알아. 다웃 때문이지?"

나는 곧장 뒤로 돌아섰다. 허쉬의 목소리는 부드러웠지만, 내 귀에는 마치 비명처럼 사납게 소용돌이를 쳤다. 쟤가 그걸 어떻게 안 거지? 나는 그대로 얼어붙었다.

"다웃이라고? 내가 다웃을 듣는다고 생각하는 거야?"

나는 짐짓 놀란 표정을 지으려고 애썼다. 그러자 얼굴이 당겨서 어색한 표정이 되었다.

"너네 엄마가 그랬잖아."

허쉬는 확신에 찬 목소리로 대답했다. 나는 두 눈을 부릅떴다.

"누가 그래?"

"아무것도 아니야. 됐어."

허쉬는 말을 뚝 잘랐다. 허쉬가 거짓말을 하는 게 틀림없었다. 엄마에 대해 뭘 안다고. 그런데 허쉬의 표정이 왠지 미심쩍었다. 자기도 모르게 튀어나온 말이었던 양……. 하긴, 허쉬는 뭔가를 저지르기 전에 머릿속으로 미리 생각하고 준비하는 성격이 아니었다.

"그러니까, 아무한테도 말하지 않을……."

"난 지금 가야 돼. 시험 잘 봐."

나는 문을 열고 복도로 걸어 나갔다. 문이 닫히기 직전에 고개를 돌려서 허쉬를 바라보았다. 그리고 중얼거리듯 이렇게 말했다.

"나는 다웃 안 들어."

허쉬가 대답하기도 전에 문이 닫혔다. 사실, 허쉬는 대답할 필요도 없었다. 허쉬의 표정에서 내 말을 믿지 않는다는 걸 알아차렸다.

"오늘, 여러분은 신의 역할을 하게 됩니다."

타서스 선생님이 말하는 소리가 들렸다. 그때까지 나는 멍한 표정으로 허쉬와 나누었던 대화를 곱씹고 있었다. '신의 역할'이라는 말을 들는 순간에야 퍼뜩 정신이 들었다.

화면에는 푸른 바다 한가운데에 떠 있는 거대한 승선장이 있었다. 뒤로 보이는 섬에는 푸른 언덕이 있었고, 해변에는 새하얀 모래사장이 아름답게 펼쳐져 있었다. 해변에서 승선장까지는 통나무로 된 징검다리가 놓여 있었다. 한쪽에 나무 상자가 산처럼 높다랗게 쌓여 있는 것 말고는 전체적으로 텅 비어 있었다.

"60초 후에 승선장은 사람들로 가득 차게 됩니다."

타서스 선생님의 목소리가 스피커를 통해 울렸다.

"이 섬의 독립 기념일이라서 원주민과 관광객이 불꽃놀이를 구경하러 오거든요. 이 승선장의 수용 가능 인원은 최대 이백오십 명입니다. 불꽃놀이가 시작되면, 그 수의 세 배가 넘는 사람들이 몰려들 거예요."

화면이 확대되면서 나무 상자가 좀 더 가까이에서 보였다.

"나무 상자 열두 개에는 불꽃놀이에 쓰일 폭죽이 장착되어 있어요. 다 합치면 2톤이 넘어요. 폭죽은 나무 상자에 넣기 전에 미리 전기를 연결해 터지는 시각을 설정해 두었어요. 15분 후에 첫 번째 나무 상자에서 불꽃이 터질 겁니다. 이걸 시작으로 나무 상자에서 폭죽이 연쇄적으로 터집니다. 결국 승선장은 폭발하게 되고, 거기에 모인 사람들은 다 죽게 되겠지요. 지금 여러분이 해야 할 일은 누구를 살리고 누구를 죽일 것인지를 결정하는 거예요."

타서스 선생님이 말을 마치자마자, 승선장이 정말로 사람으로 가득 찼다. 어찌나 북적대는지 발 디딜 틈조차 없어 보였다.

"손가락으로 화면을 확대할 수 있어요. 몸을 클릭하면 그 사람에 대한 자세한 정보를 볼 수 있고요. 어디 출신인지, 몇 살인지, 직업은 무엇인지. 그 정보를 바탕으로 결정을 내려야 합니다. 누차 말했듯이, 점수는 사회적 영향력에 따릅니다. 사회적 가치가 높은 사람이 적게 죽을수록 높은 점수를 얻는 거죠."

나는 눈을 크게 뜨고 승선장을 살펴보았다. 그야말로 다양한 사람들이 모여 있었다. 어떤 것을 바탕으로 살릴 사람을 골라야 하는지 알 것 같았다. 명품 브랜드의 선글라스와 모자, 가방, 구두……. 그런 차림을 한 사람은 모두 관광객이었다. 사회적 가치가 높은 사람들이 틀림없었다. 갑자기 위가 뒤틀리기 시작했다. 정말이지 이런 건 하고 싶지가 않았다.

타서스 선생님이 말을 이었다.

"한 번에 한 사람만 움직일 수 있어요. 옮기고 싶은 사람의 몸에 손가락으로 누른 뒤, 깜박이기 시작하면 원하는 곳으로 끌어가면 돼요."

그때 화면에서 시계가 팝업으로 떠서 13분 10초가 남았음을 알려주었다. 심장이 두근두근 뛰기 시작했다.

"아, 한 가지 더요."

타서스 선생님이 덧붙였다.

"여러분 손으로 인해 생긴 부상이나 사망에는 큰 감점이 있습니다. 여러분 손으로 사망하게 만드느니 차라리 폭발로 죽게 내버려 두는 게 낫다는 뜻입니다. 행운을 빌어요! 자, 시작합시다."

서둘러. 서둘러야 해. 나는 스스로에게 속삭였다. 하지만 내 시선은 승선장 한가운데에서 있는 원주민 아이들에게 고정된 채 움직이지 않았다. 적어도 백 명은 될 듯했다. 하나같이 신발을 신지 않고 있었는데, 꽃으로 머리나 옷을 장식한 채 활짝 웃으면서 어서 불꽃놀이가 시작되기를 기다렸다. 나는 그중 한 명을 클릭했다.

남아, 8세, 인도계 피지 인, IQ 75, 기술 없음.

앞니가 다 빠진 채로 활짝 웃는 모습이 무척이나 귀여운 아이였다. 수업 시간에 배운 바로는, 이 아이의 효용 가치는 전혀 없었다. 모든 사람과 사물, 행동의 가치는 −1에서 1까지의 숫자로 표기되었다. 그것이 바로 사회에 미치는 영향력이었다.

첫 수업 시간에 시뮬레이션에 나왔던 아기 아빠 같은 사람들은 다른 사람들보다 가치가 높았다. 따라서 이 시험에서 좋은 성적을 받기 위해서는 그런 사람을 먼저 구출해야 했다. 시간이 남을 경우에만 아이들을 구할 수 있었다.

그런데 나는 모든 사람을 구하고 싶었다. 혹시 저 나무 상자 안에 결함이 있는 폭죽은 없을까? 타서스 선생님은 나무 상자에 2톤가량의 폭죽이 들어 있다고 했다. 어떤 걸 찾아봐야 할지 알 수가 없었다. 나는 시계를 바라보았다. 이제 12분 30초밖에 남지 않았다. 그사이에 칠백오십 명 이상의 사람을 승선장에서 구해 내야 했다.

서둘러! 나 자신에게 다시 말했다. 그리고 화면으로 손을 올리는 순간, 귓가에서 이런 말이 들려서 멈칫했다.

"기다려."

나도 모르게 그 소리에 반응을 했다.

"기다리라고?"

나는 손으로 얼른 입을 막았다. 그렇게 크게 말할 생각은 조금도 없었다. 팟은 카메라와 스피커가 연결되어 있기 때문에 다른 사람들한테도 다 들렸을 게 분명했다. 기다리라고? 이번에는 마음속으로 다시 물었다. 목소리가 다시 말했다.

"기다려."

다웃이 하는 말은 언제나 비이성적이었다. 그러니까 다웃이 지시하는 것과 반대로 해야 했다. 오히려 진짜로 죽을힘을 다해 서둘러야 하는 것이다. 나는 손목에 롤렉스 시계를 찬 젊은 남자를 클릭했다.

남성, 29세, 노르웨이계 미국인, IQ 156, 헤지 펀드 매니저.

나는 손가락으로 그 남자를 징검다리 쪽으로 이끌었다. 물살이 매우 빨랐다. 그 남자를 바다에 밀어 넣었다. 남자는 육지를 향해 빠르게 헤엄쳐 나갔다. 이번에는 아까 근처에 있던 여자를 클릭했다. 정보 따위는 확인할 시간이 없었다. 그저 눈에 보이는 걸로 가치를 판단할 수밖에. 개인적으로는 몹시 역겨웠지만, 이 시험에서 좋은 성적을 얻기 위해서는 어쩔 수가 없었다. 여자는 샤넬 선글라스를 쓰고 명품 브랜드의 드레스를 입었다. 심지어 손가락에는 거대한 다이아몬드 반지를 끼고 있었다. 원주민 아이들을 향해 활짝 웃는 모습을 보니, 아마도 자선 활동을 하러 온 것 같았다. 여자를 재빨리 물속에 넣자 육지를 향해 빠르게 헤엄쳐 갔다.

이제는 두 번 생각할 겨를도 없이 사람들을 최대한 빨리 물속에 빠뜨렸다. 그렇게 해서 7분 안에 이백구십구 명을 살렸다. 이번에는 삼십대 남자를 클릭했다. 닻 그림이 있는 반바지를 입고 있어서 배를 타는 사람일 거라고 추측했다. 그런데 그 남자를 바닷물에 넣자마자 물속으로 가라앉아 버렸다. 나는 충격에 빠졌다. 사망자 수가 0에서 1로 바뀌었다.

젠장, 수영을 못 하는 사람이 있을 줄은 몰랐다. 순간적으로 겁에 질렸지만 애써 마음을 추슬렀다. 수영을 전혀 못 하는 사람이 섬으로 휴가를 떠날 확률은 지극히 낮을 테니까. 물론 지금은 이 이론을 증명할 시간이 없었다. 나는 최대한 빨리 사람들을 바다 속으로 밀어 넣어 구출했다. 60초가 남았을 때는 육백 명을 구하고 단 한 명만 죽게 했다.

10초가 남았을 때, 다시 위가 뒤틀리기 시작했다. 원주민 아이는 단한 명도 구하지 못했다. 어쩌면 이제 폭발하지 않을지도 모르니까. 그 순간에 문득 이런 생각이 들었다. 다웃의 말이 맞을지도 몰라. 이 시험은 일종의 속임수일지도 몰랐다. 그런 희망을 품고 시계가 0을 가리키기를 기다렸다.

하지만 2초가 남은 순간에 나무 상자에서 불꽃이 튀었다. 그러다 1초 만에 휙휙 소리가 나더니 금세 빵, 빵, 빵으로 바뀌었다. 갑자기 온사방에 연기가 자욱해지더니 폭죽에서 불꽃이 튀었다. 곧 승선장은 연기에 휩싸여서 사라지고, 사람들은 종이 인형처럼 낱낱이 찢어진 채 공중으로 흩어졌다.

나는 눈을 질끈 감았다. 아무것도 보고 싶지 않았다. 그저 소리가 멈추기만을 기다렸다. 눈을 더 오래 감고 있어야 했다. 사고 뒤의 장면은 폭발 당시보다 더 참혹했다. 시체가 산산조각 난 채 여기저기 흩어져 있었다. 바다는 불타는 시체로 그득했다. 침을 꿀걱 삼키는데 욕지기가 올라왔다. 이건 진짜가 아니야. 나는 눈을 내리깔고 더 이상 보지 않았다.

"축하해, 로리."

타서스 선생님의 목소리가 스피커에서 울렸다.

"사망자 수가 188명으로 이번 수업에서 최고점이야."

고개를 들고 화면을 보자, 우리 반 아이들의 점수가 떠 있었다. 내 이름이 제일 꼭대기에 있었다. 내 바로 아래에 있는 이름의 사망자 수는 내가 기록한 숫자의 거의 두 배에 가까웠다.

"다른 학생들은 자신이 살린 사람의 정보를 확인하세요. 로리는 이성적 판단에 근거한 덕분에 아주 높은 성적을 올렸습니다."

여태껏 타서스 선생님이 나한테 했던 말 중에서 가장 친절했다. 자부심으로 내 입꼬리가 살짝 올라갔다. 드디어 해냈다! 다웃을 무찌르고 최고 점수를 받았다. 무찔렀다는 표현은 좀 셀지도 모르지만, 처음으로 다웃을 들었던 순간부터 품었던 의심에 대한 답은 확실히 얻었다. 다웃을 믿어도 좋을까? 이제 분명히 알게 되었다. 만약 내가 다웃의 말을 따랐다면, 낙제를 했을 거다. 그리고 이게 실제 상황이었다면, 백팔십팔 명 대신 팔백 명이 목숨을 잃었을 거다.

백팔십팔 명이 죽었다! 그 순간, 조금 전까지 좋았던 기분이 싹 사라졌다. 승선장에서 천진난만한 웃음을 짓고 있던 아이들이 떠올랐다. 이건 실제가 아니야. 나는 해밀턴 홀의 이중문을 밀고 밖으로 나가면서 속으로 중얼거렸다. 10월의 햇살이 나를 반가이 맞아 주었다. 하지만 내가 버린 아이들이 머릿속에서 떠나지 않았다. 여선생님 주변에 모여서 즐겁게 깔깔거리던 모습과 나무 상자가 폭발한 뒤 하늘로 솟구친 조그만 몸뚱이가 내지르던 비명 소리…….

이런 상황에서 사망은 어쩔 수 없는 일이었다. 나도 그건 안다. 결함이 있는 폭죽을 찾아내거나 나무 상자를 다른 데로 옮길 방법을 고민할 시간이 없었다. 승선장이 폭발하는 건 어쩔 수 없는 일이었다. 중요한 건 얼마나 많은 사람을 살려 냈느냐 하는 거다. 물론, 타서스 선생님이 지적했듯이 숫자가 다는 아니다. 그곳 사람들은 효용에 따라 가치가 매겨지고 중요도에 따라 순위가 정해졌다. 내가 최고 점수를 받은 이유는 적은 수의 사람을 승선장에 남겨 두어서가 아니라, 내가 남겨 둔 사람들이 사회적으로 가치가 낮다고 판단했기 때문이다.

나는 식당으로 발길을 옮겼다. 리암 선배가 허락도 없이 이사벨의 자리를 꿰차고 앉아 있었다. 이사벨은 난독증이 있어서 시험 보는 데 다른 사람보다 시간이 더 필요했다. 나는 허쉬 옆에 털썩 주저앉으며 툴툴거렸다.

"사람을 가치로 따져서 살리고 죽이는 게 말이 돼? 마치 어떤 사람은 다른 사람보다 더 가치 있는 삶을 살고 있다는 듯이……."

"그렇긴 하지. 너는 반대하나 보네?"

리암 선배가 대답했다. 나는 선배의 눈을 똑바로 쳐다보았다.

"네, 반대해요. 무지무지 반대한다고요!"

리암 선배는 의자에 등을 기대었다.

"좋아. 그럼 이건 어때? 유죄 판결을 받은 살인자를 가득 채운 기차가 노벨상 수상자를 가득 채운 버스를 향해 전속력으로 돌진하고 있어. 기차를 탈선시키든가 버스를 계곡 쪽으로 밀어뜨려야 해. 안 그러면 모두 다 죽게 될 테니까. 자, 선택해 봐."

그때까지 제미니에서 눈을 떼지 않던 허쉬가 고개를 번쩍 들었다.

"나는 살인자를 구할래."

나는 어안이 벙벙해져서 허쉬를 쳐다보았다. 우리의 관심을 끌려고 아무렇게나 던진 말인 줄 알면서도 놀라움을 감출 수가 없었다. 하지만 허쉬의 표정은 꽤 진지했다.

"리암 선배는 틀림없이 살인자를 죽이겠죠. 살인자를 부정 효용 가치로 평가할 테니까. 하지만 상환 가치를 생각하면 살인자를 구해야 할지도 몰라요."

리암 선배는 눈썹을 찡긋했다.

"무슨 가치?"

허쉬는 생각에 잠긴 듯 입술을 깨물었다.

"살인자들은 자기들을 구할 거라고 기대하지 않을 거예요. 그 누구라도 노벨상 수상자를 구할 거라고 생각할 테니까요. 그런데 만약 그 반대의 상황이 일어난다면……. 글쎄요."

허쉬의 목소리에서 갑자기 자신감이 사라졌다.

"그 일로 그 사람들이 변화한다면요? 또 다른 부정 효용 가치를 가졌던 사람들도 바뀔 수 있지 않을까요? 그 영향력이 착한 사람을 구했을 때보다 클 수도 있잖아요."

"살인자들이 사람들을 더 죽일 수도 있지. 그들은 살인자니까."

리암 선배는 마치 허쉬가 세상에서 가장 바보인 것처럼 빈정거리며 말했다.

"선배 말투 짜증나요."

허쉬는 이렇게 맞받아치고는 나를 향해 말했다.

"넌 어떻게 생각해?"

"나는 그 가정 자체가 잘못되었다고 생각해. 우선, 완전 비현실적인 시나리오잖아. 왜 그 많은 살인자가 같은 기차를 타고 있는데? 어디를 가려고? 또 노벨상 수상자는 왜 같은 버스를 한꺼번에 탄 거지? 그러니까 내 말은, 그런 일은 실제로 일어날 수 없다는 거야."

"시나리오가 현실적이지 않다고 해서 가설이 불필요한 건 아니야. 중요한 건 어떤 방식으로든 합리적인 결과를 도출해 내야 한다는 거지."

리암 선배의 대답에 내가 반박했다.

"하지만 결과를 바꿀 재주가 없잖아요. 난 이런 실험이 정말 싫어요.

책상 앞에 앉아서 누구를 살리고 누구를 죽일지를 결정해도 된다고 생각한다는 것 자체가……."

"사람들은 매 순간 그런 결정을 내려."

리암 선배가 또 말했다.

"아, 그래요? 그럼, 버튼을 누르는 사람은 누군데요? 한번 만나 보고 싶네요."

나는 짐짓 빈정거렸다. 리암 선배는 키득거리며 웃더니, 금세 우쭐한 표정을 지었다.

"네 시험에 나온 상황 말이야. 실제로 승선장에 있던 사람들에게는 어떤 일이 일어났을까?"

"네? 선배, 그게 무슨 말이에요?"

"타서스 선생님은 항상 실제 사건을 바탕으로 시험 문제를 내셔."

순간, 첫 수업 시간에 타서스 선생님이 했던 말이 떠올랐다. 그동안 까맣게 잊고 있었다. 머릿속에서 아까 비명을 지르며 산산조각이 났던 아이들의 모습이 떠올랐다. 그렇다면 어딘가에서 그 조그만 아이들이 실제로 그런 일을 당했단 얘기인가?

나는 곧바로 위가 뒤틀리면서, 꼬집기라도 한 듯 속이 쓰리기 시작했다. 그 아이들을 왜 그렇게 빨리 포기했을까? 그 아이들의 효용 가치가 가장 낮다고 한들 뭐가 어때서? 그냥 아이들인데…….

머릿속에서 폭발하는 승선장의 이미지를 지우는 데 꽤 오랜 시간이 걸렸다. 하지만 다행히 나머지 두 과목의 시험은 무사히 치렀다. 시험을 마치고 4시 30분쯤 되었을 때, 내 뇌는 금방이라도 녹아내릴 듯이 흐늘거렸다.

"로리를 위해서!"

기숙사 방문을 열자마자, 허쉬가 소리를 꽥 질렀다. 손에는 스파클링 주스 한 병이 들려 있었다.

"내 목숨을 살려 준 대가로."

나는 웃으면서 방 안으로 들어섰다.

"통과했구나?"

"A 하나랑 B 두 개. 어제 완전히 망치지만 않았으면, 나도 우등생이 되는 건데……."

허쉬가 자랑스럽게 말하며, 주스를 컵에 따라 나한테 내밀었다. 우리는 즐겁게 건배를 하고 주스를 마셨다.

"훔친 샴페인은 아니네?"

나는 짐짓 놀리듯이 말했다.

"개과천선했어. 이제부턴 알코올이 안 들어간 음료만 슬쩍하려고."

허쉬가 컵에 주스를 다시 채우면서 대답했다. 우리는 머리를 맞대고 낄낄거렸다.

"정말로 고마워. 난 사실 너한테 도움받을 자격이 없는데……."

허쉬가 두 눈을 반짝이면서 나를 사랑스럽게 바라보았다.

"허쉬, 그건……."

허쉬가 손을 들어서 내 말을 막았다.

"자격 없어. 만약 내가 너였다면 낙제하도록 내버려 두었을 거야. 그래서 너한테 빚진 기분이 들어. 어떻게든 갚을 거야. 꼭 기억해 둬."

허쉬의 눈은 그 어느 때보다 솔직해 보였다. 나는 고개를 천천히 끄덕였다. 허쉬가 미소를 지었다.

빌리지 피자 가게는 사람들로 꽉 차 있었다. 레이첼과 이사벨이 먼저 도착해서 창가 쪽에 자리를 잡아 두었다. 우리는 코트를 벗고 자리에 앉았다.

"이번 주말엔 아무 생각 없이 보낼 거야."

이사벨이 선언하듯 말했다.

"그러니까 자동 주문으로 하자."

"'반대 의견 없음'이야. 내 뇌가 터지려고 해."

허쉬가 대답하면서 레이첼에게 제미니를 내밀었다.

레이첼은 네 사람의 제미니를 모두 거두어, 벽에 붙은 스캐너에 번갈아 가면서 대었다. 그러자 주문한 내용이 화면에 자동으로 떴다.

"어디 괜찮은 사람 없나?"

허쉬가 북적이는 사람들 쪽으로 고개를 돌리며 물었다.

"윽, 죄다 촌사람들……."

레이첼이 관심 없다는 듯이 어깨를 으쓱했다.

"저기, 네 남자 친구 있네."

이사벨에게 말하는 줄로 알았는데, 허쉬의 눈이 나를 향하고 있었다. 나는 허쉬의 시선을 따라갔다. 노스가 포장 주문 코너에 서서 계산을 하고 있었다. 나는 재빨리 눈길을 돌렸다.

"네 남자 친구겠지."

나는 최대한 가벼운 목소리로 허쉬의 말을 정정했다. 레이첼이 그쪽으로 고개를 돌렸다.

"저 사람이 그 사람이야?"

허쉬가 얼굴을 찡그렸다.

"절대로 아니거든. 저 사람은 로리를 좋아해. 로리한테 치근덕거리며 작업 거는 걸 너희가 봤어야 하는데."

나는 기분이 몹시 불쾌해졌다. 하지만 허쉬와 이제 막 사이가 좋아진 참이어서 굳이 망치고 싶지가 않았다. 하지만 가식이 지나치다는 생각이 드는 것까지 어쩔 수는 없었다.

"네가 누굴 만나든 난 상관없어. 다른 사람들 앞에서 굳이 밝히고 싶어 하지 않는 것도 이해해. 하지만 그걸 덮으려고 이상한 말을 지어내지는 말아 줘."

나는 일부러 목소리를 낮추어서 말했다. 그러자 허쉬가 어안이 벙벙한 표정으로 두 눈을 껌벅거렸다.

"잠깐, 너 지금 무슨 생각을 하는 거야? 내가 노스를 만나고 다니기라도 하는 줄 아는 거야?"

허쉬가 하도 놀란 척하는 바람에 나는 당황해서 말을 더듬거렸다.

"아니야?"

"아니야!"

허쉬가 큰 소리로 대답했다. 그런데 그날 노스네 집에서 드레스는 왜 벗은 거니? 나도 모르게 이렇게 물을 뻔했다. 하지만 나는 한밤중에 노스네 집에 찾아간 사실을 여기서 털어놓고 싶지 않았다.

"한센 두 병, 레모네이드, 그리고 다이어트 Z 콜라 한 병 주문하신 거 맞죠?"

종업원이 음료수를 식탁 위에 내려놓으면서 말했다. 그러고는 반으로 접은 냅킨을 내 손에 건네주었다. 나는 냅킨에 적힌 손글씨를 곧바로 알아보았다.

얘기 좀 해. 아주 중요한 일이야. —N. P.

나는 냅킨을 구겨서 재빨리 주머니에 쑤셔 넣었다. 다른 아이들은 음료수 병에 적힌 성분에 대해 얘기하느라 눈치를 채지 못했다. 노스가 무슨 얘기를 하려는 거지? 갑자기 궁금증이 몰아쳐 왔다.

그렇게까지 중요한 일이라면 웃기지도 않게 냅킨에다 이런 식으로 메모해서 건네지 말고 직접 찾아와서 말할 것이지. 대답은 듣지 않아도 알 것 같았다. 허쉬 때문이겠지. 그렇다면 노스는 지금 장난을 치고 있는 걸까? 대체 왜? 허쉬는 또 내게 무슨 장난을 치고 있는 거야?

나는 건너편에 앉아 있는 허쉬를 물끄러미 쳐다보았다. 우리는 막 나온 패밀리 사이즈의 피자를 한 조각씩 집어 들고 게걸스럽게 먹어치웠다. 딱 두 조각이 남았을 때, 럭스가 그만 먹으라고 신호를 보냈지만 다 같이 무시해 버렸다.

피자를 다 먹은 뒤, 레이첼과 이사벨은 남자 친구를 만나러 간다고 일어섰다. 나는 배가 부르기도 하고 피곤하기도 해서 일단 잠을 자고 싶었다. 하루하고도 반나절은 너끈히 잘 수 있을 것 같았다.

레이첼과 이사벨이 먼저 제미니로 계산을 마쳤다.

"너희 먼저 가. 난 기숙사에 가서 좀 자려고."

"나도 기숙사에 갈 거야."

허쉬가 말했다. 그러고는 내가 계산할 차례가 되었을 때, 내 제미니를 슬쩍 밀어내고 자기 것을 한 번 더 갖다 댔다.

"이건 내가 쏠게."

기숙사 쪽으로 걸어갈 때 허쉬가 다가와 팔짱을 끼었다. 그게 신호라도 되는 듯, 둘이서 똑같이 하품을 하자 동시에 미친 듯이 웃어 댔다.

"하도 피곤해서 다리가 제대로 붙어 있는지도 잘 못 느끼겠어."

허쉬가 공원을 가로질러 가면서 말했다.

"나는 이미 잠이 든 것처럼 몽롱한걸."

우리는 또다시 깔깔거리다가, 또 동시에 입을 다물었다. 내가 노스에 대해 막 물으려는 찰나, 허쉬가 목청을 가다듬었다.

"다웃에 대해 얘기해도 돼?"

허쉬가 물었다. 그 순간, 나도 모르게 몸이 뻣뻣하게 굳었다.

"사실 나는 한 번도 다웃을 들은 적이 없어. 어렸을 때조차도…….
그래서 다른 아이들을 많이 부러워했어."

"왜?"

허쉬는 잠시 생각에 잠긴 듯이 보였다.

"혹시 내가 모자라는 건 아닌지 걱정되었던 거 같아. 다른 사람들은 모두 다웃에게 '이끌리거나' 혹은 '안내받는' 느낌을 받는다고 하니까. 그럴 수 있으면 쉬울 거 같아서. 뭔가를 선택할 때 혼자서 결정하지 않아도 되잖아. 또 굳이 시험을 거치지 않아도 답을 얻을 수 있고."

나는 허쉬의 터무니없는 말에 웃음이 터져 나올 뻔했다. 쉽다고? 다웃을 따르는 건 자신을 완전히 제쳐두는 것과 같았다. 어렸을 때 이미 나는 그걸 알았다. 다웃은 서둘러야 할 필요가 있을 때에 천천히 시간을 가지라고 하고, 화를 내야 할 시점에는 진정하라고 하고, 무언가 절실히 얘기를 듣고자 할 때는 기다리라고 한다. '안내받는다'는 것은 혼나거나 지적당하는 것에 대한 완곡한 표현일 뿐이었다.

"물론, 답은 틀리겠지만. 그래야 하는 거잖아, 그지? 다웃이 비이성적인 게 아니면, 왜 다웃을…….."

그때 허쉬가 덧붙였다. 나는 허쉬의 말을 가로막았다.

"비이성적인 게 아니야. 이성을 벗어난 거지."

그건 내가 APD에 대한 연구를 하면서 알게 된, 엄마의 병력을 제외하고 가장 놀라운 사실이었다. '비이성적인 느낌'이 다웃의 또 다른 이름이긴 하지만, 지나온 경험에 비춰 보면 훨씬 더 예측 불가능했다.

"이성을 벗어난다고?"

"이성을 벗어나거나 반이성적이거나. 어쨌든 이성의 범주를 벗어난 거라고 생각해."

"다웃이 너한테 말을 걸면 어떤 기분이 들어?"

"기억이 안 나. 하도 오래돼서……."

나는 거짓말을 했다.

"로리, 너 지금도 듣는 거 알아. 사실대로 말해 줘. 아무한테도 말하지 않을 테니까."

허쉬의 목소리는 부드러웠지만 왠지 책망하는 듯했다. 나는 허쉬의 얼굴을 쳐다보면서 잠깐 망설였다. 다웃에 대해서는 아무에게도, 심지어 아빠와 벡에게도 털어놓은 적이 없었다. 그런데 허쉬에게, 자신만의 비밀을 가진 아이에게, 신뢰하고는 아예 담을 쌓은 아이에게 털어놓으라고? 그럴 수는 없었다.

그때 허쉬가 다시 말했다.

"다웃이 내 공부를 도와주라고 한 거 맞지?"

내가 고개를 저어 아니라고 하려는 찰나, 허쉬가 먼저 선수를 쳤다.

"그래야 설명이 돼. 아니면 네가 왜 날 도와줬겠어? 나는 어차피 공부랑 담을 쌓았어. 낙제해도 할 말 없지."

"아니야, 그렇지 않아."

나는 허쉬한테라기보다 나 자신을 향해 소리쳤다.

"로리, 제발. 사실대로 말해 줘. 다웃이 날 도와주라고 한 거 맞지?"

허쉬가 몸을 돌려 내 눈을 마주 보았다. 나는 결국 이렇게 대답하고 말았다.

"하지만 그것 때문에 널 도운 건 아니야. 네가 내 친구라서 도운 거라고."

이게 진실이다. 하필이면 내 마음과 다웃이 완벽하게 일치했다는 사실이 마음에 걸렸지만. 갑자기 허쉬가 눈물을 주르르 쏟았다. 나도 모르게 허쉬의 손을 잡았다.

"허쉬, 별거 아니야. 너에게 도움이 된 걸로 충분히 만족해. 다행히 내 시험도 망치지 않았잖아."

"너는 몰라."

허쉬는 고개를 절레절레 저었다.

"말해 봐. 무슨 일인데?"

"말할 수 없어."

허쉬는 다시 고개를 저었다.

"사실을 알고 나면 넌 날 미워하게 될 거야."

그 순간, 허쉬가 나랑 노스에 대해 아무것도 모른다는 사실을 떠올렸다. 허쉬는 차마 그 이야기를 나한테 털어놓을 수 없는 거다. 내가 좋아하는 남자랑 사귄다는 사실을. 그래서 내가 먼저 이야기를 꺼냈다.

"허쉬, 나 이미 알고 있어."

허쉬는 눈을 동그랗게 떴다.

"뭐라고?"

"자세히는 모르지만, 무슨 일이 있었는지 대강은 알아. 그날 밤에 거기 들렀거든. 네 드레스도 봤고."

허쉬의 눈이 혼란스러운 듯 파르르 떨렸다.

"뭐?"

"너랑 노스 말이야. 가면무도회가 있던 날 밤에."

"그럼, 그것 때문에 노스랑 내가 사귄다고 생각한 거야?"

"그게 아니라면 네 드레스가 왜 거기에 있었겠어?"

"내가 토했기 때문이야. 커피를 마시면 술이 깰 것 같아서 파라디소에 갔거든. 윽, 지금도 그때 생각을 하면 토할 것 같아. 그래서 노스가 내게 옷을 빌려 준 거야. 그게 다야."

허쉬가 빙그레 웃었다. 하지만 여전히 이해가 안 되는 게 있었다. 노스는 왜 나에게 아무 말도 하지 않았던 걸까? 뭔지 모르지만 무척 조심하는 듯이 보였고, 내가 온 사실을 허쉬가 알까 봐 전전긍긍하는 것처럼 느껴졌다.

"노스는 네가 좋아하는 거 아니야?"

허쉬가 물었다. 나는 일부러 빨리 답했다.

"나, 그 애 안 좋아하는데."

"음, 뭐, 알았어. 하지만 노스가 너랑 사귀게 된다면 한마디로 행운이지. 어쨌든 그동안 너한테 심술궂게 굴어서 미안해."

허쉬가 팔을 내 어깨에 두르면서 말했다.

"뭐, 그렇게까지 힘들진 않았어."

나는 허쉬의 팔을 장난삼아 살짝 꼬집었다. 그리고 허쉬가 웃음을 터뜨리거나 농담을 하기를 기다렸지만, 한참이 지나도 아무 반응이 없었다. 그 후로도 계속 말이 없었다.

우리는 학교로 돌아오는 내내 어깨동무를 했다. 문득 나는 여자 친구와 이렇게 해 본 적이 한 번도 없었다는 생각이 들었다. 절친이 남자일 경우에는 전혀 경험할 수 있는 일이었다. 여자 친구끼리만 가질 수 있는 끈끈이라는 게 있기 때문이었다. 비슷함에서 오는 편안함…….

나는 평소에 여자아이들끼리 친하게 어울리는 걸 몹시 부러워했다. 비슷한 신체 조건을 공유하고, 서로의 머리카락이나 얼굴을 쓰다듬고, 손을 꼭 잡은 채 걸어 다니는 걸 보면서. 아무래도 남자 친구하고는 한계가 있었다. 손을 잡거나 무릎에 앉거나 팔짱을 끼고 걷지는 않으니까. 물론, 단순한 친구 이상이라면 그럴 수도 있지만 벡이랑 나는 그야말로 '사람 친구'여서 그런 적이 전혀 없었다.

갑자기 내 오래된 절친의 목소리를 몇 주 동안이나 듣지 못했다는 생각이 들었다. 문자 메시지는 몇 번 주고받았지만. 내가 몇 차례인가 전화를 걸었는데 매번 통화가 되지 않았다. 분명히 부재중 전화에 대한 메시지가 남았을 텐데, 그걸 보고도 지금껏 아무런 연락이 없었다. 물론 이런 행동이 전혀 백답지 않다는 건 아니다. 벡은 휴대폰을 싫어하니까. 그래도 은근히 기분은 상했다.

허쉬와 식사를 하고 수다를 떠는 동안, 시뮬레이션 시험에 대해서 까맣게 잊고 있었다. 리암 선배 말이 맞을까? 시험에 나온 내용이 실제로 일어났던 사건이라던…….

나는 방에 들어가자마자, 제미니를 켜서 검색을 하기 시작했다.

"〈법의학의 힘〉 볼래?"

허쉬가 침대에 누우면서 물었다. 나는 내 침대에 누워서 '불량 폭죽으로 인한 승선장 폭발 사건'을 검색하느라 고개도 돌리지 않았다.

"그러자."

"뭐 찾아?"

허쉬가 목을 쭉 빼고 내 화면을 보면서 물었다.

"오늘 시뮬레이션 시험에 타서스 선생님이 이용한 뉴스 기사를 찾아

보려고."

"승선장에 사람들 있는 거?"

나는 허쉬를 바라보며 고개를 끄덕였다. 허쉬는 마치 내가 녹슨 손톱깎이로 손톱을 다듬어 달라고 부탁이라도 한 것마냥 이상한 눈길로 쳐다보았다.

"왜?"

"그냥. 실제로는 어떤 일이 있었는지 알고 싶어서."

나 자신을 설득하기도 어렵고 허쉬한테도 전혀 먹힐 것 같지는 않았지만, 사실 나는 면죄부를 찾고 있었다. 설명하기는 어렵지만, 내 시뮬레이션에서보다 실제 상황에서 더 많은 사람이 죽었다면 죄책감에서 어느 정도 벗어날 수 있을 것 같았다. 그렇게 되면 시뮬레이션에서 내가 구한 사람이 더 많아지는 셈이니까.

"글쎄, 난 썩 좋은 생각은 아닌 것 같은데. 세상에는 그거 말고도 거지 같은 일이 많이 일어나. 그런 데 집착할 필요 없어."

허쉬가 〈법의학의 힘〉을 검색한 뒤 최근 편을 골랐다.

"집착하는 거 아니야."

나는 이렇게 웅얼거리면서 제미니 검색 결과의 첫 페이지를 눈으로 훑었다. 시험에서 본 것과 비슷한 장면이 나타나지 않아서 약간 실망스러웠다. 하지만 두 번째 페이지로 넘어가자, 수업 시간에 본 장면과 똑같은 화면이 나타났다. 저 멀리에 있는 초록색의 산, 하얀 모래사장, 물 위에 둥둥 떠 있는 징검다리, 폭죽이 담긴 나무 상자와 빽빽한 구경꾼까지. 폭발 이전의 사진이어서 승선장은 아직 멀쩡했다. 나는 사진을 더블 클릭해서 아래에 있는 글씨를 읽었다.

2030년 10월 10일, 피지의 독립 기념일.

일주일도 채 안 되었다. 사진에는 기사가 함께 실려 있지 않았다. 이번에는 그 날짜로 다시 검색했다. 제일 위에 뜬 기사를 클릭해서 열었다. 첫 문장을 연거푸 세 번 읽고 나서야 무슨 일이 있었는지 이해가 되었다.

2030년 10월 10일, 피지의 독립 기념일을 맞아 원주민과 관광객들이 대거 몰려들었다. 그 바람에 불꽃놀이 화약이 터지기 직전에 승선장이 가라앉아 구경꾼들을 남태평양 바다로 빠뜨렸다. 피지의 독립 기념일 행사에 참가한 사람들은 승선장에서 수용 가능한 인원의 세 배를 초과했다고 한다.
"저 사람들이 규칙을 어긴 것에 대해 신께 감사드립니다."
신혼여행 중이었던 미국 관광객 존 스미스는 사고 직후 감격에 겨워 이렇게 외쳤다.
"승선장이 무너지지 않았다면 얼마나 끔찍한 일이 벌어졌을까요? 불꽃놀이 화약이 폭발할 때, 그 많은 사람들이 그 자리에 가만히 서 있었을 텐데요."
2톤 이상의 화약이 들어 있던 나무 궤짝은 물속에 가라앉은 직후에 터져서 사람이 아니라 열대어 수백 마리를 죽였다.

나는 침을 꿀꺽 삼켰다. 실제로는 불꽃놀이 폭죽이 터지기 직전에 승선장이 물속으로 가라앉았다. 그러니까 나는 절반의 인원을 구출해냄으로써 승선장이 망가지는 것을 막고 폭발을 도운 셈이었다. 실제로는 아무도 죽지 않았다는 사실에서 오는 안도감은 사라지고, 다웃은 이미 사람들을 구하는 방법을 알고 있었다는 사실에 충격을 받았다.

다웃이 옳았다. 내가 아무것도 하지 않고 그저 기다리기만 했다면, 승선장에 있던 사람들은 모두 살았을 것이다. 다웃은 그 사실을 어떻게 알았을까? 전지전능한 능력과는 거리가 먼데……. 그저 뇌의 기능 장애로 듣게 되는 환청일 뿐이다. 하지만 그저 그렇기만 하다면, 어떻게 다웃이 나도 모르는 사실을 알 수 있는 거지?

나는 화면이 까맣게 될 때까지 멍하니 앉아 있었다. 마음이 몹시 심란해졌다. 이제 어떻게 해야 하는 걸까? 나는 목에 걸린 펜던트를 꼭 움켜쥐었다. 엄마도 이런 갈등을 겪었을까?

"찾았어?"

허쉬가 물었다.

"화약이 폭발하기 전에 승선장이 가라앉았어."

나는 제미니를 허쉬에게 건네주었다. 허쉬가 제미니를 받아서 기사를 읽고 난 뒤 도로 돌려주었다.

"이건 좋은 뉴스잖아, 그지?"

내가 대답을 하지 않자, 허쉬가 나를 빤히 쳐다보았다.

"로리, 왜 그래?"

"시험을 보고 있을 때 다웃을 들었어."

나도 모르게 고백을 말하고 말았다. 그리고 곧바로 후회했다. 하지만 누군가에게는 털어놓고 싶었다. 이럴 때 벡하고 연락이 안 된다는 사실이 무척 갑갑하게 여겨졌다. 음성 메시지를 남겼는데도, 벡은 전화를 하지 않았다.

"그래서?"

"나한테 그냥 기다리라고 했어."

"기다리라고?"

"가능한 한 많은 사람을 살려야 했거든. 그런데 어떻게 해야 할지 모르겠더라고. 어린애들이 여러 명 있었고……. 그냥 얼어붙었어. 공포에 질린 거지. 시간은 자꾸 지나가는데, 승선장은 언제 폭발할지 모르고."

"와, 너네 시험 문제 완전 근사하다. 우리는 좀 따분했는데. 그래서? 계속 얘기해 봐."

"마음이 급했어. 화약이 폭발하기 전에 사람들을 최대한 빨리 옮기는 거 말고는 뭘 할 수 있겠어? 그런데 다웃은 나더러 아무것도 하지 말라는 거지. 그건 말도 안 되잖아. 근데……."

"화약이 폭발하기 전에 승선장이 내려앉았다는 거지? 그래서 사람들은 모두 살았고……. 그런데 다웃이 아니었으면 너 혼자서 그 사실을 알아챌 방법이 있었어?"

허쉬가 휘파람을 불면서 말했다.

"아니. 그러니까 다웃은 내가 모르는 걸 알고 있다는 거야."

"그건 불가능한 일이잖아. 과학적으로도 증명이 안 되고."

"그래, 네 말이 맞아. 다웃은 그저 헛소리일 뿐이야. 하지만 다웃이 사람들이 생각하는 것만큼 나쁜 게 아닐지도……."

나는 침대에 드러누워서 천장을 바라보았다. 허쉬는 아무 말도 하지 않았다. 나는 허쉬를 흘깃 보았다. 허쉬도 침대에 드러누워 천장을 바라보고 있었다.

허쉬가 한참 만에 입을 열었다.

"연구 결과에 따르면 다웃은 비이성적이라잖아. 맞지?"

허쉬가 고개를 돌려서 내 눈을 응시했다. 하지만 목소리에 자신감이 없었다. 다웃에 관한 연구 자료는 나도 수없이 많이 읽었다. 하지만 그 어떤 연구도 완벽하지는 않았다. 가장 유명한 연구라고 해 봐야, 엄마나 허쉬 같은 사람들을 대상으로 연구한 결과를 비교해 분석한 것이 전부였다. 그러니까 다웃을 믿는 사람과 한 번도 들어 본 적 없는 사람들을 비교하는 것이다. 연구 자료에 따르면 두 번째 그룹의 사람들이 건강과 행복, 자산에서 우월한 결과를 나타냈다. 하지만 다웃 자체에 대해서는 그 어떤 것도 밝혀내지 못했다.

결국 내가 입을 열었다.

"나는 그 말이 수긍이 잘 안 돼. 그래서 두려워. 우리 엄마도 그렇게 시작했겠지. 그런데 엄마가 결국 어떻게 되었는지 생각하면……."

"어떻게 되었는데?"

허쉬가 물었다.

"나도 정확히는 몰라. 엄마가 다웃을 듣기 시작하는 바람에 신경 정신과 의사를 만나게 된 거 같아. 아주 심각했나 봐. 이건 어디까지나 내 생각인데……. 아마도 그 뒤로 엄마 성적이 곤두박질치고 정서상으로도 불안정해 보이지 않았을까 싶어. 그래서 학교에서는 그런 결정을 내릴 수밖에 없었겠지. 우리 엄마는 퇴학을 당했어."

"우아, 그것참 심각한 일이네."

허쉬가 탄성을 내지르자, 나는 걱정스런 눈길로 말했다.

"이 얘긴 아무한테도 하지 말아 줘. 우리 엄마 얘기도 그렇고, 내가 오늘 시험 시간에 다웃을 들었다는 얘기도 그렇고."

"알았어. 약속할게."

허쉬가 말했다. 하지만 내 눈을 마주 보지는 않았다.

거짓이 있는 곳에 진실이 있다

화요일 아침, 시뮬레이션 시간에 타서스 선생님은 '현명함'에 대해 수업을 했다. 나는 거의 반쯤 흘려들었다. 창밖에서는 폭풍우가 몰아치고 있었다.

"간단하다고 표현하기 싫지만 공식은 아주 간단합니다."

타서스 선생님이 말했다. 그리고 손가락으로 정면의 벽에다 글씨를 쓰자, 초록색 칠판에 공식이 나타났다.

$$Pr = K/n \times R \times I$$

"Pr은, 아는 사실의 숫자인 K, 인지할 수 있는 사실의 숫자인 n, 행위자의 고유 이성 능력 R, 행위자의 행동 추진력인 I의 함수예요."

타서스 선생님은 잠시 말을 멈추고 교실 안을 둘러보았다.

"질문 있는 사람?"

"예를 들어 주세요."

다나의 목소리가 팻의 머리 받침대 옆에 있는 스피커에서 울렸다.

"좋아요. 그럼 역사에 기록된……."

선생님은 이렇게 대답하면서 벽 쪽으로 몸을 돌렸다.

"선생님, 한 가지 빠뜨리셨어요."

내가 불쑥 말했다. 타서스 선생님의 눈이 내 쪽으로 꽂혔다. 나는 손으로 입을 막았다.

"죄송합니다. 그러려는 게 아니……."

"로리, 괜찮으니까 말해 봐. 내가 뭘 빠뜨렸지?"

선생님이 팔짱을 끼면서 말했다.

"인지할 수 없는 사실이요."

나는 입 다물고 있을걸, 하고 후회하면서 힘없이 대답했다. 타서스 선생님은 나를 엄청 미개한 인간인 것처럼 쳐다보았다.

"로리는 뭔가 잘못 이해하고 있는 것 같군. 변수 n은 모든 행위자가 인지할 수 있는 사실을 대변해요."

선생님은 손가락 끝으로 글자를 톡톡 쳤다.

"그리고 K는 행위자가 아는 사실의 숫자이고. 따라서 모르는 사실이란, 즉……."

나는 선생님의 말을 또 막았다. 이번에는 고의적이었다. 선생님의 목소리가 몹시 거슬렸다. 수업에서 최고의 점수를 받은 나를 마치 바보라는 듯이 말하고 있었다. 나는 아까와 달리, 자신감 넘치는 목소리로 말했다.

"모르는 게 아니고요. 인지할 수 없는 거요. 그러니까 감각으로밖에 알아차릴 수 없는 걸 말하는 거예요. 이성만으로는 이해할 수 없는 사실도 있잖아요."

타서스 선생님의 표정이 잠시 어두워지더니, 입꼬리가 올라가면서 차가운 미소를 지었다.

"이런 웃기지도 않는 말장난 따위로 수업 시간을 낭비하고 싶지 않으니, 그 문제에 관해서는 수업이 끝난 뒤 따로 토론해 보도록 하지."

선생님은 내 대답을 기다리지도 않고 곧바로 수업을 진행했다.

나는 수업이 끝나자마자, 굳은 표정을 한 채 타서스 선생님의 책상 앞으로 성큼성큼 걸어갔다. 선생님은 눈썹을 찡그리면서 나를 쳐다보았다.

"화가 난 거 같군."

"화가 난 게 아니에요. 그저 혼란스러울 뿐이에요. 수업 계획표에는 '수업에 적극적인 참여를 독려함'이라고 써 놓으셨던데, 선생님께서는 저희가 그저 순종하기만을 바라시는 건가요?"

타서스 선생님이 미소를 지었다.

"마음이 상했다는 거로군."

"아니요, 마음이 상한 게 아니에요. 제 말을 왜 그렇게 단호히 막으셨는지 궁금할 뿐이에요."

나는 흥분하지 않으려고 애썼다.

"왜냐하면 우리의 대화가 어떤 식으로 흘러가게 될지 뻔하기 때문이지. 너를 도우려고 한 거야, 로리. '인지할 수 없는 사실'이라고 했니? 혹시 '돌아올 수 없는 강을 건넜다.'는 표현을 들어 본 적 있어?"

선생님은 고개를 옆으로 살짝 기울이며 이글거리는 눈빛으로 나를 쳐다보았다.

"무슨 강을 말씀하시는 건데요?"

"로리, 네가 똑똑하다는 사실은 아무도 의심하지 않아. 하지만 오늘 수업 시간에 네가 한 말은 무척 걱정스럽더구나. 너 같은 배경을 가진 아이는 말을 좀 더 조심해서 해야지."

"제 배경이요?"

나는 선생님의 말뜻을 알아듣지 못하고 되물었다. 타서스 선생님은 조금의 거리낌도 없이 대답했다.

"'아크라틱'이 무슨 뜻인지 알지? 그리스어로, 한 사람의 더 나은 판단에 반하는 행동을 일컫는 말이지. 지난 금요일 시험 시간에 넌 '기다려.'라는 말을 크게 외치더구나. 마치 앞에 있는 누군가에게 말이라도 하듯이 말이야. 그게 누구였을까?"

내 안에 있던 자신감은 순식간에 사라지고, 가슴에 돌덩이라도 올려 놓은 듯 갑갑해졌다.

"아무도 아니에요."

타서스 선생님이 고개를 삐딱하게 기울였다.

"과연 그럴까?"

더 이상 상황을 악화시키기 전에 얼른 그 자리를 벗어나야 한다는 걸 알면서도, 나는 무언가가 자꾸만 거슬려서 그대로 버티고 있었다.

"제가 그때 기다렸다면 어떻게 되었을까요? 사람들을 승선장에 모두 그대로 내버려 뒀다면요."

내 목소리가 살짝 떨렸다. 하지만 타서스 선생님은 1초도 망설이지 않았다.

"시험에서 낙제했겠지."

"하지만 실제로는 승선장이……."

"내려앉았지. 맞아, 알아. 하지만 이성적으로 판단해 보렴. 정원을 초과해서 사람들이 몰려들었을 때는 어떻게 해야 하지? 승선장이 무게를 못 이기고 가라앉기 전에 사람들을 피신시켜야 하지 않겠니? 나무 상자가 폭발할 줄 알면서도 그 사람들을 승선장에 그대로 내버려 둔다는 건 둘 중 하나가 분명하지. 결정을 못 해서 얼어붙었거나, 비이성적인 예감에 사로잡혔거나. 어느 쪽이든 낙제를 하기엔 충분하지."

"그럼 저를 속이시려고 작정하신 거네요."

타서스 선생님이 입꼬리를 비틀어서 차갑게 웃었다.

"속였다고? 이젠 아예 망상에 사로잡힌 것 같구나. 보건실에라도 가 보는 게 좋겠군. 원한다면 사유서쯤은 내가 써 줄 수 있어."

나는 침을 꿀걱 삼켰다. 목에 모래알이라도 걸린 것 같았다.

"왜 그렇게까지 저를 미워하세요?"

타서스 선생님이 갑자기 웃음을 터뜨렸다.

"내가 너를 미워할 만큼 관심이 많은 줄 알고 있니, 로리?"

그러곤 몸을 돌리더니 마지막 말을 내뱉었다.

"나가는 길에 문 좀 닫아 줘."

역사 시간은 어떻게 대충 넘어갔는데, 점심은 도저히 먹을 수가 없었다. 그래서 스웨터를 껴입고 숲으로 가서 운동화 밑에서 나뭇잎이 바스락거리는 소리를 들으며 돌아다녔다. 묘지 주변을 세 번째로 돌기 시작할 때 비가 뿌리기 시작했다. 나는 아무 생각 없이 담장을 넘었다. 묘지를 향해 빠르게 걸어갔다. 마른 나뭇잎에 떨어지는 빗방울이 타닥타닥 내는 소리 말고는 주위가 아주 조용했다. 묘지로 들어가는 철문 가까이로 다가서자, 안쪽에서 음악 소리가 희미하게 들렸다.

주먹으로 철문을 두드릴까 하다가 너무 바보 같다는 생각이 들어서 그만두었다. 그래 봤자 아무 소리도 듣지 못할 텐데. 나는 숨을 깊게 내

쉰 다음, 지난번에 노스가 했던 것처럼 온몸에 힘을 가해서 돌문을 밀었다. 잠시 후 돌문이 스르르 열렸다.

뜻밖에도 묘지 안에는 노스 혼자 있었다. 밴드 전원이 있을 거라 예상했기에 나는 화들짝 놀랐다. 노스는 대리석 관에 등을 기댄 채 바닥에 앉아 있었는데, 무릎 위에 올려 둔 노트북에서 음악이 왕왕거리며 흘러나왔다.

"로리."

내가 한 걸음 들어서자 노스가 나를 불렀다. 목소리에 놀라움과 안도감이 섞여 있었다. 노스는 노트북을 옆으로 내려놓더니 허둥지둥 일어섰다. 나는 노스를 바라보며 말했다.

"쪽지 받았어."

"나, 여기 있는 거 어떻게 알았어?"

노스가 내 쪽으로 천천히 다가왔다. 마치 내가 사라지기라도 할까 봐 두렵다는 듯이 내 얼굴에서 눈을 떼지 못했다.

"몰랐어. 그냥 여기 있기를 바랐을 뿐……."

나는 부드럽게 말하려 애썼다. 노스는 고개를 끄덕이며 애도자의 의자를 손가락으로 가리켰다.

"여기에 앉아."

"알았어."

나는 가슴이 두근거렸다. 가볍게 고개를 끄덕이고 애도자의 의자로 가서 앉았다. 노스가 내 옆에 바짝 다가앉았다.

"너한테 연락하려고 얼마나 많이 시도했는지 몰라. 근데 네가 자꾸 차단해 버려서 다른 사람의 계정으로 접속해도 소용이 없었어. 나중에는 학교에 몰래 들어가 볼까, 하는 생각도 했더랬어. 그런데 작년에 학교에서 나에게 접근 금지 명령을 내리는 바람에……"

"뭐, 뭐라고?"

노스가 얼굴을 붉혔다.

"음악을 녹음하려고 친구랑 학교 건물에 몰래 침입한 적이 있거든. 돔이 있는 건물 말이야. 거기에 오르간이 있잖아."

"대강당에 몰래 들어왔다고? 경보기 있는 거 몰랐어?"

"경보는 해제했어. 그런데 커피캔이 터지는 바람에 들키고 말았지."

"커피캔?"

"커피캔에 공기를 넣어서 실로폰처럼 연주했거든. 뭐, 연주를 하려고 노력했다는 거지. 시도를 하자마자 터져 버렸으니까."

"세상에! 그럼, 경비업체 직원한테 붙잡힌 거야?"

"나만. 친구한테는 도망가라고 했어. 어쨌든 미성년자여서 소년원으로 보내야 하는데, 내가 죄를 인정하고 반성하면 훈방 처리를 해 주겠다는 거야."

노스의 표정이 어두워졌다.

"근데 학교에서 나를 고소해서 접근 금지 명령을 받게 됐어. 학교를 중심으로 1킬로미터 안으로는 갈 수 없어. 그 범죄 기록은 결국 내 경력을 망치게 되겠지."

노스가 살짝 웃었다.

경력? 커피를 만들어서 생계를 꾸리는 사람한텐 별로 어울리는 단어가 아니었다. 노스는 불안한 듯 숨을 내쉬었다.

"네가 나에 대해 모르는 게 있어, 로리."

순간, 내 팔에 소름이 오소소 돋았다. 나는 등을 뒤로 기댄 뒤 무릎을 올려서 가슴으로 감쌌다.

"너한테 다 털어놓고 싶어. 그러니까……."

"그러니까 뭐?"

"너한테 지금부터 하는 얘기는 아무한테도 한 적 없는 거야. 말 그대로, 단 한 명한테도. 그러니까 이건……."

노스가 다시 눈길을 들었다.

"너 믿어도 돼, 로리?"

"물론이야."

나는 노스의 손을 살며시 잡았다. 손이 닿는 순간, 전율이 흘러 찌릿했지만 일부러 아무렇지도 않은 척했다. 노스는 손바닥을 뒤집어서 내 손을 꼭 잡았다. 내 심장이 두근거리기 시작했다.

노스가 입을 열었다.

"우선, 허쉬와 나 사이에는 아무 일도 없었어. 그날 밤에 네가 본 건 별거 아니야."

나는 고개를 끄덕였다.

"허쉬한테 들었어."

"그래도 전부 다 얘기하진 않았을 거야. 우리가 만난 날, 그러니까 내가 너한테 마차 라테를 만들어 준 날 밤에 허쉬가 찾아왔어. 아주 늦게, 거의 문을 닫을 시각에. 약간 취했던 거 같아."

입학식을 한 날 밤이었다. 허쉬가 밤에 몰래 나갔다 온 날……. 그날 허쉬는 비행기에서부터 술을 계속 마셔 댔다.

"허쉬가 왜 찾아간 거야?"

"자유로운 관계를 원한다고 했어. 물론 나는 정중히 거절했어."

나는 그 대목에서 참지 못하고 웃음을 터뜨렸다.

"허쉬의 반응은 어땠어?"

"좋지는 않았겠지."

노스도 웃음을 터뜨렸다. 그 바람에 잠시나마 심각한 분위기가 가라앉았다.

"허쉬를 단박에 거절하고 바로 너를 쫓아다니는 게 마음에 걸렸어. 그래서 우리가 만나는 걸 허쉬한테는 비밀로 해 달라고 한 거야. 너한테 빠져 버린 내 마음을 허쉬가 아는 게 좀 그래서……."

"나한테 빠졌다고?"

나는 장난스럽게 말했지만, 속으로는 기절할 만큼 놀라서 머리가 어지러웠다.

"그건 조금 있다가 설명할게. 지금은 이 얘기부터 끝내야 해."

노스가 내 손을 꽉 쥐면서 말했다. 나는 고개를 끄덕였다.

"가면무도회 날 밤에 허쉬가 파라디소에 커피를 마시러 왔어. 그런데 어디서 잔뜩 열을 받은 것 같아 보였지. 게다가 술을 어찌나 마셨던지, 드레스에다 죄다 토했지 뭐야. 그래서 집에 올라가서 씻고 한두 시간 정도 좀 자라고 했어."

"정말 친절하네."

나는 빈정거리듯이 말했다.

"네 룸메이트잖아. 게다가 친구라고 생각했고."

노스는 숨을 깊게 들이마시고 다시 말을 이었다.

"허쉬가 샤워하는 동안, 휴대폰을 꺼내 너한테 문자 메시지를 보내려고 했어. 허쉬가 휴대폰을 쓰고 얼마 되지 않은 때여서 잠겨 있지 않았지. 그런데 막상 메시지 창을 열었더니, 네 이름으로 된 파일이 첨부된 게 있었어."

"그게 무슨 말이야? 내 이름으로 된 파일이라니?"

"정확하게는 네 사회보장번호였어."

"잠깐! 뭐라고? 내 사회보장번호를 알고 있었던 거야?"

노스가 숨을 내쉬었다.

"응, 그건 조금 있다 설명할게. 그 파일에 뭐가 들어 있었는지부터 먼저 말할게."

"열어 봤어?"

노스가 고개를 끄덕였다.

"그게 다섯 번째 메시지였어. 같은 전화번호로 파일을 보낸 게……. 예감이 참 안 좋았는데 결국엔 들어맞았어."

나는 머리가 어지러웠다.

"무슨 말이야?"

"일지였어. 네가 뭘 했는지를 기록한……. 너하고 나눈 대화가 낱낱이 적혀 있었지. 그리고 오디오 파일도 있었어. 허쉬가 샤워하는 동안, 다운로드해 두었는데……. 재생하자마자 네 목소리가 나왔어."

나는 양손을 들어서 노스의 말을 막았다.

"허쉬의 제미니를 다운로드한다는 게 말이 돼?"

"허쉬의 제미니 안에 든 걸 몽땅 복사했어. 허쉬가 돌아간 뒤에 그걸 봤는데……."

"이해가 안 돼. 어떻게 그럴 수가 있지?"

노스가 주저주저하더니 눈동자가 흔들거렸다.

"나 해커야. 사실은 그게 내가 진짜로 하는 일이야."

"해커라고? 그럼 다른 사람들의 휴대폰에서 정보를 빼내는 걸로 돈을 번다는 뜻이야?"

"내가 하는 여러 가지 일 중의 하나야. 로리, 난 지금 내가 하는 일을 정당화하겠다는 게 아니야. 그게 불법인 건 잘 알고 있어."

"완전 불법이지."

내 목소리가 딱딱해졌다. 노스는 나한테서 약간 떨어져 앉았다.

"그래, 완전 불법인 거 맞아. 그래서 내 고객이 나한테 엄청나게 많은 돈을 주면서 일을 부탁하는 거고."

"정확히 어떤 일을 하는 건데?"

내가 물었다.

"내 일의 대부분은 공개된 이미지를 지우는 거야. 엄청나게 창피한 사진이 온라인 사이트에 올라가더라도 포럼의 웃기지도 않은 정책 때문에 내릴 수가 없거든. 본인이 직접 삭제하려 해도 소용이 없어. 그럴 때 나한테 지워 달라고 요청하면서 돈을 주는 거야, 어마어마한 부자들이……. 잃을 게 많은 사람들 말이야."

노스가 어깨를 으쓱했다.

"그럼, 포럼 프로필은……."

"누군가 파헤칠 때를 대비한 거야. 내 이름은 진짜지만 나머지는 다 가짜야. 너한테 그 사실을 감춘 건 혹시라도 네가 편견을 가질까 봐 두려워서였어. 너한테는 진짜이고 싶은데……. 그냥 나이고 싶었어."

노스의 숨결에서 커피와 민트 향이 스며 나왔다. 나는 노스를 가만히 바라보다가 살며시 다가가 입을 맞추었다. 노스가 몸을 움찔했다. 그러자 방금 한 짓이 부끄럽게 느껴졌다.

"우아, 너한테 거짓말한 사실을 털어놓은 대가가 이거라니! 앞으로 비밀을 더 자주 만들어야겠는걸."

노스가 농담을 하자, 나는 일부러 팔을 툭 쳤다.

"앞으로는 아니야. 딱 한 번만 면죄부를 주는 거야."

"알았어."

노스가 밝게 미소를 지었다.

"근데 그 파일 좀 봐야겠어."

"그래, 그래야지."

노스가 주머니에서 구닥다리 아이폰을 꺼냈다. 제미니의 두 배 정도 되는 크기였다. 화면에 있는 구름 모양 아이콘을 손으로 꾹 눌렀다.

"그런데 여기서도 서비스가 돼?"

"Li-Fi 대신 Wi-Fi를 쓰거든. 예전에 쓰던 장비인데, 이쪽 지붕에다 아예 설치해 두었어."

노스가 아이폰 화면에 글자를 몇 개 입력한 뒤 나한테 건넸다. 첫 페이지를 다 읽을 즈음에는 거의 토할 지경이었다. 노스가 말한 대로, 우리가 테덴에 도착한 순간부터 나에 관한 모든 것이 일지 형식으로 기록되어 있었다. 나의 말과 행동이 낱낱이 적혀 있었는데, 주로 내가 얼마나 불안정한 사람인지를 나타내고 있었다.

그러니까 나는 타서스 선생님이 나를 미워한다는 '망상'을 가지고 있고, 럭스에 '중독'된 상태이며, 엄마의 과거에 대해 '공격적'이면서도, 엄마의 펜던트에 과도하게 '집착'한다. 두 번째 페이지의 중간쯤에 이르자, 나는 읽기를 포기하고 눈을 감았다.

노스가 가까이 다가와 손으로 어깨를 감쌌다.

"허쉬가 이걸 누구한테 보냈을 것 같니?"

나는 무슨 말을 해야 할지 몰라서 그저 힘없이 고개를 저었다. 비밀 동아리 회원인가? 혹시 이것도 시험 중의 하나? 그렇다고 룸메이트한테 이런 식으로 더러운 짓을 시키다니!

노스가 눈물에 젖은 내 볼에 키스를 했다. 노스의 차가운 코가 볼을 스쳤다.

"이제 가 봐야겠어. 오후에 수업도 있고, 또 허쉬랑도 얘기를 좀 해봐야 할 거 같아."

"네가 이 모든 걸 알고 있다고 말할 거야?"

"그래야 할 것 같은데? 대신에 네 얘기는 안 할 테니 걱정 마."

나는 노스를 안심시켰다.

"내 얘기 해도 돼. 내가 허쉬의 제미니에서 일지를 열어 봤다고 해. 그 외의 정보를 어떻게 찾아냈는지는 말하지 말고."

"고마워. 파일 찾아 준 거랑 나한테 보여 준 거랑 다……."

나는 일부러 한 걸음 뒤로 물러나면서 말했다. 노스와 더 이상 가까이 있다가는 수업에 못 들어갈 것 같아서였다.

"별 말씀을."

노스는 이렇게 말한 뒤 묘지의 문을 열었다.

마지막 수업을 끝내고 기숙사로 돌아가자, 허쉬가 침대에 엎드려서 숙제를 하고 있었다.

"안녕! 오늘 하루는 어땠어?"

허쉬가 함박웃음을 지으며 인사를 건넸다. 나는 마치 바늘로 찌르는 것처럼 속이 쓰라렸다.

"네가 그동안 무슨 짓을 했는지 다 알아."

순간, 허쉬의 얼굴에서 미소가 사라졌다.

"뭐라고?"

"네가 나에 대해 쓴 글 다 읽었어."

허쉬의 얼굴이 창백해졌다.

"로리, 세상에! 어떻게? 내가 다 설명할게."

"그래, 제발 설명해 봐."

나는 차갑게 말했다. 허쉬는 몸을 부르르 떨면서 한숨을 내쉬었다.

"테덴에서 합격 통지서가 도착한 날, 타서스 선생님이 전화를 하셨어. 처음에는 입학을 축하해 주려고 전화하신 줄 알았어. 근데 나더러 뭘 좀 도와 달라고 부탁하셨어. 담당자의 실수로 입학하게 된 여학생이 있는데, 선생님이 그걸 증명할 수 있도록 도와 달라는 거야."

타서스 선생님이라고? 나는 충격으로 몸을 비틀거리며 한 손으로 책상을 짚었다. 비밀 동아리하고 관련된 일이 아니었다. 훨씬 더 심각하고 나쁜 상황이었다.

허쉬가 손바닥을 비비면서 말을 이었다.

"타서스 선생님이 너네 엄마 얘기를 하시면서, 너를 그대로 두면 안된다고 하셨어. 너네 엄마가 APD였다고……."

허쉬의 볼을 타고 눈물이 흘러내렸다.

"네가 불안정하다는 증거를 찾아내면 너를 학교에서 쫓아낼 수 있다고 하시면서, 모든 것이 준비될 때까지 비밀로 해야 한다고 하셨어. 내가 할 일은 일지를 작성하고 대화를 녹음하는 거라고……."

허쉬는 머리를 세차게 저었다.

"그 말을 듣지 말았어야 했는데……."

나는 허쉬의 말을 가로막았다.

"타서스 선생님은 내가 다웃을 듣는다는 걸 진작부터 알고 계셨다는 거구나? 그래서 넌 지난 금요일에 다웃에 대해 집요하게 물은 거고."

허쉬가 강한 어조로 반박했다.

"그건 아니야. 목요일 밤에 네가 나를 도와준 뒤로는 아무것도 쓴 적이 없어. 녹음도 안 했고……. 다시는 안 할 거야."

허쉬가 다가와 내 손을 움켜잡았다. 나는 그 손을 홱 뿌리쳤다.

"로리, 그런 짓을 해서 정말로 미안해."

"도대체 왜 그런 일을 한 거야?"

"아마도 우쭐했던 거 같아. 선생님이 나한테 특별히 부탁을 하셨다는 생각에……. 그리고 그 마음이 사라졌을 때는 너한테 질투가 나서 그만둘 수가 없었어."

허쉬가 부끄러운 듯이 잦아드는 목소리로 말했다.

"나한테 질투가 났다고? 그 말을 지금 나더러 믿으라는 거야? 너, 정말 나를 바보로 아는구나?"

나는 쓴웃음을 지었다.

"당연히 너를 질투할 수밖에. 넌 그 대단하다는 헵타인데……. 너한텐 뭐든 쉬운 듯이 보였어. 나는 질투가 나서 숨도 제대로 못 쉴 지경이었어."

"지금 장난해? 나한테는 뭐든 쉽다고? 나는 여기에 오려고 죽을 만큼 노력했어. 여기에 온 뒤로는 그 전보다 두 배로 더 열심히 공부했고. 그런데 네가 나한테서 모든 걸 빼앗아 가는구나."

그 순간, 목구멍에 무언가가 턱 걸리는 것 같았다. 울음을 참으려고 입술을 꼭 깨물었다. 허쉬가 내 어깨에 손을 얹었다.

"있지, 로리. 내가 다시 제대로 돌려놓을게. 앞으로는 두 번 다시 그런 일을 하지 않을 거라고 말씀드릴 거야. 교장 선생님께도 찾아갈게. 타서스 선생님이 너를 내쫓는 건 절대……."

나는 허쉬를 밀치면서 쏘아붙였다.

"이미 늦었어. 넌 벌써 타서스 선생님한테 방아쇠를 쥐어 줬다고."

나는 그길로 뒤로 돌아 밖으로 뛰쳐나갔다.

얼마나 빨리 뛰었는지, 금세 파라디소에 도착했다. 이마에 머리카락이 마구 달라붙었다. 누가 보면 미친 사람이라고 하지 않을까? 아직 추위가 채 가시지 않은 날씨인데, 티셔츠에 반바지만 입고 겉옷도 걸치지 않았으니…… . 코는 새빨개진 데다 눈가는 마스카라가 번져서 거무죽죽했다.

결코 노스한테 보여 주고 싶은 모습이 아니었다. 하지만 이런 생각을 하는 찰나, 노스가 나타나 기어이 내 몰골을 보고야 말았다. 노스는 깜짝 놀란 나머지, 손님을 계산대 앞에 기다리게 하고 문 쪽으로 황급히 뛰어왔다.

"로리! 어떻게 된 거야?"

"허쉬가, 허쉬가…… ."

나는 울먹거리며 주섬주섬 말을 꺼내다가, 한쪽에 놓인 탁자에서 나를 바라보고 있는 국어 선생님을 발견하고는 뚝 멈추었다. 노스는 내 시선을 따라가더니 목소리를 낮추었다.

"내 방에 가 있을래? 5시면 끝나."

노스가 열쇠를 손에 쥐어 주었다. 나는 뒷주머니에서 제미니를 꺼내 시간을 확인했다. 4시 45분이었다.

"알았어."

나는 열쇠를 꼭 쥐며 국어 선생님을 흘깃 보았다. 선생님은 더 이상 내 쪽을 보고 있지는 않았다. 그래도 조심해야겠다는 생각이 들었다. 나를 학교에서 쫓아내고 싶어 하는 사람이 타서스 선생님 한 명만이 아닐지도 모르기 때문이었다. 게다가 노스와 어울리는 걸 들키는 것 역시, 둘 다에게 도움이 되지 않을 듯했다.

노스의 집으로 들어서자마자, 제미니를 켜서 사생활 보호 모드로 전환했다. 내가 여기에 있다는 사실을 허쉬가 알아채지 않기를 바라서였다. 허쉬가 자꾸만 사과하는 것도 싫었다. 그러다 내가 허쉬를 용서할까 봐 두려웠다.

나는 현관문을 잠근 뒤, 부츠를 벗고 안으로 들어가 책꽂이 주변을 어슬렁거렸다. 손가락으로 책등을 쓸면서 제목을 쭉 훑어보았다. 어쩌다 제목을 들어 본 책도 있었지만, 대부분은 처음 보는 책이었다. 어떤 책은 바코드가 붙어 있었고, 또 어떤 책은 비닐에 싸여 있었다.

도서관이 전자화되기 전에 비치되었던 책들도 보였다. 어떤 책은 표지에 얼룩이 잔뜩 묻어 있기도 했고, 또 뭔가를 엎지른 듯 흐릿한 자국이 나 있기도 했다. 맨 위에 꽂혀 있는 책은 표지가 무척 두꺼웠는데, 낡아 빠진 천으로 덮여 있었다. 특이하게도 제목이 잉크로 인쇄되지 않고 금박으로 새겨져 있었다.

맨 끝에 있는 책은 나머지 책과는 좀 떨어진 채 살짝 기울어져 있었다. 나는 손을 뻗어 그 책을 바로 세웠다. 존 밀턴이 쓴 《실낙원》이라는 책이었다. 그 제목을 보는 순간, 나도 모르게 움찔했다. 엄마가 나한테 남긴 손편지에 적힌 글귀가 저절로 입에서 튀어나왔다.

그들을 자유롭게 만들었다.
스스로의 노예가 될 때까진 자유롭게 지내리라.
아니면 그들의 본성을 바꾸고.

그 책을 책꽂이에서 꺼내서 펼쳤다. 천으로 된 표지는 한쪽 귀퉁이가 닳아서 너덜너덜했다. 첫 페이지를 넘기자, 군데군데 세월의 흔적이 엿보였다. 《실낙원》은 열두 권으로 이루어진 서사시로, 존 밀턴이 썼으며, 1705년 영국에서 17번째 인쇄를 했다는 글이 적혀 있었다.

나는 이렇게 오래된 책을 본 적이 없었다. 이런 책은 엄청나게 귀하고 비쌌다. 그러다가 문득 노스 같은 아이한텐 별것 아닐지도 모른다는 생각이 들었다. 부자들이 자기들의 오점을 지우기 위해 얼마나 많은 돈을 지불할까? 아마도 어마어마하겠지.

행여라도 종이를 손상시킬까 봐 주의하면서 한 장 한 장 넘겼다. 세 번째 장을 넘겼을 때, 글 대신 수채화 물감으로 그린 그림이 나타났다. 그 아래에는 이런 내용의 설명글이 적혀 있었다.

전능하신 하나님은 감히 전능자에게 도전한 그를 무서운 추락과 파멸로써 쳐서 꺾고.

설명글은 앞서 나온 글에서 인용한 것으로, 그림을 보는 순간 그 뜻이 곧바로 이해되었다. 신이 하늘에서 천사를 내려보냈다는 얘기였다. 페이지를 빠르게 넘겨서 다른 그림을 좀 더 찾아보았다. 그림이 꽤 여러 장 있었는데, 점점 더 독특해지는 듯한 느낌이 들면서도 희한하게 눈에 점차 익숙해졌다. 7편을 읽을 때에야 그 이유를 깨달았다. 그림 아래쪽에 적힌 이런 글이 적혀 있었다.

하느님이 이렇게 이르셨도다.
"땅은 그 종류별로 생물을 내어라!
온갖 가축과 기는 짐승, 그리고 지상의 짐승을 각기 그 종류대로 내어라!"

천지창조를 묘사한 장면이었다. 그림 한가운데에 사자가 있었는데, 머리 모양이 가면무도회 때 리암 선배가 쓴 가면과 거의 똑같았다. 사자 뒤에는 다른 동물들이 무리지어 있었다. 어떤 동물은 양이나 소의 뿔을 가졌고, 어떤 동물은 사슴의 뿔을 가졌다. 어떤 건 점무늬이고, 어떤 건 줄무늬였다. 그런데 하나같이 놀랍도록 눈에 익었다.

책장을 좀 더 넘겨서, 아담과 이브가 나오는 부분을 찾아보았다. 성경에서 창세기 부분을 읽은 적이 있기 때문에, 곧 아담과 이브가 창조될 차례라는 건 금세 알아차렸다. 두 장을 더 넘기자, 아담과 이브의 얼굴이 나타났다. 그런데 그날 밤 원형 경기장에서 뱀 얼굴에게 절을 한 두 명의 인간 가면과 똑같았다.

나는 눈을 꼭 감고 천장을 향해 무언의 감사를 드렸다. 무언가가 나를 계획적으로 이끈 것같이 느껴졌다. 지금 이 순간에 내가 이리로 이끌려 이 그림을 발견하고서 연결 고리를 찾게 된 것 같았다.

엄마가 나한테 남긴 편지와 비밀 동아리의 가면은 모두 이 책에서 비롯되었다. 이 장 말고도 더 있을 거다. 어쩌면 엄마가 나한테 남기려고 했던 말을 여기서 찾을 수 있을지도 몰랐다. 나는 책을 가슴에 꼭 안으면서 반드시 그걸 찾겠노라고 결심했다.

그때 밖에서 노크 소리가 들렸다.

"나야."

문 너머에서 노스의 목소리가 들렸다. 문을 열어 주자, 노스가 책 쪽으로 고갯짓을 하면서 물었다.

"밀턴 팬이라도 돼?"

"앞으로 그래 볼까 싶은데. 이거 다 읽어 보고 나서 얘기해 줄게."

내가 대답하자, 노스가 놀란 듯이 물었다.

"이 책을 빌려 달라는 거야?"

"그럼 안 돼? 엄청 비싸 보이긴 하지만."

노스가 웃음을 터뜨리면서 내 쪽으로 다가왔다.

"엄청 비싸지. 그래도 네가 컵받침으로 쓸 것 같지는 않으니까 빌려 줄게. 어차피 책은 읽으라고 있는 거잖아. 그것도 종이로 말이야."

"어찌나 복고적이신지."

나는 짐짓 놀리듯이 말했다. 노스는 가방을 바닥에 내려놓더니, 갈색 종이봉투를 가지고 주방 쪽으로 갔다. 노스가 종이봉투를 여는 순간, 내 위가 기대감으로 꿈틀거렸다.

"햄 먹을래? 아니면 칠면조 고기?"

"칠면조 고기."

나는 주방과 연결된 식탁 맞은편의 의자에 걸터앉으면서 말했다. 노릇노릇하게 구운 파니니에서 치즈가 흘러내렸다. 한입 베어 물자 생긴 것보다 훨씬 맛이 좋았다. 노스가 내 손을 잡았다.

"생각해 보니까, '정신없이 탐식하면서'야말로 딱 지금 이 순간을 말하는 것 같은데?"

노스가 내 손에 글씨를 새기는 시늉을 하면서 놀렸다. 나는 급하게 꿀꺽 삼키면서 얼굴을 붉혔다.

"점심도 못 먹었단 말이야!"

"이것도 《실낙원》에 나오는 구절이야. 이브가 선악과를 먹는 순간을 묘사한 거지."

"그걸 이런 순간에 인용할 만큼 《실낙원》을 꿰고 있어?"

"그 구절만 기억하고 있는 거야. 이모가 파라디소 티셔츠를 제작할 때 그 구절을 등에다 인쇄했거든. 사실, 알고 보면 파라디소도 밀턴에 대한 경의를 표한 거고. 이모가 커피 만드는 법을 배웠다는 이탈리아의 유니버시타 델 카페도 그렇고."

"그들을 자유롭게 만들었다. 스스로의 노예가 될 때까진 자유롭게 지내리라. 아니면 그들의 본성을 바꾸고.' 3편, 124줄에서 126줄까지."

내가 이 구절을 읊자, 노스가 놀라서 눈을 동그랗게 떴다.

《실낙원》을 오늘 처음 접한 사람치곤 놀라운데?"

"이게 무슨 의미인지 알아?"

내가 묻자, 노스가 대답했다.

"아마도. 그건 신이 인간의 자유 의지에 대해서 한 말 같아. 인간을 자유롭게 하면서 떨어지는 것도 허락한 거지."

"떨어지다니, 어디에서 떨어진다는 거야?"

"음, 그러니까 천국에서 지옥으로 떨어진다는 표현이야. 천국에서 쫓겨나는 거."

노스가 책의 뒤표지를 펴서 마지막에 있는 그림을 보여 주었다. 묘지에 있는 동상과 놀라우리만치 닮은 천사가 아담과 이브를 에덴의 문 밖으로 내보내고 있었다. 그 밑에는 이런 글이 붙어 있었다.

둘이 손을 마주 잡고 주저하면서 느릿느릿, 에덴을 나가서 고독한 길로 향했다.

"두 경우 모두, 창조물이 스스로 창조자가 되려고 한 거야. 동시에 스스로를 구속하게 되지. 밀턴은 그걸 '예속'이라고 표현했어. '매이다'라는 의미로……"

"스스로를 무엇에 구속한다는 거야?"

"하나는 자신들의 자긍심이지. 그리고 무지함……. 뱀의 거짓말에 속아서, 아담과 이브는 세상을 보는 눈이 바뀌고 말았어. 그 이후로 세상을 달리 보게 되었지. 더 이상 진짜 모습을 보지 못하게 된 거야. 따라서 바보 같은 결정이 끊임없이 반복되고……."

노스가 슬며시 미소를 지었다.

"하지만 우리는 그걸 이겨낼 능력이 있잖아? 신은 인류에게 이성을 주었으니까."

"아담과 이브에겐 이성이 별 도움이 안 되었어. 지금 우리가 아는 걸 아담과 이브는 몰랐던 거지."

노스의 말에 내가 대답했다.

"그 뒤로 인류는 엄청나게 발전했잖아. 결국은 세상의 진정한 모습을 보게 되지 않을까?"

"그건 하나의 시각일 뿐이지."

"네 시각은 뭔데?"

노스가 잠시 주저했다.

"누메논(칸트 철학의 기본 개념으로, 그 자체로 존재하는 사물이나 사건을 뜻한다. 어떤 가능성이나 경험을 넘어서며, 감각의 바탕이 된다.)이라고 들어봤어? 그리스어인데, '직관'이란 뜻의 '누스'에서 나온 말이야."

누스. 원형 경기장에서 뱀이 한 말이다.

"누스는 들어 본 적 있어. 근데 누메논은 무슨 뜻이야?"

나는 힘없이 물었다.

"눈에 보이는 세상 너머에 있는 진실이지. 과학자들은 누메논을 허구라고 해. 눈에 보이는 세상 밖에는 아무것도 없다고 주장하면서. 내 생각에 아담과 이브는 사과를 먹을 때 똑같은 생각을 했을 거 같

아. 자신들이 무엇이든 다 안다고. 그게 얼마나 편협한 생각인지 모른 채……."

눈에 보이는 게 전부가 아니라는 사실을 모른다……. 그게 바로 내가 시뮬레이션 시험에서 저지른 실수다. 모든 사실을 다 안다고 착각했다. 갑자기 노스에게 그 일을 털어놓고 싶어졌다.

"테덴에 다니는 학생은 모두 시뮬레이션 수업을 들어야 해. 일종의 가상 게임 같은 거지. 작은 팟에 들어가 앉아서 3D 동영상을 봐."

"우어, 멋진걸!"

노스가 내 옆에 있는 의자에 풀쩍 뛰어올랐다.

"동영상은 어떤 내용인데?"

"음, 보통 등장인물이 여러 명 나오는데 우리가 조작하는 대로 움직여. 그리고 우리가 어떤 선택을 하느냐에 따라 점수가 왔다 갔다 하고. 금요일에 중간고사를 봤는데, 승선장이 폭발하기 전에 거기 있는 사람들을 구하는 거였어."

"목표가 뭐야?"

노스가 물었다.

"순긍정 임팩트. 사회적 효용 가치가 높은 사람들을 많이 구할수록 점수가 올라가."

노스가 무슨 뜻인지 알겠다는 듯이 고개를 끄덕였다.

"그럼, 럭스 역할을 하는 거네?"

나는 노스를 쳐다보았다.

"뭐라고?"

"네가 지금 설명한 거, 그게 럭스가 하는 일이야. 개개인을 조작함으로써 사용자들 사이에서 순긍정 효과를 자아내는 거 말이야."

"럭스를 어쩜 그렇게 잘 알아? 그것도 해킹해서?"

"그래, 하지만 사용 설명서만 읽어도 지금 말한 것 정도는 충분히 알 수 있어. 네 표정을 보아하니, 여태 읽지 않은 모양이지만."

"정말로 그렇게 쓰여 있어?"

"엄청나게 난해한 용어를 낱낱이 해독해 보면 그런 뜻을 담고 있어."

"실제로 어떻게 작동하는 건데?"

"그노시스가 프로그램을 공개하지 않기 때문에 볼 수가 없어. 그런 건 거기 서버의 제일 안쪽에 있거든. 하지만 순긍정 효과 기능을 자신들의 방식으로 사용하는 건 맞아. 'SWOT(강점(Strength), 약점(Weakness), 기회(Opportunity), 위협(Threat)의 알파벳 첫 글자를 따서 지은 이름. 강점과 약점을 탐색하고 기회와 위협을 분석해서, 약점과 위협을 줄이고 강점과 기회를 살리는 전략)'에 사용자 정보를 저장해. 이걸 네 개 영역으로 나눠. 사용자의 강점 요인과 약점 요인……."

내가 말을 마무리했다.

"기회와 위협 요인."

노스가 깜짝 놀라면서 눈썹을 치켜세웠다.

"그게 바로 우리가 시뮬레이션 수업에서 사용하는 거야. 나는 우리 선생님이 SWOT을 만들어 낸 줄 알았어."

"아냐, 예전부터 쓰이던 마케팅 용어야. 하지만 그노시스가 새로운 방식에 접목했어. 너도 럭스의 프로파일을 보면 깜짝 놀라 자빠질걸. 얼마나 상세한지……. 럭스가 추천하는 건 모두 그 표를 기반으로 해서 나오는 거야."

"내 거 보고 싶어. 제발 내 것만 보여 줘. 아무한테도 말 안 할게."

갑자기 심리학 수업에 주제를 선택하던 때가 생각이 났다. 럭스는 왜 APD를 추천 목록의 제일 아래에 두었을까? 엄마의 병력이 있으니까 럭스는 그 위험성을 알 수밖에 없을 텐데. 그런데 왜 제일 위에 올리지 않은 거지?

노스가 잠시 주저하더니 길게 한숨을 쉬었다.

"좋아. 네가 '제발'이라고 해서 들어주는 거야."

나는 노스가 식탁 위에 있는 G-태블릿을 들어 올릴 줄 알았는데, 곧장 침실 옆에 있는 벽장 쪽으로 걸어갔다.

"안 와?"

노스가 벽장 안으로 사라지기 전에 걸음을 멈추고 물었다. 나는 의자에서 뛰어내린 뒤 노스의 뒤를 급히 따라갔다. 노스는 파이브 어클락 플러드의 포스터를 정면으로 바라보고 서 있었다. 파이브 어클락 플러드라면 역사상 가장 끔찍한 밴드 중의 하나였다.

"어, 파이브 어클락 플러드 포스터를 갖고 있네? 그것도 벽장 안에…… 이걸 어떻게 받아들여야 할지 모르겠는걸."

"아, 노빈이 파이브 어클락 플러드의 광팬이거든."

노스가 진지한 표정으로 말했다. 그러고는 바닥에 쭈그리고 앉아서 포스터의 아래쪽 귀퉁이를 더듬거렸다. 곧이어 포스터가 블라인드처럼 휘리릭 위로 말려 올라갔다. 포스터가 있던 자리에는 조그만 문이 있었고, 손가락 센서로 여는 자물쇠가 붙어 있었다.

"내 사무실에 온 걸 환영해."

노스가 엄지로 자물쇠를 톡 건드렸다. 그러자 삐 하고 소리가 났다.

"끝내주는데?"

"그렇지도 않아."

노스가 문을 밀어서 열었다.

"벽장이 엄청 커서 구역을 좀 나눈 뒤 싸구려 유리 섬유를 붙여 둔 것뿐이야. 누가 억지로 들어오려고 하면 한 주먹거리도 안 될걸. 여기, 문 좀 잡아 줄래? 그리고 잠가 줘."

나는 문을 닫고 자물쇠를 채운 뒤 노스를 따라 비밀의 방으로 들어 갔다. 방은 워낙 작아서 책상 하나와 의자 두어 개만 놓여 있는데도 꽉 찼다. 양쪽 벽면에는 화면이 설치돼 있었다. 그리고 나머지 한쪽 벽면 에는 오래된 노트북을 전시해 둔 장식장이 놓여 있었다. 노스가 의자 를 빼서 앉으라고 한 뒤, 책상 위의 키보드로 손을 뻗었다.

"키보드를 사용하네?"

내가 말했다.

"타이핑을 빨리해야 할 땐 이게 편해. 터치 패드는 느려서……."

노스가 엔터키를 치자 벽에 붙은 화면에 불이 들어왔다. 뒤이어 키 보드 옆에 놓인 까만색 마우스를 만지작거렸다. 마우스가 어찌나 크고 투박한지, 해커가 이런 걸 쓰리라고는 아무도 상상하지 못할 듯했다.

노스는 나를 바라보며 빙그레 웃었다.

"뭐 어쩌겠어? 난 구닥다리가 좋은걸."

나는 의자를 당겨 화면 가까이로 갔다. 노스가 해킹하는 솜씨를 직 접 확인해 보고 싶었다. 노스는 데스크톱의 폴더를 클릭하고는 제일 위에 있는 파일을 선택했다.

"준비됐어?"

"내 럭스 프로파일이 왜 데스크톱에 저장돼 있는 거야? 혹시 너, 벌 써……."

순간, 노스가 얼굴을 붉혔다.

"우리가 처음 만난 날 다운로드해 두었어."

"나를 스토킹했다는 거야?"

"그런 셈이야. 약간 이상할지도 모르지만……."

"약간이라고?"

"어쩔 수 없었어! 네 마음을 읽을 수가 없었거든. 난 원래 사람의 마음을 끝내주게 잘 읽는데……."

노스가 불퉁한 목소리로 말했다.

"그래, 아주 심각한 수준의 스토커는 아니니까 이번엔 그냥 넘어가 도록 할게."

나는 짐짓 새침하게 말했지만 어느새 입은 웃고 있었다. 하지만 노스가 내 럭스의 프로파일을 여는 순간, 내 웃음은 싸늘하게 식고 말았다. 노스가 말한 그대로였다. 네 부분으로 나눈 칸이 있었고, 각각의 칸에 코드가 나열된 목록이 있었다. 코드는 워낙 작아서 읽기가 어려웠다.

"각각의 칸에서 제일 위에 있는 코드가 가장 강한 거야. 미묘한 차이는 있겠지만 기본은 같아. 앱이 사람들의 강점 요인이랑 약점 요인을 파악해서 위협 요인을 피하고 기회 요인으로 유도하는 거야. 예를 들어서 어떤 기회 요인이 상위에서 약점 요인으로 작용하면, 그 기회 요인이 다시 위협 요인으로 변하게 되는 거지. 이해가 돼?"

"잘 모르겠어. 사실 아무것도 귀에 안 들어와. 내 위협 요인 목록을 읽는 중이거든. 이거 확대할 수 있을까?"

노스가 네 개의 칸 가운데서 하나를 클릭한 뒤 새로운 창을 열었다. 제일 위에는 내 사회보장번호와 생일이 적혀 있었다. 그 아래로 목록이 죽 이어졌다. 그런데 위협 요인의 맨 윗줄에 혈액형이 있었다.

"도무지 이해가 안 돼. 혈액형이 뭐가 문제인 거지? 이게 왜 맨 위에 있는 거야?"

나는 시선을 화면에 고정한 채 소리쳤다. 그때 노스가 위협 요인 목록에서 그 다음번 코드를 가리켰다.

"이거 누구인지 알겠어?"

033-75-9595. 누군가의 사회보장번호였다. 나는 고개를 저었다.

"모르겠어. 혹시 나한테 '위협'이 되는 누군가가 있다는 뜻이야?"

"한 명이 아니야. 적어도 여섯 명은 되는 거 같은데!"

노스가 목록 아래쪽에 있는 다섯 개의 코드를 가리켰다. 모두 사회보장번호였다. 방금 먹은 샌드위치가 돌덩이처럼 목에 턱 걸렸다.

"이 사람들이 다 누구야? 혹시 알아낼 방법 없어?"

"사용자의 포럼에 접속하지 않고선 힘들어. 그노시스가 럭스의 데이터를 암호화하기 때문에 사용자 프로파일로는 알 길이 없거든."

"알았어. 그럼 이 사람들을 내 기회 요인으로 옮겨 줘."

노스가 고개를 저었다.

"로리……."

나는 노스의 말을 가로막았다.

"아까 하던 말, 마저 할게. 중간고사 말이야."

"승선장?"

노스가 물었다. 나는 고개를 끄덕였다.

"목표는 불꽃놀이용 폭죽이 담긴 상자가 폭발하기 전에 가능한 한 많은 '고효용'의 사람들을 대피시키는 거야. 타이머가 움직이기 시작한 뒤로도 나는 한동안 가만히 얼어붙어 있었어. 원주민 아이들이 꽤 많이 있었거든. 그 애들이 저효용으로 분류된다는 건 알지만, 죽게 내버려 두려니까 너무 괴로웠어. 근데 갑자기 목소리가 들렸어. 나한테 무작정 기다리라고 하는 거야. 아무도 대피시키지 말라고."

"목소리라면……."

"다웃이었어."

나는 분명한 어조로 말했다. 노스 앞에서 더 이상 에둘러 말하고 싶지 않았다.

"난 무시해 버렸어. 그렇게 하는 게 이성적이니까. 그런데 나중에 그 시뮬레이션이 실제 사건에 바탕을 둔 거란 사실을 알게 되었어. 지난주에 피지에서 일어났던 사건인데, 거기에선 승선장이 폭발하지 않은 거야. 사람이 너무 많이 몰려서 수용 인원을 초과하는 바람에, 폭죽이 폭발하기 직전에 승선장이 그대로 물에 가라앉아 버렸대. 결국 내가 다웃 말대로 가만히 기다렸다면 아무도 죽지 않았다는 거지."

노스가 잠시 동안 침묵하다가 천천히 입을 열었다.

"그게 너의 럭스 프로파일이랑 무슨 관계가 있는 거지?"

"다웃을 들은 게 그때가 처음이 아니야. 여기로 오는 비행기에서 맨 처음 들었어. 테덴에 대해 걱정을 하고 있었는데, 다웃이 잘할 거라고 위로해 주었어. 그다음 날에도 또 들었어, 그것도 두 번이나. 한 번은 실습 수업에서, 또 한 번은 심리학 시간에 보고서 주제를 선택할 때. 다웃이 APD를 선택하라고 했어. 이건 다웃을 듣는 사람을 일컫는 병명이야. 만약 그날 내가 다웃을 듣지 않고 럭스가 추천하는 대로 따랐다면, 우리 엄마가 그 병을 앓았던 사실을 알아내지 못했을 거야."

"엄마가 그 병을 앓았다고?"

노스가 되물었다. 그 질문에 어떤 의미가 담겨 있는지 알 것 같았다. 노스가 나에게 엄마가 돌아가셨다고 말했을 때, 나도 비슷하게 느꼈던 감정이었다.

"내가 태어나자마자 돌아가셨어."

나도 모르게 목소리가 떨렸다. 나는 입술을 꼭 깨물었다. 울고 싶지 않았다.

"엄마는 그때 스무 살이었어. 여기에 있을 때 APD 진단을 받았대. 테덴에서 말이야. 심지어 그것 때문에 학교에서 쫓겨났지. 지금 생각해 보니까 좀 이상해. 럭스는 분명 그 사실을 알았을 거잖아? 엄마 의료 기록에 나와 있으니까. 그런데 왜 내가 APD를 보고서 주제로 선택하려는 걸 막으려 했을까?"

"럭스는 아무것도 결정하지 않아, 로리. 그냥 앱에 불과해. 단지 어느 사업가가 사람들을 좀 더 편안하게 살게 해 주겠답시고 만들어 놓은 프로그램일 뿐이지."

"좋아, 근데 어쨌든 내 삶을 위협해서 엉망으로 만들 가능성이 있는 사람이 여섯 명이라면……. 그들이 누구인지, 내 혈액형은 또 무슨 상관이 있는 건지……. 너라면 궁금하지 않겠어?"

"그래, 하지만……."

나는 노스의 팔을 잡았다.

"그러니까 해 줘. 저 사람들을 내 기회 요인으로 옮겨 달라고. 그러면 럭스가 나를 그 사람들에게로 인도할 거잖아, 그지?"

노스가 내 손을 잡으며 한숨을 내쉬었다.

"안 돼, 로리. 아니, 사실은 못 해. 네 말대로 하려면 그노시스의 보안 망을 먼저 뚫어야 해. 그건 나도 불가능해. 정말이야. 전에 시도해 본 적이 있어."

내 눈에 뜨거운 눈물이 차올랐다. 나는 노스에게서 고개를 돌렸다.

"그럼, 결국 나는 아무 힘도 없다는 거구나?"

"아무 힘도 없는 게 아니야, 로리. 너에게는 럭스보다 현명한 안내자가 있잖아."

나는 고개를 다시 돌려 노스를 똑바로 보았다.

"다웃을 믿으라는 거야?"

"나는 그래."

노스가 부드럽게 대답했다.

"혹시 너, 너도 다웃을 들어?"

노스가 고개를 끄덕였다.

"응, 가끔. 사실은 다웃이 너에게 말을 걸라고 했어."

"그것 때문에 병원에 가 본 적 있어?"

노스가 얼굴을 찡그렸다.

"의사가 나를 바보로 만들라고? 아니, 사양해. 내 뇌는 아주 멀쩡하거든."

벡이 항상 하던 말과 똑같았다.

"하지만 만약에 우리가…… 병든 거라면?"

병들었다고 믿는 게 미친 것보다는 나을 듯했다.

"병든 거 같아?"

노스가 비웃는 듯한 표정으로 되물었다.

"진짜로 그게 환청이 아니라면 다웃은 대체 어디서 생기는 거야?"

"나도 몰라. 좀 더 높은 힘? 과학으로는 설명할 수 없는……. 옛날에는 그걸 신이 내리는 목소리로 생각했대."

"하지만 그건 미친 소리야."

나는 노스의 굳은 얼굴을 보고 움찔하며 말을 바꾸었다.

"그래, 미친 건 아니라고 하자. 내가 말하고 싶은 건, 왜 신이 우리에게 이성의 힘을 주고서 그걸 사용하지 말라고 하는 거냐고……."

"인간의 이성은 금지된 과일을 먹는 게 좋은 생각이라며 이브를 꼬드겼잖아."

노스가 맞받아치자, 나는 곧바로 반박했다.

"만약 다웃이 그 반대편 목소리라면? 뱀 말이야."

"정말로 그렇게 생각해?"

노스가 나를 똑바로 쳐다보며 물었다. 나는 머릿속으로 다웃을 떠올려 보았다. 언제 나에게 말을 걸었는지……. 순간, 승선장에 있던 아이들 때문에 고민하고 있을 때 차분히 기다리라고 하던 목소리가 떠올랐다.

"아니, 아닌 거 같아. 그걸 믿어야 할지는 잘 모르겠지만."

노스가 이마 위로 내려온 머리카락을 손으로 걷고 내게 문신을 보여 주었다.

두 마음을 품은 자는 모든 길에 안정이 없느니라.

나는 손끝으로 글씨를 만지작거렸다. 안정이 없다는 말이 딱 지금의 나를 표현하는 것 같았다.

"성경에 나오는 구절이야, 야고보서."

두 마음……. 그러니까 이성과 다웃이 내 뇌 속에서 전쟁 중인 거다.

노스가 말했다.

"중요한 건, 그 둘이 늘 경쟁을 한다는 거지. 네 머릿속에서, 그리고 이 세상에서. 살아가는 내내 그 둘 사이에서 계속 휘둘릴 수는 없잖아."

나는 노스를 똑바로 쳐다보았다.

"결국 한 가지를 선택하라는 거네?"

노스는 손을 뻗어서 내 옆에 있는 노트북을 껐다.

"네가 선택하지 않으면 세상이 너를 선택할 거야."

학교로 돌아가면서 아빠한테 전화를 걸었다. 하지만 아빠는 새엄마랑 외식 중이라 무척 시끄러운 탓에 목소리를 알아듣기가 힘들어서 금방 끊었다. 아빠한테 내 혈액형에 대해 물어보고, 혹시라도 힌트를 얻을까 했지만, 결국 아무 말도 꺼내지 못했다. 그걸 왜 묻느냐고 하면 설명하기가 어려울 것 같기도 했다. 할 수 없이 벡에게 전화를 걸었지만 역시나 받지를 않았다.

기숙사에 돌아왔을 때, 허쉬는 방 안에 없었다. 이미 10시가 지난 시각이었기에 나는 곧장 침대로 가서 누웠다. 머릿속이 너무나 복잡하고 어지러웠다. 노스의 목소리가 계속 귓가에서 울렸다.

"네가 선택하지 않으면 세상이 너를 선택할 거야."

이 말은 원형 경기장에서 다웃이 한 말을 생각나게 했다.

"누구를 따를지 오늘 선택해."

하지만 아직 나는 선택을 하지 못했다. 목소리를 믿을 건지, 아니면 목소리한테 날 좀 내버려 두라고 해야 할지 정하지 못했다.

"나는 두 마음을 품고 싶지 않아."

나는 벽에 대고 혼자서 중얼거렸다. 그러곤 마치 누군가 대답이라도 해 줄 것처럼 기다렸다. 끝내 아무 소리도 들리지 않자, 스스로 바보 같다는 생각을 하면서 손을 베개 밑으로 쓱 집어넣었다. 그때 손가락 끝에 종이가 닿았다. 컴퓨터에서 인쇄한 종이였는데, 쪽지처럼 여러 번 접혀 있었다.

종이를 펴자 '학업 수행 능력 평가서'라는 글이 제일 먼저 보였다. 그다음에 이름과 점수가 있었다. 아비아나 제이콥스. 테덴에 다니던 시절의 엄마 성적표였다. '2013년 봄 학기'라고 맨 위에 찍혀 있었다. 이게 대체 왜 내 베개 밑에 들어 있는 걸까?

A, A, A, A, A. 올 A다. 어떻게 이럴 수가 있지? 신경 정신과 의사가 이 성적표에 찍힌 날짜보다 이 주일 전에 엄마를 '학업 수행 능력 불가'로 진단했다. 하지만 이 점수는 불가는커녕 완벽 그 자체였다. 도저히 말이 안 되는 일이었다. 나는 손을 덜덜 떨면서 성적표를 다시 접어 베개 밑으로 밀어 넣었다.

"헷갈려 죽겠어. 대체 내가 뭘 빼먹고 있는 걸까?"

나는 어둠 속에 앉아 펜던트를 만지작거리면서 중얼거렸다.

시간이 얼마나 흘렀을까? 눈을 뜨고 있기조차 힘들 만큼 피곤에 절어 있었다. 나는 잠을 자기 위해 뇌와 끝없이 싸움을 벌였다. 그러다 어느 순간, 엄마가 준 담요를 어깨까지 끌어당겨서 거기에 수놓인 나선형의 노란색 길을 따라 뛰어가고 있었다. 피보나치 수열의 숫자가 머릿속에서 윙윙 울렸다. 0, 1, 1, 2, 3, 5, 8, 13, 21, 34, 55, 89, 144, 233, 377, 610, 987, 1597. 눈꺼풀 아래에서 네모난 담요는 돌담이 되고, 나선형은 어둠 속에서 빛나는 길이 되었다. 가운데로 이어진 길을 가다 보면, 중요한 사람이 나를 기다리고 있을 것 같았다.

마지막 코너를 돌자 엄마가 있었다. 엄마는 학급 사진에서 입은 초록색 스웨터를 입고 연갈색 머리카락을 어깨 위로 길게 늘어뜨리고 있었다. 나를 보자 환히 웃으면서 두 팔을 벌렸다.

"엄마."

나는 울음을 터뜨리며 엄마에게 뛰어갔다. 두 팔로 엄마의 목을 감싸 안았다.

"속으면 안 돼. 거짓이 있는 곳에 진실이 있어."

엄마가 내 머리카락을 쓰다듬으며 속삭였다.

"어떤 거짓이요?"

엄마가 대답을 하지 않아서 고개를 뒤로 젖혔다. 엄마의 눈이 텅 비어 있었다. 시체의 눈이었다. 나는 깜짝 놀라서 한 걸음 뒤로 물러섰다. 엄마의 입과 눈, 귀에서 나뭇가지가 뻗어 나왔다. 마치 몸속에서 나무가 자라나 엄마를 점령하는 것 같았다. 내가 도망치려고 몸을 돌리자, 갑자기 내 주위가 벽으로 둘러싸이면서 나무가 점점 다가와 나를 돌담 쪽으로 밀어붙였다.

나는 땀범벅이 된 채 잠에서 깨어났다. 3시 33분이었다. 허쉬의 침대는 아직 비어 있었다. 숨을 헐떡이며 욕실로 가서 따뜻한 물로 세수를 했다. 그다지 도움이 되지는 않았다. 몸이 덜덜 떨렸다. 거울 속에 비친 내 창백한 얼굴과 이마에 눌러붙은 까만 머리카락을 물끄러미 바라보았다. 그야말로 엉망진창이었다.

나는 수도꼭지를 잠그고 불을 껐다. 방이 칠흑같이 어두운데 G-태블릿의 불빛이 반짝였다.

"속으면 안 돼."

다웃이 속삭였다.

나는 이상한 예감에 사로잡혀서 탁자 쪽으로 걸어갔다. DPH 의료 기록 데이터베이스의 로그인 화면이 떠 있었다. 하지만 보고서를 제출한 뒤에는 DPH 앱을 한 번도 쓴 적이 없었다. 그게 이 주일 전이었다.

머리카락이 곤두서는 기분을 느끼면서 사용자 이름을 입력했다. 로그인은 아직 유효했다. 검색창에 엄마의 사회보장번호를 입력하고 가만히 기다렸다.

일치하는 기록 없음.

나는 엄마의 사회보장번호를 다시 한 번 확인한 뒤 숫자를 천천히 입력했다.

일치하는 기록 없음.

머리카락이 바짝 곤두섰다. 전체 파일이 사라진 것 같았다. 아니면 지워졌거나.

"이거야말로 망상일 거야."

나는 이렇게 중얼거렸다. 꿈 때문인지 자꾸만 불안한 마음이 들었다. 미리 저장해 두지 않은 내가 바보였다. 다행히 사진 파일은 있었다. 엄마 사망일에 대한 기록. 나는 그 사진을 얼른 화면에 띄웠다. 문장을 하나하나 읽으면서 의미를 곱씹어 보았다.

초음파 소견으로는 과숙아 증후군과 양수 과소증이 겹쳐……

나는 이 문장을 복사해서 검색창으로 가져갔다. '과숙아 출산으로 인한 장애'란 제목의 미국산부인과학회 논문이 가장 먼저 떴다. 나는 논문 요약본을 재빨리 훑었다.

과숙아란, 출산 예정일보다 2주 이상 늦게 태어난 아이를 일컫는다.

말도 안 돼! 우리 부모님은 6월 11일에 결혼을 했다. 나는 그로부터 정확히 36주 뒤에 태어났으니, 출산 예정일에서 한 달 전이었다. 나는 등 뒤로 식은땀이 흐르는 것을 느끼면서 사진 보관함으로 가서 엄마의 파일을 열어 보았다. 출산 예정일에서 몇 주나 앞서 태어났는지 확인하고 싶었다. 그런데 거기에는 그와 관련된 기록이 없었다. 그때 엄마가 병원에 도착했을 때 찍은 초음파 사진이 눈에 들어왔다. 손가락으로 확대를 해 보았다. 갑자기 숨이 목에 턱 걸렸다.

GA : 43주 5일

중학교 3학년 때 방과후학교에서 인체 해부학을 신청해 들은 적이 있었다. '임신과 출산'에 관한 단원을 배울 때 이런 초음파 사진을 엄청나게 많이 보았다. 사진 귀퉁이에 있는 약자에 대해서도 배웠다. CRL은 머리부터 엉덩이까지의 길이이고, ABO는 혈액형과 관련이 있었다. 그리고 GA는 임신 주수였다. 만약 사진 속의 태아가 43주 5일이라면, 내가 엄마 아빠의 결혼식 날에 생겼을 리가 만무했다. 엄마는 그 당시에 이미 임신 7주였으니까.

갑자기 럭스의 위협 요인 목록에서 혈액형이 제일 위에 있었던 게 떠올랐다. 나는 초음파 사진을 재빠르게 다시 훑었다.

모체 ABO : A+

태아 ABO : AB+

혈액형은 유전이다. 부모 중 한 명과 자녀의 혈액형을 알면 나머지 부모의 혈액형을 충분히 예상할 수 있다. 아빠와 엄마는 A형이었다. 아빠는 정기적으로 헌혈을 하기 때문에 지갑에 항상 헌혈증을 가지고 다녔다. A형 부부의 자녀는 딱 두 가지 가능성밖에 없다. A형이거나 O형이거나. 그런데 이 초음파 사진에 따르면 나는 그 어느 쪽도 아니었다. 그렇다면 아빠가 내 아빠일 수가 없다.

아빠가 친아빠가 아니라는 생각은 꿈에도 생각해 본 적이 없었다. 다리 밑에서 주워 왔다는 농담을 수없이 들었어도 단 한 번조차 의심한 적이 없었다. 그런데 곰곰이 생각해 보니, 한 번도 의심하지 않은 것이 더 이상한 일이었다. 우리는 하나도 닮지 않았다. 공통점도 전혀 없었다.

"난 엄마를 닮았어."

그동안 항상 이렇게 말해 왔다. 그렇다고 해서 내 진갈색 머리카락과 파란 눈, 그리고 부모님 둘 다 가지지 않은 보조개가 설명되지는 않았다.

가슴이 불에 타는 듯이 아파 왔다. 불쌍한 우리 아빠. 이제야 엄마가 왜 출산 예정일이 그만큼 지나가도록 내버려 두었는지 이해가 되었다. 아빠가 출산 예정일이 좀 더 나중이라고 생각하길 바랐던 것이다. 안 그러면 아빠가 아기를 의심할 테니까.

나는 머리를 욕실의 차가운 선반에 기대었다. 온몸으로 냉기가 전해졌다. 그렇다면 내 진짜 아빠는 누굴까? 내가 존재한다는 걸 알기나 할까? 아니면 엄마가 아무 말도 하지 않았을까?

제미니에 새 문자 메시지가 떴을 때는 6시가 지나 있었다. 몇 시간 동안이나 어둠 속에 우두커니 앉아 있었는지 모르겠다. 문자 메시지에는 파일이 첨부되어 있었다. 이번에는 단어 퍼즐이 아니었다.

이번 과제는 아홉 개의 점을 직선으로 한꺼번에 연결하는 것이다. 한번 시작하면 손가락을 뗄 수 없다. 이미 지나온 길로 다시 갈 수도 없다. 이 과제를 수행하는 데 필요한 가장 적은 직선의 수는 몇 개인가? 제한 시간 2분.

직선처럼 보인다. 다섯 개의 줄로 이어진다. 모든 점이 연결된다. 하지만 너무 쉽다. 이렇게 쉬울 리가 없다. 어떻게 해도 다섯 줄 이하로는 안 될 것 같다.

"눈이 없어?"

순간, 화가 훅 치밀었다. 다웃을 들었다는 두려움 때문이 아니라, 전혀 도움이 안 되는 말을 했기 때문이다.

"뭘 보는 눈 말이야?"

제미니에 1분이 지났다는 표시가 나타나자, 나는 화면에다 대고 소리를 버럭 질렀다. 그런데 그때 갑자기 신기하게도 해답이 보였다. 나는 점의 테두리 안쪽으로 계속 선을 이었다. 밖으로 크게 돌면 네 줄만 사용해도 되었다.

20초가 남았을 때 4를 입력했다. 그리고 숨을 깊이 내쉬면서 답문을 기다렸다.

잘했다, 제타.

나는 제미니를 손에 쥔 채 눈을 감고 어둠 속으로 깊이 잠겼다. 그러곤 꿈도 꾸지 않고 내리 잠을 잤다.

허쉬가 사라졌다!

아침 식사 시간이 지난 뒤에야 잠에서 깼다. 두 시간 정도 더 자고 싶었지만 억지로 눈을 떠서 일어났다. 웬일인지 허쉬가 보이지 않았다. 나는 시뮬레이션 수업에 늦지 않기 위해 헐레벌떡 뛰어갔다.

이번 수업은 모둠으로 진행되어서 그나마 다행이었다. 혼자서는 아무것도 할 수 없을 듯했다. 머릿속은 끊임없이 쿵쾅거리고, 눈동자는 뜨거운 열을 쐰 듯 쓰라렸다. 심지어 머릿속에서는 계속 비명이 울려 댔다. 우리 아빠가 친아빠가 아니래. 우리 아빠가 친아빠가 아니래.

"로리, 수업 끝나고 잠시 남아 주겠니?"

수업이 끝나자 타서스 선생님이 물었다. 마치 내게 거절해도 되는 권한이라도 있는 것처럼.

"네."

다른 아이들이 교실에서 모두 나가고 난 뒤, 선생님의 책상 쪽으로 천천히 걸어갔다. 둘만 남게 되자, 타서스 선생님이 입을 열었다.

"이런 소식을 전하게 되어 무척 유감이구나. 하지만 네 담임 교사로

서 직접 말해 주는 게 옳다고 생각했어."

선생님의 눈동자가 까맣게 빛났다.

"허쉬 클레멘츠는 더 이상 테덴의 학생이 아니야."

나는 잠시 어안이 벙벙했다.

"네, 뭐라고요?"

타서스 선생님이 나를 빤히 바라보았다.

"오늘 아침 일찍 심리 검사를 받으려고 병원에 데려갔는데, 의사가 이쯤에서 학교를 떠나는 게 좋겠다고 하더구나."

"뭐가 문젠데요?"

"그런 세세한 정보까지 너한테 다 밝힐 수는 없어, 로리. 아마도 수업을 따라가는 데 부담을 느껴서 스트레스를 많이 받았나 봐. 약간……
혼란스러워하는 것 같았어."

그 순간, 정신이 번쩍 들었다. 타서스 선생님의 단어 선택 때문이었다. 만약 다른 이유를 갖다 붙였다면 믿었을지도 몰랐다. 하지만 허쉬는 절대로 그런 일로 '혼란스러워할' 아이가 아니었다.

"허쉬가 더 이상 학교에 다니지 않는다는 건 한동안 많은 학생들의 관심사가 되겠지. 하지만 허쉬의 사생활을 존중하는 의미에서 넌 이 정도까지만 알아 두는 게 좋을 것 같다."

그 말을 나더러 믿으라고? 죽을 때까지 안 믿을 거다!

"허쉬는 지금 어디에 있어요? 허쉬랑 얘기하고 싶어요."

내가 물었다.

"너는 네 일에나 신경 써. 허쉬 일은 허쉬가 알아서 하도록 내버려 두고."

이 사람은 무슨 말을 해도 이렇듯 위협적이었다. 타서스 선생님이 곧바로 몸을 돌려 버릴 거라 예상했는데, 뜻밖에도 내 목에 걸린 펜던트를 자세히 들여다보았다. 나는 몸을 뒤로 휙 빼고 싶었지만, 차마 그렇게 하지 못하고 우두커니 서 있었다.

"피타고라스의 글자야."

타서스 선생님이 눈을 들어 나를 바라보았다. 나는 일부러 무미건조한 표정을 지어 보였다.

"네?"

"입실론(그리스어에서 스무 번째 글자) 말이야. 피타고라스는 이걸 선과 악 사이의 선택을 상징하는 걸로 생각했어. 한쪽은 행복으로 가는 길이지만, 나머지 한쪽은 궤멸로 가는 길이야. 너 같은 아이한테 딱 어울리는 선택이지."

타서스 선생님이 입꼬리를 슬쩍 올렸다.

"다음 수업이 있어서요. 내일 뵐게요."

나는 당황한 나머지, 얼떨결에 이렇게 대꾸했다. 마음 같아서는 곧장 밖으로 뛰어나가고 싶었지만, 경솔해 보이고 싶지 않아서 차분하게 걸어 나갔다. 잔디밭으로 나오자마자 숲을 향해 미친 듯이 달리기 시작했다.

얼마 뒤, 파라디소 앞에 도착해서야 걸음을 멈추고 숨을 가다듬었다. 머리는 어지럽고 눈은 빠질 것처럼 아팠다.

"얼굴이 엉망이야."

노스가 나를 보자마자 계산대를 돌아 나오면서 말했다. 그리고 손으로 내 이마에 짚어 보았다.

"열이 있어."

"아니야."

나는 노스의 손을 옆으로 밀치고 내 손으로 이마를 짚어 보았다.

"뜨겁지 않은데."

"네 손이 이마만큼 뜨거우니까 그렇지, 영재 양."

내가 노스의 팔을 툭 때리자 노스가 웃음을 터뜨렸다.

"그런데 이 시각에 여긴 웬일이야? 수업 있지 않아?"

"허쉬가 학교에서 쫓겨났어."

노스도 깜짝 놀랐는지 입을 쩍 벌렸다.

"뭐라고?"

"수업을 따라갈 수 없다나 뭐라나. 정말로 거지 같아. 허쉬가 대드니까 타서스 선생님이 쫓아낸 게 틀림없어."

"타서스 선생님이 누구야?"

"허쉬가 나를 감시해서 보고했다는 사람. 우리 엄마 때문에 내가 테덴에 다녀선 안 된다고 생각하고 있어. 허쉬가 찾아가서 더 이상 나를 감시하지 않겠다고 하니까 아예 쫓아내 버린 거 같아."

노스의 표정이 대번에 굳어졌다.

"그 사람이 학교에서 허쉬를 쫓아낼 수 있을 만큼 영향력이 있어? 의사의 진단서를 포함해서 뭔가 절차 같은 걸 거쳐야 하는 거 아니야?"

"아침에 병원에 가서 심리 검사를 했대. 허쉬의 심리 검사 결과를 봐야 하는데, 혹시……."

나는 '해킹'이라는 단어를 말하기 전에 잠시 멈추었다가 목소리를 낮추었다.

"찾아낼 수 있겠어?"

"해 볼게."

노스가 대답했다. 그러고 어깨 너머로 주변을 살피더니 미안하다는 투로 덧붙였다.

"다시 일하러 가야 해. 케이트가 독감에 걸려서 일손이 부족하거든. 그래도 4시면 끝나. 그때 허쉬의 진료 기록을 찾아보도록 할게. 수업 끝나고 다시 와."

나는 제미니를 꺼내 시간을 확인했다.

"알았어. 그렇게. 일단 지금은 가야겠어. 곧 미적분 수업이 있거든."

"약국에 들러서 해열제라도 사 먹어. 하필이면 가게에 있던 해열제를 어젯밤에 케이트가 다 먹어 버렸네."

"지금 내 걱정 하는 거야?"

내가 씩 웃었다.

"아니, 내 걱정 하는 거야. 키스할 때 옮고 싶지 않아서."

나는 노스의 팔을 찰싹 때렸다. 노스가 내 손을 잡고는 살며시 입술을 갖다 댔다.

"나중에 보자."

노스는 이렇게 말하고는, 나한테서 눈을 떼지 않은 채 뒷걸음질을 쳐서 계산대로 돌아갔다.

"어서 가서 약 먹어."

노스가 문을 가리키면서 단호하게 말했다.

"네, 선생님."

나는 빙긋이 웃으며 대답하고는 밖으로 나왔다. 마침 약국이 바로 옆 모퉁이에 있어서 타이레놀이랑 파워에이드를 샀다. 독감 백신 스프레이를 무료로 나눠 주는 쪽에는 어마어마하게 많은 사람들이 줄을 서서 기다리고 있었다.

아! 그러고 보니 독감 백신을 까맣게 잊고 있었다. 아빠가 잊어버리지 말라고 문자 메시지까지 보냈는데도 그냥 지나쳐 버렸다. 한 번도 직접 챙겨 본 적이 없었기 때문이다.

"그러고 보면 럭스도 좋은 점이 많다니까."

나는 계산을 하기 위해 줄을 서며 이렇게 중얼거렸다. 만약에 평소대로 럭스와 달력을 연동해 두었더라면 럭스가 독감 백신을 분명히 상기시켜 주었을 테니까.

나는 타이레놀 네 알을 파워에이드와 함께 삼키고 나서 빈 병을 재활용품 쓰레기통에 던져 넣었다. 가장자리를 치지도 않고 한 방에 곧바로 통 안에 쏙 들어갔다. 내 머릿속에서 벡이 우스꽝스럽게 웃어 대는 소리가 들리는 것 같았다. 벡이 보았다면 틀림없이 그랬을 것이다.

시애틀은 지금 7시가 채 안 되었다. 벡은 보통 6시 45분에 학교로 출발했다. 나는 길에서 벗어나 숲 쪽으로 가면서 벡의 전화번호를 눌렀다. 미적분 수업에 늦을 것이 뻔했지만, 수업을 한 번 빼먹는다고 큰일이 나는 것도 아니라는 생각이 들었다. 게다가 난 지금 몸이 몹시 아프기도 했다.

신호가 세 번 울리자 벡이 전화를 받았다. 벡은 전화를 받자마자 대뜸 이렇게 말했다.

"아침 식사로 세상에서 가장 완벽한 음식이 뭔지 이제 알았어."

"잘 지냈어?"

벡의 목소리를 듣는 순간, 온 세상의 근심이 깨끗하게 사라지는 듯한 느낌이 들었다.

"오믈렛……."

벡은 마치 오믈렛을 입안에 넣고 씹고 있는 것마냥 우물거렸다.

"대단한 발견이네. 야, 근데 왜 그동안 나한테 전화 안 했어?"

"네가 바빴잖아."

"네가 어떻게 알아? 전화도 안 했으면서."

"내가 전화 걸어 봤자 음성 메시지로 넘어갈 게 뻔하니까. 그건 너무 비효율적인 일이잖아."

벡과 알고 지낸 팔 년 동안, 벡에게서 '비효율적'이라는 단어를 들은 건 처음이었다.

"뭐라고?"

"럭스한테 너에게 전화 걸어도 괜찮은 때를 계속 확인하고 있었어. 그런데도 내가 여태 너에게 전화를 안 걸었다는 건, 지금까지 적당한 시간이 없었다는 얘기지."

나는 벡이 장난치는 줄 알았다. 그런데 왠지 농담 같지만은 않았다.

"너, 럭스 사용해?"

"그러게. 지금 세상이 막 요동치고 있는 거 같아. 베타 테스트에 참가하려면 거기 깔려 있는 앱을 모두 쓰는 게 조건이거든. 럭스가 제미니 골드에 맞추어서 구동이 되니깐 사용을 안 할 수가 없잖아. 어쨌든 지금은 아주 잘 쓰고 있어. 여태껏 이것 없이 어떻게 살았나 몰라. 이 좋은 걸 너 혼자 쓰고 있었다는 사실에 화가 날 지경이야."

정말이지 놀라운 변화였다. 중학교 때 벡한테 일주일만 럭스를 사용하면 사물함 청소를 해 주겠다고까지 했지만, 끝까지 싫다고 뻗대어서 포기한 적이 있었다.

"와, 네가 럭스를 사용하고 있다는 사실만으로도 엄청 놀라운데, 심지어 마음에 들기까지 한다고?"

"마음에 안 들 게 뭐가 있어? 요새 나는 완전 물 만난 고기 같은데.

지난 한 달 동안 지각 한 번 안 했지, 숙제도 빼먹는 일 없이 꼬박꼬박 다 하지, 점심때 쓰레기 같은 음식도 절대 안 먹지."

벡은 유당 알레르기가 심한데도, 매일 점심으로 햄과 치즈 샌드위치를 먹었다

"완전 끝내줘. 나는 럭스를 848퍼센트 이용하고 있는 셈이야. 더 이상 생각이라는 걸 할 필요가 없다고!"

더 이상 생각이라는 걸 할 필요가 없다고? 예전에는 럭스를 사용하면서 생각이라는 것을 얼마나 안 하는지가 한 번도 거슬린 적이 없었다. 럭스 사용자들이 얼마나 생각을 안 하고 사는지에 대해서도……. 그게 바로 사람들이 럭스 앱을 사용하는 이유니까. 그런데 지금은 생각이 달라졌다. 우리는 언제부터 스스로 생각하고 결정하는 것을 무조건 귀찮아하게 된 걸까?

나는 두 팔로 가슴을 감싸면서 몸을 부르르 떨었다.

"있잖아, 벡. 나, 너한테 할 말 있어. 우리 아빠 얘기야."

나는 벡의 말을 가로막았다.

"로리, 그 얘기 나도 엄청 듣고는 싶은데, 지금 내가 2분 안에 학교 갈 준비를 마쳐야 해. 럭스가 계속 재촉하고 있어. 나중에 얘기하자."

"응, 그래."

나는 실망스런 마음을 감추고 힘없이 대답했다. 금세 전화가 끊겼다. 곧이어 허쉬에게 전화를 걸었다. 곧바로 음성 사서함으로 넘어갔다. 할 수 없이 포럼에 접속해서 허쉬가 어디에 있는지 찾아보았다.

@허쉬 클레멘츠 : 심지어 화장실조차도 일등석이 낫군.

허쉬의 최신 근황이었다. 네브라스카 상공 어딘가에서 10분 전에 올린 글이었다. 나는 허쉬에게 문자 메시지를 보냈다.

비행기에서 내리면 전화해 줘.

방으로 올라가는 내내, 기숙사에 아무도 없는 듯이 조용했다. 우리 방……. 이제는 더 이상 '우리'가 아닌데도 불구하고, 방에는 허쉬의 물건이 여기저기에 널려 있었다. 갑자기 지난 스물네 시간 동안 벌어진 일이 나에게 물밀 듯이 생생하게 다가왔다.

나에게 자전거 타는 법을 가르치고, 내 아홉 살 생일에 공주 분장을 하고 나타난 사람이 내 친아빠가 아니라니! 엄마는 고등학교에 다니면서 임신을 하고 결국 학교에서 쫓겨났다. 게다가 거짓말쟁이였다.

타서스 선생님은 나를 금방이라도 내쫓을 기세다. 내 룸메이트는 나를 배신하고, 그걸 바로잡으려다가 학교에서 쫓겨났다. 그건 열 배나 더 끔찍한 일이다.

그동안 참아 왔던 눈물이 폭포처럼 쏟아져 내렸다. 나는 베개에 얼굴을 파묻고 엉엉 소리내어 울었다. 얼마나 울었을까? 목이 잠기면서 극심한 통증이 느껴졌다. 나는 일어나 앉아 스웨터 소매로 눈물을 닦았다. 그리고 다시는 울지 않으리라 다짐했다. 나는 비로소 진실을 알게 되었다. 이제는 돌이킬 수 없었다.

나는 노스를 똑바로 쳐다보았다.
"무슨 말이야? 허쉬가 병원에 간 적이 없다니?"
나는 담요로 몸을 돌돌 둘러싼 채 소파에 앉아서 노스가 노트북으로 작업하는 걸 바라보았다. 테덴 병원의 진료 기록 데이터베이스를 해킹했는데, 허쉬의 파일에서 심리 검사 기록을 찾을 수가 없다는 것이었다. 그래서 허쉬의 제미니로 접속해서 GPS 기록을 추적했다.

"허쉬는 밤새 너네 기숙사 건물에 있었어."

노스는 이렇게 대답하면서 화면에 뜬 GPS 기록을 가리켰다.

"아침 일찍 기숙사에서 나와 하이 가에 들렀다가, 30분 후에 공항으로 갔어."

"하지만 어젯밤에 허쉬는 방에 없었어. 혹시 내가 잠든 사이에 방에 들렀다는 거야? 그럴 리가 없어. 허쉬 침대는 아침까지 깔끔했다고."

"그렇다면 제미니를 두고 나갔다가 네가 깨기 전에 가지고 나온 거겠지."

말이 되긴 했다. 허쉬는 미스터리에 싸인 남자 친구를 만나러 갈 때마다 제미니를 방에 두고 나갔다.

"좋아, 그러고 나서 어디로 간 거야?"

노스가 탁자 위에 있는 G-태블릿으로 손을 뻗었다.

"그건 해킹 기술이 없어도 가능해. 훤히 드러나 있거든."

노스가 주소 앱을 열더니, 노트북 화면을 보면서 주소를 입력했다.

"우아."

결과가 나오자 노스가 나한테 G-태블릿을 건넸다. 나는 집주인 이름을 보는 순간 눈이 휘둥그레졌다. 놀랍게도 타서스였다.

"허쉬가 타서스 선생님께 말씀드리러 간 거야. 예상했던 대로네. 그래서 진료 기록이 없었던 거야. 그럼, 타서스 선생님이 거짓말을……"

"지금까지 이 사람에 대해 들은 얘기로 봐서는 딱히 놀라운 일도 아닌 것 같은데?"

노스 말이 맞았다.

"그런데 타서스 선생님이 어떻게 허쉬를 학교에서 내쫓을 수 있지?"

이 부분은 도저히 말이 안 되었다. 허쉬는 중간고사에서 낙제를 면한 뒤로 공부를 열심히 하기로 결심한 터여서, 자발적으로 테덴을 포기했을 리가 없었다. 두 번째 시험을 치르기 전날 밤에 눈물로 얼룩졌던 허쉬의 얼굴이 떠올랐다. 한번 싸워 보지도 않고 지레 포기할 리 없었다. 그렇다면 타서스 선생님이 허쉬에게 대체 무슨 짓을 한 걸까?

나는 절망감으로 고개를 저었다.

"윽, 이제야 모든 것을 알았다 싶은 순간마다 모르는 게 얼마나 많았는지를 깨닫게 돼."

나는 담요를 내던지고 벌떡 일어섰다.

"이 사람은 나를 왜 그렇게까지 싫어하는 걸까?"

"혹시 서로 연관이 있는 거 아냐? 너네 엄마랑 이 타서스란 여자, 그리고 네 럭스 앱에 있는 사람들 말이야."

나는 아직 우리 아빠가 친아빠가 아니란 사실을 발견한 일을 노스에게 털어놓지 못했다. 그걸 말로 꺼내기엔 마음이 너무나 아팠다.

"모르겠어. 그 사회보장번호가 누구 건지 알아낼 수 있으면 좋겠어."

"사회보장국 데이터베이스에 한번 접근해 볼게."

"이미 한번 해 본 거 아니야?"

"사회보장국에 직접 접근해 본 건 아니야. 그 비슷한 거였긴 하지만. 고객들이 자신의 사회보장번호를 알려 주곤 하거든. 들킬 확률이 높아서 실제로 사용해 본 적은 없어."

노스는 이렇게 대답하고, G-태블릿에서 사회보장국 홈페이지를 열었다. 그리고 손가락으로 화면의 맨 아래쪽을 가리켰다.

"저기 G 보이지? 이 사이트가 그노시스의 방화벽을 사용하고 있다는 뜻이야."

"그럼, 그게 안 좋은 거야?"

"어렵다는 뜻이지. 불가능할지도 모르고. 하루 이틀 걸릴지도 몰라."

노스가 G-태블릿을 탁자 위에 내려놓고 내 손을 잡다가 화들짝 놀랐다.

"로리, 손이 너무 뜨거워. 약 언제 먹었어?"

"한 시간 전에. 참, 독감 백신 스프레이 뿌렸어? 너한테 옮길지도 모르는데."

"난 그런 거 안 해. 내 면역 체계는 슈퍼맨급이거든. 그래도 넌 약을 먹어야지."

"괜찮아."

하지만 괜찮지가 않았다. 온몸이 쑤시고 아팠다.

"로리, 악의 무리에 맞서서 싸우려면 네가 먼저 건강해야 돼."

노스가 진지한 표정으로 말했다. 나는 희미하게 웃음을 지었다.

결국 우리는 병원에 들렀다. 한사코 괜찮다고 말했지만, 노스는 눈을 부라리며 기어이 내 어깨에 코트를 걸쳤다.

대기실은 텅 비어 있었다.

"독감에 걸린 것 같네요."

자동문을 지나 안으로 들어가자, 간호사가 혀를 끌끌 찼다.

나는 고개를 끄덕였다.

"제미니를 여기에 대요."

간호사가 시키는 대로 책상 위의 센서에 제미니를 대는 순간, 새 문자 메시지가 날아들었다.

"대기실에 가서 앉아 있어요."

간호사가 말했다.

"아, 네."

나는 문자 메시지에 시선을 고정한 채 중얼거렸다.

나는 모든 상념의 시작이고, 공상과 망상의 끝.

나는 상상력에 필수적이고, 상서로운 세상을 둘러싼다.

나는 무엇인가?

수수께끼였다. 다시 한 번 읽으면서 대기실로 돌아갔을 때, 노스가 탁자에 놓여 있던 《와이어드》의 최신판을 보고 있었다.

"괜찮아?"

노스가 물었다.

"으응."

나는 노스 옆에 앉으면서 문자 메시지를 세 번째로 읽었다. 이마에서 구슬땀이 흘렀다. 아무 생각도 나지 않았다.

"'말'인가? 하지만 말이 어떻게 세상을 둘러싸지? 아니, '생각'이다. 생각이 분명해."

"로리, 지금 무슨 말 하는 거야?"

나는 노스 쪽으로 고개를 돌렸다. 노스가 나를 빤히 보고 있었다.

"너, 아까부터 계속 중얼거리고 있었어."

"수수께끼를 푸는 중이야."

"수수께끼? 그게 뭔데?"

"지금은 말할 수 없어. 그러면 부정행위가 되거든."

그런데 이 시험에는 어떤 규칙도 없다는 생각이 문득 들었다. 어쩌면 다른 사람에게 묻거나 답을 검색하는 게 가능할지도 몰랐다.

"부정행위? 점수가 걸린 거야?"

"비슷해. 내가 들어가고 싶은 동아리에서 온 거야."

내가 대답했다. 그중 일부는 사실이었다.

"어떤 동아리인데?"

"그냥 동아리야. 거기 들어가려면 이걸 풀어야 해. 제발 나 생각 좀 하게 내버려 둬, 응?"

나는 새침하게 쏘아붙였다. 그러고는 단어 자체가 힌트를 주길 바라면서 다시 제미니를 들여다보았다.

"생각인 거 같아."

나는 이렇게 중얼거리며 스스로를 설득하려고 했다. 하지만 세상을 둘러싼다는 부분이 맞지 않는 것 같았다.

노스가 내게로 몸을 기울이며 문자 메시지를 흘깃 보았다.

"그거 '상'이잖아. 나를 그 동아리에 넣어 줘야 하는 거 아니야?"

노스가 의자에 기대앉으면서 잘난 체하는 표정을 지었다. 노스 말이 맞았다. 나는 재빨리 답을 입력한 뒤 전송 버튼을 눌렀다. 답장을 받자마자 몸에서 긴장이 풀렸다. 나는 머리를 벽에 기대고 눈을 감았다. 온몸이 쑤셨다.

"그 동아리에 왜 들어가고 싶은 건데?"

노스가 물었다.

"엄마가 그 동아리에 있었거든."

"오로라 본!"

그때 간호사가 내 이름을 불렀다. 내가 자리에서 일어서자 노스가 말했다.

"얼른 갔다 와. 난 여기 있을게."

나는 진료실에서 의사를 기다리는 동안, 가면무도회 밤에 찍어 두었던 엄마의 사진을 꺼내 보았다. 그때 이후로 한 번도 본 적이 없었다. 내가 듣고 싶은 대답이 거기에 있기라도 한 듯, 사진 속에 있는 엄마의 눈을 뚫어져라 쳐다보았다. 아비아나 제이콥스는 어떤 사람이었을까?

"안녕하세요?"

의사 목소리가 들리자 나는 얼른 제미니를 치웠다. 그때 사진 모퉁이에서 지금까지 한 번도 눈치채지 못한 장면이 눈에 들어왔다. 엄마가 누군가의 손을 잡고 있었다.

"어디가 불편해요?"

"잠시만요."

나는 의사의 말을 가로막은 뒤, 사진을 천천히 확대했다. 엄마가 잡고 있는 남자의 손에는 내가 예전에 본 적 있는 반지가 끼여 있었다. 네 개의 글자가 새겨진 은반지였다. 그 순간, 그 사진에서 엄마 옆에 있던 사람이 기억났다. 그리핀 페인, 그노시스의 그리핀 페인 회장이었다.

세상에, 이럴 수가! 나는 몸을 부르르 떨었다. 검색창을 열고 그리핀 페인을 입력한 뒤 '19세'를 추가했다. 그러자 화면에 졸업 사진이 떴다. 소년 시절의 그리핀 페인을 쳐다보았다. 파란색 눈동자, 검은색 머리카락, 그리고 보조개. 매일 아침 거울에서 보는 내 모습과 매우 흡사했다. 세상에! 그리핀 페인 회장이 아빠가 틀림없었다.

나는 머리가 어지러워서 의자에 몸을 기댔다.

"괜찮아요?"

의사가 물었다. 그러고 보니 의사가 앞에 있다는 사실을 까맣게 잊고 있었다.

"아니요."

나는 짧게 대답했다. 괜찮지 않은 게 분명했으니까.

20분쯤 뒤, 나는 대기실로 돌아갔다.

노스가 팔에 내 코트를 어정쩡하게 걸치고서 걱정스런 얼굴로 물었다.

"의사가 뭐래?"

"독감이래."

나는 간호사가 건네주는 처방전을 노스한테 건네고 코트를 받아 들었다.

"노스, 나 좀 도와줘. 그리핀 페인 회장한테 접근해야 해."

"어, 알았어. 그런데 접근이라면, 무슨……?"

"페인 회장이랑 얘기해야 할 게 있어, 단둘이서."

노스가 몸을 앞으로 기울여 내 이마에 손을 올렸다.

"이제 열 없어."

나는 노스의 팔을 밀치며 거칠게 대꾸했다.

"그리핀 페인 회장이랑 얘기할 게 있다고."

노스가 놀리듯이 말했다.

"그것도 단둘이서? 그리핀 페인 회장을……! 아마 대통령보다도 더 만나기가 힘들 텐데."

"테덴에서 본 적 있어. 생각보다 친절한 사람이야."

나는 노스를 지나쳐서 자동문으로 향했다. 밖은 이미 어두웠다. 하늘에 구름이 잔뜩 끼어 있어서 그런지 으스스한 분위기를 풍겼다.

"그러시겠지. 그렇지만 고등학교 여학생을 쉽게 만나 주진 않을걸."

노스가 나를 뒤따라오며 소리쳤다. 나는 인도에 서서 노스가 다가오길 기다렸다. 노스는 내 앞으로 오더니, 인도에서 한 걸음 내려서서 나와 눈높이를 맞추었다.

"로리, 대체 무슨 일이야? 의사한테 진료받으러 들어갔다 나와서는 갑자기 세계에서 가장 큰 IT 회사 CEO를 만나야 한다니?"

"친아빠야."

나는 나지막이 말했다. 순간, 노스의 얼굴이 충격으로 딱딱하게 굳었다.

"어떻게 그럴 수가 있지? 언제부터……."

"그 사람이랑 엄마가 십칠 년 전에 만나 사귈 때부터이지 않겠어?"

마음과 달리, 내 목소리가 퉁명스럽게 비어져 나왔다.

"미안해. 이 모든 상황이 너무 힘들어서."

"그걸 어떻게 알아냈어? 넌 아빠가 키웠다고 했잖아."

나는 고개를 천천히 끄덕이면서 떨리는 숨을 삼켰다.

"한 달 전에 심리학 보고서 때문에 검색하다가 국립의료센터 데이터베이스에서 엄마의 의료 기록을 찾아냈어. 근데 지금까지 알고 있었던 대로 내가 출산 예정일보다 삼 주 일찍 태어난 게 아니라 한 달가량 늦게 태어났다는 거야. 그 말은 곧 엄마가 테덴에 다닐 때 임신을 했다는……."

"아, 혈액형! 그래서 네 아빠를 친아빠가 아니라고 생각하게 된 거구나?"

노스가 소리쳤다.

"생각이 아니라 실제로 그래. 엄마 의료 기록에 초음파 사진이 있었어. 엄마는 A형이었어. 내가 그동안 아빠라고 믿었던 분도 A형……. 근데 난 AB형이야"

내 목소리가 떨렸다. 나는 울지 않으려고 입술을 앙다물었다.

노스가 숨을 길게 내쉬었다.

"왜 진작 말하지 않았어?"

"어떻게 해야 할지 모르겠어서. 잘 알지 못하는 사람에게 털어놓기엔 너무 큰 비밀이라 생각했나 봐."

"난 너에게 잘 알지 못하는 사람이 아냐, 로리."

노스가 내 손을 꼭 잡았다. 나는 무슨 말을 해야 할지 모르겠어서 그저 고개를 끄덕였다.

"그건 그렇고, 왜 그리핀 페인 회장이 친아빠라고 생각하는 거야?"

"엄마가 3학년 때 찍은 학급 사진에서 그리핀 페인 회장과 손을 잡고 있었어."

"그렇다고 해서 그게……."

"이 사진을 좀 봐."

나는 제미니를 노스 앞에 내밀었다. 그리핀 페인 회장의 졸업 사진이었다.

"그리고 내 얼굴을 봐."

"많이 닮았네. 신기할 정도로 닮았어."

노스가 고개를 끄덕이며 수긍을 했다. 그리고 한숨을 내쉬면서 머리를 손으로 쓸어내렸다. 우리는 둘 다 한동안 아무 말도 하지 않았다.

"아까 말한 거 취소할게. 그 사람이랑 연결하는 건 쉬워. 만나게 되면 네가 누구인지 대놓고 밝혀."

"십칠 년 전에 무슨 일이 있었는지 알아내기 위해선, 그 사람이 나의 존재를 미리 알면 안 돼. 나에게 거짓말할 기회를 줘선 안 된다고."

"그리스 페인 회장이 그럴 거 같아?"

"일단 직접 만나고 싶어. 가능한 한 갑작스럽게……. 얼굴을 마주 보고 말할 거야."

나는 단호하게 말했다.

"엄마가 학교를 그만둔 게 그 사람 때문이라고 생각하는 거야?"

"그만둔 거 아니야. 학교에서 쫓겨났어."

나는 노스의 말을 정정했다.

"임신한 거랑 상관 있는 걸까?"

"그럴지도 몰라. 하지만 의료 기록에는 임신과 관련해서는 아무것도 적혀 있지 않았어. 검사 결과도 없고. 심리 검사 결과에도 아기 얘기는 없었거든. 아마도 임신한 사실을 의사한테 말하지 않은 것 같아."

"파일 좀 보여 줄 수 있어?"

나는 고개를 저었다.

"이제 접근 권한이 없어. 그때 찍어 둔 사진 한 장밖에 없어."

"내가 찾을 수 있을지도 몰라. 엄마 사회보장번호 알지?"

"응, 근데 찾을 수 없을 거야. 엄마 파일이 사라졌어."

"차라리 잘됐어. 딱 그 반대거든."

노스가 자신만만하게 대답했다.

"삭제된 파일은 오히려 찾기가 쉬워. 서버에서 완전히 제거하기 전에 몇 주 동안 휴지통에다 남겨 두거든. 실수로 삭제하는 걸 미연에 방지하기 위해서야. 사용자들은 휴지통을 보지 않기 때문에 굳이 막아둘 필요도 없고."

"지금 해 볼 수 있어?"

"물론이야. 두 시간 정도 걸리니까 그동안 너는 좀 쉬어. 아님, 자고 가든지. 그럼, 이참에 의사 놀이 좀 해 볼까?"

노스의 눈빛이 반짝였다.

"자고 갈 수 없어. 기숙사로 지금 돌아가야 할 거 같아. 평일 통금이 10시거든."

노스네 집에 가고 싶은 마음이야 굴뚝같았지만, 타서스 선생님이 어떤 일까지 할 수 있는지 알아차린 이상, 테덴에서 살아남기 위해 누구보다 모범생으로 보일 필요가 있었다.

"내일 오전에 카페로 와. 일단 엄마 이름이랑 사회보장번호로 뭐든 찾아보도록 할게."

나는 노스의 손을 잡고 손끝으로 만지작거렸다.

"고마워."

노스가 내 손을 입술로 가져가서 손가락 끝에 입을 맞추었다.

"다 잘될 거야. 알지?"

"그래."

그 순간, 애써 참았던 눈물이 차오르면서 시야를 가렸다. 눈을 깜박거렸지만 소용이 없었다. 어느새 눈물이 볼을 타고 주르르 흘러내렸다.

"이런!"

노스가 손가락으로 내 턱을 살짝 들어 올렸다. 지금 나한테는 눈곱만치도 없는 자신감이 노스의 눈 속에서는 반짝하고 빛났다. 노스는 내 입술에 살며시 키스를 했다. 열두 시간 동안 양치질도 하지 않은 데다 완전히 병균덩어리인데도 불구하고. 아주 잠시나마 머릿속이 깨끗하게 맑아지면서 외톨이가 아니라는 생각이 들었다.

자다가 깨서 알람을 설정했다. 처음에는 잠깐만 눈을 붙일 생각이었는데, 결과적으로 그렇게 하길 잘했다. 알람이 없었다면 정오까지 깨지 않았을 것이 분명하기 때문이었다. 입안에 솜을 가득 문 것 같은 기분을 빼고는 컨디션이 자못 괜찮았다.

나는 체온을 재려고 제미니를 머리에 갖다 댔다.

"정상 체온이야."

럭스가 경쾌한 목소리로 대답했다. 럭스의 목소리를 듣는 건 일주일 만이었다. 사람보다 럭스하고 얘기하는 시간이 더 많았던 때도 있었는데. 확실히, 그런 시절은 이제 사라졌다. 럭스를 안 쓰는 바람에 금요일 날 세탁실에 옷을 맡긴 사실도 잊어버렸다. 깨끗한 옷이 하나도 없었다. 허쉬의 옷장 앞에서 한참을 망설이다가, 결국 벨벳 바지를 꺼내 입었다. 많이 길어서 볼썽사나웠지만 부츠 속에 구겨 넣으니 그마나 봐줄 만했다. 그 위에는 허쉬의 서랍장에서 찾은 회색 스웨터를 걸쳤다.

기숙사 건물을 막 나서는데 이사벨이 보였다. 한 손에 커피를 든 채 제미니를 보고 있었는데, 추위 때문인지 볼이 새빨갰다. 왜 그런지 겉옷을 입고 있지 않았다.

"안녕, 이사벨? 여기서 뭐 해?"

내가 한 걸음 다가서며 물었다.

"응, 국어 시간이 되기 전에 세 장 다 읽으려고. 오늘 수행 평가 보잖아. 방에 있으니까 자꾸 잠이 와서……. 추운 데 있으면 잠이 좀 깰까 하고."

이사벨이 피곤에 찌든 눈으로 나를 바라보았다. 나는 깜짝 놀라서 손으로 입을 가렸다. 국어 수행 평가가 있다는 걸 까맣게 잊고 있었다. 이사벨이 내 표정을 읽고는 이렇게 물었다.

"너도 다 안 읽었어?"

"아직 시작도 안 했어."

이사벨이 의자 쪽으로 눈짓을 했다.

"시뮬레이션 수업까지 아직 한 시간이 남았고, 또 점심시간도 있으니까 빨리 훑으면 그 안에 끝낼 수 있을 거야."

"지금은 안 돼. 누굴 좀 만나야 하거든."

그사이에 노스가 엄마에 대해 뭘 찾아냈는지 확인하고 싶었다. 수행 평가 준비는 나중에 해도 될 것 같았다.

"우아, 남자? 그래서 그렇게 예쁘게 차려입은 거야?"

이사벨이 제미니를 내려놓으며 나를 자세히 살폈다.

"그런 셈이지."

"남자를 만난다는 게 그런 셈이라는 거야, 아님 그렇게 차려입은 게 그런 셈이라는 거야?"

"지금은 얘기할 수 없어."

막상 그렇게 말을 내뱉고 나니까 좀 이상하게 들리겠다 싶은 생각이 들었다. 그래서 얼른 덧붙였다.

"아직은 사람들한테 말할 정도가 아니거든."

"너랑 허쉬는 무슨 비밀 남자 친구만 사귀냐? 어디에 가면 그런 비밀 남자 친구를 만날 수 있는지 나한테도 알려 주면 안 돼? 참, 그건 그렇고 허쉬는 어디 있어? 요 며칠 동안 통 못 본 것 같은데……."

이사벨이 뿌루퉁한 표정을 지었다.

"허쉬는 어……, 학교를 그만뒀어."

이사벨은 무슨 말인지 못 알아듣겠다는 듯이 이맛살을 찌푸렸다.

"학교를 그만두다니, 그게 무슨 말이야?"

"좀 쉬고 싶대. 나도 자세히는 모르겠어. 나중에 보자, 이사벨."

나는 더 이상 말하고 싶지 않아서 말꼬리를 돌려 버렸다. 그러고는 이사벨이 질문을 더 하기 전에 얼른 그 자리를 벗어났다.

파라디소 앞으로 가자, 노스가 창문 너머에서 나를 보고 손을 흔들었다. 표정을 보아하니 성공한 모양이었다. 내가 카페 안으로 들어서자, 노스가 구석에 있는 탁자를 손으로 가리켰다.

"5분만 있으면 쉬는 시간이야. 뭐 마실래?"

"커피, 그리고 이거."

나는 이렇게 대답한 뒤, 진열장에 놓여 있는 설탕이 흩뿌려진 패스트리를 가리켰다. 얼마 후, 노스가 탁자로 다가왔다.

"파일 찾은 거지?"

패스트리를 손으로 뚝 자르면서 물었다. 어찌나 부드럽고 달콤한지, 입안에 넣는 순간 사르르 녹았다. 사실 몇 년 동안 패스트리를 먹은 적이 없었다. 내 아침은 항상 럭스가 정해 준 대로 오트밀에 아몬드 조각과 계란흰자를 넣어 만든 스크램블 에그와 토스트였다. 설탕과 버터, 밀가루로만 만들어서 열량이 800칼로리나 되는 패스트리는 절대로 선택의 대상이 될 수 없었다. 나는 한 조각을 더 잘라 입에 넣었다.

"네 말이 맞았어. 그 어디에도 임신에 관한 기록은 없어. 그런데 이상한 건 6월이 되어서야 네 엄마의 심리 검사 결과 파일이 데이터베이스에 올라갔다는 거야."

"그게 무슨 말이야? 엄마는 5월에 퇴학당했는데."

"그러니까 이상하다는 거야. 퇴학 통보를 하고 나서, 한 달이 지난 뒤에 검사 결과를 올렸다는 거지."

"왜 그랬을까?"

"모르겠어. 어쩌면 늦어질 만한 이유가 있었는지도 모르지. 의사가 기록을 제대로 안 했거나."

노스는 선뜻 말을 잇지 못하고 주저하다가 이렇게 내뱉었다.

"아니면, 누군가 네 엄마를 미친 것처럼 위장하려고 했거나."

나는 노스를 빤히 쳐다보았다.

"누가?"

"모르지. 어쩌면 페인 회장이 그랬을지도······."

"그 사람을 어떻게 만날 수 있는지는 알아봤어?"

"제미니 골드 출시 기념 파티가 이번 금요일 밤에 있대. 거기서 페인 회장이 연설을 할 예정이고."

"그런 티켓은 몇천 달러에 육박할 텐데."

"그 정도가 아니야. 돈 주고 살 수가 없어. 그나마 다행인 건 우리가 초청자 명단에 올라가 있다는 거지."

노스가 빙그레 웃었다.

제미니 골드 출시 기념 파티

"누가 우리한테 어떻게 초대를 받았냐고 물으면?"

내가 걱정스런 눈빛으로 묻자, 노스가 단호하게 고개를 저었다.

"아무도 안 물을 거야. 이건 엄청나게 큰 파티야. 우리는 그냥 사람들 사이로 적당히 섞이면 돼."

나는 차창에 비친 내 모습을 바라보았다. 나조차 나를 못 알아볼 지경이었다. 노엘, 그러니까 컴퓨터 수리점에 있던 아이가 졸업 파티에서 입으려고 준비한 드레스를 빌려 주었다. 허벅지까지 내려오는 까만색 원피스였다. 그리고 케이트가 화장을 해 주었다. 내 코를 덮은 주근깨를 파운데이션으로 말끔히 가리고, 까만색 아이섀도로 눈 주위에 음영을 그려 넣었다. 머리는 내가 직접 만졌는데, 혹시 모를 경우를 대비해 얼굴을 반쯤 가리도록 길게 늘어뜨렸다.

노스는 훨씬 더 알아보기 힘들었다. 모호크 스타일 머리는 말끔하게 빗고, 문신은 회색 헤링본 재킷으로 가렸다. 양복에 감싸인 채 귀에 꽂은 블루투스 이어버드를 보면 영락없이 파티에 가는 부잣집 도련님이었다.

노스는 아이폰으로 지도를 검색하고 있었다. 일정이 빠듯했다. 보스턴에서 열리는 파티에 가서 페인 회장이 혼자 있는 기회를 틈타 얘기를 나눈 다음, 다시 기차를 타고 학교 도서관이 문을 닫는 자정 전까지 돌아가야 했다. 나는 제미니를 도서관 책꽂이 사이에 숨겨 두고서 위치 서비스를 켜 두었다. 혹시라도 누가 나를 찾을 경우를 대비해서, 노스가 여섯 시간이 지나면 자동 업데이트되는 프로그램을 깔아 두었다.

사실 누가 도서관까지 가서 나를 찾을 리는 없었지만, 혹시라도 생길 불상사를 미리 막기 위해서였다. 테덴의 규칙은 근처에만 있다면 학교를 떠나는 건 자유로웠다. 하지만 교장 선생님이 서명한 외출증 없이는 학교에서 10킬로미터 이상을 벗어날 수 없었다.

기차의 번쩍거리는 불빛 때문인지 노스가 꽤 잘생겨 보였다. 피부는 베이지색이고 눈꼬리는 아래로 처졌지만, 코가 오뚝하고 턱선이 날렵해서 얼굴이 전체적으로 멋지게 균형이 잡혔다.

노스가 내 시선을 의식하고 나를 쳐다보았다.

"오늘 정말 예쁘네. 네 주근깨가 그립긴 하지만."

노스가 손가락으로 내 코끝을 건드렸다. 나는 고개를 뒤로 살짝 젖히고 노스의 손바닥에 입을 맞추었다. 노스의 손가락이 내 목 쪽으로 내려와서 오른쪽 어깨를 스쳤다.

"너도 나쁘지 않아."

나는 일부러 대수롭지 않은 듯이 말했다. 하지만 노스의 손길이 어깨에서 느껴지자 야릇한 상상을 떨칠 수가 없었다. 노스가 금방이라도 어깨끈을 확 잡아 내리고 등 뒤의 지퍼를 내릴 것만 같았다. 노스 말고는 키스조차 변변히 해 본 적 없는 내가 지금 무슨 상상을 하고 있는 건지! 나는 의자의 가장자리를 두 손으로 꽉 움켜쥐었다.

그때 노스가 말했다.

"돌아가는 기차는 9시 15분이랑 10시 5분에 있어. 10시 5분 기차를 타면, 테덴 역에 11시 50분이 되어야 도착할 거야."

"시간이 빡빡해."

이렇게 말하긴 했지만, 실제로는 10분이라는 시간이 노스의 오토바이를 타고 테덴 중앙역에서 학교까지 가는 데 충분한 시간인지 아닌지 가늠하기가 어려웠다. 수년간 럭스를 이용하는 바람에 이동 거리를 계산하는 능력을 완전히 잃어버렸다. 럭스가 언제 출발하고, 어디로 가고, 또 언제쯤 도착할지 늘 말해 주었던 것이다. 럭스만 믿었을 뿐, 내가 가야 할 곳에 대한 그 어떤 정보에도 자세히 신경 쓴 적이 없었다.

"괜찮을 거야. 아주 불가능하지는 않아. 하지만 불안하면 9시 15분 기차를 타도록 하자. 참, 이제 다 왔어. 다음 역에서 내려야 해."

노스는 이렇게 말하고 아이폰으로 다시 눈을 돌렸다. 내 가슴은 이제 두방망이질을 치기 시작했다. 우습게도 나는 그 유명한 파티의 주최자를 만나는 일보다 파티장 안에 무사히 들어가는 걸 더 걱정했다. 이런 식으로 갑작스런 만남이 잘 이루어질지는 모르겠지만, 적어도 페인 회장에게 내가 누구인지를 밝히면 믿어 줄 거라는 확신이 들기는 했다. 아무리 이렇게 차려입고 두꺼운 화장을 했어도, 나는 엄마를 영락없이 쏙 빼닮았기 때문이다.

"준비됐어?"

기차가 벡베이 역에 들어서자 노스가 물었다. 나는 고개를 끄덕였다. 노스가 옆에 있는 한, 나는 괜찮을 거다. 노스는 내 손을 잡고 플랫폼에 내려섰다. 그리고 곧장 택시 승강장으로 향했다.

"코플리 스퀘어로 가 주세요. 보스턴 공립 도서관이요."

노스가 운전기사에게 말했다. 운전기사는 행선지를 듣자 끙 하고 신음 소리를 냈다. 기차역에서 파티가 열리는 도서관까지는 500미터 정도밖에 되지 않아서였다. 7센티미터 높이의 구두를 신지 않았다면 충분히 걸어갈 만한 거리였다. 그래서 택시에 오르고 2분도 지나지 않아서 내려야 했다.

우리는 아치형 창문을 화려하게 장식한 엄청나게 큰 벽돌 건물 앞에 내렸다. 도서관이라기보다는 궁전 같았다. 유리와 금속으로 만든 시애틀 중앙 박물관과는 판이하게 달랐다. 하지만 궁전처럼 불을 환하게 밝히지 않고 따뜻한 느낌의 노란색 불빛이 벽돌을 고즈넉이 비췄다.

아치형 창문에는 '제미니 골드'라는 글자를 3D 프로젝션으로 쏘았다. 정문까지 이어진 계단에는 레드 카펫을 깔고 벨벳 줄로 가장자리를 막아 놓았다. 어느새 수많은 기자들이 몰려와 있었다. 공립 도서관에서 전자책을 무료로 대여해 주기 시작했을 때, 말도 안 되는 일이라고 반발하던 그노시스가 여기서 신제품 출시 기념 파티를 여는 건 참 이상한 일이긴 했다.

하지만 이 오래된 건물에 책은 더 이상 없었다. 그러니까 종이로 된 책은 없다는 얘기다. 마치 거대한 태블릿 PC의 터미널 같았다. 모니터가 설치된 책상이 줄지어 있었고, 인터넷을 하거나 TV를 볼 수 있는 미디어실이 즐비했다.

나는 떨리는 손으로 택시 문을 열고 도로로 내려섰다.

"여기."

노스가 주머니에서 제미니를 꺼내 내 핸드백에 밀어 넣었다.

"저 사람들이 문 앞에서 이걸 스캔하면, 내가 초청자 명단에 올린 이름이 뜰 거야. 제시카 시즈모어. 하버드 대학교 학부생이야. 아빠가 대주주이고."

"그 사람이 실제로 오면 어떡해?"

우리는 도서관에 들어가려고 줄을 선 사람들 가까이로 갔다.

"안 올 거야. 초청장을 받은 다음 날, 참석하지 않겠다고 통보했거든. 게다가 포럼을 보면 지금 캠퍼스에 있어. 그러니까 아무렇지도 않은 척 행동해. 일단 안에 들어가면 아무 문제 없을 거야."

노스가 팔을 내 어깨에 둘렀다. 나는 노스의 어깨에 몸을 기대며 침착해지려고 노력했다. 곧이어 한껏 멋을 낸 채 제미니를 들여다보며 줄을 서 있는 이십 대 청년들이랑 금세 섞였다.

우리가 레드 카펫에 한 걸음 내딛자, 티켓을 받는 안내원이 활짝 웃으며 반겨 주었다.

"미래에 오신 걸 환영합니다."

그러곤 우리의 제미니로 손을 뻗었다. 스캔을 하는 동안, 나는 숨을 꼭 참았다.

"즐거운 시간 보내세요."

안내원이 우리에게 제미니를 돌려주며 벨벳 줄을 들어 올렸다. 드디어 우리는 무사히 안으로 들어갔다. 주요 행사는 도서관 가운데에 뻥 뚫린 광장 같은 곳에서 열렸다. 그노시스가 그곳을 금속 정원으로 꾸며 두었다. 가운데에 있는 분수 아래에서 불빛이 흘러나왔는데, 마치 금빛 액체같이 뿌옇게 빛났다. 까만색 넥타이를 맨 종업원들은 금색 쟁반에 샴페인을 받쳐 들고 이리저리 돌아다녔다.

금색이 나는 G자가 주변의 벽에 온통 투영되어 있었다. 금색 레고로 만든 높다란 연단 위에서는 금색 동전으로 만든 샹들리에가 반짝반짝 빛났다.

"우아."

나는 참았던 숨을 내쉬었다. 노스가 종업원의 쟁반에서 샴페인 두 잔을 집어 들더니 나한테 한 잔을 내밀었다.

"건배."

그 옆에 있는 종업원은 아보카도로 장식한 참치 요리를 들고 있었다. 나는 참치 하나를 집어 들고 입에 날름 넣었다.

"오, 세상에! 진짜 맛있어. 먹어 봐."

"집중해, 제시카 시즈모어. 한 시간 안에 네 아빠를 찾아야 해."

노스는 이렇게 말하고는 종업원이 몸을 돌리기 전에 참치를 잽싸게 잡아채더니 한 입에 꿀꺽 삼켜 버렸다.

이제 벨벳 줄의 안쪽에 들어와 있어서 그런지 마음이 한결 편안했다. 아무도 우리에게 관심을 두지 않을 테니까 파티장을 구석구석 돌아다니면서 페인 회장을 찾기만 하면 되었다. 나는 동쪽 벽을 따라 천천히 걸었다. 그러면서도 남들의 시선을 끌지 않으려고 주의를 기울였다.

그러다 문득 이런 곳에 오는 것이 더 이상 먼 환상이 아니라는 생각이 들었다. 테덴 졸업장을 받으면 당연히 얻게 되는 것 중의 하나이기 때문이었다. 무사히 졸업만 하면, 이런 곳에 들어오려고 거짓말 따위를 하지 않아도 되었다. 그땐 내게도 당당한 자격이 생겨 있을 테니까.

노스와 나란히 광장의 남서쪽 끝 모퉁이를 돌다가 마침내 페인 회장을 보았다. 하얀색 정장을 차려입은 흑인 여자와 분수대 옆에 서 있었다. 페인 회장이 살짝이라도 몸을 왼쪽으로 틀어서 고개를 돌리면 내가 보일 만한 위치였다.

잠시 후, 나도 모르게 입에서 신음 소리가 새어 나왔다. 노스가 놀란 눈으로 물었다.

"왜 그래?"

"키스해, 지금 얼른."

나는 다급히 속삭였다. 노스는 나를 벽 쪽으로 잽싸게 밀쳤다. 그 바람에 내가 들고 있던 샴페인 잔이 맨들맨들한 벽에 부딪혀 짤랑 소리를 냈다. 이윽고 노스의 입술이 내 입술에 닿았다.

혹시 그새 나를 보았을까? 그런 것 같지는 않았지만 아직 확신은 없었다. 노스는 팔꿈치로 벽을 짚고 내 옆얼굴을 가리면서 손에 든 샴페인 잔을 쏟지 않으려 애썼다.

"타서스 선생님이 여기에 있어."

내가 나직이 속삭였다.

"제기랄! 널 봤어?"

"그런 것 같진 않아. 네가 가려 줬잖아."

나는 팔로 노스의 목을 감싼 채 기둥 뒤에서 조심스럽게 주위를 살폈다.

"이제 어디 있어?"

노스가 왼쪽으로 몸을 살짝 기울여서 광장을 살필 수 있게 해 주었다. 사람들 여럿이 새로 도착하는 바람에 시야를 가려서 분수대 쪽이 잘 안 보였다.

"이제 안 보여. 아까는 분수대 옆에 있었어."

"여기에는 왜 온 거지?"

"모르지. 어쨌든 그노시스는 테덴의 최대 후원사니까."

그렇다고 해도 이런 신제품 출시 기념 파티에서 타서스 선생님을 보게 되리라곤 상상도 하지 못했다. 그리고 무엇보다 우리로선 대단히 불행한 일이었다.

"나가야겠어?"

"아니, 지금이야말로 페인 회장을 만날 수 있는 절호의 기회야. 여기까지 어떻게 왔는데 포기를 해? 타서스 선생님한테 들키지 않기만을 바라야지."

불현듯 가슴속에서 용기가 치솟았다. 어떤 일을 하면서 이렇게까지 확신이 든 적은 없었다. 럭스를 사용하지 않고 난 뒤로는 더더욱 그랬다. 노스가 내 손을 꼭 잡았다.

"그래서 키스가 더 필요하다면 얼마든지 기꺼이 복종할게."

노스가 시계를 확인했다.

"페인 회장이 연설하려면 아직 한 시간은 더 있어야 하니까, 어딘가 사람들 사이에 섞여 있을 거야. 어떻게든 혼자 있는 기회를 잡아야 하는데."

"일단 나를 보기만 하면 돼."

내가 자신감에 차서 말했다. 실제로 그 기회는 기대했던 것보다 훨씬 일찍 찾아왔다. 타서스 선생님에게 들킬까 봐 머리를 살짝 숙인 채 사람들 속으로 들어가다가, 페인 회장이 엄청나게 비싼 드레스를 입은 여자들과 얘기를 나누고 있는 걸 발견했다. 그 순간, 마치 이 방 안에 페인 회장만 남고 다른 사람들은 모두 사라진 것 같은 느낌이 들었다. 내가 저렇게 멋진 사람의 딸이라고? 그런데 왠지 페인 회장의 눈이 몹시 슬퍼 보였다. 입은 활짝 웃고 있는데도…….

내가 뭔가 말을 하려고 입을 달싹이려는 순간, 페인 회장이 나를 보고 입을 쩍 벌리더니, 앞에 서 있는 여자의 말을 가로막았다.

"실례할게요."

그러곤 그들은 이미 존재하지 않는 것마냥 무심히 지나쳐서 내게로 곧장 다가왔다. 사람들의 시선이 한꺼번에 내게로 쏟아졌다. 이윽고 페인 회장이 내 앞으로 와서 섰다.

나는 조그만 목소리로 말했다.

"안녕하세요? 회장님께서 제 엄마를 아실 거 같은데요. 아비……."

"오, 네가 아비아나 딸이구나?"

페인 회장이 미소를 지었다.

"네, 네 엄마도 왔니?"

목소리에 기대가 섞여 있어서 나는 목이 꽉 막혔다. 나는 살며시 고개를 저었다.

"로리가 회장님과 얘기를 나누고 싶어 해요."

그때 노스가 끼어들었다. 페인 회장은 그제야 노스를 쳐다보았다. 노스가 손을 내밀었다.

"개빈 웨스티입니다."

노스가 가짜 이름을 말했다. 우리는 진짜 이름을 사용하지 않기로 했다. 페인 회장은 악수를 하더니 다시 내 쪽으로 눈길을 돌렸다. 미소는 따뜻했지만 여전히 눈이 슬퍼 보여서 애처로운 마음이 들었다.

"로리라고? 혹시 우리, 예전에 만난 적 있나? 얼굴은 기억나지 않는데, 이름이랑 목소리가 왠지 익숙한데……."

"테덴 가면무도회에서 뵈었어요. 발코니에서요."

"아, 그 공작 가면! 다시 만나서 반갑다, 로리."

페인 회장이 고개를 끄덕이면서 환히 웃었다.

"저도요."

하지만 나는 하도 긴장해서 웃을 수가 없었다. 페인 회장도 그걸 눈치챈 듯했다. 노스를 흘깃 보고는 다시 나를 바라보았다.

"안쪽이 더 조용하단다. 거기 가서 얘기할까?"

우리는 페인 회장을 따라 옆문을 통해 작은 카페로 들어갔다. 탁자 위에 의자가 잔뜩 쌓여 있었고, 문에는 출입 금지 표시가 붙어 있었다. 페인 회장은 안으로 들어가서 의자 두 개를 내렸다.

"여기서 기다릴게."

노스가 계단 옆에 있는 의자를 가리켰다. 나는 고개를 끄덕이고 페인 회장을 바라보았다. 그리고 속으로 이 일을 망치지 않도록 해 달라고 간절히 기도했다. 내가 아는 사실을 모조리 털어놓아서 페인 회장을 깜짝 놀라게 만들고 싶은 건 아니지만 에둘러서 찬찬히 말할 시간이 없었다. 게다가 페인 회장은 8시 정각에 축하 연설을 해야 하는데, 이미 7시 25분이었다.

"시간을 내주셔서 감사합니다. 몇 가지 궁금한 것이 있는데 대답해 주실 분이 아무도 안 계세요."

내가 먼저 말을 꺼냈다.

"네 엄마는? 무슨 일이 생긴 거구나. 그렇지?"

페인 회장이 되물었다. 말끝이 위로 올라가지 않는 것으로 보아 딱히 질문을 한 건 아닌 듯했다. 나는 고개를 끄덕였다.

"제가 태어날 때 돌아가셨어요."

페인 회장은 잠시 얼굴을 양손으로 쓸어내렸다. 처음으로 얼굴이 제 나이로 보였다. 눈 가장자리에 주름이 제법 잡혀 있었다.

"그러면 아빠는?"

"아빠요?"

"그래, 여기에 같이 오셨니? 혹시 근처에 계시니?"

페인 회장은 마치 우리가 위험한 공간에 들어온 것같이 불편해했다.

"아빠를 한 번도 만난 적이 없어요."

그 말을 듣는 순간, 페인 회장의 눈 속에 안도의 빛이 어렸다.

나는 짐짓 아무렇지도 않은 듯이 말했다.

"곧 연설하셔야 하는 거 알아요. 시간을 많이 뺏지는 않을게요. 하지만 엄마하고 무슨 일이 있었는지는 말씀해 주시면 좋겠어요."

페인 회장이 한숨을 내쉬었다.

"지난 십오 년간 누군가와 네 엄마 얘기를 나눠 본 적이 없어. 나를 떠난 뒤로는 말이야, 단 한 번도……."

페인 회장은 넥타이를 잡아당겨 풀고는, 겉옷 안주머니에 손을 넣더니 스마트폰을 꺼냈다. 성냥갑만 한 크기였는데, 금색으로 반짝반짝 빛났다. 제미니 골드였다. 화면을 클릭하자 현재 시각이 나왔다. 7시 35분이었다.

"7시 45분까지는 대기실에 가야 해. 이건 10분 만에 할 수 있는 얘기가 아니지만 가능한 한 짧게 해 보도록 하마."

페인 회장은 제미니 골드를 손목에 차더니, 손으로 머리카락을 쓸어내렸다. 나와 똑같이 진한 갈색 머리였다. 거의 검은색에 가까웠다. 아빠의 머리카락은 빨간색에 흰머리가 희끗희끗했다. 페인 회장은 새치 하나 눈에 띄지 않았다.

"네 엄마랑 나는 테덴에서 1학년 때 만났어. 처음 이야기를 나누는 순간 반해 버렸단다. 우리는 시뮬레이션 수업을 같이 들었는데, 네 엄마가 첫날 내 옆자리에 앉았어. 그 당시엔 팟이 없고 책상에 노트북만 있었는데, 왠지 아비아나의 노트북이 켜지지 않았어. 그 당시 담당선생님의 성질머리가 어찌나 까다롭고 고약했던지……. 아비아나는 감히 도와 달라는 말도 못 하고 벌벌 떨고만 있었지. 그래서 내가 도와주었는데, 그 5분 만에 그만 사랑에 빠지고 만 거야."

나는 가슴이 두근거렸다. 처음으로 수업을 받던 날, 내가 그랬듯이 엄마도 잔뜩 긴장하고 당황한 모양이었다. 그럴 때 기꺼이 나서서 도와주던 페인 회장이 얼마나 멋져 보였을지 알 듯했다.

"사실 아비아나에게 다가갈 기회가 있을 거라곤 상상도 못 했어. 아비아나는 말 그대로 최고였는데, 나는 테덴에 들어올 IQ도 아니었거든. 우리 가족이 나를 입학시키려고 줄을 댔지."

페인 회장의 눈빛이 어두워졌다.

"우리 부모님은 아비아나를 좋아하지 않았어. 심지어 새아버지는 싫어하기까지 했고."

"왜요?"

"아비아나는…… 달랐거든. 다른 사람들처럼 재거나 하질 않았어."

"재다니요?"

"야망을 좇아 위로 오르는 거. 지금도 여전할 거라 생각한다만, 그 모든 자극과 경쟁을 뚫고 최고가 되기 위한 싸움 말이다. 아비아나는 그런 것에 조금도 신경 쓰지 않았어. 그런데도 졸업생 대표까지 되었지."

"이해가 안 돼요. 그런 엄마가 왜 테덴에서 쫓겨난 거죠?"

"쫓겨나? 아비아나가?"

페인 회장이 웃음을 터뜨렸다. 그러고는 말도 안 된다는 듯이 나를 쳐다보았다.

"아비아나는 캠퍼스의 여왕이었어. 쫓겨났다는 말은 대체 누구한테 들었니?"

"퇴학 통지서를 봤어요."

나는 침을 꼴깍 삼켰다. 퇴학 통지서는 엄마의 의료 기록과 함께 있었다.

"한 가지는 확실히 말해 줄 수 있어. 아비아나는 학교에서 쫓겨난 게 아니야. 기말고사를 치고 나서 졸업식 직전에 스스로 떠났지."

"왜요?"

"아비아나가 맞서야 하는 상대가 있었거든. 지금도 아비아나가 한 짓이 용서가 되는 건 아니지만, 어쨌든 그때는 감당할 수 없다고 판단한 거 같아."

"회장님 가족이군요."

페인 회장이 힘없이 고개를 끄덕였다.

"우리 가족이 아비아나에게 너무 심하게 굴었어. 우리가 가까워질수록 점점 더 그랬지. 내 유산을 뺏을 거라고도 하고, 등록금을 내주지 않겠다고도 하고. 온갖 협박을 다 했어. 하지만 나는 신경 쓰지 않았어. 그땐 아무것도 상관없었거든. 오히려 아비아나에게 결혼하자고 했지. 난 새아버지가 내 유산을 뺏든지 말든지 관심 없었으니까."

"엄마랑 약혼하셨다고요?"

페인 회장은 잠시 주저하는 기색을 보였다.

"약혼한 것뿐만이 아니야. 네 엄마랑 결혼까지 했어."

나는 페인 회장을 똑바로 쳐다보았다.

"뭐라고요?"

"졸업하기 일주일 전에 결혼식을 올렸어. 이틀 동안 바깥세상과는 담을 쌓은 채 캐나다에 있는 작은 오두막에 있었지."

페인 회장은 내가 같이 있는 걸 잠시 잊어버린 듯 얼굴을 붉혔다.

"아비아나는 가능한 한 우리 가족에게서 멀어지길 원했고, 나는 아비아나만 행복하다면 뭐든지 좋다고 생각했어. 영국에서 테덴은 꽤 괜찮은 평판을 받고 있었기에, 런던으로 가서 옥스퍼드 대학이나 케임브리지 대학에 입학할 계획이었지. 내가 저축해 둔 돈이 꽤 있어서 직장을 구할 때까지는 절약해서 살면 될 거라 생각했어. 그래서 우리는 졸업하자마자 영국으로 떠나기로 했지."

"그런데 임신을 한 거군요."

내 목소리가 자못 날카로웠다. 하지만 그건 어쩔 수 없었다. 두 사람이 함께 일을 저질러 놓고 페인 회장 혼자서 마음을 바꾼 건 옳지 않다는 생각이 들었다. 그러니까 회장은 단지 두 사람만이 함께하는 인생을 바란 모양이었다. 아기는 고려 대상이 아니었던 것이다.

페인 회장의 표정이 다시 어두워졌다.

"'그런데'는 아니야. 우리가 결혼했을 때 이미 임신을 한 상태였으니까. 내 아이가 아니란 얘기지."

순간, 나는 혼란에 휩싸였다.

"뭐라고요?"

페인 회장이 주저주저하며 말했다.

"아비아나에 대해 나쁜 인상을 주고 싶지 않아, 로리. 그때 우리는 둘 다 어렸어. 아비아나가 나한테 거짓말한 걸 더 이상은 원망하지 않아."

나는 고개를 저었다.

"이해가 안 돼요. 엄마가 무슨 거짓말을 했는데요?"

"아비아나랑 나는…… 결혼할 때까지 순결을 지켰어. 아비아나가 그러고 싶어 했거든. 그런데 그게 다른 남자한테는 해당되지 않았던 모양이야."

"엄마가 바람을 피웠다고요?"

페인 회장이 고개를 끄덕였다.

"아마도 내가 봄 방학 때 여행을 간 동안에⋯⋯. 졸업식 날 아침에 알게 되었어. 누군가 아비아나의 임신 테스트 결과를 이메일로 보내왔지. 테스트를 한 날은 4월 14일이었어. 우리는 그보다 한참 후에 결혼을 했고⋯⋯."

페인 회장은 말끝을 흐리더니 눈을 가늘게 떴다.

"테스트 결과를 보고 있는데 갑자기 떠오르는 게 있더구나. 내가 따랐던 목소리, 아비아나에게로 이끌었던 목소리⋯⋯. 그건 결국 나를 이끌어 주는 신비한 힘이 아니었어. 그저 청각 이상 장애일 뿐이었던 거지. 내 이성은 아비아나와 함께하면 안 된다고 했지만, 내 감성은 그걸 받아들이지 않았거든."

페인 회장은 고개를 들어 천장을 바라보았다.

"차라리 스스로에게 거짓말을 하는 게 더 쉬웠지."

나는 묻고 싶은 게 너무나 많았다. 페인 회장이 물었을 때 엄마가 뭐라고 했는지, 왜 엄마를 따라가지 않았는지. 하지만 그 질문은 내 목구멍에 걸려 버리고, 페인 회장은 계속 말을 이었다.

"어쨌든 이 회사는 네 엄마한테 빚을 졌어."

그때 페인 회장이 바깥의 분수대가 보이는 창문 쪽으로 몸짓을 했다.

"아비아나가 떠나지 않았다면, 여기 들어와서 일할 생각 따위는 하지 않았을 테니까."

"왜요?"

"네 엄마는 그노시스 반대론자였어. 그때만 해도 나는 그런 네 엄마를 전혀 이해하지 못했어. 그노시스가 막 첫발을 떼는 단계였으니까. 하지만 어쨌거나 아비아나가 마음에 들어하지 않았기 때문에 나는 여기서 일할 생각을 하지 않았지. 하지만 네 엄마가 떠나자마자 곧장 여기로 와서 일을 하기 시작했어."

"그때 이후로 계속이요?"

회장이 고개를 끄덕였다.

"내가 그노시스에서 일하기 시작한 해 여름에 의사 결정 앱을 개발하는 팀을 꾸렸어. 스스로에게 거짓말하는 걸 막는 앱을 개발하는 데 온 힘을 쏟기로 결심했거든. 우리가 믿을 수 있는 목소리를 만들고 싶었어. 하지만 그 앱 때문에 사람들이 가슴 찢기는 경험을 하게 될 줄은 미처……."

"회장님!"

갑작스럽게 나타난 목소리 때문에 우리 둘 다 화들짝 놀랐다. 까만 정장을 입고 귀에 이어버드를 꽂은 덩치 큰 남자였다. 가면무도회에서 계단을 올라갈 때 지나친 기억이 났다. 페인 회장의 경호원이었다.

"7시 45분입니다."

페인 회장은 경호원에게 고개를 끄덕이더니 내 쪽으로 몸을 돌렸다.

"이제 연설하러 가야 해."

몹시 미안해하는 말투였다.

"엄마는 결혼할 때 임신한 게 아니었어요."

나는 재빨리 사실을 털어놓았다. 지금이 아니면 다시는 기회가 없을 것이기 때문이었다.

"임신 테스트 결과를 보낸 사람이 누군지는 모르겠지만, 회장님이 오해하시길 바란 듯하네요. 하지만 실제로는 아니었어요."

페인 회장의 몸이 빳빳하게 굳었다.

"뭐라고?"

"제 생일은 3월 21일이에요. 엄마가 회장님이 생각하시던 때에 임신을 했다면, 저의 출산 예정일이 12월 초였겠죠. 하지만 저의 출산 예정일은 2월이었고, 전 3월에 태어났어요. 예정일보다 3주 5일이나 지나서요."

내가 말을 멈추면 페인 회장이 가 버릴까 봐 두려워서 계속 말을 이었다.

"마지막 초음파 사진을 봤어요. 날짜가 딱 맞아떨어져요. 회장님과 결혼한 날 밤에 임신한 거예요."

페인 회장은 믿기지 않는다는 듯 고개를 절레절레 저었다. 나는 회장의 팔을 붙잡았다.

"제 눈을 보세요. 그리고 보조개도요. 회장님과 똑같아요. 머리카락 색깔도 그렇고요. 그리고……."

페인 회장은 더 이상 듣고 있지 않았다. 얼굴이 서서히 일그러졌다. 잠시 후 페인 회장이 입을 열었다. 마치 오랫동안 비명을 질렀던 것처럼 목소리가 쉬어 있었다.

"네 말은 내가……."

회장은 말을 끝까지 잇지 못했다.

"아빠가 확실해요."

내가 나직이 말했다. 갑자기 페인 회장이 울음을 터뜨렸다.

"그동안 아비아나가 나를 배신한 줄로만 알았어. 다웃이 계속, 아비아나를 믿으라고, 쫓아가서 잡으라고 했지. 몇 달 동안 똑같은 말을 했는데 나는……, 나는 내가 미쳐 가는 줄로만 알았어. 그러다 어느 날 부터인가 다웃이 들리지 않더구나."

페인 회장은 주먹으로 눈을 비비면서 슬픔을 지우려 애를 썼다.

"그 후로 내가 한 거라고는……."

"회장님."

경호원이 말했다.

"잠시만 기다려 주게, 제이슨."

페인 회장의 눈이 나한테서 떠나지 않았다.

"내가 네 아빠라면, 아비아나는 왜 떠난 거지? 아비아나는 졸업식에서 졸업생 대표로 후배들에게 답사를 할 예정이었어. 그걸 준비하느라 몇 주간 매달렸지. 내가 그 이메일 얘기를 하려고 기숙사에 찾아갔을 때 아비아나는 이미 떠나고 없었어."

"그해 봄에 엄마가 신경 정신과에서 진료받은 건 알고 계세요?"

"신경 정신과? 무엇 때문에? 다웟 때문에? 네 엄마는 그것 때문에 의사를 만난 적이 한 번도 없어. 왜, 누가 그랬다던?"

페인 회장이 고개를 저었다.

"긴 얘기예요. 하지만 누군가 엄마를 모함한 건 틀림없는 듯해요. 누군지는 모르지만요. 그 답을 회장님이 주시리라 기대했어요."

"불행히도 나는 너만큼도 아는 것이 없구나. 하지만 나중에 함께 알아내자꾸나. 연설 끝나고 더 얘기할 수 있을까? 여기에 얼마나 있을 수 있니?"

페인 회장이 머리를 매만지고 눈가를 닦으면서 떠날 채비를 했다.

"전 원래 학교를 떠나면 안 돼요. 그래서 9시 15분 기차를 타고 돌아가야 해요."

"차를 내주마. 10시에 출발해도 늦지 않을 거야. 그리고 연설도 길지 않아. 취소하고 너랑 더 얘기를 나누고 싶지만, 생방송이어서 그럴 수가 없어. 그리고 이게 더 이상 진전되기 전에 내가 꼭 해야 할 말이 있거든."

'이게 더 이상 진전되기 전에'라고 할 때, 페인 회장의 목소리가 이상하게 단호했다. 뭐가 더 이상 진전이 되기 전인지 묻고 싶었지만, 까만 정장을 입은 경호원이 또 나타났다.

"기다릴 거지?"

"그럼요."

내가 대답했다. 그러자 잠깐 미소를 지었는데, 조금 전과 달리 전혀 슬픈 눈이 아니었다.

"너를 만나서 무척 기뻐, 로리."

아빠가 손을 뻗어 내 손을 잡았다.

"이 문자는 무슨 의미예요?"

나는 반지를 가리키며 물었다.

"팀셸. 히브리어야. 스타인벡이 《에덴의 동쪽》에서 썼지. 이럴 수도 있고 저럴 수도 있다는 뜻인데, 가능성이라는 의미로 해석할 수 있어. 다시 말하면 '선택'이지. 우리 모두는 매 순간 선택을 하니까. 착한 일도 그렇고, 잘 사는 것도 그렇고."

"팀셸, 그거 마음에 드는데요."

나는 짐짓 미소를 지으며 말했다.

"나도 그래. 네 엄마가 내 열여덟 살 생일에 선물한 반지야. 네 엄마가 떠난 뒤에 내가 저지른 실수를 기억하려는 의미로 간직해 왔지."

아빠가 무언가를 찾는 듯이 천장으로 시선을 돌렸다.

"그런데 그동안 내가 아주아주 중요한 걸 잊고 산 것 같구나."

"회장님, 이제 5분 남았습니다."

제이슨이 다시 돌아왔는데 목소리가 매우 다급했다. 이어버드에서 지지직거리는 소리가 들렸다.

창문 너머로 사람들이 분수대 주변으로 모여드는 게 보였다. 아빠가 연설을 할 장소였다. 뒤쪽의 벽에는 스크린이 있었는데, 제미니 골드 광고가 쉼 없이 흘러나오고 있었다.

아빠가 문밖으로 나가자, 노스가 어느새 내 옆으로 다가왔다.

"어떻게 되었어?"

"내가 자기 아이인 줄 몰랐대. 임신 테스트 결과를 이메일로 받았는데, 날짜가 결혼하기 두 달 전이어서 엄마가 바람 피웠다고 생각했다나 봐. 엄마한테 물어보러 갔더니 이미 떠나 버린 뒤였고."

나는 입술을 잘근잘근 씹었다.

"누가 나를 아빠 딸이 아니라고 믿도록 하려 했을까?"

"글쎄, 이메일을 보낸 사람이 네 엄마 의료 기록을 조작한 그 사람이려나?"

"그렇겠지. 하지만 이상하지 않아? 내 말은, 가짜 테스트 결과를 보낸 것까지는 이해해. 근데 페인 회장이 엄마의 의료 기록을 확인하는 건 아닐 텐데, 왜 그런 식으로 문제를 일으켰을까?"

"로리!"

그때 누군가 내 이름을 불렀다. 나는 익숙한 목소리에 발걸음을 멈추었다. 벡이 몇 미터 떨어진 곳에서 끝내주게 멋진 정장을 차려입고 서 있었다. 그런데 그 모습이 엄청 낯설면서도 웃겨 보였다. 리암 선배가 입으면 딱 어울릴 듯한 옷이었다. 그런데 내 해묵은 절친이 이런 옷을 걸치게 될 줄이야.

"여기서 뭐 해?"

나는 벡을 두 팔로 안으려고 서두르다 높은 굽 때문에 비틀거렸다.

벡의 팔을 잡고 다시 한 번 찬찬히 훑어보았다. 진짜로 근사했다. 만날 고민하던 여드름은 깨끗이 사라진 데다, 그새 운동을 했는지 어깨가 떡 벌어져 있었다.

"아, 그것보다 훨씬 더 멋진 일이 있어. 내 사진이 여기 미술관에 전시돼 있거든. 그노시스에서 지원하는 신예 작가들의 전시회야. 여기서 며칠 전시하다가 보스턴 박물관으로 옮길 거야."

"세상에! 벡, 진짜 대단하다!"

"그렇지? 그노시스가 전시에 참여한 작가들을 모두 초대했어. 내일 밤에는 박물관에서 또 행사가 있어."

"우아! 그런데 왜 여태 말을 안 한 거야?"

나는 장난삼아 벡의 팔을 툭 쳤다.

"갑자기 그렇게 되었어. 그런데 너는 뭐야? 학교에서 단체로 관람 온 거야?"

"그런 셈이지."

나는 고개를 끄덕였다. 그 순간, 지난 몇 주간 새롭게 알게 된 사실들이 머릿속을 스쳤다. 벡한테 어떻게 한마디도 하지 않았을까? 가슴이 찌릿해졌다. 나는 사실 얘기하려고 했다, 그것도 여러 번.

벡이 이번에는 노스를 향해 말을 건넸다.

"로리는 아무 생각이 없는 것 같으니까, 우리끼리 소개나 할까?"

노스가 웃음을 터뜨렸다.

"좋은 생각이네. 나는 노스야."

나는 둘이 악수를 할 수 있게 한 걸음 뒤로 물러섰다. 그러다 벡이 제미니 골드를 손목에 찬 걸 보았다. 제미니 골드는 정장 차림에 딱 어울렸다. 벡의 취향에 비해 지나치게 세련되긴 했지만.

"벡은 내 절친이야. 고향에 있을 때 늘 붙어 다녔지."

나는 노스에게 말한 뒤 벡을 쳐다보았다.

"사진은 어디 있어? 보고 싶어!"

"안쪽에 있어. 그 전에 우리에게 시간이 충분한지 먼저 확인하고."

벡이 손목을 들더니 제미니 골드에 입을 갖다 대고 이렇게 중얼거렸다.

"럭스, 페인 회장님 연설 전에 전시회에 가 볼 시간이 될까?"

나는 벡이 처음 보는 사람같이 낯설게 느껴졌다. 내 눈앞에서 럭스를 사용하다니! 게다가 저런 바보 같은 질문을? 벡은 럭스의 대답을 들을 필요가 없었다. 그 정도는 시계만 보면 충분히 알 수 있으니까. 하지만 벡은 미묘한 웃음을 입가에 띤 채 조그마한 화면을 들여다보며 대답을 기다렸다.

"연설 시간이 늦춰졌어. 전시회를 둘러볼 시간이 충분해."

럭스가 말했다. 그런데 벡의 목소리와 너무 똑같아서 깜짝 놀랐다. 잠시 동안 벡이 직접 말한 게 아닌가, 하는 착각이 들었다. 제미니 구형 모델은 주인의 목소리와 좀 달랐는데, 제미니 골드는 차이를 전혀 느낄 수 없었다.

"고마워."

벡이 제미니 골드를 향해 말했다. 그러고는 손목을 옷으로 다시 덮고서 우리를 향해 싱긋 웃었다.

"이제 가자."

나는 벡을 따라가다가 이내 걸음을 멈추고 광장 쪽을 쳐다보았다. 이번에는 타서스 선생님이 바로 눈에 띄었다. 까만 피부를 덮고 있는 하얀색 정장이 불빛을 받아 반짝거렸다. 다행히도 앞에 있는 사람과 열심히 대화를 나누는 중인 듯했다.

"안 와?"

벡이 물었다.

"갈게."

나는 이렇게 대답하면서 타서스 선생님 쪽을 한 번 더 흘깃 보았다. 몇 걸음 걸어가자, 타서스 선생님과 대화 중인 사람이 눈에 들어왔다. 바로 페인 회장이었다.

"노스, 어떡하지? 페인 회장님이 지금 타서스 선생님이랑 얘기를 나누고 있어."

나는 조그맣게 소리를 질렀다. 공포가 순식간에 내 등줄기를 훑었다.

"혹시라도 내가 여기 있다고 말하면⋯⋯."

"겁먹지 마. 다른 얘기 하고 있을 거야."

노스가 속삭이면서 벡이 앞장서서 가고 있는 방 쪽으로 나를 살짝 밀었다. 나는 전시장 안으로 들어가면서 타서스 선생님과 페인 회장이 서 있는 쪽을 어깨 너머로 보았다. 페인 회장은 타서스 선생님에게 등을 돌린 채 막 연단으로 향했다. 타서스 선생님도 손목에 벡과 똑같은 제미니 골드를 차고 있었다. 희미한 불빛 아래에서도 반짝반짝 빛났다.

"내 사진은 왼쪽 벽에 걸려 있어."

그때 벡의 목소리가 들렸다. 우리는 광장 바로 옆에 붙은 전시관으로 걸어 들어갔다. 그노시스에서 하얀 유리 섬유를 사용해서 근사하게 꾸며 놓았다. 거기에는 수많은 종류의 예술 작품이 전시되어 있었다. 수채화에서부터 디지털 잉크 인쇄물까지. 사진은 딱 석 점뿐이었다. 신기하게도 모두 배였다.

"잠깐, 네 작품은 어디 있어?"

나는 전시장을 둘러보며 물었다.

"바로 앞에 있잖아."

벡이 내 어깨를 잡고 배 사진 앞으로 돌려세웠다.

"하지만 이건 그냥 배잖아."

나는 벡을 차마 쳐다볼 수가 없어서 일부러 노스 쪽으로 고개를 돌렸다. 사진이 별로라는 뜻은 아니었다. 하지만 병원 진료실이나 호텔 로비에서 흔히 볼 수 있는 사진이었다. 상업적이기만 할 뿐 딱히 특별한 게 없는…….

"이제 이런 거 찍어."

벡의 목소리에서 기분 나쁜 흔적은 전혀 느껴지지 않았다.

"배랑 다리. 예전 작품들은 분위기가 너무 우울해서 팔 수가 없었어. 우습게도 그걸 이제야 알았지 뭐야."

나는 입만 쩍 벌릴 뿐 아무 말도 내뱉지 못했다. 벡의 작품은 영감이 가득하고 강렬하고 참신했다. 어떨 땐 이해하기 힘들기도 했지만, 나름대로 분명한 주제가 있었다.

"너무 우울하다고?"

"로리, 예술가도 먹고살아야 하거든."

벡이 쾌활한 목소리로 대답했다. 내 옆에서 노스가 목청을 큼큼 가다듬었다.

"내 눈엔 멋진데. 반짝거리니깐 눈에 확 띄어."

노스가 벡에게 이렇게 말하면서 자세히 보려고 한 걸음 앞으로 더 다가갔다.

"모두 시애틀에서 찍은 거야?"

벡이 대답했다.

"응, 사흘 내리 찍었어. 제미니 골드에 럭스랑 연동되는 사진 앱이 있어. 찍고 싶은 사진의 종류를 입력하기만 하면, 럭스가 가까운 곳 중에서 언제 어디로 가야 하는지 다 알려 줘."

"'럭스는 예술이 아니라 기술이다.'라는 생각은 언제 바뀐 거야?"

나는 이제 벡의 얼굴을 똑바로 쳐다볼 수도 없을 지경이었다.

"예술가도 작품을 만들려면 무언가의 도움이 필요해. 내 경우는 럭스인 거고."

"그러면 다웃은?"

"럭스의 조언대로 더 이상 필요 없다고 말했어. 그랬더니 얼마 안 가서 들리지 않더라고."

나는 머릿속이 텅 비는 듯한 느낌이 들었다. 마치 내 절친의 딱 반대 버전을 마주하고 있는 것 같았다. 나는 사진을 벽에서 떼어 내어 분수대에 던져 버리고 싶은 충동을 억눌렀다.

"이제 분수대 앞으로 가."

벡이 말했다. 아니, 정확히는 실제의 벡이 아니라 사이버 조수였다. 벡의 손목에서 제미니 골드를 확 낚아채서 바닥에다 내동댕이쳐 버리고 싶었다.

"가야겠다."

진짜 벡이 말했다. 바로 그 순간, 우리 머리 위의 스피커에서 마치 칼로 유리를 긁는 것같이 날카로운 소리가 울렸다. 이제 곧 페인 회장의 연설이 시작된다는 안내 방송이었다. 우리는 벡을 따라 밖으로 나갔다.

"신사 숙녀 여러분."

곧이어 익숙한 목소리가 들렸다. 타서스 선생님이 금빛으로 꾸민 연단 위에 서 있었다. 선생님이 페인 회장을 소개하는 걸까? 나는 얼른 노스 뒤에 숨었다. 벡이 이상하다는 듯이 나를 쳐다보았다.

"그노시스 임원진을 대표해서, 그 어떤 소개 문구도 필요 없는 분을 소개하게 되어 영광입니다. 바로 럭스를 실현하신 분입니다. 그리고 오늘 또 한 번 세상을 바꿀 제품을 만드신 분이죠. 그노시스의 CEO이자 그노시스의 얼굴인 그리핀 페인 회장입니다."

페인 회장이 무대에 오르는 동안, 사람들이 일제히 박수를 쳤다.

"고마워요, 타서스 선생님."

페인 회장은 이렇게 인사를 하고 미소를 지었다. 그런데 그 미소가 마이크에 다가설수록 점점 일그러졌다.

"이 자리에 참석해 주신 여러분께, 그리고 지금의 그노시스가 있도록 도와주신 모든 분께 진심으로 감사드립니다."

페인 회장은 잠시 고개를 들어 천장을 바라보더니 말을 이었다.

"고등학교를 졸업하고 이 회사에서 처음 인턴으로 일하기 시작했을 때, 나는 내가 아주 대단한 기회를 잡았다는 걸 알았습니다. 그 당시 나는 마음의 상처를 입고 있었지요. 그래서 다시는 상처를 입지 않게 해주는 앱을 개발하는 데 내 모든 것을 바치리라 결심했습니다."

사람들이 웅성거리기 시작했다. 페인 회장은 이런 얘기를 공식 석상에서 한 번도 한 적이 없었기 때문이다. 페인 회장은 관중의 반응에 신경 쓰지 않고 계속 말을 이어 나갔다.

"그것은 고귀한 신념이었습니다. 스마트 기기의 앱으로써 사회를 변화시키겠다는 생각 말입니다."

그때 페인 회장이 약간 휘청거렸다. 그러고는 손등으로 이마를 훔쳤다.

"그리고 잘못된 판단은……"

페인 회장이 말을 멈추고 급히 연설대의 모서리를 움켜잡았다. 그런데 얼굴이 몹시 창백했다. 이마를 다시 한 번 손으로 훔치고는, 초점을 맞추기가 힘든 듯 눈을 몇 번이나 깜박거렸다.

"진실을……."

페인 회장은 말을 이어 가려 했지만, 단어들이 뚝뚝 떨어져 전혀 알아들을 수가 없었다. 내 옆에 서 있던 여자가 중얼거렸다.

"대체 무슨 말을 하는 거야?"

곧이어 페인 회장이 한 번 더 휘청거렸다. 타서스 선생님이 앞으로 한 걸음 내딛어 페인 회장의 팔을 급히 붙잡았다.

선택받은 자

"로리, 우리 가야 해."

노스가 급한 목소리로 말했다. 나는 페인 회장이 쓰러지고 난 뒤 얼마 동안 꼼짝도 못 했다. 아무 말도 할 수 없었다. 내가 서 있는 바닥이 꺼지면서 공중을 둥둥 떠다니는 것 같았다. 어떻게 이런 일이 일어날 수가 있을까? 페인 회장이 이대로 죽어 버리는 건 아니겠지?

"로리."

노스가 다시 나를 불렀다.

"알았어."

벡은 제미니 골드를 켜서 포럼에 접속한 뒤, 무슨 일이 벌어진 건지 확인했다. 생방송 중에 페인 회장이 쓰러졌기 때문에 포럼은 온통 그 얘기를 떠들어 대느라 바빴다. 새로운 포스팅이 엄청 빨리 올라와, 벡의 화면은 금세 대화창으로 가득 찼다.

"벡, 우리랑 같이 테덴으로 가자. 노스네 집에 있으면 돼. 노스, 그래도 되지?"

나는 벡에게 말한 뒤, 동의를 구하듯 노스를 쳐다보았다.

"그럼, 방이 아주 많이 남아."

노스는 눈을 찡긋하며 허풍을 떨었다. 하지만 벡은 고개를 저었다.

"안 돼. 내일 박물관에서 행사가 있어서……."

"시간 맞춰 돌아오면 되잖아. 거의 매 시간마다 기차가 있어."

벡은 잠시 생각하는 듯하더니 자신없는 목소리로 대답했다.

"럭스한테 물어보고."

나도 모르게 날카롭게 대꾸했다.

"럭스한테 물어보면 안 돼. 나는 지금 여기에 있으면 안 되기 때문에, 나랑 같이 갈지 말지를 럭스한테 물어보면 곤란하다고."

벡은 곧 의심스러운 눈빛을 띠었다.

"무슨 말이야? 여기에 오면 안 된다니?"

"얘기가 길어."

나는 벡의 멱살을 잡고 흔들어 버리고 싶은 걸 참느라 주먹을 꽉 쥐었다.

"벡, 그냥 같이 가자. 여기로 다시 돌아올 시간은 충분하다니까."

"로리, 정말로 지금 가야 해. 기차를 놓치면 안 돼."

노스가 재촉했다. 나는 벡을 쳐다보며 다시 물었다.

"안 갈 거야?"

벡은 나한테서 한 걸음 뒤로 물러섰다.

"그럼, 네 맘대로 해."

나는 이렇게 쏘아붙이고는 몸을 휙 돌렸다. 화가 치민 나머지, 눈물이 주르르 흘러내렸다.

"노스, 가자."

"만나서 반가웠어. 전시회 잘되길 빌게."

노스가 등 뒤에서 벡과 작별 인사를 나누는 소리가 들렸다.

"로리!"

벡이 소리쳤지만 나는 뒤돌아보지 않았다.

우리가 기차에 올랐을 즈음, 주요 매체는 일제히 페인 회장에 관한 기사를 올렸다. 우리는 기사를 샅샅이 찾아서 읽었다. 11시가 조금 지난 뒤에야 그노시스는 공식적으로 입장을 발표했다. 세상에, 페인 회장의 병명이 뇌졸중이라고 했다.

"뇌졸중?"

내 목소리가 떨렸다.

"페인 회장님은 이제 고작 서른다섯 살이야. 지난달에는 《건강한 남성》 표지에 사진이 실렸어. 그런데 어떻게 뇌졸중이 올 수 있어?"

노스가 고개를 저었다.

"괜찮을 거야. 세계에서 가장 훌륭한 의사들이 진료할 테니까."

나는 절망감에 빠진 나머지, 이마를 손가락으로 꾹꾹 눌렀다.

"윽! 한 걸음 앞서게 된 줄 알았는데, 이제 보니 열 걸음 뒤로 물러선 셈이야."

그러곤 나도 모르게 울음을 터뜨렸다. 이번에는 참으려고 하지도 않았다. 노스가 나를 끌어당겨서 가만히 안아 주었다. 노스의 재킷에 얼굴을 대고 아예 코를 훌쩍이며 울었다.

"모든 게 말이 안 돼. 페인 회장님 말로는, 엄마가 졸업생 대표였대. 엄마는 왜 졸업식을 몇 시간 앞두고 학교를 떠난 걸까?"

"무서웠던 게 아닐까? 누군가 해치려고 한다는 걸 알았을지도 모르고. 의료 기록을 조작하는 것뿐만 아니라 더한 일도 하려 한 사람이 있었을지도 모르잖아."

"하지만 누가? 그럼, 왜 경찰에 신고하지 않은 거야? 아니면 페인 회장님한테라도 말을 했어야지. 적어도 그 심리 검사 결과가 가짜라는 것 정도는 밝힐 수 있었을 텐데."

그때 창밖의 풍경이 내 눈을 사로잡았다. 어둠 속에 불빛이 빛나고 있었다. 밤하늘에서 떨어진 유성이었다. 두 개가 위아래로 나란히 있다고 생각했는데, 자세히 보니 물에 비쳐서 그렇게 보이는 것이었다. 그러고 보니 저수지 옆을 지나고 있었다.

기차에서 안내 방송이 흘러나왔다.

"다음 정거장은 테덴 중앙역입니다."

나는 눈물을 닦고 기차에서 내릴 준비를 했다. 잠시 후, 노스가 말했다.

"어쨌든 네가 그렇게라도 페인 회장님이랑 얘기를 나누게 되어서 다행이야."

"나도 그렇게 생각해."

우리는 둘 다 무슨 생각을 하는지 굳이 얘기할 필요가 없었다. 그저 이번에 나눈 페인 회장과의 대화가 마지막이 되지 않기만을 바랄 뿐이었다. 페인 회장이랑 얘기해 보면 모든 게 해결될 줄 알았는데, 지금은 도리어 궁금한 게 몇 배로 많아졌다.

이윽고 기차가 플랫폼에 멈추었다. 우리는 기차에서 천천히 내렸다. 나는 허쉬의 굽 높은 구두 때문에 발이 아파서 다리를 절름거렸다.

"내일 다시 만날까?"

노스가 역사를 벗어나 밖으로 걸어 나가면서 물었다.

"응, 그래야지."

내일은 토요일이어서 수업이 없지만, 그동안 하지 못한 학교 공부를 따라잡아야 했다. 그래도 왠지 노스를 만나야 할 것 같았다.

내 청바지와 운동화는 역사 밖에 세워 둔 노스의 오토바이 좌석 밑에다 보관해 두었다. 노스가 재킷을 벗어서 커튼처럼 두른 뒤, 고개를 들고 하늘을 쳐다보았다.

나는 서둘러 옷을 갈아입었다. 청바지를 입고 그 위에 스웨터를 걸치려다 일부러 노스에게 바짝 다가섰다. 내 가슴이 노스의 하얀 셔츠에 닿았다. 노스가 깜짝 놀라 나를 바라보았다.

"야."

노스가 당황한 얼굴로 장난스레 소리를 쳤다. 나는 발뒤꿈치를 들고 노스에게 입을 맞추었다. 문득, 지금 이 순간만큼은 그저 기차역 주차장에서 키스를 나누는 평범하디평범한 소년과 소녀이고 싶다는 생각이 들었다. 불법 해킹을 하는 소년도 아니고, 인생 자체가 미스터리인 소녀도 아닌……

그때 재킷을 펼쳐 들고 있던 노스의 팔이 아래로 툭 떨어졌다. 나는 얼른 두 팔로 가슴을 감싸 안았다.

"올려, 다시 올리라고!"

"미안. 정신이 나갔나 봐."

노스가 팔을 다시 들었다. 나는 큭큭 웃으면서 말했다.

"자, 이제 고개 돌려. 스웨터 입을 거야."

노스가 순순히 고개를 위로 들고는 차가운 밤하늘을 향해 뜨거운 숨을 내뱉었다. 나는 스웨터를 입은 다음, 드레스를 반듯하게 개어서 노스에게 내밀었다.

"다 갈아입었어. 노엘한테 고맙다고 전해 줘."

노스가 드레스를 받아 오토바이 좌석 밑에 챙겨 넣고는 나에게 헬멧을 건넸다.

"아빠한테 전화해야겠어. 아빠한테 비밀로 하면 안 될 것 같아. 아빠는 진실을 알 자격이 있어."

나는 헬멧의 버클을 채우면서 말했다. 하지만 어떻게 말을 꺼내야 할지 막막했다. 엄마가 아빠를 속였어요. 나는 아빠 딸이 아니래요.

"내가 뭘 도와줄까?"

"벡의 럭스 프로파일을 다운로드해 줘."

"뭘 찾으려고?"

"벡이 좀 이상해진 것 같아서. 럭스를 사용하면서 괴상한 사진을 찍기 시작하고, 나한테는 갑자기 연락을 끊었어. 이건 우연이 아닐 거야."

"만족감은 사람을 변화시켜. 그리고 벡은 분명 그 사진에 대해 수없이 많은 검증을 거쳤을 거야. 아무튼 그렇게까지 끔찍하지는……."

노스가 오토바이에 올라타면서 담담한 목소리로 말했다.

"아니, 끔찍했어."

"럭스를 사용하면서 인생이 평화롭다고 느꼈을 거야. 우리나라에 사는 98퍼센트 이상의 사람이 럭스 없이는 아무 결정도 하지 못하잖아. 럭스를 사용하면 인생이 쉬워지니까."

나는 깜짝 놀라서 노스를 향해 말했다.

"지금 럭스 편을 드는 거야?"

"무슨……. 아니야, 그저 설명하는 것뿐이야."

나는 오토바이 뒷자리에 올라탔다.

"아니야, 다른 무언가가 있어."

"어떤 거?"

노스가 시동을 걸면서 물었다.

"아직은 모르겠어."

나는 노스의 허리를 두 팔로 꼭 끌어안았다.

"오늘 밤에 페인 회장님이 말하려던 거랑 연관되어 있을 거야. 연설을 하러 가기 전에, '이게' 더 이상 진전이 되기 전에 몇 가지를 밝혀야 한다고 했거든."

"그런데 그 얘기를 꺼내기 전에 쓰러졌고."

"정말 이상하지 않아?"

오토바이가 굉음을 내기 시작할 때, 노스가 고개를 뒤로 돌려 나를 바라보았다.

"그럼, 페인 회장님한테 벌어진 일이 우연한 사고가 아니라는 거야?"

나는 노스의 눈동자를 가만히 쳐다보았다.

"우리가 모르는 뭔가가 많이 있는 거 같아."

나는 도서관 문이 닫히기 10분 전에 도착했다. 제미니는 내가 숨겨둔 그대로, 도서실 2층 열람실 좌석의 쿠션 밑에 있었다. 도서관에서 밤늦게까지 공부한 셈이 되었기 때문에 포럼에서는 그 어떤 주목도 받지 않았다. 물론, 타서스 선생님이 페인 회장한테서 내가 파티에 왔다는 얘길 들었거나, 그곳에서 나를 직접 보았을지는 모르지만.

기숙사로 돌아가자마자 아빠한테 전화를 걸었다. 시애틀은 아직 9시가 안 되었기 때문에 아빠랑 새엄마는 잠자리에 들기 전일 터였다. 신호가 두 번 울리자 아빠가 전화를 받았다.

"아빠."

나도 모르게 목소리가 떨렸다.

"우리 예쁜 딸, 무슨 일 있니?"

갑자기 눈물이 왈칵 쏟아졌다. 내 목소리만 듣고도 무슨 일이 있다는 걸 딱 알아채는 사람한테 친아빠가 아니라는 말을 어떻게 할 수 있을까?

"아빠, 엄마에 관해 말씀드릴 게 있어요."

"그래."

아빠가 천천히 대답했다. 나는 가장 단순한 진실로 말문을 열었다.

"엄마가…… 아빠랑 결혼하기 전에 이미 임신을 했던 거 같아요."

아빠가 한숨을 내쉬었다.

"알고 있어, 아가."

나는 떨리는 숨을 참았다.

"그러면 아빠가…… 내 아빠가 아니라는 거잖아요."

한참 동안 침묵이 흘렀다. 눈을 꼭 감은 채 아빠의 반응을 기다리고 있으려니 마음이 찢어질 듯이 아팠다.

"그것도 알고 있어."

드디어 아빠의 목소리가 들렸다. 그 어느 때보다 무거웠다.

나는 눈을 번쩍 떴다.

"알고 계신다고요?"

아빠가 슬프게 말했다.

"응, 알고 있어. 네 엄마와 나는, 로리, 우리는…… 사귄 적이 없어. 네 엄마는…… 다른 사람을 사랑했거든. 하지만 우리 딸, 그렇다고 해도 내가 너를 사랑한다는 사실은 결코 변하지 않아. 그리고 내가 네 아빠라는 사실도."

아빠의 목소리가 떨렸다. 내 눈에서 눈물이 흘러내렸다.

"저도 사랑해요, 아빠. 엄청 많이요."

"로리, 내가 지금 당장 거기로 갈까?"

"아니에요, 아빠. 괜찮아요."

나는 재빨리 대답했다. 비행기 표는 너무 비쌌고, 아빠는 돈이 별로 없었다.

"수업이랑 숙제 때문에 아빠 얼굴도 보기 힘들 거예요."

"네가 그걸 혼자서 알아냈다는 게 너무 마음이 아프구나."

혼자서. 엄마는 죽었고, 생물학적 아빠는 의식 불명이고, 절친은 몸이 뒤바뀐 것같이 굴고, 룸메이트는 행방불명이고, 아빠랑 새엄마는 5000킬로미터나 떨어져 있다. 마치 내가 깊은 바다에 둥둥 떠 있는 주황색 부표 같은 느낌이 들었다. 나는 혼자다.

"너는 혼자가 아니야."

그때 다웃이 속삭였다. 그래, 나한테는 노스가 있다.

"아빠?"

"그래, 아가."

"혹시…… 누군지 아세요?"

친아빠가 누구인지, 내 입으로는 도저히 말할 수가 없었다.

아빠가 담담한 목소리로 대답했다.

"아니, 엄마가 말하지 않았어. 엄마 말을 그대로 옮기면, 내가 모르는 편이 더 안전하다고 했어."

방 안이 따뜻한데도 한기가 훅 느껴졌다. 내가 되물었다.

"더 안전하다고요?"

"엄마가 그렇게 말했어. 알아내려고 애쓰지 말라고 하면서. 네가 내 친딸이 아니라는 사실을 너한테 절대로 밝히지 말라고도 했고."

"왜요? 엄마는 뭘 두려워한 거죠?"

"나도 수만 번이나 물었던 질문이야. 하지만 엄마는 끝까지 말하지 않았어. 다만 너랑 엄마가 위험에 빠진 것 같다고 했어. 그러면서 결혼하자고 하더구나."

그때 고작 열아홉 살이었던 아빠가 이 모든 걸 기꺼이 감수하려 마음먹었다는 게 상상이 안 되었다.

"그래서 기꺼이 따르셨던 거예요?"

"네 엄마를 위해선 뭐든 할 수 있었거든."

아빠의 목소리가 목에 걸렸다.

"게다가 네 엄마랑 함께하는 건 내가 오래도록 꿈꿔 오던 일이었어. 물론 그때는 우리가 남은 인생을 함께 보낼 줄 알았지만. 꿈에도 생각지 못했어. 네 엄마가 그렇게……."

아빠가 다시 말을 멈추었다. 아빠는 엄마가 죽을 거라고는 한 번도 생각지 못한 모양이었다. 그런데 엄마는 죽었다. 엄마는 자신의 인생이 위험에 빠졌다고 말하고 나서 아홉 달이 지난 뒤 홀연히 죽었다. 혹시라도 엄마의 죽음이 사고가 아니라면?

그날 밤, 나는 전화를 끊고 난 뒤로도 그 생각에 빠져서 잠을 이루지 못했다. 엄마가 누구를 상대했는지는 모른다. 어쨌든 페인 회장은 아니다. 내가 놓친 부분이 있는 것 같은데, 그걸 어디서 찾아야 할지 알 수 없었다.

나는 침대에서 일어나 불을 켰다. 새벽 2시였다. 어둠 속에 가만히 누워서, 엄마가 마무리하려고 그렇게나 애를 썼다던 담요를 움켜쥐고만 있을 수는 없었다. 그렇다고 산더미처럼 쌓인 숙제에도 집중할 수가 없었다.

노스한테서 빌린《실낙원》이 탁자 위에 놓여 있었다. 나는 다시 침대에 누워 그 책을 큰 소리로 읽으면서 담요에 놓인 수를 손가락으로 만지작거렸다.

그들을 판단하는 데 있어서나, 또는 선택하는 모든 일에 있어서 모두 자신이 주동하여 죄를 짓는다. 그렇게 그들을 자유롭게 만들었다.
스스로의 노예가 될 때까진 자유롭게 지내리라. 아니면 그들의 본성을 바꾸고. 그들의 자유를 정해 준 영원불변의 높은 섭리를 폐지해야 하리라.
정녕 그들 스스로 자신들의 타락을 정하였도다.

노스 말이 맞았다. 큰 소리로 읽으니 의미가 좀 더 명확해졌다. 모두 자신이 주동하여 죄를 짓는다. 밀턴은 우리에게 제대로 된 선택을 할 능력이 항상 있다고 했다. 문득 피타고라스의 입실론이 떠올랐다. 페인 회장의 팀셀 반지도……. 선이냐, 악이냐, 스스로 결정하든 하지 않든, 우리는 항상 선택을 한다.

나는 책을 무릎에 내려놓고 제미니를 손에 들었다. 내가 이 조그만 물건을 믿고 따랐다는 게 너무나 우습게 여겨졌다. 마치 세상의 모든 비밀이 이 자그마한 금속덩어리 안에 암호화되어 있기라도 한다는 듯이.

나는 제미니를 탁자에 내려놓고 노스가 빌려 준 책으로 다시 시선을 옮겼다. 그런데 그다음 장의 윗부분에 빨간색 펜으로 휘갈겨 쓴 메모가 있었다. 크리스틴이라는 이름과 전화번호였다. 보스턴 지역 번호였다.

보스턴에 살 때 만나던 여자애인가? 노스는 과거에 여자애들을 많이 사귄 듯했다. 그 애들이랑 모두 깊은 관계였을까? 노스는 깊이 사귄 여자애가 많은 게 분명했다. 키스하는 걸 보면 알 수 있었다. 내가 먼저 노스에게 키스한 일을 떠올리자 얼굴이 발갛게 달아올랐다. 노스는 내가 경험이 별로 없다는 걸 눈치챘을지도 몰랐다.

"잘한다."

나도 모르게 이렇게 중얼거렸다. 시를 이해하려고 그렇게 노력하다가, 엄마한테 집착하지 않으려 애를 쓰다가, 지금은 겨우 노스의 책에 전화전호를 휘갈겨 써 놓은 여자애의 정체가 궁금해서 안달을 하다니! 어처구니가 없었다.

나는 한숨을 내쉬면서 책을 덮어 탁자에 올려 둔 뒤 제미니를 집어 들었다. 페인 회장의 상태를 확인한 지 두 시간이 지났다. 그노시스의 뉴스피드에 들어가서 대화창을 훑었다. 최근의 공식 뉴스는 자정이 막 지난 무렵에 업데이트되었다.

@그노시스 : 그리핀 페인 회장은 응급 뇌 수술을 준비 중입니다. 페인 회장의 상태에 대한 최신 정보가 알고 싶다면 그노시스 홈페이지를 방문하세요.

뇌 수술이라고? 더 이상 눈물도 흐르지 않았다. 나는 말라 버린 눈으로 화면을 응시하다가 그대로 잠이 들어 버렸다.

광장에서 사람들이 떠드는 소리 때문에 잠에서 깨어났다. 나는 침대에서 몸을 일으키기 전에 페인 회장의 상태를 확인했다. 공식 뉴스는 오전 7시, 즉 두 시간 전이었는데 여전히 수술 중이며 수술팀에서 경과가 좋다고 밝혔다고 한다.

나는 좋은 소식에 기분이 한결 나아지자 서둘러 세수를 했다. 그리고 허쉬의 옷장 앞으로 가서 입을 만한 걸 찾아보았다. 어젯밤의 파티 때문에 정신이 없어서 세탁물 찾는 걸 또 깜박했다. 노숙자처럼 보이지 않으려면 허쉬의 옷을 하루 더 빌리는 수밖에 없었다.

행정실에서 허쉬의 짐을 싸 달라고 했지만 나는 계속 미루고 있었다. 허쉬의 부모님이 부탁을 했다나 어쨌다나. 그런데 그렇게 하면 허쉬가 영영 돌아오지 않을 거라는 걸 인정하는 듯해서 주저하고 있는 참이었다.

고향에 있는 허쉬의 친구들에게 포럼으로 메시지를 보냈더니, 그중한 명이 금요일에 자기 부모님이 허쉬 부모님하고 전화 통화하는 얘기를 들었다고 했다. 허쉬가 시애틀로 가는 비행기에 오르기 전, 공항 현금인출기에서 600불을 찾았기 때문에 그 돈이 다 떨어지면 집으로 돌아오지 않겠느냐는 것이었다.

나는 허쉬네 부모님이 이 일에 대해 그렇게까지 무덤덤하다는 사실에 깜짝 놀랐다. 허쉬가 제 앞가림을 못 할 거라고 생각하지는 않지만, 나는 여전히 걱정이 되기 때문이었다. 허쉬의 부모님도 당연히 그럴 거라고 생각했다. 특히 시애틀에 있는 친구 중 아무도 허쉬가 사라진 후의 소식을 듣지 못한 상황이라 더더욱 그럴 거라고 믿었다.

나는 허쉬의 신발에 진흙을 묻히지 않으려고 일부러 큰길로 갔다. 판옵티콘에서 페인 회장에 대한 기사를 확인했는데, 뇌졸중에 대해서는 이미 업데이트가 되어 있었다. 하지만 엄마에 대한 얘기는 하나도 없었다. 두 사람의 결혼 증명서를 아무도 찾지 못했다는 사실이 참 이상했다. 기자들은 그런 걸 파헤치는 데 선수이지 않은가.

나는 제미니 골드 홈페이지에 접속했다. 크기가 예전 모델의 거의 절반밖에 안 되는 새 모델은 메모리가 두 배로 늘어난 데다 배터리 수

명이 무한대라고 홍보를 하고 있었다. 손목시계처럼 손목에 찰 수도 있었는데, 그렇게 하면 사용자의 움직임에 따라 저절로 충전이 될뿐더러 빼 놓아도 한 시간까지는 유지가 된다나.

그노시스의 CFO는 한 시간 전에, 월요일 아침부터 판매를 시작한다고 밝히면서 페인 회장의 회복을 기원하는 의미로 그가 온 정열을 다 쏟아부은 제미니 골드의 예약 주문을 서둘러 달라는 글을 올렸다. 마케팅 수법이 너무도 빤히 들여다보여서 나도 모르게 쓴웃음이 흘러나왔다. 사람들을 그렇게까지 부추길 필요는 없었다. 심지어 그노시스는 제미니 골드를 구 모델보다 훨씬 저렴하게 판매하고 있었다.

나는 파라디소에 들러서 커피 두 잔을 주문했다.

"벌써 2차로 넘어가요?"

계산대 앞에 서 있던 남자가 알은체를 했다. 언젠가 노스가 소개해 준 적이 있지만 이름이 정확히 기억나지는 않았다. 블레이크라고 했던가? 나는 무슨 말인지 모르겠어서 어리둥절한 표정으로 되물었다.

"2차라고요?"

"노스가 20분 전에 벌써 가져갔거든요."

"아, 그럼 주문 취소할게요."

나는 제미니를 주머니에 쑤셔 넣고 입가에 미소를 지으며 노스의 집으로 향했다. 노스가 커피를 미리 준비한 모양이었다. 그런데 문을 여는 순간, 그 커피가 나를 위한 게 아니란 걸 깨달았다. 나는 어안이 벙벙해진 얼굴로 문 앞에 우두커니 서 있었다.

허쉬가 엉덩이에 손을 올리고 나를 보면서 빙그레 웃었다.

"옷 멋진데? 계집애."

"허쉬! 어떻게 된 거야?"

허쉬가 짓궂게 쏘아붙였다.

"왜, 내 옷을 몽땅 차지하려다가 내가 나타나서 놀랐냐?"

"아냐! 나는……."

"농담이야. 무사해서 다행이야."

허쉬가 활짝 웃더니 나를 잡아당겨서 꼭 끌어안았다.

그때 허쉬 뒤에서 노스가 나타났다.

"문 닫자."

노스가 나를 안쪽으로 잡아당겼다. 허쉬가 소파에 털썩 주저앉더니, 탁자에 놓인 종이컵을 들어 올렸다. 나는 탁자 끝에 앉았다. 허쉬는 평소보다 얼굴이 창백해 보였다. 살도 좀 빠진 듯하고.

"여긴 어떻게 돌아온 거야?"

내가 물었다.

"떠난 적이 없어. 어떤 여자한테 돈을 좀 쥐어 주고 내 탑승권을 가지고 비행기를 탄 다음, 내 제미니로 상태를 업데이트하라고 시켰어. 내가 생각해도 진짜 천재적이야."

허쉬가 커피를 한 모금 마셨다.

"그 뒤로는?"

"여기서 좀 떨어져 있는 모텔에 있었어. 어떡하면 마녀를 골탕 먹일지 고민하면서."

"타서스 선생님?"

"응, 정말 대단하신 분이야. 그날 아침에 집으로 찾아가서 더 이상 스파이 노릇은 못 하겠다고 했어. 교장 선생님께 곧장 갔어야 했는데. 그 여자가 나랑 싸우거나 계속하라고 설득할 줄 알았는데, 내가 무슨 말을 하는지 모르겠다고 하지 뭐야. 내가 마치 다 지어낸 이야기라는 식으로. 그래서 내가 교장 선생님하고 직접 얘기하겠다고 했어. 그랬더니 나더러 심리 검사를 받게 하겠다는 거야. 내가 정신적으로 문제가 있다는 식으로 몰아가면서."

허쉬가 끔찍하다는 듯이 고개를 저었다.

"다 짜 놓은 각본 같았어. 나는 너무 무서웠어. 그래서 그냥 떠나겠다고 해 버렸지."

"미안해, 허쉬. 그때부터 뭘 하고 있었던 거야?"

"그 여자 식으로 게임을 했지."

허쉬는 이렇게 말하고는 발치에 둔 가죽 가방을 집어 들었다. 그리고 그 안에서 칩 하나를 꺼내 나한테 내밀었다.

"너에 대한 온갖 것이 다 들어 있어. 출생 신고를 했을 때부터 초등학교, 중학교를 다니던 시절까지의 정보가 다……. 심지어 네가 주 과학 경시 대회 같은 데서 우승한 뉴스까지도 있어. 그 여자가 너한테 무슨 앙심을 품고 있는지는 몰라도, 네가 테덴에 지원하기 한참 전부터 자료를 꾸준히 모아 온 게 틀림없어."

순간, 내 팔에 소름이 오소소 돋았다.

"어디서 난 거니?"

"걱정 마. 너한테 진 빚을 갚고 싶었어."

허쉬가 가볍게 대꾸했다.

"고마워. 하지만 허쉬, 타서스 선생님 방에 몰래 들어갔다가 잡히기라도 하면……."

"몰래 들어간 거 아니야. 게다가 잡히지도 않았고."

허쉬가 커피를 한 모금 더 마셨다.

"내가 너라면 그걸 어떻게 손에 넣었는지 궁금해하기보다는 그 안에 뭐가 들어 있는지부터 확인할 거야."

나는 칩을 가만히 내려다보았다. 타서스 선생님이 내가 태어난 순간부터 데이터를 모으고 있었다고? 왜 그랬을까? 그러다 문득 한 가지 사실이 생각났다.

"이 선생님, 우리 엄마를 알아!"

나는 뒷주머니에서 제미니를 빼서 사진 보관함을 열었다.

"우리 엄마랑 같은 학년이었어. 그러니까 페인 회장님이랑도 아는 사이고."

그 생각을 진작에 못 하다니! 나 자신이 정말 바보 같았다. 엄마의 졸업 앨범 사진을 열었다. 타서스 선생님은 한눈에 알아볼 수 있었다. 엄마 바로 뒷줄에 앉아 있었는데, 양옆의 남학생보다 키가 몇 센티미터나 더 컸다.

지금보다는 약간 덜 세련되어 보였지만, 사진 속의 소녀는 지금과 똑같이 눈에 띄게 아름다운 얼굴에 윤기가 흐르는 피부를 가졌다. 유일하게 다른 점은 사진 속의 소녀는 따뜻하고 행복한 미소를 짓고 있다는 것뿐이었다. 반면에, 요사이 내가 타서스 선생님의 얼굴에서 본 미소는 언제나 얼음장처럼 차가웠다.

"타서스 선생님이 맞아. 우리 엄마의 의료 기록을 조작하고 페인 회장님한테 가짜 임신 테스트 결과를 보낸 사람이 틀림없어."

나는 숨을 깊이 내쉬었다.

"정말로 그렇게 생각해?"

노스의 목소리에 걱정이 배어 있었다.

"엄마의 병에 관해서 내게 말한 적이 있어. 언젠가 수업이 끝나고 나서. 하지만 페인 회장님 말씀이 맞는다면, 엄마는 APD를 앓은 적이 없어. 적어도 병원에 가서 진단을 받은 적은 없다고. 타서스 선생님이 그걸 조작하지 않았다면 그 병에 대해 어떻게 알겠어?"

허쉬가 얼떨떨한 표정으로 물었다.

"지금 그리핀 페인 회장 말하는 거야?"

"응, 그분이 내 아빠야."

허쉬가 놀라서 입을 쩍 벌렸다.

"말도 안 돼. 그게 정말이야?"

"고등학교 다닐 때 우리 엄마랑 결혼했대. 하지만 이건 아무한테도 말하면 안 돼. 정말이야, 허쉬."

"내가 누구한테 말하겠니? 도망자 신센데."

허쉬가 소파의 쿠션에 등을 기댔다.

"그리핀 페인 회장이 네 아빠라니! 우아, 이대로 꼴깍하면 너는 억만장자가 되는 거잖아."

나는 허쉬를 쏘아보았다.

"허쉬!"

그러곤 노스를 돌아보았다.

"타서스 선생님이 이 모든 것의 배후야. 이제 알 거 같아. 유일하게 남은 질문은 '왜?'냐는 거지."

그때 제미니에서 새로운 메시지가 왔다는 알림음이 울렸다. 행정실에서 온 문자 메시지였다.

　　　지금 당장 교장실로 와 주세요.

"지금 교장실로 오라는데? 교장 선생님이 어젯밤 일을 아시는 게 분명해."

나는 울상을 지었다.

"어쩌면 진실을 모두 털어놓는 게 나을지도 몰라. 너희 부모님과 타서스 선생님에 관해서 전부 다······."

노스가 조심스럽게 조언을 했다.

"응."

나는 대답을 하긴 했지만 속으로는 갈피를 잡지 못했다. 이렇게 심각한 교칙 위반은 두말할 것 없이 퇴학 대상이었다. 타서스 선생님이 그곳에서 나를 보았다면 교장 선생님으로서도 어쩔 수 없는 일일 거다.

노스가 학교 앞까지 데려다주었다.

"어젯밤에 파티에 간 거 후회해?"

노스가 물었다. 나는 고개를 저었다.

"아니, 후회하지 않아. 어제 거기에 가지 않았다면 아빠에 대해 확신하지 못했을 거야."

노스가 빙그레 웃었다.

"그분도 너에 대해 몰랐을 거고. 네가 얘기하는 동안 그분의 표정을 살폈는데······. 처음에는 충격을 받으시는 것 같았지만, 나중에는 기쁨에 찬 얼굴이셨어."

우리는 잠시 말없이 걸었다.

"학교에서 쫓겨나면 어떡하지? 테덴은 나에게 전부나 마찬가진데."

"엄마랑 연결돼 있어서?"

"단순히 그것뿐만은 아니야. 고향에서는 지금처럼 내가 무언가에 속해 있다는 느낌을 받은 적이 없어. 난 공부에만 지독하게 매달리는 이상한 아이였거든. 그런데 여기서는 오롯이 나 자신이 될 수 있었어."

"이런 곳은 많아. 여기만큼 기회가 열린 학교도 있고."

노스가 대답했다.

"테덴 같은 곳은 없어. 심지어 비슷한 곳도 찾기 어려울 거야."

마치 목구멍에 돌멩이라도 걸린 듯한 느낌이었다. 나는 그걸 꿀꺽 삼키려고 애썼다. 우는 건 지금 아무짝에도 소용이 없었다. 교장 선생님은 눈물보다는 좀 더 이성적인 반응을 원할 테니까.

"네 옆에는 항상 내가 있어. 크게 위로가 안 되는 건 알지만."

나는 노스의 손가락을 만지작거렸다.

"아냐, 그렇지 않아. 위로가 많이 돼."

나는 입술을 꼭 깨물었다. 정말이지 우습게도 그 순간에 책장에 적혀 있던 여자의 이름과 전화번호가 떠올랐다.

"뭐 하나 물어봐도 돼?"

"물론이지."

"크리스틴이 누구야?"

나는 짐짓 아무렇지도 않은 듯한 목소리로 물었다.

노스가 나를 멍하니 쳐다보았다.

"크리스틴 누구?"

"《실낙원》에 이름이랑 전화번호가 적혀 있던데? 혹시 옛날 여자 친구야?"

노스가 갑자기 걸음을 멈추었다.

"난 크리스틴이라는 여자애랑 사귄 적이 없어. 게다가 그 책에 낙서를 한 적이 없는데."

"하지만 책장에 분명히 적혀 있었어."

"로리, 그 책을 구입했을 때 낙서는 하나도 없었어. 얼룩도 없었고.

증명서까지 있는걸. 그리고 너한테 빌려 주기 전까지는 아무도 그 책을 본 사람이 없어."

"그럼, 그게 어디서 생긴 거지?"

"나도 모르지. 혹시 전화번호 기억나?"

나는 그걸 기억하고 있다는 사실이 좀 창피스럽게 여겨졌지만, 더듬거리며 전화번호의 숫자를 하나하나 읊었다. 노스가 그 번호를 아이폰에 입력했다.

"뭐가 나오는지 찾아볼게."

노스가 이렇게 대답했을 때, 우리는 벌써 교문 앞에 도착해 있었다.

"로리, 행운을 빌어."

나는 노스의 말을 뒤로하고 교장실로 어기적어기적 걸어갔다. 막상 교장 선생님을 만나자, 행운이 필요한 일이긴 했지만 지레짐작으로 걱정했던 일과는 전혀 다른 것이었다.

"혹시 비밀 동아리에서 연락이 온 적 있니? 우수한 학생들에게만 접촉한다고 들었는데."

교장 선생님의 목소리가 꽤 진지했다.

"그 동아리는 학교에서 승인받은 게 아니야. 따라서 교내에서 정식 모임을 할 수가 없지."

교장 선생님은 잠시 말을 멈추고 내가 대답하기를 기다렸다.

"비밀 동아리요?"

"너는 우리 학교에서 가장 우수한 학생 중 한 명이야, 로리. 타고난 재능뿐만 아니라 학업 수행 능력에서도 아주 탁월하더구나. 계속 그렇게만 한다면, 나중에 우등생으로 졸업하게 될 거야."

"저도 그러고 싶어요."

나는 차분히 대답했다.

"하지만 혹시라도 그 비밀 동아리에 속해 있다면 학교에서는 너를 내보낼 수밖에 없어. 다행히 아직 그런 동아리에 들어간 게 아니라면 기회는 충분히 열려 있지."

교장 선생님이 따뜻하게 미소를 지었다.

"저는 비밀 동아리에 대해 아는 것이 없어요."

내 목소리가 설핏 떨렸다.

"이런 일은 항상 특권 의식과 관련돼 있지. 마치 엘리트 그룹의 일원으로 선택받은 듯한 느낌일 거야. 그것이 얼마나 유혹적인지도 잘 알고 있단다. 하지만 로리, 너는 네 미래를 생각해야 해. 그런 모임 따위는 한 방에 날려 버려도 되는 너의 찬란한 미래를 말이야."

그 순간 나는 교장 선생님에게 모든 걸 털어놓을까, 하고 잠깐 고민했다. 하지만 그 비밀 동아리는 엄마와 가장 가까운 연결 고리였다.

"알겠습니다. 만약 저한테 연락이 오면 바로 교장 선생님께 말씀드리겠습니다."

"좋아."

교장 선생님은 이렇게 대답하고는 자리에서 일어섰다.

"오늘 우리가 나눈 대화는 비밀로 해 주렴. 내가 의심하는 게 알려지면 비밀 동아리 회원들이 잠수를 탈 수도 있으니까."

나는 고개를 끄덕였다.

"네, 알겠습니다."

나는 곧장 노스네 집으로 달려갔다.

"어, 웃고 있네? 학교에서 쫓겨난 게 아닌가 봐."

노스가 문을 열어 주면서 말했다.

"응, 어젯밤 일에 대해선 아무것도 모르셔."

내가 싱글거리면서 대답했다.

"그럼, 뭐 때문에 부르신 거야?"

"방과후학교 수업에 대해 몇 가지 물으셨어."

나는 노스의 시선을 피하면서 대답했다. 노스한테 감추는 건 내키지 않았지만, 비밀 동아리와의 약속에서 남자 친구라고 예외를 둘 순 없었다.

"다행이네. 나도 좋은 소식이 있어. 그 전화번호의 주인공을 찾아냈어. 크리스틴 힐드브랜드라고, 하버드 클리닉 신경 정신과에서 근무하는 의사야."

순간, 이마에 소름이 쫙 돋았다. 나는 그 이름을 진작부터 알고 있었다.

"엄마 의료 기록에 있는 이름이야. K. 힐드브랜드 박사. 가짜 심리 검사 결과에 그 사람의 서명이 있었어."

나는 제미니를 꺼내서 전화번호를 누르기 시작했다.

노스가 내 손을 잡았다.

"네가 누구인지는 밝히지 마. 만약 이 사람이 네 위협 요인 목록에 있다면, 너도 분명 그 사람의 위협 요인 목록에 있을 거야. 럭스가 널 만나지 말라고 할 거라고."

나는 제미니를 내려놓았다.

"네 말이 맞아. 직접 만나야겠어. 완전히 무방비 상태일 때 찾아가서 덮쳐야지. 혹시 지금 갈 수 있어?"

"안 돼. 12시에 일하러 가야 해. 케이트가 또 아프다고 연락을 해 왔거든."

나는 허쉬를 쳐다보았다.

"나 쳐다보지 마. 나는 숨어 사는 중이야."

노스가 끼어들었다.

"네가 당장 그 사람을 만나고 싶어 하는 마음은 충분히 이해해. 하지만 그 사람이 월요일에 병원에 나올 때까지 기다리는 게 어때? 만약 집으로 찾아간다면 틀림없이 그쪽에서 방어적으로 나올 거야."

노스의 말이 백번 맞다고 여기면서도, 월요일은 너무 멀다는 생각이 들었다. 나는 한숨을 쉬며 대답했다.

"좋아. 기다리지, 뭐."

내가 제미니를 손에서 내려놓자마자 새로운 메시지가 도착했다. 발신자 차단 번호였다. 그리스 문자가 곧 영어로 변했다.

우리의 시험을 모두 통과했다, 제타. 축하한다. 오늘 밤 10시 25분까지 가든 그로브 묘지의 동쪽 문으로 오라. 단, 일찍 오지도 말고 늦게 오지도 말라.

"좋은 소식이 또 있어?"

내가 문자 메시지를 보고 활짝 웃자 노스가 다가와 물었다.

"어, 응. 학교 일이야."

나는 제미니를 재빨리 주머니에 넣었다. 그러자 허쉬가 의심의 눈초리를 보냈다.

"이제 가 봐야겠어. 숙제가 엄청나게 밀려서……."

내가 우물쭈물하며 말하자, 허쉬가 TV 화면을 가리키며 소리쳤다.

"페인 회장님 수술 끝났대."

TV 화면 아래쪽에 자막이 흐르고 있었다.

그노시스 CEO 그리핀 페인, 아홉 시간의 뇌 수술 후 회복실로 이동.

나는 안도감으로 가슴을 쓸어내리며 노스에게 물었다.

"이제 괜찮겠지? 참, 벡에 대해서는 찾아봤어?"

아침 시간을 정신없이 보내는 바람에 내가 왜 여기에 왔는지도 잊어버리고 있었다.

"벡의 럭스 프로파일 해킹해 봤냐고……."

허쉬의 눈이 노스에게 꽂혔다.

"뭐, 너 해커야?"

그 말에 내가 움찔하자, 허쉬가 새초롬한 목소리로 덧붙였다.

"뭐야? 또 둘만의 비밀이야? 아무한테도 말 안 할게."

"해커 아니야. 내가 노스한테 부탁한 건……."

내가 당황해서 말을 얼버무리자 노스가 끼어들었다.

"로리, 괜찮아. 나는 허쉬 믿어. 그런데 벡의 럭스 프로파일에는 접근 못 했어. 아니, 접근은 했는데 아무런 데이터가 없었어. 데이터를 다른 서버로 옮겼나 봐."

"이상하네, 그지?"

"아마도 그노시스에서 제미니 골드용으로 새롭게 인프라를 구축한 거 같아. 그게 어디인지만 알아내면 벡의 럭스 프로파일을 찾는 건 금방이야."

"우, 네 남자 친구가 해커라니! 진짜 멋지다."

허쉬가 콧소리를 내면서 말했다. 나는 일부러 눈동자를 부라렸다.

"아유, 그 눈빛 좀 치워, 로리. 네가 나 없는 동안 엄청 그리워했다는 거 다 알거든."

허쉬가 엉덩이에 두 손을 척 올리고는 뻐기듯이 말했다. 나는 웃음을 참느라 혼이 났다. 허쉬 말이 맞았다. 엄청 그리워한 거 사실이니까.

정확히 밤 10시 25분에, 나는 묘지의 동쪽 문으로 다가섰다. 도착 시간에서 실수를 하지 않으려고 몇 주 만에 처음으로 럭스를 이용했다. 잠시 뒤, 으스스한 저승사자같이 모자를 둘러쓴 사람이 나타났다. 코트를 입었는데도 나는 몸이 부르르 떨렸다.

"여기야. 준비됐어?"

내가 다가가자, 익숙한 목소리가 말을 걸었다. 리암 선배였다.

"넵."

원형 경기장의 공기는 차갑고 무거웠다. 나는 눈을 여러 번 깜박이며 어둠에 적응하려 애썼다. 다른 사람도 여러 명 있는 듯했다. 곳곳에서 바스락거리는 소리가 들렸지만 주변은 칠흑같이 깜깜했다.

시간이 좀 더 흐르자, 어둠 속에서 서서히 형체가 드러났다. 두 명씩 짝을 지은 채 돌계단 쪽으로 안내를 하고 있었다. 사람들이 하나둘 도착할수록 바스락거리는 소리도 점점 커졌다. 하지만 그 누구도 말은 하지 않았다.

시간이 얼마나 흘렀을까? 갑자기 큰 소리가 들렸다.

"축하한다! 시험은 모두 끝났다. 열한 명이 우리의 시험을 무사히 통과했다."

지난번 뱀의 목소리와 마찬가지로 음성 변조기를 사용하고 있었다. 대신에 딱딱한 분위기는 사라졌다. 음성 변조기의 목소리임에도 불구하고 친근함이 느껴졌다.

"그대들이 얼마나 많은 것들을 궁금해하고 있을지 잘 안다. 우리가 누구인지, 여기는 어디인지, 왜 가면을 쓰고 있는지……."

어둠 속에서 긴장감이 배인 웃음이 터져 나왔다.

"그대들은 곧 질문의 답을 얻을 것이다. 지금은 이것만 말해 주겠다. 우리는 극소수의 '현명한 자'들이다. 줄여서 '현자'라고 하지."

횃불에 불이 붙으면서 무대 아래가 환하게 밝아졌다. 뱀이 일어나서 중앙에 서더니 커다란 금빛 왕관을 머리에 썼다. 옛날에 본 만화《로빈 후드》에 나오는 존 왕자가 생각나서 웃음을 참느라 입술을 깨물어야 했다.

"그대들은 선택받았다."

뱀이 소리치자, 목소리가 크게 울려 퍼졌다.

"이제 그대들이 선택할 차례다. 우리와 함께하려면, 다른 사람을 위해 봉사하는 데 목숨을 바치겠다는 선서를 해야 한다. 각자의 뛰어난 재능을 인류의 발전을 위해 써야 한다. 더 크고 더 중요한 목적의 부름을 받을 것이다. 입회식은 이틀 후다. 그때까지 결정할 시간을 주겠다. 현명하게 선택하라, 동지들이여."

뱀의 목소리를 끝으로 아무 소리도 나지 않았다.

그리고 시간이 얼마나 흘렀을까? 오른쪽 무릎이 화끈거렸다. 침대에 다리를 펴고 일어서는데, 금빛 줄이 달린 까만색 주머니가 손에 쥐어 있었다. 제미니 위에는 메모지가 붙어 있었다.

무릎에 얼음찜질이라도 해. ─리암

나는 허쉬의 청바지를 내려다보았다. 오른쪽 무릎 부분이 찢긴 채 진흙이 잔뜩 묻어 있었다. 신발을 벗고 주머니를 열었다. 그 안에는 옷 깃에 금색 실로 제타 32를 수놓은 빨간색 벨벳 망토가 들어 있었다.

"야호!"

나는 소리를 지르면서 승리감에 취해 아무렇게나 춤을 추었다.

마침내 성공했다!

어리석은 자는 항상 주인을 찾는다

두려움과 기대, 희망으로 버무려진 일요일이 엉금엉금 지나갔다. 페인 회장의 상태에 대해서는 두려움이, 비밀 동아리 입회식에 대해서는 기대감이, 힐드브랜드 박사에게는 그동안 궁금해하던 것들에 대해 답을 얻을 수 있다는 희망이 머릿속을 가득 메웠다.

그날 나는 노스네 집 소파에서 숙제를 하면서 시간을 보냈다. 허쉬도 숙제를 열심히 했다. 학교로 다시 돌아갔을 때 뒤처지고 싶지 않다고 했다. 허쉬는 결코 '만약'이라고 생각하지 않았다. 기말고사를 치르기 전에 반드시 테덴으로 돌아갈 것이라 확신하고 있었다. 허쉬는 이제 돈도 없고 지낼 곳도 없어서, 노스네 집 거실의 장기 투숙자가 되어 버렸다.

나는 일요일 저녁 식사 시간에 학교로 돌아왔다. 저녁을 먹으러 식당에 갔다가 이사벨과 마주쳤다. 오랜만이라는 인사를 주고받으면서, 내가 얼마나 많은 시간을 노스네 집에서 보냈는지를 깨달았다.

몇 주 동안 학생 식당에서 식사를 한 적이 거의 없었다. 학교에서 꼭 식사를 해야 한다는 규칙은 없었지만, 테텐 앱에 학생 식당 출입 내역이 기록되기 때문에 마음만 먹으면 행정실에서 얼마든지 확인이 가능했다.

내가 저녁 시간을 어디서 보내는지에 대해서 누구에게든 질문을 받아서는 안 되었다. 타서스 선생님이 내 일거수일투족을 주시하고 있다는 사실을 안 이상, 노스와의 관계가 선생님의 레이더망에 걸리지 않도록 조심해야 했다. 게다가 노스는 자신의 인생에 누군가가 너무 깊숙이 개입하는 걸 원치 않았다. 그러면 노스가 힘겹게 쌓아 올린 가짜 모습이 한순간에 무너질 수도 있기 때문이었다.

내가 파스타 코너에 서 있을 때 리암 선배가 나타났다.

"로리, 물어볼 게 있어."

"뭔데요?"

리암 선배가 목소리를 낮추었다.

"네 침대에 있는 담요 말이야. 분홍색 천에 수놓은 거. 그거 어디서 났어?"

"엄마가 만들어 준 거예요. 왜요?"

"엄마가?"

리암 선배가 되묻자, 나는 고개를 끄덕였다.

"네, 아기 때부터 쓰던 거예요."

"피보나치 수열이던데."

"맞아요."

리암 선배가 피보나치 수열을 알아챘다는 사실에 속으로 약간 놀랐지만 짐짓 아무렇지도 않은 척했다.

"네 엄마가 왜 피보나치 수열을 담요에 수놓으신 거야?"

"몰라요. 내가 태어날 때 돌아가셨거든요. 왜 그러는데요?"

"담요에 있는 패턴이 우리 아지트 구조와 똑같아."

리암 선배가 목소리를 더 낮추고 대답했다. 나는 선배를 멍하니 바라보았다.

"네?"

"동아리 아지트 말이야. 묘지 지하에 있는 거…… . 열 개의 방으로 되어 있는데 피보나치 수열을 따라 배열돼 있어. 네 담요에 놓인 수와 정확히 일치해."

나는 손에서 집게를 떨어뜨렸다. 그러자 집게가 스테인리스 받침대에 쨍그랑 소리를 내며 떨어졌다.

"정말요?"

"응, 하고 많은 것들 중에서 하필이면 담요에 그걸 수놓으셨을까?"

"엄마가 우리 학교에 다니셨어요. 비밀 동아리 회원이기도 했고요."

리암 선배가 한 걸음 뒤로 물러섰다.

"네 엄마가 현자 중 한 명이셨다고?"

나는 고개를 끄덕이며 펜던트를 보여 주었다.

"입실론 13이요. 이걸 엄마가 나한테 남기셨어요."

"어떻게 그걸 한 번도 말 안 했…… ."

그때 이사벨이 다가오자, 리암 선배는 얼른 말을 멈추었다.

이사벨은 내가 떨어뜨린 집게를 들어 올리며 아는 체를 했다.

"둘이서 뭘 그렇게 속닥대는 거야?"

"아무것도 아니야."

리암 선배와 내가 동시에 대답했다. 이사벨은 알겠다는 듯이 미소를 지었다.

"이따 문자 할게."

리암 선배는 이렇게 말하고는 재빨리 발길을 돌렸다.

"저 선배, 진짜 네 비밀 남자 친구 맞구나?"

이사벨이 리암 선배의 뒷모습을 보며 말했다.

"아냐, 절대로 아니야."

이사벨이 뿌루퉁한 목소리로 말했다.

"쳇, 그럼 누군데?"

"아직은 밝힐 수 없어."

앞으로 얼마나 더 비밀로 간직할 수 있을지 나도 궁금해하면서 대꾸했다. 이사벨은 스파게티를 접시에 수북이 담았다. 럭스가 이 음식을 먹으라고 했을 리 만무할 텐데.

"참, 제미니 골드 예약 주문했어?"

나는 화제를 바꾸기 위해 짐짓 이렇게 물었다.

"안 한 사람이 있겠어?"

이사벨은 당연한 걸 묻는다는 투로 대답했다. 그에 대한 대답은 '있다'이다. 나는 예약 주문을 하지 않았기 때문이다. 그걸 꼭 갖고 싶지는 않았다. 그 바람에 그다음 날 점심때는 자연스럽게 극소수에 속하게 되었다. 학교에서 손목에 제미니 골드를 차고 다니지 않는 사람은 거의 찾아볼 수가 없었다.

최신 정보에 따르면, 이 작은 기기는 이미 단기간 판매 신기록을 갈아치웠다고 한다. 이백만 대가 이미 배송 중이고, 그 다음 이틀 동안은 그 두 배를 예상한다나. 그 말인즉슨, 이번 주말이 되면 오백만 명 이상의 사람들이 제미니 골드를 이용하게 된다는 것이다.

페인 회장의 수술은 무사히 끝났지만 여전히 의식 불명 상태였다.

그노시스는 그걸 홍보 수단으로 적극 이용하고 있었다. 지난 금요일 밤에는 그노시스가 제미니 골드의 예약 판매로 얻은 수익금의 1퍼센트를 뇌졸중 예방 연구 센터에 기부하겠다고 밝혔다.

나는 역사 수업을 마치고 노스를 만나러 갔다. 케임브리지로 가는 1시 15분 기차를 타고 힐드브랜드 박사를 찾아가기로 미리 약속해 두었다. 노스네 집 현관문을 두드리자, 허쉬가 나와서 문을 열어 주었다. 까만 스키니 바지에 브이자로 파인 카디건을 걸치고 있었다. 카디건 안에 티셔츠를 입어야 마땅해 보였지만, 허쉬는 티셔츠 대신 레이스가 달린 까만색 브래지어를 선택했다.

"걱정 마셔."

허쉬가 내 표정을 보더니 미리 선수를 쳤다.

"이건 네 남자 친구가 아니라 내 남자 친구를 위한 거니까."

허쉬가 나한테 들어오라고 손짓하며 한 걸음 물러섰다.

"네 남자 친구는 비밀의 방에 있어."

나는 어깨를 으쓱하면서 지금 입고 있는 촌스러운 청색 재킷 말고 좀 더 나은 옷을 골라 입지 않은 걸 후회했다. 허쉬가 자기 옷을 마음대로 골라 입어도 된다고 했지만, 막상 그렇게 하기는 좀 어색했다. 그래서 내 옷장에서 적당한 옷을 찾아야 했는데, 그나마 멀쩡한 옷은 세탁 바구니 맨 아래쪽에 깔려 있어서 결국 제일 후진 옷을 걸치고 나올 수밖에 없었다.

"전에 만나던 그 사람이야?"

내가 묻자 허쉬가 의미심장한 웃음을 지었다.

"어쩌면……. 참, 선물 있어."

허쉬가 소파로 가더니 표지가 무척 두꺼운 책을 가져왔다.

"이게 뭐야?"

"마녀의 졸업 앨범. 이렇게 종이로 앨범을 만든 건 2013년도 졸업생이 마지막이래."

"어디서 난 거야?"

내가 물었지만 허쉬는 내 질문에 답을 하지 않았다.

"그걸 보면 뭔가 단서가 있을 거 같아."

"허쉬, 이건 장난이 아니야. 타서스 선생님이 어떤 짓까지 할 수 있는지 아직은 우리도 몰라."

"난 하나도 안 무서워."

허쉬는 이렇게 반박하고는 어깨에 재킷을 걸치고 선글라스를 꼈다.

"그 여자는 자기만의 세계에서 사는 마녀일 뿐이야. 참, 노스가 저거 엄청 기다렸는데……. 조금 전에 도착했어."

허쉬는 문밖으로 나가려다 몸을 돌리고는 탁자 위에 놓인 상자를 손으로 가리켰다. 그 상자에 그노시스 로고가 박혔다. 허쉬는 나를 향해 손키스를 날리더니 금세 밖으로 나갔다.

나는 상자를 집어 들고 침실 옆 벽장 쪽으로 갔다. 노스의 비밀 방문이 살짝 열려 있었다. 노스는 책상 앞 의자에 등을 기대고 앉아 눈을 감은 채 음악을 들을 때처럼 머리를 까딱까딱했다. 하지만 방 안은 아주 고요했다.

"노스."

나는 안으로 들어서면서 일부러 노스의 이름을 불렀다. 하지만 노스는 미동도 하지 않았다. 내 목소리를 못 들은 것 같았다. 나는 좀 더 크게 다시 이름을 불렀다. 그제야 노스가 눈을 번쩍 떴다.

"아, 로리!"

그러고는 내 손을 잡아끌어 무릎에 앉혔다.

"이리 와서 이것 좀 들어 봐."

노스의 몸에 내 몸이 닿자마자 머리 위에 있는 스피커에서 닉이 연주하는 만돌린 소리가 울렸다.

"이 소리가 계속 나온 거야?"

"근사하지, 그지? 오디오 스포트라이트라고 하는 거야. 이 의자에 앉은 사람만 스피커에서 나오는 소리를 들을 수 있어. 심지어 소리가 초음파로 울리는 거야. 작동 원리 같은 건 묻지 마. 매뉴얼을 마흔 번 넘게 읽었는데도 아직 이해가 안 되거든."

노스가 책상 위에 놓인 작은 회색 상자의 단추를 돌려서 소리를 조금 더 키웠다.

"노래 끝내주지 않냐? 걔네 오늘 새 앨범 발표했어. 이게 첫 곡이야."

우리가 묘지에서 녹음한 곡이었다. 나는 노스에게 등을 기대고 두 눈을 감았다.

"얼마나 좋은지 들어도 들어도 감동이 가시질 않아."

나는 노래가 끝나자 노스의 무릎에서 내려와 상자를 내밀었다.

"이거, 너한테 배달 왔대."

"노빈 말이겠지."

노스가 이름을 고치면서, 상자를 묶은 줄을 칼로 잘랐다. 상자 안에는 제미니 골드가 들어 있었다. 노스는 팔찌를 꺼내 손목에 차더니 인상을 찌푸렸다.

"진짜 후지다."

나는 일부러 큭큭 웃었다. 노스가 조그마한 화면을 손끝으로 톡 치자 환해지면서 시계가 나왔다. 12시 35분이었다.

"지금 가야 돼. 기차를 놓치고 싶지 않아."

"그 전에 보여 줄 게 있어. 벡의 럭스 프로파일을 찾았거든."

나는 정신이 번쩍 들었다.

"네가 봐야 할 게 있어."

노스가 의자를 책상 쪽으로 밀었다. 누군가 스피커를 끄기라도 한 것처럼 음악 소리가 갑자기 사라졌다. 하지만 전원의 불은 제어판에서 그대로 깜박거렸다. 노스가 이상하다는 듯이 천장을 바라보았다. 소리 버튼을 올리자 스피커가 시끄럽게 윙윙거렸다. 하지만 음악은 흘러나오지 않았다.

"우리가 고장낸 거야?"

"그럴 리가."

노스는 여전히 이해할 수 없다는 표정을 지었다.

"그렇게 크게 하지도 않았는데."

노스가 몸을 젖혀서 플러그가 꽂힌 책상에서 떨어지자, 음악이 다시 쿵쾅거리기 시작했다. 나는 손을 들어 귀를 꽉 막았고, 노스는 재빨리 소리 버튼을 줄였다. 그러자 음악이 사라졌다. 노스가 손목에 찬 제미니 골드를 내려다보았다. 팔을 천천히 멀리 뻗었다. 그러자 음악이 다시 살아났다. 손목을 책상 쪽으로 다시 내렸다. 음악이 또 사라졌다.

"어떻게 된 거야?"

"두 개가 서로 밀어내는 거 같아. 하지만 이렇게 되려면 제미니 골드가 스피커의 주파수랑 정확히 일치하는 음파를 보내야 할 텐데. 엄청난 고주파라 우리 귀에는 들리지 않는 걸로. 우리는 그 소리를 못 듣는 게 정상이니까."

"그런 짓을 왜 하는 거야?"

노스가 고개를 저었다. 당혹스런 표정이었다.

"알 수 없지. 신제품 사용 설명서에는 이런 내용이 하나도 적혀 있지 않아."

노스가 제미니 골드를 손목에서 잡아 빼더니 옷장에 있는 옷더미로 획 던져 버렸다. 그러자 음악이 또다시 흘러나왔다. 노스는 고개를 젓더니 책상 앞으로 다가갔다. 그사이에 노트북이 부팅을 마쳤다. 노스가 데스크톱에서 벡의 이름이 적힌 파일을 찾아 열었다.

"위협 요인을 먼저 보여 줘."

노스가 오른쪽 아래의 상자를 크게 확대했다. 나는 재빨리 목록을 훑었다. 놀라움, 석양, 일식…….

"아니, 위협 요인부터."

내가 소리쳤다.

"이게 위협 요인 목록이야."

노스가 대답했다.

"하지만 벡은 일식을 진짜 좋아해."

내가 반박했다.

"이것들은 벡이 가장 좋아하는 것들의 목록 같아. 게다가 벡은 석양이 질 때 최고의 영감을 얻는다고 했어."

노스가 커서를 옮겨서 기회 요인 상자를 확대했다. 예상 가능한 일, 단조로운 일상, 평균 기온, 성공한 사람, 안정적인 수입, 일정한 일. 그걸 보는 순간, 가슴이 옥죄어 왔다.

"아니야, 이건 벡이 아니야."

나는 고개를 마구 저었다. 그러면서도 한편으로는 안심이 되었다.

제미니 골드 출시 기념 파티에서 만난 벡의 행동은 내가 어릴 때부터 보아 온, 자유로운 영혼을 지니고 자신의 의지를 지키던 벡이 아니었다. 그런데 이제 벡이 왜 그랬는지 조금은 이해가 되었다.

"럭스가 벡을 조정하는 거야."

내가 중얼거리자 노스가 대답했다.

"당연하지. 그게 럭스의 역할이니까. 사람들이 원하는 인생으로 몰아가는 거."

"하지만 이건 벡이 원하는 삶이 아니야. 너는 벡을 잘 몰라."

"물론 나는 벡을 전혀 모르지. 하지만 로리, 만약 벡이 럭스를 믿는다면 그것 역시 스스로 선택한 거야. 무작정 앱을 비난할 수는 없어."

하지만 나는 앱을 비난하고 싶었다. 벡이 스스로 자신과 전혀 다른 사람으로 변하는 걸 선택했을 리가 없었다. 벡은 자신의 삶을 쉽게 결정하는 아이가 아니었다. 오히려 정반대였다.

도와줘, 나는 마음속으로 다웃에게 부탁했다. 이걸 해결할 수 있도록 도와줘. 내가 보지 못하는 뭔가가 분명히 있을 거야. 다웃은 그걸 볼 수 있었다. 이제 그것이 필요했다.

"받아들이기 힘든 거 알아. 하지만 여기서 그걸 받아들이기로 결정한 사람은 벡이야."

그때 갑자기 노트북의 화면이 멈추었다.

"젠장."

노스가 재빨리 엔터키를 여러 번 눌렀다. 하지만 화면은 꿈쩍도 하지 않았다.

"어떻게 된 거야?"

"모르겠어."

노스가 대답하면서 전원 버튼을 눌렀다. 몇 초 뒤, 화면이 까맣게 되더니 다시 파란색으로 변했다.

"이런, 상황이 안 좋아 보이는데."

구식 컴퓨터에 오류가 생기면 파란색 화면으로 바뀐다는 이야기를 언젠가 들은 적이 있었다. 하지만 그노시스가 만든 기계는 어떤 일이 있어도 망가지는 법이 없었다.

"데이터를 10분마다 백업하도록 설정해 두었기 때문에 그렇게까지 큰 문제는 아니야. 단지, 이걸 고치는 데 만 불씩이나 써야 한다는 게 속쓰릴 뿐이지."

"만 불씩이나 해?"

"원래는 안 그랬는데, 지금은 하드 드라이브를 쓰는 컴퓨터를 안 만드니까. 모든 데이터를 클라우드에 저장하잖아. 예전에 애플이 문을 닫기 전에 거기서 일했던 사람이 이 노트북을 구해 줬어."

노스가 시계를 보았다.

"아직 25분이 남았네. 역으로 가는 길에 수리점에 들러서 노트북을 맡기는 게 좋겠어."

컴퓨터 수리점 창문 너머로 노엘이 보였다. 나는 드레스를 빌려 준 일에 고맙다는 인사를 하려고 노스를 따라 수리점 안으로 들어갔다. 이번에는 낯선 할아버지와 함께 있었다. 노엘의 할아버지인 듯했다. 노스가 노트북을 들고 오는 걸 보고는 환하게 웃음을 지었다.

"그새 한 놈이 또 간 거야?"

할아버지가 물었다.

"할아버지의 따사로운 손길로 해결이 되기만을 바랄 뿐이에요."

노스가 노트북을 계산대 위에 내려놓았다. 할아버지의 시선이 나를 향했다.

"누구지?"

"로리예요. 안녕하세요?"

할아버지가 손을 뻗어 내 펜던트를 들어 올렸다.

"이런 건 몇 년 동안 본 적이 없는데. 어디서 난 거야?"

"엄마가 물려주셨어요."

내가 대답했다.

"안에 뭘 숨겨 뒀어?"

나는 이해가 안 돼서 펜던트를 내려다보았다.

"목걸이에 뭘 숨겨요? 무슨 말씀이신지……."

할아버지가 펜던트를 엄지와 검지로 잡더니 엄지를 위로 쓱 밀어올렸다. 펜던트의 앞면이 스르르 위로 밀리면서 작은 포트가 튀어나왔다.

"썸 드라이브야. 몰랐어?"

"썸 드라이브가 뭔지도 모르는걸요."

나는 여전히 펜던트만 바라보았다.

"USB야. 그러니까 그 말은 곧 이 안에 뭔가 저장돼 있다는 얘기지."

노스도 나만큼이나 놀란 듯한 목소리였다.

위험한 사실

노스의 노트북이 딱 그때 고장이 난 건 그야말로 행운이었다. 그 덕분에 이반 할아버지를 만나게 된 셈이니까. 우리는 이반 할아버지에게서 아주 무겁고 느린, 그러나 노스가 가진 아홉 대의 노트북에는 없는 USB 포트가 달린 노트북을 빌렸다.

그 전까지 나는 행운을 믿지 않았다. 그런데 이제는 아니다. 나는 다웃에게 도움을 청했고, 다웃은 이렇게 도움을 주었다. 허쉬가 다웃을 따르면 삶이 더 편하지 않느냐고 물었을 때는 몹시 거슬리고 불쾌했지만, 지금 생각해 보니 허쉬 말이 딱 맞았다. 이성과 믿음 사이를 오락가락하면서 저울질하는 바람에 헷갈릴 때도 있었지만, 내 머릿속에서 울리는 작은 목소리를 믿기로 결심한 뒤로는 마음속에서 휘몰아치는 태풍이 신기할 만큼 잠잠하게 가라앉았다.

"파일이 암호화되어 있어."

노스는 손가락이 보이지 않을 정도로 빠르게 글자를 입력해 나갔다. 그 서슬에 무릎 위에 둔 노트북이 연방 흔들렸다.

"그래서 열어 볼 수 없어?"

"아직은 모르겠어."

노스가 입술을 잘근잘근 씹으면서 생각에 몰두하느라 미간을 찌푸렸다. 나는 차가운 창문에 이마를 댄 채 파릇파릇한 나뭇잎을 바라보면서 잠자코 기다렸다. 그러다 높은 담장을 따라 굵다란 나무가 줄지어 늘어서 있는 곳을 지나쳤다. 마치 감옥 같아 보였다. 심지어 '전기 담장'이라고 쓴 철제 표지판이 일정한 간격으로 붙어 있기까지 했다.

"노스, 저게 뭐야?"

내가 노스에게 말은 건넨 그 순간, 진입로와 경비소가 눈에 들어왔다. 그 뒤로 푸르른 물이 끝없이 넓게 펼쳐져 있었다.

"아, 저수지구나. 근데 저수지에 전기 담장이랑 무장 경비는 뭐지?"

나는 혼잣말로 중얼거렸다.

"물을 보호하기 위해선가 보지."

노스는 화면에서 눈을 떼지 않은 채 무심히 대꾸했다.

"네 엄마가 이걸 직접 암호화하셨다면 진짜로 대단한 분인 거야."

나는 슬며시 미소를 지으며 창밖으로 다시 시선을 돌렸다. 저수지 입구에 이르자 '엔필드 저수지'라고 씌어진 간판이 보였다. 제미니를 꺼내서 판옵티콘에 접속해 보았다. 엔필드 저수지에 대한 검색 결과는 몇 가지 되지 않았다.

엔필드 저수지는 매사추세츠 주 테덴의 동쪽으로 흐르는 코네티컷 강 줄기의 일부를 댐으로 막은 것으로, 2백만 세제곱미터의 물을 보관할 수 있다. 매사추세츠에 있는 수자원 중에서 유일하게 개인이 소유하고 있다. 댐이 건설된 곳은 원래 광산이었는데, 1980년대에 붕괴 사고로 광부 열두 명이 고립되었다가 구조된 사건으로 유명하다. 1998년에 테덴 재단에서 이 광산을 사들인 뒤 댐을 건설하고 저수지를 만들었다.

테덴 재단이라는 건 한 번도 들어 본 적 없지만, 나무처럼 생긴 로고는 학교에서 사용하는 것과 똑같았다. 나는 링크를 클릭해 보았다.

테덴 재단은 1805년에 설립된 사단 법인으로, 테덴 영재 학교에 2천만 불을 기부했다. 재단의 또 다른 자산으로는 매사추세츠 주 서쪽의 광활한 토지와 엔필드 저수지, 그리고 그노시스의 지배 지분이 있다.

내용을 이해하는 데 시간이 좀 걸렸다. 테덴에 기부금을 내는 회사가 그노시스의 지배 지분(주식의 50% 이상이 넘는 지분)을 가지고 있다고? 어떻게 이걸 여태 몰랐지? 이제야 많은 게 이해가 되었다. 학교를 가득 채운 그노시스의 물건들과 그노시스 이사회에서 타서스 선생님의 지위, 그리고 시뮬레이션 수업이 럭스와 많이 닮아 있는 사실 등등. 이 저수지 역시 의문스럽기 짝이 없었다. 주변의 자연 환경과 너무도 어울리지 않는 풍경이었다.

나는 뭔가가 자꾸 마음에 걸렸다. 저수지를 다시 바라보았다. 머리로는 선뜻 계산이 안 되지만, 저 정도의 물을 보관하려면 대략 수천만 세제곱미터는 될 게 분명했다. 왜 저렇게 큰 저수지를 만든 걸까?

나는 엔필드 댐을 클릭해서 페이지를 열고 내용을 찬찬히 읽어 내려갔다. 하지만 아무것도 알아낼 수가 없었다. 그러다 댐이 생기기 전에 있었던 광산의 붕괴 사건에 시선이 머물렀다.

미리 빠져나온 인부들은 400미터 두께의 바위에 드릴로 15센티미터 가량의 구멍을 뚫은 뒤, 안에 갇힌 광부들과 여드레 동안 이야기를 나누었다. '비둘기'라고 부른 구조 물품이 그 좁은 구멍을 통해 바위 안쪽으로 전해졌다. 이후 그 구멍을 더 넓게 뚫은 뒤, 줄과 도르래를 이용해 열두 명의 광부를 무사히 구조했다. 그 후로 광산은 완전히 폐쇄되었다.

나는 판옵티콘을 닫고 머리를 받침대에 기댄 채 그 열두 명의 광부들을 떠올려 보았다. 땅속에 갇혀 있을 때의 심정이 어땠을지 상상도 할 수가 없었다. 그러다 까무룩 잠이 들었던 걸까? 어느 순간에 노스가 내 어깨를 흔들면서 도착했다고 말했다.

힐드브랜드 박사의 사무실은 하버드 대학 캠퍼스 안에 있는 윌리엄 제임스 홀에 있었다. 하버드 캠퍼스를 돌아다니려니 마치 내가 사기꾼이라도 된 듯한 기분이 들었다. 하지만 교문에서 학생증을 확인하는 사람은 아무도 없었다. 윌리엄 제임스 홀은 어렵지 않게 찾았다.

"그러니까 우리의 계획은 네가 엄마의 진단 결과를 받아들이는 척한다는 거지?"

박사의 사무실이 있는 6층으로 가기 위해 엘리베이터를 타면서 노스가 나지막이 물었다.

"응, 박사한테 엄마의 병 때문에 심리학에 관심을 가지게 되었다고 하면서, 엄마를 치료한 사람이야말로 내가 인턴을 지원할 적임자라고 하는 거지. 만약 그 보고서를 작성한 사람이 맞다면 엄마를 실제로 만난 것처럼 꾸며 댈 거야."

"그럼, 나는 누구라고 해?"

노스가 물었다. 나는 해맑게 웃으며 대답했다.

"내 남자 친구지."

이윽고 방문을 두드리자 안에서 여자 목소리가 들렸다.

"들어와요!"

나는 숨을 크게 내쉬고 손잡이를 돌렸다. 사무실은 생각보다 좁았다. 책상 건너편에 앉은 여자는 구식 뿔테 안경을 끼고 있었는데, 숱이 많은 빨간색 머리카락이 거의 허리까지 구불거리며 내려왔다. 크리스틴 힐드브랜드 박사는 적어도 쉰 살은 더 된 듯했고, 몸무게는 정상인의 두 배가 넘어 보였다. 그리고 왠지 모르게 부자연스러운 느낌을 주었다. 싸구려 철제 책상 앞에 구부정하게 앉아 있어서 더 그런 것 같았다. 박사의 팔꿈치 근처에 제미니 구형 모델이 놓여 있었고, 그 뒤에 있는 책꽂이에는 포장을 뜯지 않은 제미니 골드 상자가 놓여 있었다.

"무슨 일이지? 낯이 익지 않은데, 내 수업을 듣는 학생인가?"

박사가 두꺼운 안경알 너머로 물었다.

"어, 아니요."

나는 조심스럽게 안으로 들어가 의자에 앉았다.

"박사님이 저희 엄마를 치료하신 적이 있는 것 같아서 찾아왔어요."

"그래?"

박사가 안경을 이마 위로 올려놓았다.

"엄마 이름이 뭐지?"

"아비아나 제이콥스예요. 그 당시엔 테덴 영재 학교 학생이었어요. 박사님이 테덴 병원에서 치료하신 거 같아요. 2013년 4월 정도였을 거예요."

박사는 확신에 찬 목소리로 대답했다.

"아니, 나는 테덴 병원에서 학생을 치료한 적이 없어. 2013년에 연구소에서 일할 때 테덴 학생을 조수로 쓴 적은 있지만. 그런데 이름이 아비아나는 아니었어."

"그럼, 저희 엄마를 치료하신 적이 없는 거네요. 엄마는 APD였어요."

박사의 눈이 동그래지더니 나를 내리꽂을 듯이 쏘아보았다.

"학생도 그런 증상이 있나?"

"저, 저요? 아니요."

나는 당황한 나머지, 재빠르게 부인했다. 심리학적 관심이 어쩌고저쩌고 하는 이야기가 입안에서 맴돌았지만, 무언가가 그 말을 뱉지 못하도록 가로막았다.

"진실을 말해."

다웃이 속삭였다. 나는 입술을 깨물었다. 진실이라……. 내가 진실을 얼마나 알고 있는 걸까?

"몇 주 전에 엄마의 의료 기록을 발견했어요. 테덴 병원에서 K. 힐드브랜드 박사가 여러 가지 심리 검사를 하고 서명한 기록이었어요. 엄마는 APD라는 진단을 받은 뒤 학교를 그만두라는 권고를 받았고요."

순간, 박사의 눈썹이 위로 치켜 올라갔다. 나는 숨을 크게 들이마시고 말을 이었다.

"근데 엄마는 APD가 아니었어요. 그 기록은 가짜였어요."

"내가 서명한 게 아니란 건 확실히 말할 수 있어. 그게 언제였다고?"

"2013년 4월이요."

"그게 바로 답이네. 그때 내 컴퓨터를 해킹당했거든. 컴퓨터를 해킹한 사람이 내 서명을 위조해서 사용한 모양이구나."

박사는 어깨를 으쓱했다.

"왜 해킹당했는지는 아세요?"

노스가 끼어들었다.

"아, 알고말고. 그 당시에 내가 중요한 임상 실험을 진행했는데, 누군가는 그걸 발표하지 않길 바랐나 봐. 내 로그인 정보를 이용해서, 마치 내가 스스로 한 것처럼 데이터를 조작했어."

"무슨 임상 실험이었는데요?"

"나노봇이 뇌의 옥시토신을 대신해 작용할 수 있는지 연구했어."

심리학 시간에 옥시토신에 대해 배운 적이 있었다. 나는 노스가 이해할 수 있도록 일부러 이렇게 말했다.

"그건 사랑과 관련 있는 호르몬이잖아요."

힐드브랜드 박사가 대답했다.

"맞아. 모성애를 불러일으키고, 출산 시에는 자궁을 수축해 분만을 돕지. 성적 흥분을 유발하는 역할을 해서 '사랑의 묘약'이라 불리기도 해. 하지만 나는 이 호르몬이 인간의 신뢰에 미치는 영향에 더 관심이 있었어. 옥시토신을 코에 뿌리면 상대에 대한 신뢰감이 증대된다는 연구 결과를 검증해 보고 싶었지. 그 이상은 말할 수 없어. 징계를 받고 난 뒤, 합의 과정에서 비공개 서약을 했거든."

"징계라고요? 데이터 기록 때문인가요?"

노스가 묻자, 힐드브랜드 박사가 고개를 끄덕였다.

"해킹당한 걸 증명할 수가 없었어. FDA에서는 내가 데이터를 조작했다고 결론내렸어. 그래서 실험을 중지시키고 의사 자격을 박탈했지."

박사가 고통스러운 표정을 지었다.

"그 당시에 조수가 테덴 학생이었다고 말씀하셨죠? 혹시 이름이 기억나세요?"

내가 물었다.

"패티. 아니, 페니인 거 같아."

"확인해 주실 수 없나요? 매우 중요한 거라서요."

힐드브랜드 박사가 잠시 내 얼굴을 살폈다. 그러더니 고개를 끄덕이면서 의자를 돌렸다. 뒤에 있는 책꽂이에 하얀색 바인더가 여섯 개 꽂혀 있었다. 박사는 그중에서 '2013/시녹스'라고 적혀 있는 걸 집어 들었다.

"합의 사항 중에는 모든 데이터를 삭제해야 한다는 내용도 있었어. 하지만 이 완벽한 연구 결과를 도저히 다 없앨 수가 없었지. 그래서 디브이디와 종이로 남겨 두었단다."

박사는 G-태블릿을 옆으로 치우고 바인더를 책상에 내려놓았다. 그리고 종이를 뒤적거렸다.

"아마 이름이 여기 어딘가에 있을 거야."

"근데 테덴 연구소에는 어떻게 가신 거예요? 혹시 테덴 영재 학교 출신이세요?"

내 물음에 힐드브랜드 박사가 웃음을 터뜨렸다.

"아니, 난 그 근처에도 안 갔어. 공립학교만 죄다 다녔는걸. 그렇기 때문에 내가 테덴 재단에서 장학금을 받은 게 더 대단한 일로 평가되었지. 거기는 동문이 아니면 거의 지원을 안 하거든."

순간, 머리카락이 쭈뼛 서는 느낌이 들었다. 이곳으로 오는 기차 안에서 테덴 재단에 대한 글을 읽었다. 테덴 재단에서는 왜 이 연구에 후원을 했을까? 그게 엄마하고 무슨 상관이 있는 거지?

나는 책상 위에 놓인 바인더를 보면서 한 장 한 장 넘겨 가며 샅샅이 읽고 싶은 충동에 휩싸였다.

"페리 위버. 혹시 아는 이름이야?"

힐드브랜드 박사가 손가락으로 종이를 톡톡 치며 말했다.

나는 고개를 저었다.

"더 이상 말해 줄 게 없어 미안하구나."

힐드브랜드 박사가 바인더를 원래 자리에 꽂았다. 나는 이대로 허무하게 나오기는 싫었지만, 아무리 사정을 한다 해도 그 바인더를 얻을리는 만무하다는 생각이 들어서 힘없이 발길을 돌렸다.

나는 복도로 나오자마자 노스에게 속삭였다.

"저 바인더를 봐야 해."

"알아."

노스는 이렇게 대답하고는 아이폰을 꺼내 들었다.

"거기 들어간 순간부터 내내 그 생각만 했어. 저 사람을 연구실에서 나오게 할 방법을 짜내느라……."

"그래서?"

"화재 경보기를 울려 볼게. 제어판을 건드리면 돼. 잠시만 기다려."

노스가 입술을 깨물면서 화면에 무언가를 입력하더니 클릭을 했다. 몇 분 뒤, 화재 경보음이 크게 울리기 시작했다. 그러다 복도로 난 문이 열리면서 사람들이 밖으로 쏟아져 나왔다. 노스는 빈 사무실로 나를 끌고 들어가 숨었다. 잠시 후 힐드브랜드 박사가 발을 질질 끌면서 복도로 나온 뒤 우리를 지나 계단으로 사라졌다. 곧 복도가 텅 비었다.

"내가 갈게."

노스가 말했다.

"안 돼. 내가 갈게. 넌 잡히면 안 되잖아."

"너는 잡혀도 되고?"

나는 노스의 말을 무시하고 힐드브랜드 박사의 연구실로 뛰어 들어 갔다. 다행히 문이 열려 있었다. 나는 바인더를 손에 쥐고 문을 향해 가 다가 걸음을 뚝 멈추었다. 만약 이게 통째로 사라지면 금방 눈치를 챌 거다. 디브이디를 바지 허리춤에 끼운 뒤 바인더를 열어 보려는 순간, 복도에서 발자국 소리가 들렸다.

　"이번 주에는 화재 훈련이 없었다니까."

　힐드브랜드 박사의 목소리였다.

　"연구실에서 나오기 전에 럭스를 확인했어야 했는데. 그랬음 계단을 한꺼번에 서너 개씩 내려가는 일은 안 해도 되었잖아."

　어떡해, 어떡해, 어떡해. 나는 겁에 질려서 바인더를 도로 제자리에 꽂고 숨을 곳을 찾았다. 이 작은 연구실에는 옷장조차 없었다. 망했다. 게다가 아직 바인더의 내용물은 꺼내지도 못했다.

　"럭스가 나가라고 하지 않는 이상, 화재 경보기가 울리든 말든 가만 히 있어도 된다는 거잖아요."

　다른 여자가 대꾸했다.

　"힐드브랜드 박사님."

　그때 노스의 목소리가 들렸다.

　"자꾸 귀찮게 해서 죄송해요. 잠시만 시간을 내주실 수 있으세요?"

　나는 발을 멈추었다. 노스가 여기서 빠져나갈 시간을 벌어 주려는 모 양이었다. 다른 곳으로 이동하는지, 두 사람의 목소리가 점점 멀어졌다. 나는 연구실에서 뛰쳐나와서 계단 쪽으로 살금살금 걸어갔다.

　시간이 얼마쯤 지났을까? 계단에 앉아 숨을 고르고 있을 때 노스가 나타났다.

　"가자."

노스가 나를 일으켜 세우면서 말했다.

디브이디에는 기대한 것보다 훨씬 많은 것이 들어 있었다. 영상은 지금보다 더 젊고 날씬한 힐드브랜드 박사가 임상 실험의 설계에 대해 설명하는 부분으로 시작했다.

"통제 집단은 플라세보 효과를 받습니다. 식염수를 코에 뿌리는 거지요. 실험 집단도 코에 뿌리는 스프레이를 받습니다."

박사가 주사기를 집어 들었다.

"여기에는 나노 크기의 로봇이 이천 개 들어 있습니다. 이 나노봇은 실험 집단의 뇌 속 편도체로 침입하게 프로그램되어 있습니다. 편도체는 감정을 조절하고, 공포에 대해 학습하며, 기억에 중요한 작용을 합니다. 또한 신경 전달 물질을 원격 조정하는 역할을 하지요."

"이 사람이 사람들 뇌에 나노봇을 집어넣은 거야?"

나는 믿을 수가 없어서 소리쳤다. 노스의 눈도 내 눈처럼 커졌다.

"실험 참가자는 매일 5분간 우리 수석 연구원을 만납니다. 대신에 실험 참가자에게는 짤막한 심리 치료 시간이라고 알려 줍니다."

박사가 주사기 대신 작고 까만 리모컨을 들었다. 나는 리모컨 뒤편에 새겨진 G 로고를 바로 알아보았다. 그노시스 제품이었다. 하지만 2013년에는 그노시스가 거의 알려지지 않았을 때였다. 이 임상 실험에 그노시스는 어떤 관련이 있는 걸까?

"실험을 시작할 때마다 연구원이 이 리모컨의 버튼을 누르면 매우 짧은 거리에서 고주파 신호가 발산됩니다. 이 신호는 통제 집단에게는 아무 영향을 미치지 않지만, 실험 집단의 경우에는 나노봇을 자극해서 신경 전달 물질을 방출합니다."

노스가 정지 버튼을 눌렀다.

"자, 이거 확실히 하자. 이 여자는 사람들 뇌에 로봇을 넣은 것뿐만 아니라 사람들의 뇌에서 일어나는 호르몬 작용에 장난을 친 거야. 심지어 실험 당사자에게는 알려 주지도 않고."

나는 이 엄청난 사실에 두려움이 몰려왔다.

"노스, 만약 엄마가 실험 집단 중 한 명이었으면 어떡하지?"

"그만 볼래?"

노스가 물었다.

"나머지는 나 혼자서 봐도 돼."

"아니야, 보고 싶어."

내 목소리가 생각보다 조금 컸다.

"신호를 보내고 3분 뒤, 수석 연구원이 실험 집단에게 이 물약을 먹을 건지 묻습니다."

힐드브랜드 박사 '독극물' 라벨이 붙은 병을 들어 올렸다.

"독이라고?"

내가 어안이 벙벙해져서 말했다. 노스가 고개를 저었다.

"진짜 독일 리가 없어."

힐드브랜드 박사가 우리말을 듣기라도 한 듯이 설명을 이어 갔다.

"이것은 설탕물입니다. 하지만 연구원은 사람들에게 독약이라고 말합니다. 어떤 이성적인 사람도 따르지 않을 상황을 연출해서, 우리는 인간의 신뢰에 영향을 주는 외부 자극을 알아보고, 더 중요하게는 이 자극을 조종할 수 있는지를 연구하고자 합니다."

"사람들이 저걸 마실 리가 없지 않아?"

'첫째 날'이라는 글씨가 화면에 떴을 때 내가 말했다. 노스는 그저 고개를 저을 뿐이었다.

"어떤 게 더 나쁜 건지 모르겠어. 나노봇인지 독약인지."

첫째 날 실험을 보는 내내 마음이 두근거렸다. 하지만 엄마는 없었고, 아무도 독을 마시지 않았다. 연구원은 한 명 한 명에게 같은 내용을 설명했다.

"여기에는 인간에게 치명적인 독이 들어 있습니다. 이걸 마시기를 권합니다."

그 말을 듣고 대부분은 웃어 넘겼다. 몇 명은 화를 내고, 한 명은 자리를 박차고 나가 버렸다. 셋째 날까지 똑같았다. 연구원은 질문을 하고, 사람들은 거부를 했다. 하지만 넷째 날이 되자 상황이 바뀌었다. 우리는 실험 집단에 속한 열두 명이 모두 독약을 마시는 것을 보면서 입을 쩍 벌렸다.

"말도 안 돼."

노스가 참았던 숨을 내쉬었다.

우리는 남은 엿새 동안의 실험 과정을 마저 지켜보았다. 머리에 나노봇을 넣은 실험 집단은 매번 독약을 마셨다. 게다가 대부분은 기꺼이, 더 이상한 건 아무 일도 없다는 듯이 멍한 미소를 지었다. 물론, 그건 독약이 아니었다. 하지만 저 사람들은 그걸 모르고 있었다.

마지막 날의 실험이 끝나자 나는 눈을 질끈 감았다. 무언가 마음이 찜찜했지만, 그게 뭔지는 알 길이 없었다.

"우리 연구팀은 테텐 재단의 아낌없는 지원에 진심으로 감사를 드립니다. 적극적으로 도와주신 그노시스와 소자에도 감사의 말씀을 드립니다. 소자는 나노봇의 특허를 공유합니다."

힐드브랜드 박사의 목소리가 들렸다. 나는 눈을 번쩍 떴다.

"소자! 왜 이 이름이 귀에 익은 거 같지?"

"그거야 거기 로고가 약국 창문마다 붙어 있어서겠지. 독감 백신 스프레이를 제조하는 회사잖아."

노스가 독감 백신 스프레이라는 말을 내뱉자마자, 무언가 내 머리를 후려치는 듯한 느낌이 들었다. 벡은 골드 베타 테스트를 신청한 날, 독감 백신 스프레이를 받으러 약국에 갔다. 코에 뿌리는 스프레이, 힐드 브랜드 박사가 실험에서 사용한 것과 똑같은⋯⋯. 갑자기 계속 거슬리던 게 뭔지 깨달았다. 나노봇을 활성화시키는 신호는 고주파수의 오디오 신호였다.

초음파. 노스네 비밀의 방에서 들었던 음악 소리가 떠올랐다. 벡이 왜 갑자기 럭스의 신봉자가 된 건지 이제야 이해가 되었다. 벡의 뇌 속에 들어 있는 나노봇이 그렇게 하라고 시켰기 때문이다.

"빌어먹을, 빌어먹을, 빌어먹을, 빌어먹을!"

"우아, 진정해. 너, 지금 승객 행동 강령을 깼어. 욕설 금지!"

노스가 객실 벽에 붙은 표지판을 가리켰다. 하지만 나는 화가 나서 미칠 지경이었다.

"노스, 장난이 아니야. 소자와 그노시스가 사람들의 뇌 속에 나노봇을 넣었어. 연구에서뿐만이 아니라 실제로⋯⋯."

"독감 백신 스프레이를 통해서 말이지."

노스가 덤덤한 목소리로 대꾸하자, 그것 때문에 더 화가 났다.

"그래, 생각해 봐. 그노시스가 뚜렷한 이유도 없이 제미니 골드를 구형 모델보다 싸게 팔고 있어. 제미니 골드가 고주파를 방출하는 기계인 거지. 소자는 독감 백신 스프레이를 무료로 풀었고. 그 덕분에 너만큼이나 럭스를 믿지 않던 애가 제미니 골드의 베타 테스트에 지원한 것도 모자라, 모든 조언을 충실히 따르게 되었어."

나는 승객들을 바라보았다. 모든 사람이 제미니 골드를 손목에 차고 있었다. 그들은 쉼 없이 그걸 들여다보면서 얼굴 가득 미소를 머금었다.

"주변을 보라고! 이게 정상으로 보여?"

"사람들이 제미니 골드에 좀 심하게 빠져 있긴 하지."

"너를 설득시키는 게 이렇게 어려울 줄이야. 너야말로 럭스를 반대해 왔잖아."

"맞아. 하지만 그건 사람들이 의사 결정 앱에 그렇게 매달리지 말아야 된다고 생각해서야. 앱이 사람들의 뇌를 조종한다고 생각해서가 아니고. 로리, 만약 네가 말하는 게 사실이라면……."

"사실이 맞아. 이제 우리가 밝혀내야 해."

노스가 물었다.

"어떻게 할 건데? 각종 매체에다 이메일이라도 보낼까? 아니면 유투브나 포럼에라도 올려? 사람들은 우리더러 미쳤다고 할 거야."

노스 말이 맞았다. 특히나 우리 가족력을 보면 더더욱.

곧이어 노스가 충격에 빠진 듯이 말했다.

"그런데 그게 사실이라면 너무 엄청난 일이야. 그게 미칠 영향을 생각해 봐. 사람들이 보고 듣고 사는 걸 누군가가 마음대로 결정할 수 있어. 사람들은 아무것도 모른 채 자신들을 위해 결정을 하는 거라고 생각할 테지. 끔찍하게 똑똑하다."

"그럼, 이게 다 그것 때문일까?"

내가 물었다.

"돈?"

노스가 코웃음을 쳤다.

"돈이 아니면 뭐겠어? 생각해 봐. 장난감 회사가 그노시스한테 자기네 장난감 가게로 부모들을 보내 달라고 하면서 얼마를 지불할지, 사람들이 몰랐으면 하는 뉴스 기사를 숨기는 게 얼마나 쉬울지."

"우리 엄마가 여기에 맞선 걸까? 그래서 가짜 병을 만들어 진단을 내리고 엄마를 학교에서 쫓아낸 걸까?"

지금까지는 엄마를 미친 사람으로 보이게 하는 것이 누군가의 개인적인 이유 때문일 것이라고 생각했다. 하지만 이제는 생각이 바뀌었다. 어쩌면 엄마는 우연히 이 연구에 대해 알게 되었고, 이걸 폭로하겠다고 위협했을지도 모른다.

나는 가방에서 허쉬가 준 졸업 앨범을 꺼냈다.

"그게 뭐야?"

노스가 물었다.

"2013년도 졸업 앨범. 페리 위버도 그때 테덴 졸업생이었잖아. 어쩌면 그 사람도 이 모든 일에 연루되어 있었을지도 몰라."

나는 앨범을 넘기기 시작했다. 노스가 나직이 물었다.

"너네 엄마 사진 좀 보여 줄래?"

나는 H를 천천히 지나서 I를 넘기고, J로 가서 엄마를 찾았다. 아비아나 제이콥스. 엄마의 곱슬곱슬한 머리카락은 어깨까지 내려왔다. 그노시스의 제미니 골드 출시 기념 파티에서 내가 했던 머리 모양과 똑같았다. 눈동자도 나와 똑같이 아몬드형이다. 하지만 우리는 딱 복사본은 아니었다. 엄마의 머리카락은 나처럼 진한 갈색이 아니라 연한 갈색이었고, 엄마의 코와 볼을 덮은 주근깨는 연한 색인데, 내 얼굴에 있는 주근깨는 진한 색이었다.

"우아, 엄마 미인이시다. 근데 목걸이를 안 하셨는데?"

노스가 말하면서 까만 벨벳 가운 위로 드러난 쇄골을 손으로 가리켰다. 나는 본능적으로 손을 목으로 가져갔다. 펜던트는 지금 노스의 무릎 위에 놓인 노트북에 꽂혀 있었다.

그다음으로 페인 회장을 찾아보았다. 학급 사진에서처럼 긴 머리를 앞으로 빗어 넘겼는데, 나랑 같은 색깔이었다. 눈은 나처럼 둥글지 않지만 똑같은 파란색이고 볼에 보조개가 있었다.

"너는 두 분을 골고루 닮았어. 그것도 두 분의 좋은 점만."

노스가 부드럽게 말했다.

나는 손가락 끝으로 아빠의 얼굴을 만졌다. 아빠는 열아홉 살 때 어떤 모습이었을까? 이상하게도 엄마보다 더 친근하게 느껴졌다. 오히려 엄마가 더 비밀에 감싸여 있었다. 페인 회장에 대해서는 적어도 아는 게 몇 가지는 되니까.

문득 금요일 밤에 들것에 실려 나가던 페인 회장의 모습이 떠올라서 앨범을 재빨리 넘겼다. T를 뒤져서 타서스 선생님을 찾다가 이내 결혼해서 성을 바꾸었을 거라는 데 생각이 미쳤다. 그래서 이번에는 W로 가서 페리 위버를 찾았다.

"위버, 위버."

나는 이렇게 중얼거리면서 손가락으로 페이지를 넘겼다. 딱 한 명이 있었다. 이름 위에 있는 사진을 보는 순간, 나는 놀라서 숨을 헉 내쉬었다. 보기 드물게 아름다운 얼굴이었다. 커다란 눈에 티끌 한 점 없이 까만 피부. 그리고 앞니 사이에 살짝 틈이 보였다. 타서스 선생님이었다.

이 세상에는 두 가지 종류의 사람이 있다

나는 페리 위버의 얼굴을 머릿속에서 오래도록 지우지 못했다. 십 대 시절 타서스 선생님은 눈부실 정도로 아름다운 소녀였다. 그런데 어쩌다 그노시스와 얽힌 걸까? 그게 엄마하고는 무슨 상관이 있는 거지?

외모를 거짓으로 꾸밀 수 있는 건 알지만, 페리 위버의 사진은 내가 마음속에 가지고 있던 사진이랑 도무지 일치하지 않았다. 타서스 선생님의 과거라고 예상되는 모습도 아니었고, 심장이 얼어붙은 괴물로 변할 얼굴로도 생각되지 않았다. 사진 속의 얼굴은 무척 착해 보였다.

그날 밤에는 비밀 동아리의 입회식이 있었다. 나는 줄곧 여러 가지 생각에 사로잡혀 있었다. 지금쯤 다른 사람들은 얼마나 신이 나 있을까? 룸메이트가 잠들기만을 애타게 기다리고 있을까? 아니면 아직 깨어 있는 룸메이트에게 한밤중에 몰래 나가는 것에 대해 적당히 핑계를 찾아 둘러대고 있을까?

나는 옷을 세 겹으로 챙겨 입고 머리를 풀었다. 미리 받은 망토를 숲에서 걸친 다음 모자를 덮어써 얼굴을 가리라는 지시를 받았다. 그런

다음 묘지 정문에서 2학년 '인도자'의 안내를 받는 것이었다.

겉옷을 입기 전에, 펜던트에 키스를 하면서 행운을 빌었다. 노스가 암호를 풀기 위해 파일을 하드 드라이브로 옮기고 펜던트를 돌려주었다. 왠지는 모르지만 이걸 목에 둘러야 안심이 되었다. 어쩌면 그사이에 길들여진 건지도 모르겠다.

그때 갑자기 럭스의 목소리가 울렸다.

"60초 안에 출발해야 해."

나는 제시간에 도착하기 위해 일부러 럭스를 사용했다.

"비 올 확률이 75퍼센트야. 비옷을 입는 게 좋겠어."

"벨벳 가운은 어떨까?"

나는 털옷의 지퍼를 올리면서 비꼬아 말했다.

"벨벳은 방수가 안 돼. 하지만 망토는 방수가 돼."

럭스가 대답했다. 순간 나는 얼어붙었다.

"방금 뭐라고 했어?"

"'하지만 망토는 방수가 돼.'라고 말했어."

럭스가 대답했다. 나는 서랍장 위에 올려 둔 제미니를 들어서 화면을 응시했다. 럭스가 망토에 대해 어떻게 알지?

"당장 출발해야 해."

럭스가 말했다. 나는 럭스가 망토의 존재를 안다는 사실에 충격을 받은 나머지, 멍한 얼굴로 가방을 들고 밖으로 나왔다.

숲에 도착해 망토를 어깨에 막 걸치려는 찰나, 제미니에서 전화가 왔다는 알림음이 울렸다. 케이트에게서 온 전화였다. 노스가 분명했다. 방금 숲으로 들어섰기 때문에 묘지의 문까지 가는 데 2분도 채 남지 않았다. 서둘러야 했다. 발밑에서 나뭇잎이 바스락거렸다.

"어디야? 밖인 거 같은데."

내가 전화를 받자마자 노스가 급하게 물었다.

"잠이 안 와서 산책 나왔어."

나는 거짓말을 했다.

"거기 통금 시간 있지 않아?"

"학교 안에만 있으면 돼."

두 번째 거짓말이었다. 이렇게 숲으로 들어왔으니 학교 안에 있는 건 아니었다. 더 이상 거짓말을 하고 싶지 않아서 나는 얼른 주제를 바꿨다.

"암호를 깬 거야?"

"응. 그리고 아, 세상에! 로리, 이건……."

"얼른 말해 봐."

내 가슴이 방망이질치기 시작했다. 노스가 재빨리 말했다.

"파일이 세 개야. 처음 건 2013년 4월에 작성되었는데, 그노시스 내부 문서로 하이페리온이라는 프로젝트에 대한 거야. 그노시스와 소자 간의 협력, 그러니까 '뇌에서 옥시토신의 작용을 모방하는 나노봇의 개발'에 대한 거야. 그노시스와 소자의 임원 대부분이 서명했고, 받은 즉시 폐기하라는 내용에 도장이 찍혀 있어. 로리, 네 말이 맞았어."

네 말이 맞았어. 그 말이 내 머릿속에서 반복해 울려 퍼졌다. 뒤이어 내 가슴속으로 확신이 번져 나갔다.

노스는 말을 점점 더 빨리했다.

"메모에는 나노봇이 그노시스가 개발 중인 새로운 의사 결정 앱과 연동이 된다고 했어. 사용자가 앱을 절대적으로 신뢰하도록 만드는 거지. 내 생각에 힐드브랜드 박사가 개발한 나노봇이 좀 허술해서 원하는 대로 되지 않았던 것 같아. 그래서 직접 R&D를 세우고 오 년간 개발한 거지."

"오 년이라고? 십칠 년이나 된 건데?"

"R&D에서 오 년이라는 거야. 십이 년은 말 그대로 '준비 기간'인 거지. 이 전략이 얼마나 치밀한지 몰라. 이자들은 스마트 기기 시장을 먼저 장악해야 한다는 걸 미리 알았어. 그 뒤 점차적으로 사람들이 의사 결정 앱에 적응하게 만든 거고. 심지어 주사기로 맞는 백신을 얼마나 지속할 건지에 대한 계획까지 세웠어."

나는 이제 묘지에서 10미터가량 떨어져 있었다. 주위를 둘러보았지만 리암 선배는 아직 눈에 띄지 않았다.

"나머지 파일 두 개에는 뭐가 들어 있어?"

"두 번째 건 명단이야. 앞의 그 메모에 서명한 그노시스랑 소자 임원들. 거의 수백 명쯤 돼. 다들 업계 거물이야."

"그냥 명단만 있어?"

"응, 근데 이름 옆에 문자랑 숫자의 조합이 있어. 마이아 릿슨, 소자 연구소 CEO, 감마 88. 알람 빌조엔, 그노시스 COO, 알파 99. 내가 사진 찍어서 보내 줄게."

나는 내 망토의 옷깃을 가만히 내려다보았다. 제타 32. 사진은 볼 필요도 없었다. 그 문자와 숫자의 조합이 무엇을 의미하는지 너무도 잘 알고 있었다. 순간, 가슴을 망치로 맞은 것처럼 아파 왔다. 그 목록의 이름은 현자의 구성원들이었다. 그런 범죄 행위를 용인한다고 서명한 사람들이 바로 현자였던 것이다.

오, 세상에! 비밀 동아리가 이 모든 것의 배후였다.

"오, 안 돼!"

나도 모르게 중얼거렸다.

"로리, 왜 그래?"

"세 번째 파일은 뭐야?"

내가 급히 물었다.

"사진 말이야. 이건……."

바로 그때, 신호가 끊겼다. 나는 제미니 화면을 보았다. 서비스 안 됨. 고개를 들고서야 어느새 내가 묘지 안으로 들어와 있는 걸 알아차렸다. 갑자기 도망가고 싶다는 생각이 들었다. 현자가 이 모든 것의 배후라니! 《실낙원》의 인용 문구, 피보나치 수열을 수놓은 담요, 펜던트 목걸이……. 이제 뭔가 알 것 같았다. 엄마는 나한테 경고를 하려고 한 것이었다.

"준비됐어?"

그때 리암 선배의 목소리가 들려서 뒤를 돌아보았다. 선배가 바로 뒤에 서 있었다.

"늦어서 미안. 서둘러야 해."

"나는……."

선배의 손이 벌써 내 입 쪽으로 향했다. 말을 시작하기도 전에 입속에 체리 맛이 느껴졌다.

이번에 리암 선배가 데려간 곳은 원형 경기장이 아니었다. 정신을 차렸을 때는, 다른 신입 회원들이랑 같이 좀 더 작은, 정사각형으로 생긴 작은 방에 서 있었다. 천장이 훨씬 낮고 네 벽이 모두 돌로 되어 있었다. 노란 촛불이 켜져 있어서 그런지 묘한 분위기가 감돌았다. 원형 경기장에 있을 때와는 달리, 방의 구석구석이 훤히 보였다.

한쪽 벽에는 화강암으로 만든 제단이 있었다. 그 뒤에는 에덴의 동산 그림이 그려진 융단이 벽에 걸렸다. 문이 마주 보는 방향으로 두 개가 나 있었다. 만약 여기를 피보나치 수열에 따라 만들었다면, 옆에 있는 방은 차례로 조금씩 더 커질 거다. 이 방은 몇 번째 수열일까? 가운데에서 얼마나 떨어져 있을까?

리암 선배는 거기에 출구가 있다고 말했다. 나는 거기로 달려가는 모습을 상상했지만, 이미 늦었다는 걸 잘 알고 있었다. 나는 꼼짝없이 잡혔다. 갑자기 공포가 밀려왔다. 고작 이런 델 들어오려고 그렇게 애를 썼단 말인가?

내 옆에 서 있는 남학생 두 명이 수군거리고 있었다. 말할 때마다 흥분한 기색이 역력했다. 한 명이 망토 소매 자락을 걷고 땅콩을 입안에 털어 넣었다. 그때마다 땅콩 냄새 때문에 숨이 막혔다. 나는 땅콩 알레르기가 있었다. 그래서 몇 걸음 뒤로 물러나며 내 목구멍을 타고 올라오는 쓴맛을 꿀꺽 삼켰다.

시간은 하염없이 흘러갔다. 나는 다른 신입 회원의 얼굴을 보려고 했지만, 다들 지시에 따라 모자를 푹 눌러써서 얼굴을 죄다 가렸다. 아까 그 아이는 계속 땅콩을 먹고 있었다. 참 많이도 가져온 모양이었다. 나는 마음속으로 간절히 빌었다. 제발, 나를 여기서 내보내 줘.

얼마 뒤, 돌이 움직이는가 싶더니 문이 스르륵 열렸다. 뱀 가면이 갈색 가죽에 싸인 책을 두 손에 들고 성큼성큼 걸어 들어왔다. 가면은 아마도 그 사람의 지위를 상징하는 것 같았다. 갑자기 위가 뒤틀렸다. 우리의 대장이 뱀이라니! 어떻게 지금까지 그것이 하나도 마음에 거슬리지 않았을까?

뱀 뒤로 두 사람이 따라 들어왔다. 한 명은 여우 가면을 썼고, 다른 한 명은 올빼미 가면을 썼다. 가면을 쓴 세 사람은 각각 제단 뒤에 자리를 잡았다.

이윽고 뱀이 가죽 책을 펼쳤다.

"이 세상에는 두 가지 종류의 사람이 있다."

뱀이 말을 이었다. 토요일의 보여 주었던 다정함은 사라지고 없었다.

"현명한 자와 어리석은 자. 현명한 자는 지혜롭고, 의지가 강하며, 용감하다. 어리석은 자는 충동적이고, 의지가 약하며, 주인을 기다린다. 현명한 자는 자신이 주인이라는 것을, 즉 자신이 의지를 가진 신이라는 사실을 안다."

뱀은 책을 읽을 것처럼 펼쳤지만, 책장에는 눈길조차 주지 않았다.

"그들을 자유롭게 만들었다. 스스로의 노예가 될 때까진……."

뱀이 큰 소리로 외쳤다. 내가 한참 전에 외우려고 애쓰던 글귀를 뱀의 입을 통해 듣고 있으려니 뒷목에 소름이 쫙 돋았다.

"자유롭게 지내리라. 아니면 그들의 본성을 바꾸고."

순간, 나는 깨달았다. 본성을 바꾸라. 이게 바로 하이페리온 프로젝트가 의도하는 바였다.

뱀이 책에서 고개를 들더니 말을 멈추고 우리를 하나하나 살폈다. 나는 가면 속의 눈을 똑바로 바라보지 않으려고 애썼다.

뱀이 다시 말을 이었다.

"'타락하다.' 에덴에서 일어난 일을 밀턴이 묘사한 것이다. 인간이 고통을 경험하는 것에 대해 하는 말이지. 하지만 에덴의 동산에서 일어난 일은 타락한 것이 아니다. 오히려 영광스러운 쿠데타였다. 아담과 이브가 선악과를 먹는 순간, 둘은 자신을 창조한 신과 동일해졌다. 따라서 원래의 신이 불필요해진 것이다. 아담과 이브가 그날 얻은 현명함은 소수를 선택하여 지금까지 전달되어 왔다. 그 소수는 사람들 사이에서 신으로 살고자 태어난 남자와 여자다."

또다시 살갗에 소름이 돋았다. 저 사람들은 자신들을 신으로 생각하고 있는 것이다.

"지난 250년 동안, 그 소수는 인류가 에덴에서 쫓겨났을 때 잃어버린 천국을 다시 건설하고자 노력했다. 우리의 조상은 테덴 영재 학교를 만들어서 현명한 자를 키우고, 매년 가장 우수한 학생들을 선발해 이 모임에 초대했다. 그대들이 이 자리에 오게 된 것은 지혜 덕분이다. 그대들의 친구들은 똑똑하지만 나약하다. 그들은 이해력은 지녔지만 의지가 충분하지 않다. 그래서 세상에는 나머지 사람이 있는 거다."

뱀은 이 사이로 혀를 끌끌 찼다.

"어리석은 자는 항상 주인을 찾는다. 자신의 자유에 만족하지만, 언제든 그것을 쉽게 포기하려고 한다."

갑자기 모든 게 뚜렷이 보였다. 저 사람들이 하이페리온 프로젝트를 통해서 이루려는 것, 그노시스가 럭스를 통해서 그동안 벌여 온 것……. 저 작은 금색 상자를 손목에 차고 있으면 뭐든 다 알아서 해주는데, 대단한 지혜가 왜 필요하단 말인가? 저 작은 기계 뒤에는 사람들을 일일이 조종하는 자가 따로 존재한다. 새장에 갇힌 새는 행복할수록 벗어나려 하지 않는다. 럭스를 선택하고 나면 자신의 의지가 아니라 나노 크기의 로봇이 뇌를 조종하게 되는 것이다.

나는 금방이라도 토할 것만 같았다.

"우리의 목표는 낙원 그 이상도 이하도 아니다. 새로운 에덴을 건설하는 것이다."

갑자기 내 주변의 신입 회원들이 우레와 같은 박수를 쳤다. 나는 믿을 수가 없어서 주위를 휘둘러보았다.

"이제 그대들의 신성함을 공표하고 맹세를 받을 시간이다."

뱀이 선언하듯이 말했다. 안 돼, 안 돼, 안 돼, 안 돼! 내 마음속에서 비명을 질렀다. 이번에는 목소리가 두 개였다. 다웃과 내 목소리.

첫 번째 이름을 부르자, 나머지 아이들은 서로 쿡쿡 찌르면서 흥분을 감추지 못했다. 나는 도망가고 싶어서 주변을 연방 두리번거렸지만 다른 쪽 문은 굳게 잠겨 있었다. 우리는 지하에 있기 때문에 어느 문이 출구로 향하는지 알 수가 없었다. 게다가 지금 여기서 도망가는 건 좋은 방법이 아니었다.

그때 바닥에 무언가가 떨어지는 소리가 들렸다. 땅콩을 먹던 아이의 망토에서 봉투가 떨어진 것이었다. 아이가 재빨리 망토 자락으로 가리려 했지만, 땅콩 몇 알이 내 쪽으로 굴러와서 내 발밑에 멈추었다. 나는 땅콩을 오래도록 바라보았다.

이게 나가는 길이다. 자칫하다간 내가 죽을 수도 있지만, 알레르기 반응이 일어나 나를 여기서 무사히 내보내 줄 것이다. 이 상황을 해결해 주는 유일한 방법이다. 여기서 맹세를 바칠 수는 없다.

"두려워하지 마."

다웃이 속삭였다. 나는 마음을 굳혔다. 그리고 제단을 올려다보았다. 뱀은 여자 신입 회원의 엄지를 거울의 얇은 조각으로 긁으며 맹서의 말을 읊었다. 신입 회원은 맹세를 따라 했다. 자신의 삶을 동아리를 위해 바치며, 동아리의 존재나 자신이 가입한 사실을 절대로 발설하지 않겠다고 약속했다.

목소리가 매우 귀에 익었다. 레이첼이라는 걸 깨닫는 데 그리 오래 걸리지 않았다. 뱀이 레이첼의 엄지손가락으로 가죽 책을 꾹 누르고 나서 서명을 하라고 깃털이 달린 펜을 내밀었다. 뱀이 신입 회원에게 주의를 파는 데는 8초 정도 걸렸다. 바닥에 떨어진 땅콩을 줍기에는 충분한 시간이었다.

"엡실론."

뱀이 다음 사람을 불렀다. 그리스어의 다섯 번째 글자였다. 순서대로 불렀다. 땅콩을 먹던 아이가 제단으로 향했다. 그다음은 제타일 거다. 지금 당장 해야 한다.

나는 뱀이 남자아이의 엄지를 잡는 순간을 기다렸다. 뱀이 엡실론의 엄지를 책으로 가져갈 때, 나는 바닥에서 땅콩을 잽싸게 주워 입안에 집어넣었다. 모래알을 씹는 것마냥 입안이 까끌까끌했다.

"제타."

뱀의 목소리가 들렸다. 목이 슬슬 간지러웠다. 알레르기 효과가 나타나기 시작한 모양이었다. 나는 제단으로 걸어가서 뱀의 눈을 마주보았다. 나를 향하고 있는 하얀 눈자위와 눈가를 덮은 주름이 보였다.

"나를 따라 하라."

뱀이 내 손목을 잡고 말을 하기 시작했다. 망토 자락이 걷히면서 뱀의 손목이 드러났다. 넷째손가락에 O자가 두 개 겹쳐진 모양의 옥반지를 끼고 있었다. 곧 숨이 차기 시작했다.

뱀은 내가 따라 해야 할 맹세를 읊었지만 정작 나는 입을 달싹이지 못했다. 어느새 부어오른 목구멍에서 쉭쉭거리는 소리가 났다. 나는 뱀의 입술이 닫히면서 회색 눈썹이 위로 치켜 올라가는 걸 보았다.

"숨을 못 쉬겠어요."

나는 무릎을 꿇으면서 가까스로 말을 내뱉었다.

"알레르기 반응이에요."

어디선가 여자 목소리가 들렸다. 뱀과는 달리, 목소리 변조기를 사용하지 않았다. 나는 누구인지 금세 알아차렸다. 지난 두 달간 매일 아침에 들은 목소리였다. 가끔은 꿈에서도 들었다. 그 목소리를 듣자 순식간에 공포가 밀려왔다.

"내가 알아서 할게요."

그 목소리가 재빨리 덧붙였다.

"안 돼요! 타서스 선생님은 안 돼요."

나는 말을 하려고 애를 썼다. 하지만 입에서 말이 새어 나오지 않았다. 곧바로 쓰러지면서 의식을 잃었다.

진실의 조각

　목에 감각이 없고 그저 얼얼했다. 정신을 차리려고 애를 쓰면서 침을 삼키려 하자 바로 또 목이 막혔다. 누군가 나를 질식시키려 하는 모양이었다. 그 손을 잡아채서 치우려고 해도 그럴 수가 없었다. 내 두 손이 단단히 묶여 있었다. 그나마 발은 자유로워서 힘껏 걷어차 보았지만 아무 소용이 없었다. 물속에 잠긴 채 위로 떠오르려고 죽을힘을 다해 버둥거리는 것 같은 기분이었다.

　나는 힘겹게 눈을 떴다. 등을 바닥에 대고 누운 채 손이 탁자인지 침대인지 모를 것에 묶여 있었다. 형광등 불빛이 너무나 강해서 눈이 부셨다. 아, 타서스 선생님이 나를 대체 어디로 끌고 온 거야? 나는 눈을 질끈 감고 코로 숨을 쉬면서 공포에 빠지지 않으려고 애썼다.

　그때 내 목 안에 뭔가 들어 있는 게 느껴졌다. 아, 어떻게든 이걸 꺼내야 한다. 아, 바보 같은 로리! 그노시스와 현자가 한패라는 걸 깨달은 순간, 타서스 선생님이 거기에 올 수도 있다는 걸 눈치챘어야 했다. 타서스 선생님은 당연히 비밀 동아리의 지도층일 거다. 애초부터 조직의 일부였을 테니까. 그런데 타서스 선생님이 그 조직에서 그렇게 높은 자리에 있다면, 내가 어떻게 여기까지 올 수 있었던 거지? 나를 미리 쫓아낼 수도 있었을 텐데. 내가 아직도 모르는 게 엄청 많은 모양이었다.

기계가 윙윙거리는 소리 빼고는 주변이 아주 조용했다. 눈이 차츰 빛에 익숙해지자 주위를 찬찬히 둘러보았다. 병실이었다. 연한 꽃무늬 커튼 사이로 의사와 간호사가 G-태블릿을 들여다보고 있는 모습이 보였다. 그중 한 명이 나랑 눈이 마주치자 곧 미소를 지었다. 분홍색 가운에 테덴 병원이라고 새겨져 있었다. 환자가 정신을 차렸어요. 간호사의 입이 그렇게 말하는 것처럼 보였다.

잠시 후, 간호사가 커튼을 걷었다. 나는 조금씩 정신이 들기 시작했다. 나는 병원에 있었다. 타서스 선생님이 나를 고문하는 것도 아니었다. 희한하게도 내 생명을 구했다.

"안녕? 학생 때문에 다들 얼마나 놀랐는지 몰라요. 목 안에 있는 튜브를 빼 줄게요."

간호사가 친절하게 말했다. 그리고 내 입안에서 튜브를 꺼냈다. 나는 기침을 하기 시작했다.

"목이 며칠 동안 아플 거예요."

간호사가 이렇게 말하면서 내 손목을 묶은 끈을 풀었다.

"손을 묶어 두어서 미안해요. 튜브를 건드리면 안 되어서요."

간호사가 싱크대로 가더니 컵에 물을 담아 왔다.

"조금씩 마셔요."

물을 마시자 목이 타 들어가는 것 같았다. 물을 마저 마시고 나서 빈 컵을 침대 옆에 있는 쟁반에 올려놓았다. 그리고 힘겹게 소리를 내어 물었다.

"제가 여기에 어떻게 왔어요?"

"남자 친구가 데리고 왔어요."

간호사가 대답했다.

"남자 친구가 에피펜(알레르기를 치료하는 주사) 사용법을 잘 알아서 정말 다행이었지 뭐예요. 그게 목숨을 구했어요."

"남자 친구요?"

간호사가 나한테 윙크했다.

"걱정 말아요. 둘이 통금 시간 지난 뒤에 같이 있었다고 학교에 알리진 않을 테니. 혹시 알레르기 반응을 일으킨 이유는 알아요? 땅콩을 꽤 조심하고 있었을 거 같은데. 처음 반응 있고 난 뒤로 파일에 쭉 남아 있던데."

간호사가 나한테 다시 물컵을 건넸다. 나는 물을 한 모금 마셨다.

"스니커즈를 한 입 베어 물었는데……. 럭스에 미리 스캔하는 걸 깜박했어요."

나는 태연하게 거짓말을 했다. 혀를 끌끌 차는 소리가 들렸는데, 고개를 돌려 보니 간호사가 아니었다. 간호사가 나를 지나 문 쪽으로 시선을 돌리더니 슬며시 웃었다.

"잠시도 못 떨어져 있겠나 봐요?"

"아, 얘요? 아니요."

리암 선배는 막 샤워를 했는지 머리카락이 온통 젖어 있었다. 선배가 내 이마에 손을 올렸다. 순간, 팔에 문신한 '람다(그리스어의 열한 번째 문자)'가 눈에 띄었다.

"좀 어때?"

"괜찮아요."

나는 간신히 미소를 지었다. 선배의 손을 홱 뿌리쳐 버리고 싶은 걸 꾹 눌러 참았다. 그냥 리암 선배일 뿐이라고 마음을 다독였다. 하지만 비밀 동아리의 정체를 알고 나자 선배마저도 끔찍하게 느껴졌다. 선배의 눈길이 내 목을 향했다. 나는 습관적으로 손을 뻗어 목걸이를 더듬었다. 앗, 목걸이가 목에 없었다.

내가 정신을 잃은 사이에 타서스 선생님이 가져간 게 분명했다. 하지만 왜? 그게 뭔지 알고 있는 걸까? 나는 물밀 듯이 밀려오는 공포를 애써 달랬다. 다행히 거기엔 더 이상 파일이 없었다. 노스가 다른 데다 복사하고 깨끗이 지워 버렸다. 하지만 여전히 가슴이 방망이질하듯 거세게 뛰었다.

"자, 두 연인에게 시간을 좀 줄게요. 필요한 게 있으면 팔걸이에 붙은 버튼을 눌러요."

간호사는 이렇게 말하고 커튼 밖으로 유유히 나갔다.

"스니커즈를 왜 먹은 거야?"

간호사가 사라지자 리암 선배가 따지듯 물었다.

"그 안에 땅콩이 들어 있다는 걸 깜빡했어요."

내 목소리는 잔뜩 쉬어 있었다.

"왜 럭스에 스캔하지 않았어?"

"모르겠어요. 깜빡했어요."

나는 리암 선배가 손목에 차고 있는 제미니 골드를 바라보았다. 리암 선배의 뇌에도 나노봇이 들어 있을까? 아니면 동아리 회원은 예외일까? 나처럼 독감 백신을 깜빡했거나, 노스처럼 늘 접종하지 않는 사람은 어떻게 되는 걸까? 문득 수백만 명의 사람들이 독감 백신 스프레이를 잊지 않고 꼬박꼬박 뿌리는 데다 제미니 골드까지 굳건하게 손목에 차고 있으니, 고작 몇천 명 정도가 예외로 있다 해도 별문제가 안 되겠다는 생각이 들었다.

"선배가 날 여기로 데려왔어요?"

나는 주제를 바꾸려고 짐짓 이렇게 물었다.

"정신을 잃기 전에 타서스 선생님 목소리를 들은 것 같아서요."

선배가 경계하는 눈빛을 지었다.

"타서스 선생님이 내가 널 이리로 데려오는 게 의심을 덜 받을 거라고 하셨어."

"에피펜은요?"

"그건 타서스 선생님이 가지고 계셨어."

"왜요? 알레르기가 있으시대요?"

"넌 참 궁금한 게 많기도 하다."

리암 선배가 내 질문에 굳이 대답하지 않았다.

"나도 너한테 물어볼 거 있어. 어제 왜 타서스 선생님의 목걸이를 하고 있었어?"

나는 리암 선배의 얼굴을 멍하니 바라보았다.

"뭐라고요?"

"타서스 선생님이 입실론 13이야, 너네 엄마가 아니라……. 심지어 너네 엄마는 현자 회원도 아니던데? 아지트에서 명부를 확인해 봤는데 이름이 아예 없었어."

나는 말을 하려고 입을 달싹였지만 아무 말도 새어 나오지 않았다.

"이봐, 로리. 네가 무슨 일을 벌이든지……."

"난 아무 일도 벌이지 않아요, 선배."

나는 너무 방어적으로 들리지 않도록 말하려 노력했다.

"엄마가 그 목걸이를 나한테 남기셨어요. 그게 타서스 선생님 건지는 확실히 모르잖아요. 설령 타서스 선생님의 동아리 이름이랑 똑같다고 해도, 그 목걸이가 선생님 거라고 단정할 수는 없어요."

사실 그건 타서스 선생님 것이 맞았다. 의심할 여지가 없었다. 피타고라스의 정리, 선과 악……. 타서스 선생님은 내가 자신의 목걸이를 가진 걸 알고는 내가 그 사실을 알아차리기를 바랐다. 그런데 왜 이제까지 기다려 놓고선 새삼스레 목걸이를 가져간 것일까?

"좋아. 그럼 네 담요에 있는 무늬는? 그건 뭔데?"

나는 침대에서 돌아누웠다.

"그건 그냥 우연의 일치일 뿐이에요. 현자가 피보나치 수열을 만든 건 아니잖아요."

"수업이 3분 뒤에 시작돼."

그때 리암 선배의 손목에서 럭스가 말하는 게 들렸다.

"늦으면 안 되는데. 아무튼 로리, 진지하게 말하는 거야. 내가 너라면 이럴 때 아주아주 조심할 거야. 타서스 선생님은 네가 열받게 만들어서 좋을 게 없는 분이거든. 너를 현자에서 쫓아낼 수도 있는 분이셔."

나는 헛웃음이 비어져 나왔다. 내가 그걸 겁낼 줄 아나 보지?

"네, 고마워요. 명심할게요. 그리고 내 목숨을 살려 준 것도요. 입회식을 놓치다니, 그게 실망스러울 따름이에요."

나는 억지로 미소를 지으며 실망스러운 목소리를 내려고 노력했다. 심장이 북처럼 둥둥거렸다.

"아, 걱정 마. 그건 다시 하면 되니까."

"다행이네요. 그런데 언제 해요?"

"내일 밤에."

그날 초저녁까지는 병원에 꼼짝 않고 있었다. 병원에서 나올 때쯤엔 부재중 전화가 열한 통 와 있었고, 케이트의 전화번호로 수수께끼 같은 문자 메시지가 세 개 와 있었다. 노스가 엄청 걱정하고 있는 모양이었다. 하긴, 그 늦은 밤에 전화가 끊긴 뒤로 여태껏 아무 연락도 하지 않았으니.

노스가 몹시 보고 싶었다. 그리고 그동안 숨겨 왔던 이야기를 모두 털어놓고 싶었다. 한편으로는 샤워랑 양치질이 절실하기도 했다. 게다가 무엇 때문인지는 몰라도, 다음 행동은 매우 신중히 해야겠다는 생각이 들었다.

어젯밤에 병원에 간 게 사고로 보이려면 어떤 의심도 받아서는 안 되었다. 평소와 똑같이 행동해야 했다. 식당에 가서 식사를 하고, 테덴 친구들이랑 시간을 보내는 게 좋을 듯했다. 그리고 누가 되었건, 어젯밤에 거기 있었던 사람에게 모습을 보이는 게 안전할 것 같았다. 나는 케이트에게 나중에 얘기하자고 문자 메시지를 보낸 뒤 옷을 갈아입으러 기숙사로 향했다.

아테나 홀을 지나갈 무렵, 이미 해는 숲 뒤로 넘어가고 있었다. 현관 앞 벤치에 이사벨이 앉아 있었다. 손목에 찬 제미니 골드로 뉴스피드를 보느라 정신이 없었다. 그러다 나를 발견하고는 화면에서 눈을 떼고 말을 건넸다.

"로리, 하루 종일 어디에 있었어?"

"알레르기 반응이 심하게 와서 병원에. 너는 어때?"

나는 짐짓 기운이 없는 듯이 대답했다. 이사벨은 투정을 부리듯이 말했다.

"배고파 죽겠어."

"한 20분 정도 기다릴 수 있어? 그 뒤에 같이 식당에 가자. 샤워 좀 하고 싶어서."

"좋아. 어차피 럭스가 말하길, 나에게 적당한 저녁 식사 시간은 6시 래. 여기서 기다릴게."

이사벨은 이렇게 말하고는 미소를 활짝 지으면서 다시 제미니 골드 로 시선을 옮겼다. 그 모습을 보고 있노라니, 금방이라도 토할 것 같았 다. 제길, 럭스가 말하길!

"참, 이사벨! 올해 독감 백신 스프레이 뿌렸어?"

이사벨은 제미니 골드에서 눈도 떼지 않고 그저 고개만 끄덕였다.

"당연하지. 왜?"

"그냥."

나는 이렇게 대답하고 재빨리 기숙사로 걸음을 옮겼다.

그날 저녁으로 무얼 먹을지는 럭스가 결정하게 내버려 두었다. 내가 발견한 사실에 너무도 놀라서 음식을 먹을 마음이 싹 가셨기 때문이 다. 게다가 땅콩 알레르기로 다른 사람들의 관심을 너무 많이 받아서 내 마음대로 정할 수가 없었다.

사실 럭스만 있으면 그 누구도 더 이상 죽음의 공포를 경험할 일이 없었다. 나는 일부러 모두가 지켜보는 가운데서 럭스를 사용하는 듯이 굴었다. 겁에 질린 소녀를 연기하면서, 음식 하나하나에 지나치게 신경 쓰는 모습을 보였다.

내 짐작이 맞다면, 뱀 가면은 교직원 탁자에 앉아서 나를 면밀히 지켜보고 있을 거다. 비밀 동아리 사람들은 어젯밤 일을 단순한 사고로 넘기고, 지금도 나를 얼른 맹세를 하고 싶어서 안달이 난 아이로 여기겠지.

한창 연기에 빠져 있을 때, 타서스 선생님이 우리 탁자로 다가왔다. 선생님의 얼굴을 보는 순간, 리조토가 그만 목에 턱 걸릴 뻔했다.

"오늘 하루 무척 힘들었겠구나."

타서스 선생님이 내 어깨에 손을 올렸다.

"그런 경험은 어떤 시뮬레이션으로도 준비할 수가 없지."

뭐, 그런 경험? 어떤 경험을 말하는 거지? 알레르기 반응? 아니면 내 친구들이 스스로를 신만큼이나 현명하다고 여기며, 새로운 기술을 이용해서 사람들의 자유 의지를 멋대로 조종하는 무리에게 충성을 맹세하는 괴상한 의식?

"그게……. 네, 많이 배웠어요."

나는 어물거리며 타서스 선생님의 목을 살폈다. 내가 갖고 있던 펜던트는 없고 진주 목걸이만 걸려 있었다. 타서스 선생님이 환하게 웃음을 지었다.

"이제부터 좀 조심하자. 로리, 알았지?"

"네, 주의하겠습니다."

나는 잔뜩 주눅이 든 목소리로 대답했다.

"그럼, 보충 수업을 해야 하는데. 오늘 아침에 빠진 시뮬레이션 수업 말이야. 내일 밤에는 괜찮겠어?"

타서스 선생님이 내 눈을 똑바로 보았다. 나는 타서스 선생님이 지금 얘기하고 있는 게 실제 수업이 아니란 걸 단박에 눈치챘다. 보충 수업은 비밀 동아리의 입회식을 말하는 것이었다. 그렇게 넌지시 표현해서 내 의중을 파악해 내려는 의도가 분명했다.

"그럼요."

나는 애써 활짝 웃으면서 대답했다. 조금의 망설임도 보이지 않았다. 순간, 타서스 선생님의 눈에 놀라는 듯한 기색이 어렸다.

"좋아, 그럼 내일 밤에 보자."

"에휴, 저 선생님은 볼 때마다 으스스해. 저 선생님 수업을 안 듣는 게 얼마나 다행인지."

타서스 선생님이 사라지자 이사벨이 몸서리를 치며 말했다.

"진짜? 내 생각엔 우리 학교에서 타서스 선생님이 최고인 거 같은데. 그렇지 않냐?"

그때 레이첼이 어디선가 나타나 이렇게 말하고는, 동의를 구하듯 나를 바라보았다. 그 순간, 어젯밤에 레이첼이 그 자리에 있었다는 사실이 떠올랐다. 레이첼은 이제 현자 중 한 명이다. 내가 거기 있었다는 걸 아는 게 분명했다. 내가 쓰러지자마자 사람들이 내 모자를 벗겼을 테니까.

"응."

나는 대충 얼버무려 대답하면서, 타서스 선생님이 방금 한 말을 곱씹었다. 이제부터 좀 조심하자. 도대체 무슨 의미로 한 말인지 감을 잡을 수가 없었다. 내가 땅콩을 주워 먹는 걸 본 걸까? 어쩌면 내가 모두를 속이지는 못했는지도 모르겠다.

내일 밤에 아지트로 다시 가야 한다는 데 생각이 미치자 몸이 바르르 떨렸다. 나한테 닥칠 일이 불을 보듯 뻔했다. 거기에 들어가려고 내가 여태껏 무슨 짓을 한 거야? 아니, 거기서 나오려면 이제 어떻게 해야 하는 거지?

"로리, 너 말이야."

그때 이사벨의 목소리가 들렸다.

"뭐라고?"

"언제 그 암흑기에서 벗어날 계획이냐고."

이사벨이 내 제미니를 눈짓으로 가리켰다. 다른 사람들은 다 제미니 골드를 손목에 차고 있었다.

"아, 난 골동품을 무척 좋아하거든."

나는 레이첼의 시선을 일부러 피했다.

"그렇다고 럭스보다 더 좋아해?"

"응?"

"그노시스가 럭스의 구 버전을 곧 없앤대. 그러면 제미니 골드에서 새 버전을 사용하는 방법밖에 없어. 럭스를 계속 사용하고 싶으면 그 고물이랑 안녕해야 한다고."

고물. 이틀 전까지만 해도 시장에서 제일 작은 스마트폰이었는데, 벌써 한물간 취급을 당하다니.

바로 그때, 내 제미니가 울렸다. 케이트, 아니 노스였다.

"그래, 그래야지. 얘들아, 나중에 보자."

나는 레이첼에게 건성으로 대답하고는 자리에서 서둘러 일어섰다. 탁자를 벗어나자마자 통화 버튼을 누르고는 목소리를 최대한 낮추었다.

"그동안 어디 있었어? 하루 종일 전화했어. 어젯밤에 전화 끊고 나서 다시 걸었는데, 바로 음성 메시지로 넘어가잖아."

전화가 연결되자마자 노스가 급하게 말을 퍼부었다.

"여러 가지 일이 있었어. 전화로는 말할 수 없어. 10분 뒤에 너네 집에서 만날까?"

"좋아. 지금 집에 있어. 그런데 너, 진짜로 괜찮은 거야?"

"응, 아직은 괜찮아."

나는 이렇게 대답하고는 전화를 끊었다. 그리고 제미니를 냅킨으로 감싼 뒤 쓰레기통에 휙 던져 버렸다.

"자기들이 신이라 생각한다고? 진짜 신?"

노스가 믿을 수 없다는 듯이 되물었다.

"뱀은 자신들이 '사람들 사이에서 신으로 살고자 태어난 남자와 여자'라고 말했어."

"그런데 그 사람들이 에덴을 다시 만들려 한다고?"

"자기들만의 방식으로 새로운 에덴을 건설하겠대. 아마도 테덴이겠지만."

노스가 손등으로 눈을 문질렀다.

"진짜 심각한 일이네. 로리, 그런데 너네 엄마가 그 사람들이랑 같은 편이었다는 거야?"

나는 고개를 저었다.

"나는 그런 줄 알았는데, 리암 선배가 명부를 확인했더니 엄마 이름이 없더래."

"그러면 그걸 폭로하려고 하신 거구나?"

나는 고개를 끄덕였다.

"이제야 모든 게 이해가 돼. 목걸이에 들어 있는 파일이 그 증거야. 하지만 누군가 엄마가 하려는 일을 알아차리고 위협을 했겠지. 엄마는 겁을 먹고 테덴을 떠난 거였어."

"그러면 왜 페인 회장님한테는 아무 말씀을 안 하셨을까? 같이 도망갈 수도 있었을 텐데."

"아빠를 보호하려고 한 거 같아. 만약에 현자가 내가 생각하는 것 이상으로 강력하다면, 아빠가 모르는 게 훨씬 더 나을 테니까."

"현자…… 자기들을 그렇게 부르나 보지?"

나는 또다시 고개를 끄덕였다.

"줄여서. 공식 이름은 '현명한 자'들이야."

"나머지 사람은 바보라는 거군."

노스는 넌더리가 난다는 듯 고개를 절레절레 저었다.

"그런데 넌 어젯밤까지만 해도 거기에 들어가고 싶어 했다는 거지?"

"난 좋은 사람들의 모임인 줄 알았어."

나는 변명하듯이 말했다.

"좋은 사람들은 가면을 쓰고 모자 달린 망토를 둘러쓴 채 어두컴컴한 곳에서 모이지 않아, 로리."

나는 눈을 떨어뜨리고 손을 내려다보았다. 노스 말이 맞았다. 하지만 선택받았다는 사실이 그저 자랑스러워서 그런 것까지는 미처 생각지 못했다. 노스가 G-태블릿의 화면을 손으로 슬쩍 치더니, 썸 드라이브에서 찾아낸 명단 파일을 열었다.

"그러니까 이 사람들이 다 거기 회원이라는 거야?"

"그리스 문자와 숫자의 조합으로 알 수 있어. 동아리에서 쓰는 이름이랑 입회년도야."

본능적으로 내 손이 목을 더듬었지만 아무것도 잡히지 않았다.

"목걸이는 어디 있어?"

노스가 의아스런 눈길로 물었다.

"타서스 선생님이 가져가셨어. 어젯밤에 내가 정신을 잃었을 때. 그리고 그거 원래 타서스 선생님 거야. 아니면 예전에는 그랬거나. 입실론은 선생님이 동아리에서 사용하는 이름이거든."

"그 선생님이 너네 엄마한테 준 거 아닐까?"

노스가 물었다. 나는 어깨를 으쓱했다.

"모르겠어. 그럴지도 모르지."

타서스 선생님이 엄마를 도우려 했다는 건 믿기 힘든 일이지만, 누군가가 엄마한테 그 파일을 건네준 건 분명했다.

"아 참, 세 번째 파일이 있다고 했잖아. 그건 뭐야?"

"결혼 사진이야. 너네 엄마랑 페인 회장."

노스가 다정하게 바라보며 말했다. 내 마음속에서 정체 모를 감정이 훅 몰아쳐서 더 이상 참기가 힘들었다. 나는 입술을 앙다물고 머리를 세차게 흔들었다. 지금 계획하고 있는 걸 다 끝낼 때까지는 절대로 봐서는 안 된다. 노스가 나를 애처로운 눈길로 바라보았다. 그리고 양손으로 내 얼굴을 감쌌다. 노스의 손에서 커피 향이 났다.

"어젯밤에 널 잃을 뻔했어. 너무 큰 모험을 했어."

노스가 엄지손가락으로 내 턱을 만지작거렸다.

"어쩔 수 없었어. 그런 맹세를 할 순 없잖아. 하지만 거부할 수도 없었어. 모든 걸 아는 나를 곱게 보내 줄 리가 없잖아."

"그럼, 이제 어떡할 거야? 그 사람들한테 입회하고 싶지 않다고 말하면 가만히 있을까?"

"그럴 리 없겠지. 내가 여전히 그 동아리에 들어가고 싶어 한다고 믿게 만들어야 해. 그게 내가 아지트로 돌아갈 수 있는 유일한 방법이야."

"아지트로 돌아간다고? 로리, 네 입으로 그 사람들은 위험하다고 말했어. 그런데 왜 다시 그곳으로 가려는 거야?"

노스가 놀란 표정으로 물었다. 하지만 내 마음은 확고했다.

"그 사람들의 음모를 폭로하려면 이런 파일 몇 개 가지고는 어림도 없어. 영상으로 찍어서 증거를 만들어야 해."

이게 내 계획이었다. 하지만 아지트에서는 인터넷이 잡히지 않기 때문에 입회식을 생중계할 방법이 없었다. 따라서 모든 것을 녹화해야 했다. 노스가 고개를 저었다.

"로리, 안 돼. 그건 너무……."

"노스, 그 사람들이 우리 엄마를 죽인 게 틀림없어."

나는 처음으로 그 말을 입 밖으로 꺼냈다.

"네가 녹화하고 있다는 걸 들키게 되면 그 사람들이 너한테 무슨 짓을 할지 몰라."

"그 사람들 모르게 할 거야."

나는 확신에 찬 목소리로 말했지만 사실은 자신이 없었다. 설사 녹화에 성공한다 치더라도, 맹세를 하지 않고서 무사히 빠져나올 수 있을까?

"좋아, 그걸 녹화했다고 치자. 그래서 뭘 증명할 수 있는데? 다들 가면을 쓰고 있다면서? 얼굴을 볼 수가 없잖아."

"적어도 세상 사람들에게 현자가 있다는 건 알릴 수 있잖아."

"로리, 네가 그 영상을 찍어서 퍼뜨리면 두 가지 중 한 가지 일이 생기게 될 거야. 그노시스에서 당장 삭제해 버리거나, 누군가가 나서서 조작되었다고 우기거나. 그 사람들이 미디어를 장악하고 있기 때문에 뉴스까지도 모두 통제하잖아."

"그럼, 기술적으로 공격하면 되겠네. 현자를 폭로하는 거 말고. 하이페리온 프로젝트를 해체하자. 럭스를 닫아 버리는 거야."

"어떻게?"

"바이러스나 뭐 그런 걸로."

"바이러스는 만드는 데만 몇 주가 걸려. 설사 내가 밤새 엄청난 바이러스를 기적적으로 만든다 쳐도, 그노시스의 방화벽을 뚫고 들어갈 방법이 없어."

"그럼, 나노봇을 차단해 버리자."

노스가 또 고개를 저었다.

"거기서 사용하는 나노봇은 아주 견고해. 비활성화시키는 방법은 뇌 MRI밖에 없어. 그러니까 우리가 오백만 명이나 되는 사람들한테 가서 뇌가 공격당했다고 설명하고 MRI를 찍자고 설득해야 해."

나는 절망감에 빠져서 눈을 질끈 감았다.

"그럼, 다른 방법을 생각해 보자. 사람들은 말 그대로 스마트 기기에 중독돼 있어, 노스. 손목에 제미니 골드를 차고 있는 한, 그 작은 상자가 하는 말은 뭐든지 믿을 거라고. 현자가 자신들의 목숨을 손에 쥐고 무슨 짓을 벌이는지 어떻게 알겠어?"

"알아. 나는 네 편이야. 그저 현실적으로 생각하려 노력 중이야."

노스가 한숨을 쉬었다. 나는 갑자기 눈물이 솟구쳐서 소파에 털썩 주저앉았다.

"윽! 결국 우린 아무 힘도 없는 거네!"

"그렇지 않아. 너는 진실을 알잖아. 그게 힘이야. 그리고 너한테 다른 것도 있고."

"너 말이야?"

내가 소리치자 노스가 큭큭 웃었다.

"그래. 하지만 사실은 지혜라고 말할 참이었어. 진짜 지혜 말이야."

노스가 나를 소파에서 일으켜 세웠다.

"다른 사람들은 못 보는 걸 너는 볼 수 있잖아."

"나는 아무것도 보지 못했어. 모두 다웃이 한 거야."

"그럼, 다웃한테 도와 달라고 해. 통찰력이 생길 거야."

"나는 통찰력 그 이상이 필요해, 노스. 현실적인 계획이 필요하다고."

"페인 회장님한테 도움을 청하는 건 어떨까? 이 모든 것의 배후에 있는 회사의 CEO잖니? 뭔가 할 수 있는 게 있을 거야."

노스가 제안했다.

"그분은 혼수 상태야."

"더 이상은 아니야. 오늘 오후에 깨어나셨대."

노스가 활짝 웃으며 대답했다.

"뭐라고?"

노스가 탁자 위에 놓인 리모컨을 들어 구형 TV의 전원을 켰다. 취재 기자가 매사추세츠 종합 병원 바깥에 서 있었다. 화면 아래에는 이런 자막이 떠 있었다.

그노시스 CEO 그리핀 페인, 마침내 의식을 회복하다!

나는 노스한테서 리모컨을 빼앗아 소리를 키웠다.

"페인 회장은 어딘지 알려지지 않은 '치료 시설'에서 오늘 오전 일찍 부터 몸을 움직이는 등 회복에 힘을 쓰고 있습니다. 그노시스의 이사 회는 한 시간 전에 성명을 발표하고, 그리핀 페인이 CEO직을 사임했 다고 밝혔습니다. 향후 몇 달간 '건강을 되찾는 데 모든 노력을 기울이 겠다.'는 페인 회장의 말을 인용했습니다."

화면에서 기자가 사라지고 데스크로 연결이 되었다. 여자 앵커가 머리 옆에 뜬 괴상한 모양의 일출 사진에 대해 보도를 하기 시작했다.

"매우 크고 기이한 형태의 태양 흑점이 대량으로 발견되었습니다. 태양계 과학자들은 태양 흑점 폭발이 지구 폭풍으로 이어질 수 있다고 밝혔습니다. 만약 이 태양 흑점이 더……."

"잘 돌아간다. 이런 걸 보면 세상이 꼭 종말로 치닫고 있는 것 같아."

나는 TV를 끈 뒤, 소파에 리모컨을 던지고 가방을 들었다.

"기차역에 좀 데려다줘."

"로리, 벌써 8시가 지났어. 보스턴에 도착하기도 전에 11시가 넘을 거야. 오늘 밤에 페인 회장님을 만날 수 있는 방법은 없어."

"아빠를 어디로 데려갔는지 알아내야 해. 도와줄 거지?"

나는 노스를 쳐다보았다. 노스는 이미 벽장을 향해 걸어가며 어깨 너머로 말했다.

"병원 시스템에 이동 경로가 남아 있을 거야."

"근데 허쉬는 어디 갔어?"

나는 노스 뒤를 따라가면서 물었다.

"글쎄, 한 시간 전에 나갔어. 기다리지 말라고 하던데."

노스가 포스터를 걷고 비밀의 방문을 열었다.

"그 비밀에 싸인 남자 친구가 누군지 알아?"

내가 물었다.

"아니. 하지만 우리만의 시간을 줘서 고맙게 생각하고 있어."

노스가 빙그레 웃으면서 자그마한 방으로 나를 잡아당긴 뒤 팔로 내 허리를 감쌌다. 그리고 내 입술에 입을 맞추었다.

"자, 여기까지."

나는 손으로 노스의 얼굴을 밀쳐 내며 몸을 뒤로 뺐다. 그리고 컴퓨터 화면을 손으로 가리켰다.

"이동 경로."

노스가 매사추세츠 종합 병원의 환자 기록 데이터베이스에 접근하는 데는 채 몇 분도 걸리지 않았다. 내가 조급한 목소리로 중얼거렸다.

"제발 가까운 곳이었으면 좋겠어."

"찾았다. 자, 어디로 모셔 갔는지 한번 볼까?"

노스는 마우스를 클릭하다가 비명을 지르며 말을 멈추었다.

"아, 악! 이럴 순 없어."

"왜 그래? 아빠를 어디로 모셔 갔는데?"

"이럴 수가! 이건 병원에 검사하러 들어간 시각이잖아. 혹시 생년월일 알아?"

예전에 판옵티콘에서 본 적이 있긴 하지만, 날짜는 정확히 떠오르지 않았다.

"11월이었던 거 같아, 아마도. 근데 왜? 뭐 때문에 그래?"

나는 화면 앞으로 한 걸음 다가섰다. 노스가 의자에서 몸을 돌렸다. 얼굴이 잿빛이었다.

"로리, 페인 회장님은 금요일 밤에 이미 돌아가셨어."

그 말을 듣는 순간, 나는 충격에 빠진 나머지 한동안 꼼짝도 하지 못했다. 눈물도 흐르지 않았다. 내 마음속은 순식간에 바싹 마른 모래사장으로 바뀌었다.

"로리, 뭐라고 말 좀 해 봐. 괜찮아?"

나는 노스의 의자 옆에서 한 발자국도 움직이지 못했다. 영혼이 내 몸에서 싹 빠져나간 것 같았다. 내 뇌는 이 문제를 도저히 받아들일 수가 없었다. 도대체 어떻게 이런 일이 일어날 수 있을까? 친아빠를 찾은 지 얼마 되지도 않아서 어떻게 이렇듯 허무하게 잃어버릴 수가 있을까? 나는 어떻게든 진실의 조각을 모아 보려 애썼다.

"어쩌다 돌아가신 거야?"

내 목소리가 공중에서 공허하게 울려 퍼졌다. 노스가 다시 화면을 보았다.

"뇌정맥 혈전증이래. 하지만 그게 뭔지는 모르겠어."

"뇌에서 피가 엉겨서 굳는 거야. 나노봇이 그런 것까지 할 수 있을까?"

내가 말했다. 뇌와 폐의 차이가 있긴 하지만, 엄마하고 사인이 똑같았다. 노스는 두 손을 뒷머리에 대고 깍지를 끼었다.

"말도 안 돼, 로리. 사흘 전에 돌아가셨는데, 전 세계에다 아직 살아 계시다고 발표를 하다니! 이 비밀을 언제까지 끌고 가려는 걸까?"

"그노시스가 아빠 없이도 잘 돌아간다고 사람들을 설득시킬 수 있는 시간만큼이겠지. 그다음엔 병세가 악화되었다고 하면서 사람들을 충격에 빠뜨릴 속셈일 거야. 지난번에 네가 그랬잖아. 그 사람들이 미디어를 장악해서 뉴스까지 통제한다고."

나는 노스의 눈을 응시했다.

"로리, 이건 말도 안 돼. 서른여섯 살밖에 안 된 사람을 어떻게……."

"그 사람들이 아빠를 죽였겠지."

내 목소리가 차갑게 굳었다. 나로서도 어쩔 수가 없었다. 조금 전 우리가 서로를 감싸고 있을 때, 이 방을 감돌던 따뜻한 기운은 흔적도 없이 사라졌다.

"그 사람들이 혈전증을 일으켰다고 생각하는 거야?"

"아빠는 현자가 아니야. 내가 대놓고 동아리에 대해 물었을 때 아무것도 모르셨어."

"그런데 왜 페인 회장을 죽인 거지?"

"아빠는 제미니 골드 출시일을 이틀 앞두고 공영 방송에서 그노시스에 대해 중요한 얘기를 하실 예정이었어. 그리고 그 직전에 타서스 선생님이랑 얘기를 나누고 있었던 거 기억하지? 타서스 선생님은 아빠가 뭘 하시려 했는지 알았던 것 같아. 현자는 아빠가 하려는 말 때문에 생길 파장을 미리 막은 거야."

"좋아. 그런데 어떻게?"

"만약 나노봇이 옥시토신으로 가장할 수 있다면, 한데 모여서 혈전을 만들지 말란 법도 없지. 그때 타서스 선생님은 아빠랑 같이 무대 위에 있었어. 충분히 가까운 거리에 있었다고. 물론 제미니 골드로 했을 수도 있겠지만."

나는 노스의 컴퓨터 화면을 손으로 가리켰다.

"저게 부검 결과야?"

"부검은 안 했어. 단지 부친이 서명한 서류가 있을 뿐이야."

아빠의 부친이라……. 나한테는 할아버지인 셈이었다. 그런데 왜 부검을 하지 않은 걸까? 어떤 결과가 나올지 이미 알기 때문에? 아빠의 목소리가 내 머릿속에서 메아리치듯 웅웅 울렸다.

"우리 부모님은 아비아나를 좋아하지 않았어. 심지어 새아버지는 아비아나를 싫어하기까지 했지."

"새아버지가 분명해. 혹시 성이 다르지 않아?"

노스가 눈을 가늘게 뜨고 화면을 뚫어지게 쳐다보았다.

"서명을 읽기가 힘들어. 근데 로버트 아트워터인 거 같아."

그 말을 듣는 순간, 가슴이 옥죄어 들었다.

"로버트 아트워터라고?"

노스가 고개를 돌려 나를 보았다.

"누군지 알아?"

"교장 선생님이야."

나는 노스의 소파에 누워 있었다. 머릿속은 소용돌이를 치고, 위는 뒤틀리고 있어서 꼼짝을 하기가 힘들었다. 아, 내 삶을 과거로 되돌리고만 싶었다. 그때 보고서 주제로 APD를 선택하지 않았더라면, 아니 애초에 테덴에 지원하지 않았더라면……. 시애틀에서 제미니 골드에 기꺼이 중독되고 설득당한 채, 벡이 그러는 것처럼 최고의 삶을 누리고 있을 거다. 그런데 지금 나는 불행하게도 여기에 있다. 그것도 진실이 얼마나 끔찍한지를 온몸으로 느끼면서.

그노시스의 제미니 골드 출시 기념 파티가 있었던 다음 날, 교장 선생님이 던졌던 질문이 떠올랐다. 내가 아는 걸 모두 털어놓으라고 종용했다. 그 모든 게 연극이었다. 동아리의 입회 관문 중 하나로 내 충성심을 시험한 것이었다. 그러니까 교장 선생님은 비밀 동아리 회원을 근절하려는 게 아니었다. 동아리 회원으로 마땅하지 않은 사람을 솎아 버리려고 한 거였다.

이제야 그동안 기분이 찜찜했던 게 뭔지 깨달았다. 정확히 꼬집어 말하기 힘들었던 것들이 선명해졌다. 수업 첫날에 교장 선생님이 나에게 과거 때문에 방해받지 않기를 바란다는 얘기를 했다. 나는 퇴학당한 사람의 딸이 아니라 졸업생 대표의 딸이다. 교장 선생님은 그걸 알고 있었던 거다. 그 사람이야말로 엄마의 서류를 조작한 당사자가 틀림없었다.

나는 노스의 G-태블릿에서 판옵티콘을 열고 페인 회장의 이름을 입력했다. '생애 초기'를 열자, 페인 회장은 엄마와 새아버지가 자신을 키웠다고 하고선 이름을 밝히지 않았다. 친아버지는 페인 회장이 태어나고 이 주일 뒤에 보트 사고로 사망했다.

"기분이 좀 나아졌어?"

노스가 쓰레기봉투를 들고 벽장에서 나왔다. 나는 끙 하는 소리를 내면서 손으로 얼굴을 가렸다.

"창피해 죽겠어. 여태까지 내가 토한 거 치운 거야?"

"내가 널 진짜 사랑하나 봐."

노스가 빙긋이 웃으며 대답했다. 나는 얼굴을 가린 채 입술을 꽉 물었다. 사랑……. 나 역시 뇌 한쪽에다 사랑을 위한 공간을 남겨 두고 싶지만, 지금은 현자만 생각하기에도 벅찼다. 그 사람들을 어떻게 무너뜨릴 수 있을까?

나는 얼굴에서 손을 떼고 입꼬리를 살짝 올려 웃어 보였다.

"기분이 좀 어때?"

노스가 걱정스런 얼굴로 물었다.

"모르겠어. 이 모든 게 현실로 느껴지지 않아. 마치 내가 다른 사람의 인생을 살고 있는 것만 같아. 근데 예전의 나조차도 이제는 낯설게 느껴져."

"어떤 기분인지 알아. 네 진짜 인생이 너랑은 전혀 상관 없이 느껴지는 거. 그런데 왜 테덴을 안 떠난다는 거야? 현자에 대해 다 알면서 계속 머물겠다는 이유가 뭐냐고. 교장까지 개입되어 있다면 학교 전체가 그 사람 손아귀에 들어 있다는 거잖아."

"그 사람 손아귀 정도가 아니야. 어쩌면 학교가 존재하는 이유 자체가 그 비밀 동아리일지도 몰라. 테렌은 그저 밑거름이 되는 것이고."

노스는 무릎을 굽히고 내 눈을 마주 보았다.

"뉴욕에 아파트가 하나 있어. 너랑 나랑 둘이……."

"난 이대로 떠날 수 없어. 그 사람들을 막을 때까지는 안 돼. 내 생각이 맞다면, 그 사람들은 내 부모님을 모두 죽였어. 게다가 내 절친의 뇌까지 엉망으로 만들었잖아. 수백만 명의 사람들도 마찬가지고. 나는 이렇게 도망칠 수 없어."

나는 고개를 저었다. 그러자 노스가 한숨을 쉬었다.

"그렇게 말할 줄 알았어. 그래도 너를 거기로 다시 돌아가게 할 수는 없어. 그 빌어먹을 아지트에 너 혼자만."

노스의 말에 굳이 반박하지 않는 편이 더 낫다는 걸 잘 알고 있었다. 나는 어차피 돌아갈 거다. 살아 나올 길이 있든 없든 상관없이.

학교 광장에 이르자, 평소와 달리 매우 조용했다. 매서운 추위 때문인 듯했다. 지난밤 이후에 기온이 5도 이상 뚝 떨어진 데다 바람까지 거세게 불었다. 가장자리에 줄지어 선 단풍나무에서 낙엽이 떨어져서 바람결에 흩날렸다. 나는 고개를 뒤로 젖히고 기숙사 창문을 올려다보았다. 불이 켜져 있었다. 방에서 나올 때 분명히 불을 껐는데.

나는 바람을 피해서 얼른 현관문 안으로 들어갔다. 계단을 두 개씩 뛰어 올라가면서 제미니를 찾느라 가방을 뒤적거렸다. 그런데 가방에 제미니가 없었다. 그제야 아까 식당의 쓰레기통에 버린 일이 기억났다. 젠장, 방 안에 들어갈 수가 없다!

나는 이사벨의 방으로 가서 문을 두드렸다. 자초지종을 설명하자 이사벨이 이상한 눈으로 쳐다보았다. 마치 내가 외국어라도 지껄이고 있다는 듯이.

"그걸 정말 실수로 버렸단 말이야?"

"응, 아까 식사할 때 쟁반 위에 얹어 두었는데 깜빡하고 음식 쓰레기랑 같이."

"근데 그걸 이제야 깨달았다고?"

나는 태연하게 거짓말을 했다.

"가방에 있는 줄 알았지. 그 뒤로 쭉 도서관에 있었거든. 네 거 잠시만 빌려 줄래? 경비 아저씨한테 전화 걸어야 해서."

이사벨은 손목에서 제미니 골드를 풀었다. 그리고 나한테 건네주기 전에 제미니 골드에 대고 이렇게 말했다.

"비밀번호 해제."

내가 빤히 쳐다보자, 이사벨이 변명하듯 설명했다.

"얘가 주인 목소리만 알아들어. 주인이 비밀번호를 해제하기 전에는 다른 사람한테 안 먹힌단 말이지."

아, 그나마 다행이네. 그러니까 제미니 골드가 다른 사람의 뇌에 있는 나노봇까지는 활성화하지 않는다는 거잖아.

나는 그 물건을 손에 들고 있는 것도 싫을뿐더러, 특히 머리 쪽으로는 절대로 가까이 하고 싶지가 않았다. 그래서 이사벨에게서 받자마자 얼른 행정실에 전화를 걸었다. 조금 후에 경비 아저씨가 마스터키를 가지고 나타났다. 경비 아저씨 역시 제미니를 잃어버리고 몇 시간 동안 알아채지 못했다는 나를 어처구니없다는 듯이 바라보았다.

"새 건 언제 도착하니?"

"내일이요."

나는 아무렇게나 둘러댄 뒤, 경비 아저씨에게 도와줘서 고맙다는 인사를 했다.

잠시 후 방 안에 들어서자마자, 나는 그대로 얼어붙었다. 아까 타서스 선생님의 졸업 앨범을 책상 위에 펼쳐 둔 채로 밖으로 나갔다. 그런데 졸업 앨범이 사라지고 없었다. 문득 누군가 내 방을 뒤진 게 처음이 아니라는 사실이 떠올랐다. 베개 밑에 손을 넣어 《실낙원》을 꺼낸 뒤, 손글씨를 찾느라 책장을 급히 넘겼다. 하지만 아무리 찾아도 보이지 않았다.

나는 한숨을 내쉬고 신발을 벗은 뒤 침대로 기어올랐다. 세수나 양치 따위는 신경도 쓰이지 않았다. 그래서 설령 여드름이나 충치가 마구마구 생긴다 해도 대수롭지 않을 것 같았다.

"내가 얼마나 알아낸 거야."

나는 이렇게 중얼거리면서 담요를 턱까지 끌어당겼다. 그러다 손가락이 담요의 오른쪽 모퉁이에 있는 X자에 닿자마자 침대에서 벌떡 일어났다. X자 모양은 두 개였다. 하나는 다른 정사각형 모양에서 떨어져서 오른쪽 위 모퉁이에 있었고, 나머지 하나는 가장 작은 정사각형의 중앙에 있었다. 리암 선배가 아지트 입구는 가장 작은 방에 있다고 했으니, 엄마가 노란색으로 X자 모양을 수놓은 바로 그곳이 틀림없었다.

X는 출구다. 나는 침대에서 빠져나와서 담요를 말끔히 펼쳤다. 리암 선배가 아지트의 방 모양이 내 담요에 있는 정사각형 모양과 같다고 했다. 또 하나의 X 역시 밖으로 나가는 길일 것이다.

나는 책상에서 G-태블릿을 가지고 와서 앱을 구동시켰다. 현재 위치를 설정하고 숲을 지나 묘지 방향으로 스크롤했다. 담장이 눈에 보이자 인공위성 모드로 바꾸고 크게 확대를 했다. 그러자마자 입에서 탄식이 터져 나왔다. 묘지 전체가 훤히 내려다보였다.

묘지의 돌길은 내 담요에 있는 정사각형 패턴과 똑같았다. 가장 안쪽에 있는 정사각형은 노스랑 몰래 들어갔던 묘지 바로 건너편으로, 사과나무가 서 있던 잔디밭이 넓게 펼쳐져 있었다. 묘지 역시 사방에 돌담이 둘러쳐져 있었다. 피보나치 수열의 첫 번째 정사각형이었다. 엄마가 노란색 X자를 그려 둔 바로 그곳이었다.

화면에 뜬 항공 사진을 보면서 심장이 쿵쾅거리기 시작했다. 묘지가 바로 아지트로 들어가는 입구였다. 관 안에 시체가 없고, 뚜껑이 가벼우며, 바닥을 매주 청소하는 이유가 그것이었다. 안쪽에 사과나무가 딱 한 그루 서 있는 것도 이해가 되었다. 선악을 구분하는 나무의 상징이었다.

"여기에 어떻게 들어가지?"

나는 묘지 사진을 더블 클릭했다. 그 공간의 내부를 보고 싶었다. 관 안쪽에 분명 아래로 내려가는 계단이 있을 터였다. 나는 화면을 축소해 보았다. 돌로 된 바닥이 묘지 문 앞에서 끝나 있었기 때문에 나머지 X를 찾는 게 더 힘들었다. 어쨌든 학교 안은 아닌 것 같았다 훨씬 더 먼 곳일 거다. 정확히 얼마나 떨어졌는지는 실제로 계산을 해 보아야 했다. 패턴이 일정하게 이어지고 있기 때문에 불가능한 일도 아니었다.

피보나치 수열은 독특한 순서를 따른다. 처음 두 개는 항상 0과 1로 시작하며, 다음 숫자는 그 앞에 있는 두 숫자의 합이다. 내 담요의 무늬는 피보나치 수열을 따라 중앙에 있는 정사각형을 중심으로 원을 그리면서 나선형을 이룬다. 가장 작은 정사각형의 한 변은 1밀리미터이고, 가장 큰 정사각형은 한 변이 55밀리미터다.

어렸을 때 재어 본 적이 있었다. 두 번째 노란색 수는 정사각형에서 떨어져서 나선형의 가장 큰 곡선에 놓여 있는데 바로 그게 수의 끝이다. 이제 두 개의 질문이 생겼다. 저 작은 X는 가장 작은 정사각형에서 몇 밀리미터나 떨어져 있는 걸까? 그걸 미터로 환산하면 얼마일까?

지도의 거리 측정 기능을 사용해서 묘지가 약 3제곱미터라는 걸 알아냈다. 그럼 내 담요에서 1밀리미터가 지도상에서는 3제곱미터에 해당하는 셈이다. 나는 바로 측정 앱을 다운로드한 뒤, 담요에 있는 다음 정사각형의 길이를 계산하기 시작했다. 엄마가 수를 놓지 않은 부분이었다. 엄마는 왜 열 번째 정사각형까지만 수를 놓았을까?

내 생각에는 거기가 현자의 아지트가 끝나는 부분으로, 나를 데려간 커다란 원형 경기장일 것 같았다. 지도를 보면 테덴의 잔디밭 바로 아래였다. 하지만 노란색 수는 아지트 바깥에, 열네 번째 정사각형의 모퉁이 쪽에 놓여 있었다.

나는 다시 지도로 돌아가서 화면에 정사각형을 그리기 시작했다. 그리기 기능 덕에 각각의 크기에 맞추어 큰 어려움 없이 그릴 수 있었다. 그저 순서만 잘 맞추기만 하면 되었다. 결과는 그야말로 놀라울 따름이었다. 묘지뿐만 아니라, 학교와 시내의 구조까지 모두 피보나치 수열에 따라 지어져 있었다.

열네 번째 정사각형을 그릴 때, 나는 손을 멈추고 화면을 보았다. 북동쪽 끝, 두 번째 노란색 수가 있는 곳은 엔필드 저수지였다. 순간, 무장한 경비와 전자식 감시 장치, 그리고 전기 철조망이 머릿속에 떠올랐다. 물속에 무언가 있는 게 분명했다.

"저수지 아래에 뭔가 있어."
다음 날 아침 8시에 노스에게 전화를 걸어서 대뜸 이렇게 말했다. 이사벨의 제미니 골드를 빌려서 케이트의 휴대폰으로 전화를 걸었다. 아침 식사 시간에 이사벨은 마지못한 표정으로 제미니 골드를 빌려 주었다. 첫 수업이 시작되기 직전에 해밀턴 홀 앞에서 이사벨을 만나기로 했다. 그러면 타서스 선생님이랑 단둘이 있는 시간을 피할 수 있었다.

"어떤 거?"

노스의 목소리가 약간 울렸다. 파라디소에서는 작은 화장실만이 유일하게 조용한 곳이었다.

"모르겠어. 하지만 뭐가 되었든, 엄마는 그게 중요하다고 생각한 게 틀림없어."

나는 노스에게 담요에서 내가 알아낸 것을 재빨리 설명했다.

"피보나치 수열이야. 간단히 말해서 제일 작은 정사각형에서 시작해서 지름이 점점 더 커지면서 나선형을 이루는 거야. 내 담요의 무늬는 열 번째 정사각형에서 끝나. 그래서 거기가 묘지가 끝나는 덴 줄 알았는데, 알고 보니까 열네 번째 정사각형까지 나선형이 이어져 있어. 그곳이 엄마가 두 번째로 X자를 수놓은 데야. 그리고 나선형을 점점 더 멀리 그리면 스물한 번째 정사각형까지 이어지는데, 그게 바로 그노시스 본사야. 그러니까 건물의 딱 중앙. 그런데 이상하게도 모두 지하에 있어. 묘지, 그노시스 본사, 그리고 저수지 아래에 있는 뭔가."

"우아! 이건 마치 니콜라스 케이지가 나오는 옛날 영화 내용하고 똑같은데?"

노스가 탄성을 질렀다.

"그 사람이 누군데?"

"니콜라스 케이지를 모른다고?"

노스가 믿지 못하겠다는 듯이 되물었다.

"당장 〈내셔널 트레져〉를 보도록 해. 몹시 끔찍한 영화야. 그런데 네가 지금 말한 내용이 그 영화랑 완전 똑같아."

"내 말에 집중 좀 해, 제발. 엔필드 저수지, 현자는 그 아래에서 뭘 하는 걸까?"

그때 광장 건너편에서 아트워터 교장 선생님이 보여서 나도 모르게 몸을 움찔했다. 광장이 텅 비어 있어서 해밀턴 홀과 제이 홀 사잇길이 훤히 내다보였다. 나는 교장 선생님의 눈에 띄지 않도록 얼른 건물 뒤로 숨었다.

그때 노스가 말했다.

"오늘 오후에 가서 한번 볼까? 나는 4시에 일이 끝나."

"좋아, 이만 끊을게."

나는 이렇게 대답하고 제미니 골드를 귀에서 뗐다. 8시 44분이었다. 타서스 선생님은 정확히 1분 뒤에 교실 문을 잠글 터였다. 실제로 내가 교실에 도착했을 때, 타서스 선생님이 막 문을 닫으려던 참이었다. 나는 재빨리 손으로 문을 잡았다.

"오늘은 기분이 좀 괜찮아?"

타서스 선생님이 나를 보자 이렇게 물었다.

"훨씬요. 보충 수업 기대하고 있어요."

나는 일부러 환하게 웃으며 대답했다.

"다행이구나. 그때 이게 필요할 거야."

타서스 선생님이 조끼 주머니에서 작은 봉투를 꺼냈다. 다른 아이들한테는 보이지 않게 하려는 듯 허리 쪽으로 내려서 슬며시 건넸다. 나는 그 봉투를 받아서 얼른 가방에 쑤셔 넣었다.

"자, 이제 수업 시작하지."

타서스 선생님이 전체 학생을 향해 큰 소리로 말했다.

나는 팟 안으로 들어가서 가방을 의자 옆에 있는 칸막이에 내려놓았다. 가방에서 봉투를 꺼내는데, 찰랑 소리와 함께 묵직함이 느껴졌다.

"오늘 수업의 주제는 탈출입니다."

타서스 선생님이 말했다.

"여러분이 인지 감각에 의존하지 않고 결정하는 능력을 평가합니다. 깜깜한 곳에서 의사 결정을 얼만큼 잘할 수 있을까요?"

나는 봉투를 뜯은 다음, 그 안에 있는 걸 가만히 들여다보았다. 펜던트가 달린 목걸이였다. 나한테 왜 이 펜던트를 다시 돌려준 거지?

이윽고 화면이 켜졌지만 너무 어두워서 앞이 보이지 않았다. 화면에 문제가 있는지 확인하려는 찰나, 타서스 선생님의 목소리가 들렸다.

"우리는 우리를 인도하는 감각에 의존하지요. 하지만 감각이 제대로 작동하지 않는 상황이라면 어떻게 될까요? 여러분의 마음은 어떻게 반응할까요?"

나는 다시 펜던트를 내려다보았다. 타서스 선생님이 계속 말했다.

"지금 여러분은 불타는 건물의 꼭대기 층에 있습니다. 엘리베이터는 단 한 대로 모든 층을 운행하고, 계단이 층마다 있지만 서로 연결되어 있지는 않아요. 그 말은 곧 서로 엇갈려 있다는 거지요."

타서스 선생님은 세부 사항을 얘기하고 있었지만, 나는 펜던트에 정신이 팔려서 반쯤 흘려듣고 있었다. 나는 펜던트를 봉투에 담은 뒤, 가방에 쑤셔 넣었다. 그리고 타서스 선생님의 설명에 집중하려고 애를 썼다. 불타는 건물, 엇갈려 설치된 계단, 어둠 속에서 탈출.

"여러분이 현재 있는 층에서 불길이 치솟기 시작했습니다. 불은 매우 빠른 속도로 번지고 있어요. 여러분의 과제는 살아서 건물을 빠져

나오는 겁니다. 화면 아래에 있는 리터기가 여러분이 마신 연기의 양을 알려 줄 거예요. 의식을 잃게 되면 시뮬레이션은 끝이 나고 0점을 받게 됩니다. 자, 모두 행운을 빌어요."

시뮬레이션이 시작되자 교실 안이 깜깜해졌다. 나는 두어 번 눈을 깜박거려서 좀 더 자세히 보려고 했지만, 화면에 불빛이 없어서 별 도움이 되지 않았다. 주변을 둘러보면서 타서스 선생님이 말한 연기를 찾아보았지만 아무것도 보이지 않았다. 불이 난 흔적도 없었다.

계단을 찾아. 나는 속으로 이렇게 중얼거리면서 팔을 천천히 앞쪽으로 뻗었다. 몇 초 후에 내 손에 뭔가가 닿았다. 차갑고 축축했다. 돌인 듯했다. 그리고 곧 혼란에 빠졌다. 이 건물에 불이 났다면 벽이 차가울 리도 없고 축축할 리도 없다. 타서스 선생님이 설명할 때 내가 중요한 걸 놓친 건가?

이제 눈이 어두움에 조금 익숙해졌다. 머리 위 벽에 불룩 튀어나온 게 보였다. 손을 뻗어 만지자, 매끈한 원통형 물건이 작은 통에 들어 있었다. 손으로 원통형 물건의 가장자리를 만져 보았다. 가운뎃손가락에 딱딱한 감촉이 전해졌다. 초였다. 돌벽에 초가 붙어 있었다.

놀랍게도 나는 현자의 아지트에 있었다. 타서스 선생님은 왜 나를 아지트에 보내 탈출하는 법을 가르치려는 거지? 그러면서도 저수지 아래에 있는 그 무언가에 접근할 수도 있다는 생각에 바짝 긴장이 되었다. 화면 아래에 있는 시계가 째깍째깍 움직이기 시작했다.

내가 있는 곳이 입회식 날에 갔던 방이라는 걸 깨닫는 데는 그리 오래 걸리지 않았다. 반대편 벽에 있는 제단이 바라보였다. 양쪽 모퉁이에 문이 보여서 그쪽으로 향했다. 내가 들어간 방은 조금 전에 있던 방보다 작았다. 내가 가운데로 다가가고 있다는 뜻이었다. 출구로 가는 방향이었다. 하지만 나는 지금 출구를 찾는 게 아니었다.

다시 몸을 돌려 제단이 있는 방으로 돌아간 뒤 다른 문으로 나갔다. 아마도 피보나치 수열의 세 번째나 네 번째 방인 것 같았다. 여섯 번째나 일곱 번째의 방을 더 지나면 원형 경기장에 도착하고, 거기서 네 개의 방을 더 지나면 저수지에 이를 터였다. 문의 위치를 정확히 알고 있어서 방을 빠져나가는 건 조금도 어렵지 않았다. 원형 경기장에 도착하자, 나는 잠시 멈춰 서서 숨을 골랐다. 그러고는 생각보다 큰 규모에 순간적으로 압도를 당했다. 하지만 방향 감각을 잃지 않기 위해 잠시 동안 꼼짝 없이 서 있었다. 숨을 다 고르고 난 뒤, 문이 하나 더 있기를 바라면서 거대한 원형 무대의 반대쪽으로 뛰어갔다. 벽 사이로 뚫린 공간이 보이자 심장이 거세게 뛰기 시작했다. 터널이었다.

화면 아래에 있는 시계가 10:00:00을 가리켰다. 저수지 아래에 있는 걸 보기 위해선 10분 안에 찾아내야 했다. 나는 벽을 오른쪽에 둔 채 한 손으로 돌벽을 짚고 다른 손을 앞으로 내밀어서 중심을 잡으며 찬찬히 걸었다. 벽이 원형으로 굽어 있었다. 그 거리를 다 가려면 적어도 7분이 필요할 듯했다. 나는 시간을 줄이려고 무작정 뛰어가다가 그만 돌벽에 부딪히고 말았다. 시계를 보니 6분이 남아 있었다. 앞에 벽이 나타나리라고는 상상도 하지 못했다. 벽을 손으로 더듬거리며 주위를 둘러보았다. 어느 순간, 손에 툭 튀어나온 부분이 만져졌다. 본능적으로 그걸 누르자 놀랍게도 벽이 스르르 움직였다.

그 뒤에 또 다른 벽이 있었다. 유리로 만들어져 있었는데, 불빛이 매우 환했다. 불빛 때문에 앞이 보이지 않아서 눈을 빠르게 깜박였다. 유리벽 건너편에는 미끈한 철로 된 벽이 있었다. 가운데에는 자물쇠가 달린 문이 있었고, G자가 커다랗게 새겨져 있었다. 그노시스 로고였다.

문 옆에는 직사각형 화면이 붙어 있었는데, 빨간색 버튼이 붙은 마이크와 초록색 불빛이 나오는 계기판이 있었다.

나는 유리벽을 손으로 만져 보았다. 그러자 갑자기 유리가 터치스크린으로 변하더니 키패드가 나타났다. 열두 칸이었는데, 앞의 네 칸은 숫자가 이미 찍혀 있었다.

2584 _ _ _ _ _ _ _ _

나는 머릿속으로 패턴을 찾기 시작했다. 2 더하기 3은 5, 그리고 5 더하기 3은 8, 하지만 8 더하기 3은 4가 아니다. 이런, 내 눈이 화면 아래에 2:59:45를 깜박이는 시계로 향했다. 기운이 확 빠졌다. 그렇게 서 있는 동안에도 시간은 자꾸 흘러갔다.

생각해, 로리. 나 자신에게 소리쳤다. 엄마는 모든 것을 계획했다. 이 모든 것에 대한 단서를 남겼다. 엄마가 나한테 알려 주려 한 사실 때문에 내 가슴이 몹시 두근거렸다. 펜던트, 쪽지, 담요, 피보나치 수열……

그 순간, 갑자기 숫자가 보이기 시작했다. 이 숫자는 2, 5, 8, 4가 아니라 2584, 즉 피보나치 수열에서 스무 번째 숫자였다. 지난밤에 열심히 계산하지 않았던가. 그다음 숫자가 뭐더라? 하지만 기억이 나지 않았다. 처음부터 다시 시작해야 했다.

처음 두 숫자는 0이랑 1, 그리고 그다음 숫자는 그 앞의 두 숫자의 합이다. 차례로 계산을 하자 2584, 다음은 4181이었다. 그다음 네 칸에 재빨리 4, 1, 8, 1을 입력했다. 자, 이제 마지막 숫자다. 2584 + 4181 = 6765. 나는 네 숫자를 더 입력한 뒤 크게 숨을 들이마시고 확인 버튼을 눌렀다.

철컹, 금속과 금속이 부딪치는 소리에 화들짝 놀랐다. 자물쇠가 열렸다. 잠시 후 바람이 훅 부는 소리가 나더니 유리가 뒤로 살짝 밀리면서 스르르 열렸다. 내 눈이 다시 시계로 향했다. 1:45:50.

나는 작은 방으로 걸어 들어갔다. 그러자 유리문이 내 등 뒤에서 다시 닫혔다. 유리벽과 철문 사이에 갇힌 것이다. 이제 어떡하지? 나는 작은 방을 둘러보았다. 마이크 아래에 붙은 빨간색 버튼이 깜박거리면서 녹음을 하는 것처럼 보였다. 무슨 말을 해야 하나? 비밀번호라면 나는 알 수가 없었다. 마이크 위에 붙은 화면이 마치 내가 말을 하고 있기라도 한 것처럼 이동파 곡선을 그리며 움직였다.

곧이어 삐삐 소리와 함께 계기판의 불빛이 초록색에서 빨간색으로 바뀌더니, 철컹하고 금속성의 소리가 나면서 문의 자물쇠가 풀렸다. 나는 문을 열기 위해 손으로 잡다가, 내 팔이 검은색이라는 걸 처음으로 알아챘다. 내 몸을 찬찬히 훑어보았다. 그제야 이 시스템이 왜 나를 곧장 안으로 들여보내 주었는지 깨달았다. 나를 타서스 선생님으로 받아들인 것이었다. 시뮬레이션을 하는 내내 나는 타서스 선생님이었던 셈이다. 그제야 그렇게 빨리 움직일 수 있었던 게 이해가 되었다. 다리가 두 배나 더 길어서였다.

10초가 남았을 때, 나는 칠각형으로 생긴 입구를 통해 어마어마하게 큰 방에 들어갔다. 여태껏 한 번도 본 적이 없는 특이한 모양이었다. 파란색 불빛 아래 똑같이 생긴 기계가 바닥에서 천장까지 쌓여 있었다. 어찌나 추운지 그대로 얼어붙을 것만 같았다.

내가 발을 디딘 곳은 바닥에서 몇십 센티미터 위로 솟아올라 있었고, 철망이 깔린 아래쪽은 마치 바위를 잘라 놓은 것처럼 매끈했다. 나는 고개를 들고 미식축구 경기장만큼 넓은 천장을 쳐다보았다. 그노시스의 서버 안이 분명했다.

"오른쪽을 봐!"

그때 갑자기 다웃이 소리를 질렀다. 나는 두렵기도 하고 안심도 되기도 했다. 다웃이 여기에서 나를 돕고 있었던 것이다. 나는 고개를 오른쪽으로 돌려서, 나머지와 다르게 생긴 기계를 쳐다보았다. 삼면으로 된 화면이 구릿빛 상자로 둘러싸인 유리 책상 위에 매달려 있었다. 내가 그쪽으로 한 걸음 내딛는 순간, 화면이 훅 꺼져 버렸다.

"안 돼, 아직은 안 돼!"

나도 모르게 소리를 질렀다. 하지만 시뮬레이션은 가차없이 종료되었다. 얼마 후 탈출 시간에 따라 순위를 매긴 반 아이들의 명단이 화면에 떴다. 내 이름은 중간이어서 눈에 잘 띄지 않았다. 다른 아이들이 보기에는 나도 똑같은 시뮬레이션을 한 거다. 타서스 선생님과 나만 진실을 알고 있었다. 그 진실이 무엇인지는 감도 오지 않지만, 타서스 선생님이 나를 도운 것만은 확실했다. 나를 아지트에 데려다주었을 뿐만아니라, 그노시스 서버에 어떻게 접근하는지도 보여 주었다.

타서스 선생님은 남은 수업 시간 내내, 반 아이들이 시뮬레이션에서 저지른 다양한 실수를 지적했다. 나는 아무 말도 듣지 않았다. 그저 펜던트만 응시하고 있었다. 혹시 타서스 선생님이 내 베개 밑에 엄마의 성적표를 갖다 둔 걸까? 노스의 책에 힐드브랜드 박사의 이름을 써 놓은 사람도? 그때 다웃이 크고도 분명하게, 전에 속삭이던 것과는 달리메아리치듯이 말했다.

"타서스 선생님을 믿어."

나노봇과 독감 백신

마침 운동화를 신고 있어서, 해밀턴 홀에서 파라디소까지 한달음에 달려갔다. 묘지의 담장을 뛰어넘는 데 입실론 펜던트가 내 목에서 달랑거렸다. 잔디밭을 가로질러 달리다가, 정문에 있는 천사상을 보고 걸음을 멈추었다. 천사의 팔이 묘지의 문 쪽을 가리키고 있었는데,《실낙원》의 그림을 보고 난 뒤여서 제대로 이해가 되었다. 천사는 에덴에서 아담과 이브를 쫓아내고 있었다. 하지만 현자가 나에게 천사의 날개로 오라고 한 날 밤에는 분명 팔이 하늘을 향하고 있었다.

나는 천사상 앞으로 뛰어갔다. 말도 안 되는 것 같지만, 천사의 왼쪽 팔에 틈이 있었다. 그 팔이 지렛대 역할을 하는 듯했다. 나는 천사의 손목을 잡아 위로 올렸다. 꿈쩍도 하지 않았다. 이를 악물고 양다리로 단단히 버티며 다시 힘을 주었다. 팔이 약간 위로 올라가면서 조금씩 움직이더니, 내 왼쪽에서 우르르 소리가 들렸다. 드디어 돌문이 열렸다.

묘지의 문이었다. 나는 그 안으로 들어갔다. 관의 뚜껑을 여는 순간까지도 내가 무슨 짓을 하는지 몰랐다. 곧장 아지트로 들어가는 문을 열었다. 관의 대리석 바닥이 벌어지면서 나선형 계단이 드러났다. 그 밑은 칠흑처럼 깜깜했다. 관 모퉁이에 고개를 숙이고 아래를 살폈지만, 너무 깜깜해서 그 아래쪽은 전혀 보이지 않았다.

그러다 갑자기 뒤로 성큼 물러났다. 불안감이 엄습해서였다. 이 훤한 대낮에 묘지의 문을 활짝 열어 둔 채로 안으로 들어오다니! 나는 관 뚜껑을 닫은 뒤 최대한 빨리 묘지에서 빠져나와 천사의 팔을 다시 내려놓았다. 그리고 담장을 향해 힘껏 뛰었다.

내가 카페 안으로 달려 들어갔을 때, 케이트가 계산대 앞에 있었다. 케이트가 나를 보고 인사를 건넸다.

"안녕, 로리. 어, 그런데 노스는 지금 없는데?"

"노스가 없다니 무슨 말이야? 오늘 만나기로 약속했는데."

케이트가 고개를 갸웃거리며 나를 바라보았다.

"너, 괜찮니? 얼굴색이 안 좋아."

"노스를 꼭 만나야 해. 지금 어디 있는지 알아?"

케이트는 고개를 저었다.

"하지만 5분 뒤면 휴식 시간이 끝나니까 조금만 기다리면 돼. 기다리는 동안 뭐라도 만들어 볼래?"

"고맙지만 괜찮아."

나는 이렇게 대답하고는 몸을 획 돌려 밖으로 뛰쳐나갔다. 그리고 이반 할아버지의 수리점으로 냅다 달려갔다. 유리문 너머로 노스가 보이자, 안도감이 몸을 쓸어내렸다. 노스는 계산대에 노트북을 올려 둔 채 서 있었는데, 이반 할아버지가 노스의 손바닥에 있는 뭔가를 만지작거렸다. 내가 문을 열자 벨이 찌르렁 울렸다. 노스가 고개를 번쩍 들면서 손에 있는 걸 황급히 감추었다. 뒤이어 노트북도 얼른 닫았다.

"로리, 무슨 일이야?"

노스가 걱정스런 얼굴로 눈썹을 찌푸렸다.

"내 펜던트에 있는 걸 봐야 해. 타서스 선생님이 뭔가를 넣어 둔 것 같아. 그러려고 가져갔던 모양이야. 근데 네 손에 쥔 건 뭐야?"

노스는 망설이더니 이반 할아버지를 흘깃 보았다. 할아버지가 고개를 끄덕이면서 말했다.

"준비됐어."

노스가 손바닥을 폈다. 우리가 처음으로 데이트를 한 날 밤에 유리 선반 위에 놓여 있던 비둘기 모양의 로켓이었다. 가까이에서 보니 훨씬 더 아름다웠다. 날개가 위로 살짝 뻗어 있었는데, 정교한 장식 덕분인지 몹시 우아해 보였다.

"너 주려고 샀어. 펜던트 대신……. 뭐, 그걸 대신할 수 없다는 건 알지만 그래도……."

노스가 이반 할아버지를 슬쩍 보면서 말했다.

"마음에 들어. 목에 직접 걸어 줄래? 그리고 이 펜던트 안의 파일을 열어서 보여 줘."

나는 머리카락을 손으로 들어 올리면서 말했다. 잠시 후 노스의 손가락이 내 뒷목에 닿자 솜털이 바짝 곤두섰다. 우리가 무서운 음모를 파헤치는 고민을 하지 않아도 되는, 그저 평범하디평범한 십 대 아이들이라면 얼마나 좋을까?

"이 안에는 뭐가 들어 있어?"

나는 이 로켓에 보관함이 있었던 걸 기억해 내고는 이렇게 물었다.

"원래는 보관함이 있었는데 주인이 입구를 막아 버렸어."

그때 노스가 막 입실론 펜던트를 목걸이에서 빼내었다.

"아, 그랬구나."

나는 실망감을 애써 감추며 로켓을 손바닥에 올려 자세히 들여다보았다. 처음에는 비둘기 눈이 파란색이었던 것 같은데, 지금은 검은색으로 바뀌어 있었다.

"마음에 꼭 들어. 정말 고마워."

나는 노스를 향해 활짝 웃었다.

노스도 환하게 미소를 지어 보였다.

"천만에."

노스는 펜던트에 붙은 USB 플러그를 빼서 이반 할아버지의 노트북 포트에 꽂았다.

"어디서 다시 찾은 거야?"

노스가 물었다.

"타서스 선생님이 오늘 아침에 돌려줬어. 미친 소리 같겠지만, 이제 보니 그분이 내내 나를 도운 거 같아."

"뭘 도와?"

"모르겠어. 하지만 오늘 아침 시뮬레이션 시간에 나한테 동아리 아지트 내부를 보여 주고, 자기 비밀번호로 그노시스 서버에까지 들어가게 해 줬어. 저수지 아래에 그게 있었어."

노스가 뭐라고 대답했지만, 나는 화면을 쳐다보느라 제대로 듣지 못했다. 하나는 JPEG 파일이었고, 나머지 하나는 오디오 파일이었다.

나는 이반 할아버지에게 물었다.

"혹시 이어버드 빌려 주실 수 있어요?"

"물론이지."

할아버지는 대여품 선반으로 돌아가더니 귀를 덮어쓰는 구형 헤드셋을 꺼냈다.

"혼자 보고 싶으면, 저 뒤에 있는 내 사무실로 가도 된단다."

할아버지가 친절하게 말하면서 계산대 뒤편을 몸짓으로 가리켰다. 가게와 구분짓느라 쳐 놓은 커튼 뒤로 문이 나 있었다.

"고맙습니다. 잠시만 쓸게요."

나는 노트북을 들고 계산대 뒤쪽으로 갔다. 사무실은 좁았지만 깨끗했다. 책상 위에 구형 트랜지스터 라디오가 놓여 있었는데, 뉴스 채널에 고정되어 있는지 소리가 흘러나왔다. 하지만 소리가 워낙 작아서 무슨 말인지 알아들을 수가 없었다. 나는 '태양 흑점의 폭발'이라는 단어를 듣고 소리를 키웠다. 뉴스의 마무리 부분이었다. 기자가 말했다.

"태양 흑점 폭발로 일어날 수 있는 최악의 사태는 이삼 일간 대규모 정전을 겪을 수 있다는 것입니다."

태양 흑점 폭발이라……. 예전의 벡이라면 매우 흥분할 만한 일이었다. 하지만 새로운 벡은 아마도 별 관심이 없을 거다. 럭스가 벡을 그렇게 만든 게 분명했다. 날씨는 이제 벡의 위협 요인에 속하게 되었으니까.

그 생각은 나를 다시 현실로 돌아오게 만들었다. 나는 JPEG 파일을 클릭해서 열었다. 그러자 흑백 사진이 화면에 떴다. 단체 사진으로 운동 경기를 하고 있는 사진이었다. 경기 종료까지 4초가 남은 상황에서, 테덴 유니폼을 입은 농구 선수가 3점 슛을 날렸다. 그 뒤로 벤치에 잔뜩 모여 서 있는 사람들이 보였다.

나는 곧바로 엄마를 알아보았다. 엄마는 얼굴 가득 환한 웃음을 지은 채 행복하게 소리를 지르면서 옆에 있는 소녀를 꼭 껴안고 있었다. 십칠 년 동안 변함없이 새까만 눈동자를 가진 소녀였다. 두 사람은 친구였어.

나는 헤드셋의 잭을 연결하고 나머지 파일을 클릭했다. 타서스 선생님의 목소리가 스피커에서 울려 퍼졌다.

"넌 분명 궁금한 게 참 많겠지? 내가 답을 몇 개 가지고 있지만, 이것이 결코 전부는 아니야. 네 엄마가 테덴을 떠난 이유는 나도 몰라. 아비아나의 죽음이 사고였는지 아닌지도 정확히 모르고. 물론 의심이 가는 부분이 있긴 하지만. 그리핀 페인이 네 친아빠라는 건 알고 있었어. 그리핀이랑 아비아나가 진심으로 사랑을 했고, 네가 두 사람 결혼식 날에 생긴 아이란 사실을 아비아나가 알고 있었다는 것도."

타서스 선생님이 숨을 길게 내쉬었다. 나는 다음에 무슨 말을 들을지 기다리느라 온몸이 바짝 긴장되었다.

"네 엄마한테서 마지막으로 소식을 들은 게 네가 태어난 날이야. 아비아나는 그 전 해 6월에 사라졌거든. 그런데 현자가 자기를 찾아낸 것 같다고 했어. 무슨 일 때문에 도망친 건지는 말하지 않았지만 끔찍한 일이 벌어지고 있다고 그랬어. 그것 때문에 너를 그리핀의 아이로 키울 수 없다고. 그리핀이 너를 자신의 아이로 생각하지 않도록 하기 위해서 조치를 취했다는 거야. 그리고 너는 듀크 본이라는 사람을 아빠로 알고 자라게 될 거라고 말했어."

아빠 이름을 듣자 내 눈에서 눈물이 흘러나왔다. 아빠와 함께해 온 십칠 년이 너무나 아득하게 느껴졌다. 타서스 선생님이 말을 이었다.

"그리고 마지막 인사를 하려고 전화했다고 말했어. 너를 안전하게 지켜 달라고 부탁했지. 나는 그러겠노라고 약속했어. 지금쯤이면 입실론 펜던트가 내 거라는 사실을 너도 알아차렸겠지. 네 엄마는 현자에 들어온 적이 없어. 네 아빠도 마찬가지고. 네 아빠는 새아버지의 권한으로 고려 대상도 되지 않았어. IQ가 조건에 못 미쳤거든. 네 엄마는 정식으로 초대를 받고 모든 시험을 통과했지만, 맹세의 순간이 다가왔을 때 거부를 했어.

난 아비아나가 한 말을 죽어도 잊지 못할 거야. 모자를 벗더니 이렇게 말했어. '힘없는 자만이 가면과 망토 뒤에 숨습니다.' 그때 나를 포함해 다른 사람들은 모두 특권 의식과 자만심에 사로잡혀 있었어. 밀턴이 뭐라고 했니? '타락하는 것은 자유이나, 일어서기에 충분하도록.' 선택은 우리가 하는 거야. 우리는 스스로 선택한 거지. 하지만 아비아나는 아니었어.

처음에는 네가 아비아나를 많이 닮았다는 걸 몰랐어. 자라는 동안은 그렇게 보이지 않았으니까. 어쨌든 네가 테덴에 오기로 결정했을 때, 나는 확신이 필요했어. 그래서 허쉬더러 너를 감시하라고 한 거야. 허쉬가 교장 선생님께 말하겠다고 하는 순간, 멀리 보내야 한다는 걸 깨달았어. 이 일에 허쉬를 끌어들이지 말았어야 했는데. 허쉬의 보고 따위는 애초에 필요가 없었는데 말이야. 첫 수업 시간에 네가 케이블카 앞에서 혼잣말을 하는 걸 보고 다웃을 듣는다는 걸 알았어. 정말로 놀라웠어. 아비아나도 그런 적이 있었거든."

타서스 선생님이 말을 잠시 쉬었다. 미소 짓는 모습이 눈앞에 선하게 떠올랐다.

"나는 아비아나가 보는 걸 못 봤어. 그때는 그랬어. 그래서 동아리의 힘이 얼마나 막강한지 알지도 못하면서 맹세를 했지. 하지만 지금은 아주 잘 알아. 현자는 몇 명 되지 않지만 온 데 다 널려 있어. 모든 도시와 모든 산업 분야에, 회원들이 죄다 주요 회사의 고위층이거든. 그노시스와 소자는 빙산의 일각에 불과해. 천천히, 그리고 꾸준히 이 세상을 지배하기 위해 인프라를 구축해 왔어."

이 세상을 지배하기 위한 인프라. 나는 몸서리를 쳤다. 그야말로 끔찍한 음모가 나오는 스릴러물에서나 들을 법한 얘기였다. 하지만 이건 실제 상황이었다.

"현자에게도 극복하지 못한 상대가 있어. 바로 다웃이야. 그래서 그 마음의 목소리를 가치 없는 것으로 만들어 버렸지. 비이성적이라고 몰아세우면서. 다웃을 듣는 사람들은 이해하기 어려운 행동을 하곤 했어. 자기가 가진 것을 포기하고, 누구든 가리지 않고 돕고, 자신이 원하는 것을 기꺼이 양보하는 거야. 그렇게 이타적인 사람들은 통제가 잘 안돼. 그래서 현자들은 사람들이 '다웃'을 믿지 못하게 만들기 시작했어. 청각 이상 장애라는 거짓말을 퍼뜨린 뒤, 다웃을 과학으로 증명할 수 없는 거라고 했지. 사실 다웃은 이해하기 힘들게 복잡한 개념이야. 하지만 그것이야말로 인간을 인간답게 만든다는 걸 나도 이제 믿게 되었어. 그게 신의 목소리든, 아니면 우리의 양심이든……. 다웃은 우리가 실험실에서 연구를 하거나 규격화된 상자에 담을 수 있는 게 아니야. 그보다 훨씬 더 위대한 존재니까.

현자는 사람들이 그걸 잊도록 만들었어. 음악과 영화를 통해서, 그리고 스물네 시간 내내 의도적인 뉴스를 내보내서……. 그래도 다웃을 잠재우지 못할 때는 다른 목소리를 퍼부어 댔지. 끝도 없이 다른 걸 선택하게 만든 거야. 어쨌든 결과적으로는 그게 통했어. 완벽하지는 않았지. 그 뒤로 다웃을 신뢰한 사람은 행복의 적이 되었으니까. 결국 두려워해야 할 존재로 변하고 말았어."

타서스 선생님은 계속 말을 이었다.

"아직도 다웃을 믿는 사람들이 있어. 흔들리지 않는 사람들, 잘못 인도되지 않은 사람들. 그래서 하이페리온 프로젝트가 계획된 거야. 현자는 새로운 정보 회사를 차릴 계획이었지. 그 회사에서 의사 결정 앱을 만들고, 그 앱을 이 사회에서 필수적인 존재로 만들 계획으로.

내가 졸업하던 해에 동아리에서 나한테 그노시스에서 인턴으로 일하라고 했어. 그래서 힐드브랜드 박사의 임상 실험에 조수로 참여한 거야. 네가 펜던트에서 찾은 내부 자료 발송인 목록에 누군가 내 이름을 넣은 건 우연한 사고였어. 그걸 보자마자 나는 네 엄마한테 찾아갔지. 그때는 단지 내 자리를 잃을까 봐 두려웠거든. 나는 그저 평범한 소녀였으니까. 새로운 삶에 모든 것을 걸었어. 절대로 잃고 싶지 않은 이곳에서의 삶에⋯⋯."

선생님의 목소리가 부끄러움으로 설핏 떨렸다. 하지만 목청을 가다듬고 다시 말을 이었다.

"네 엄마는 그걸 보고 단 한 순간도 망설이지 않았어. 당장 폭로하고 싶어 했지. 그 자료랑 내가 준 명부가 있으니 필요한 증거는 다 갖춘 셈이었어. 아비아나는 각 나라의 주요 신문사에 편지를 쓰고 자료와 명부를 첨부할 계획이었어. 그 당시만 해도 기자들이 자신의 의지대로 기사를 썼으니까. 그 전에 아비아나는 그리핀의 새아버지를 만나고 싶다고 했어. 아트워터 교장이 그 당시에는 이인자였거든. 동아리에서도 서열 2위였고. 아비아나는 그리핀을 위해서 아트워터 교장의 자백을 듣고 싶어 했지."

타서스 선생님의 목소리가 이제 침울해졌다.

"우리 둘 다 그때는 현자가 진짜로 무슨 짓까지 할 수 있는 존재인지를 몰랐던 거야. 그 사람들이 영향력이 있는 줄은 알았지만, 살인까지 저지르리라고는 상상도 하지 못했어. 그 사람들이 네 엄마를 죽였는지는 장담할 순 없지만, 그날 네 아빠를 죽인 건 확실해."

선생님의 목소리가 갈라졌다.

"네 아빠 일을 이런 식으로 알게 해서 미안하구나. 로리, 하지만 그리핀은 죽었어. 제미니 골드 출시 기념 파티가 있던 날 밤에 죽었어. 뇌에 혈전이 생겼다더구나. 그리핀은 그날 연단에 오를 때까지만 해도 자기가 무엇에 맞서고 있는지 몰랐어. 럭스의 골드 버전이 사람들로 하여금 다웃을 회피하게 만드는 것까진 알았지만, 사람들을 화학적으로 조종하는 것이나, 독감 백신 스프레이를 통해 나노봇이 사람들의 뇌에 벌떼같이 침투한 사실에 대해선 전혀 몰랐어. 또, 경호원인 제이슨이 다른 사람의 명령도 받고 있다는 사실도……."

이미 알고 있었던 사실인데도, 타서스 선생님을 통해 다시금 확인을 하자 내 눈에서 눈물이 주르르 흘렀다. 도대체 누가 아빠의 몸에 혈전이 일어나도록 버튼을 눌렀는지 궁금했다. 제이슨이 우리 대화를 엿들은 걸까? 혹시 아빠가 나 때문에 돌아가신 걸까?

선생님의 목소리가 다시 떨렸다. .

"너는 분명 나를 겁쟁이라고 생각하겠지. 내 지위에서, 내 능력으로 오래전에, 적어도 일이 이렇게까지 되기 전에 뭐라도 했어야 한다고 생각하겠지. 네가 옳아. 하지만 나는 모험을 감수할 수가 없었어. 네 엄마한테 한 약속도 지켜야 했고. 그래서 언젠가 내가 필요 없어질 날이 올 것을 기대하면서 너를 보호한 거야. 그날이 오늘이면 좋겠구나. 나는 네가 테덴을 떠나길 바랄 뿐이야. 그날 밤 제단에 올라서던 네 표정을 봤어. 아비아나가 모자를 확 벗어 젖히던 그때와 어쩜 그리도 똑같던지. 만약 네가 아지트로 다시 돌아갈 작정이라면, 살아서 나갈 수 있게 무슨 수든 다 쓸 생각이야."

타서스 선생님은 무언가 말을 시작하려다가 마음을 바꾼 것 같았다.

한참 동안 지지직거리더니 녹음이 끝이 났다.

눈물이 순식간에 얼굴을 뒤덮었다. 책상 위에까지 방울방울 떨어져 내렸다. 내가 모르는 얘기를 한 것도 아닌데, 단어 하나하나가 가슴에 와서 콕콕 박혔다. 나는 도망치지 않을 거다. 아니, 도망칠 수가 없었다. 그 사람들이 내 부모님한테 한 짓을 안 이상, 그리고 벡을 비롯해 수백만 명의 사람들에게 한 짓을 안 이상…….

"로리?"

노스의 목소리가 헤드셋 밖에서 나직이 들렸다. 나는 헤드셋을 벗어서 책상 위에 내려놓았다.

"뭐라고 하는데? 진짜 우리 편이야?"

나는 고개를 끄덕였다. 그리고 울먹거리며 말했다.

"그 이상이야. 그분이 한 건 전부 다 나를 위해서였어. 엄마한테 나를 안전하게 지키겠다고 약속하셨대. 이걸 네 아이폰에 저장해 줄래? 나중에 다시 듣고 싶어."

나는 노트북에서 펜던트를 빼서 노스에게 건넸다.

"알았어. 그래서 이제 어떻게 할 거야?"

노스는 이렇게 대답하고는 책상 모퉁이에 걸터앉았다. 나는 눈물을 훔치며 말했다.

"이 나쁜 놈들을 어떻게 무찔러야 할까?"

"시뮬레이션 수업할 때 그노시스 서버를 봤다고 했지? 그게 어떻게 생겼어?"

나는 그때의 기억을 떠올리며 최대한 자세하게 묘사를 했다.

"보안은?"

"숫자로 된 비밀번호랑 음성 인식 마이크."

"음성 인식이라. 근데 시뮬레이션 수업에서는 어떻게 들어갔어?"

"그 순간에는 내가 타서스 선생님이었어. 뭐라고 하는지는 못 들었지만, 선생님 목소리 덕분에 들어간 것 같아."

노스가 입술을 질겅질겅 씹었다.

"그 선생님도 입회식에 오실 거라는 거지? 우리가 그 방까지 들키지 않고 가면, 그분이 우리를 안으로 들여보내 주실 수 있겠구나."

절망 속에서 희망이 다시 밀려왔다.

"무슨 계획이 있어?"

"뭐, 엄밀히 따지면 네 계획이지. 나는 그저 모험을 찾아 떠나는 탐험가일 뿐. 게다가 타이밍이 기가 막혀. 완전 행운인 거 같아."

노스가 대답하면서 입꼬리를 살짝 올렸다.

"무슨 뜻이야?"

"전력 공사에서 내일 오후에 태양 흑점이 폭발할 때 변압기를 보호하기 위해서 전기를 차단한대. 우리한테 좋은 소식은 그노시스가 시스템을 정비하느라 오늘 자정까지 오프라인이라는 거지."

"럭스를 포함해서?"

나는 흥분한 나머지, 심장 박동이 빨라졌다.

노스가 고개를 끄덕였다.

"그 말은 서버가 다운돼 있는 동안, 우리가 무사히 일을 끝내면 들키지 않을 수 있다는 거야."

"서버 뱅크에 사람들이 있으면 어떡해? 일이라도 하고 있으면?"

"그렇진 않을 거야. 서버 뱅크는 엄청 춥고 무진장 시끄럽거든. 게다가 서버에 접근하려고 굳이 그 방에 있을 필요가 없어. 내부 네트워크로 접근하면 되니까."

노스가 대답했다.

"세상에! 우리, 이거 진짜로 해낼 수 있겠다."

"그래도 아직 알아봐야 할 게 많이 있어. 타서스 선생님이 우리를 그 안으로 들어가게 해 준다 쳐도, 터미널을 찾아야 하는 문제가 있어. 그래야 우리가……."

노스가 진지하게 말했다.

"터미널? 그게 뭐야?"

"시스템 입구라고 할 수 있어, 키보드랑 화면이 붙은 기계. 그게 있어 야……."

"그거 봤어. 화면이 세 개 있고, 엄청 큰 터치 패드같이 생긴 유리로 된 책상이 있었어. 구리망 같은 걸로 싸여 있던데."

"좋아. 그러면 터미널을 찾을 수 있을 거야. 하지만 기계 자체의 보안 이 얼마나 강력할지는 몰라. 우리가 거기에 들어가 보기 전까지는 알 수가 없어."

"우리가 아니야. 나 혼자 할 거야."

내가 말을 정정하자 노스가 코웃음을 쳤다.

"너 혼자 잘도. 첫째, 네가 혼자서 이걸 다 할 수 있는 방법은 없어. 내가 지금까지 말한 게 모두 '일단 거기 들어가서 알아봐야 하는 것들' 이야. 어떻게 해야 하는지 알려 주고 싶어도 지금은 말해 줄 게 없어. 둘째, 나는 너를 너무나 사랑하기 때문에 그런 곳에 절대로 혼자 보낼 수가 없어."

순간, 가슴이 저려 왔다. 우리가 하려는 이 계획이 얼마나 위험하고 무모한지 인정하지 않을 수가 없었다.

"나도 널 사랑해. 하지만 네가 무슨 수로 거길 들어가겠어?"

"리암이 너를 항상 데리고 들어갔다며? 모자 달린 망토를 입고. 내가 리암이 되지, 뭐."

노스가 어깨를 으쓱했다.

"그러다 만약 그 사람들한테 들키면?"

"안 들킬 거야. 그리고 들키면 뭐? 거기엔 뱀이랑 올빼미, 여우가 있다며? 타서스 선생님이 우리 편이니까 어차피 3대 3이네."

위 속에 단단하게 뭉쳐져 있던 것이 조금 느슨하게 풀어지는 느낌이 들었다. 노스의 용기가 기분 좋게 전염된 모양이었다. 노스가 말했다.

"한 가지 문제는 리암을 두 시간가량 어떻게 따돌리느냐, 하는 거야."

"약을 먹이는 게 어때? 그 시간 동안 잠을 재우는 거지. 이참에 기억도 살짝 지우고."

나는 1초도 망설이지도 않고 말했다.

"좋아. 그럼 각성제 한 통만 챙기면 되겠네."

"알약은 안 돼. 주사를 놓아야 돼. 선배가 약을 넣은 음료수를 마실지 안 마실지 알 수가 없잖아."

노스가 놀랍다는 듯이 나를 보았다.

"진심으로 하는 말이야?"

"당연하지. 노스, 시간이 없어. 얼른 약 사러 가야 해. 혹시 주변에 그런 거 가진 사람 없어?"

노스는 머리를 젓다가, 갑자기 무언가 생각이 난 듯이 말했다.

"내 고객 중 한 명이 그린필드에서 약사로 일해. 그 사람한테서 처방전으로 살 수 있는 수면제를 조금 얻을 수 있을 거야. 집에 가서 메시지를 보내야겠어."

"그리고 허쉬한테 지금까지의 일을 전부 얘기해야 해."

나는 노트북과 헤드셋을 들고 일어섰다.

우리는 이반 할아버지에게 고맙다고 인사를 한 다음 서둘러 수리점에서 나왔다. 파라디소에 들러 케이트에게 노스가 일을 못 하게 되었다고 얘기한 뒤, 진열장에 있는 갖가지 종류의 패스트리와 커피를 챙겨 들고 집으로 올라갔다.

"허쉬?"

나는 집 안으로 들어가면서 소리쳤다. 하지만 집 안은 적막했다. 노스가 눈썹을 씰룩이며 말했다.

"비밀 남자 친구한테 갔나 봐. 며칠 동안 그 사람 집에서 지낼 거라고 했어."

그 사람 집? 그렇다면 학교 기숙사에서 지내는 건 아니구나. 부모님이랑 사는 것도 아니고. 하긴 내 남자 친구도 부모님이랑 살지는 않는다. 테덴에 다니는 것도 아니고. 허쉬는 자기 일을 스스로 알아서 잘할 것이다.

노스가 벽장으로 사라졌다. 다시 돌아왔을 때는 노트북에 채팅창이 떠워져 있었다.

"개인 채팅 프로그램이야. 내가 그쪽 제미니에 전화하고 나서 삐삐삐 하고 세 번 울리면, 그 사람이 로그인했다는 뜻이야."

몇 분 뒤 진짜로 삐삐삐 소리가 울리자, 노스가 글자를 입력하기 시작했다.

"해 준대. 마침 지금 약국에 있어서 15분이면 준비가 된대."

노스가 의자에서 몸을 휙 돌려서 나를 향했다. 나는 노스의 입술에 슬며시 입을 맞추었다.

"이게 네가 원하는 거 맞지?"

"당연하지. 그리고…… 너한테 그 어떤 일도 생기길 원치 않아."

"나도 너한테 어떤 일도 생기길 원치 않아. 이건 내가 벌인 일이잖아. 넌 나 때문에 할 수 없이 끌려가는 거야."

"네가 나를 잘 안다고 생각했는데, 아직 잘 모르는구나. 나는 절대로 누군가한테 끌려다니지 않아, 로리. 이걸 하는 이유는 내가 원해서야. 그 사람들이 하는 짓이 잘못되었으니까. 그리고 내 머릿속에서 다웃이 너하고 똑같은 얘기를 하니까."

"두려워 말라."

내가 속삭였다. 노스가 내 눈을 바라보며 고개를 끄덕였다.

노스가 오토바이를 타고 그린필드에 있는 약국에 간 사이, 나는 허쉬를 기다리고 있었다. 우리는 아지트를 무사히 빠져나오면 곧바로 맨해튼으로 떠나기로 했기 때문에 이번이 허쉬에게 작별 인사를 할 수 있는 마지막 기회일지도 몰랐다. 이 일이 성공한다면 우리는 깨끗이 사라져야 한다.

우리의 계획은 사실 매우 단순했다. 럭스 프로그램에 접근해서 제미니 골드 사용자들이 위협 요인과 약점 요인을 회피하지 않도록 만드는 것이다. 이렇게 한다고 해서 딱히 족쇄가 풀리는 건 아니겠지만, 사람들이 제미니 골드에서 어느 정도 눈을 떼게 만들기는 할 거다. 결국 사람들은 매 순간마다 선택을 해야만 한다.

그들을 자유롭게 만들었다.
스스로의 노예가 될 때까진 자유롭게 지내리라.

《실낙원》에서 본 글귀가 이제 다르게 느껴졌다. 현자는 인간의 본성을 바꾸지 못했다. 자유 의지를 빼앗아 가지도 못했다. 아니, 자유 의지를 빼앗을 힘이 없었다. 사람들의 뇌에 나노봇을 심고, 럭스를 맹목적으로 신뢰하게 만들었지만, 그 작은 기계는 사람들의 선택에 대해서 명령을 하지는 않는다. 아니, 그것은 아무도 하지 못한다. 심지어 신조차도 하지 못한다.

그게 바로 아빠의 반지에 새겨져 있는 메시지였다. 스타인벡의 팀셸. 결국 선택에 관한 문제였다. 럭스 때문에 사람들은 필요하지도 않은 걸 아무 생각 없이 선택해 버렸다. 우리는 사람들이 제대로 선택할 수 있게 도와주어야 한다.

우리의 계획은 그노시스의 서버에 접근해서 럭스의 기회 요인과 위협 요인만 맞바꾸는 거다. 노스가 코드를 제대로 잡아낸다면, 우리가 수정한 럭스가 예전에는 금지돼 있던 방향으로 흘러갈 것이다. 이게 성공한다면 어떤 일이 일어날지는 확실히 모르지만 한 가지는 분명하다. 사람들에게 다양한 경험과 참을성, 동정심, 겸손, 고마움, 자비 같은 것들이 더 강력해진다는 것! 내가 중간고사 시험 공부를 도와주었을 때, 허쉬가 보였던 반응이 계속 생각났다. 나의 도움이 허쉬를 변하게 만들었다.

나는 이어버드를 귀에 꽂고 타서스 선생님의 녹음 파일을 재생했다. 내가 부탁한 대로 노스가 아이폰에 저장해 둔 덕분에 세 번이나 더 들었다. 타서스 선생님의 목소리를 들으면서 나는 몸을 웅크리고 눈을 감았다. 내 숨소리에 집중하면서, 이 답이 없는 걱정으로 가득한 머리를 비우려고 노력했다. 쉼 없이 들이쉬고 내쉬는 내 숨소리가 마치 바다의 파도 소리나 바람 소리처럼 들렸다.

그때 다웃이 말했다.

"바람은 불고 싶은 대로 분다. 너는 그 소리를 듣지만, 어디에서 와서 어디로 가는지는 모른다."

그것은 바로 목소리다. 바람처럼 예상할 수도, 막을 수도 없다. 목소리가 누구한테 말을 걸지, 심지어 언제 말을 걸지조차 알 수 없다. 우리가 할 수 있는 건 목소리가 말을 걸 때 그저 귀를 기울이는 것뿐이다.

어느새 마음이 평온해졌다. 우리가 하려는 일의 목적에 대한 확신과 반드시 성공할 거라는 자신감이 나를 에워쌌다. 내가 테덴에 도착한 날 다웃이 했던 말, 지금까지 잊고 있던 약속이 떠올랐다.

"너는 실패하지 않을 거야."

지금은 확신을 심어 주는 말을 기다렸지만, 기대와 달리 아무 말도 들리지 않았다.

"로리."

누군가가 내 어깨를 잡고 부드럽게 흔들었다. 나는 혼미한 상태로 눈을 떴다. 어느새 거실을 비추던 햇살이 사라지고 없었다. 햇살 한 조각 비치지 않았다. 노스가 약국 봉투를 손에 든 채 소파 옆에 앉아 있었다. 그러더니 내 얼굴을 덮은 머리카락을 손으로 살짝 걷어 냈다.

"처음엔 명상하는 줄 알았어. 그런데 코 고는 소리가 들리더라고."

노스가 말하더니 웃음을 지었다. 나는 무안한 나머지, 노스의 팔을 장난스레 툭 쳤다.

"그래서 받아 왔어?"

노스가 봉투에서 물약과 주사기가 든 상자를 내밀었다.

"딱 한 방울만 정맥에 놓는 거야. 몇 분 안에 정신을 잃고 최소한 여덟 시간은 잠들게 된대. 만약 계획대로 된다면, 리암이 정신을 차리기도 전에 우리는 맨해튼에 도착해 있을 거야."

나는 고개를 천천히 끄덕였다. 만약 우리 계획대로 된다면……. 그거야말로 어마어마하게 중대한 '만약'이었다.

노스가 시계를 들여다보았다.

"6시가 다 됐어. 문 닫기 전에 내 장비를 모두 짐칸에 실어야 해. 너도 뭐든 필요한 걸 챙겨서 리암을 만나기 전에 여기로 다시 와."

우리의 계획은 이랬다. 통금 시간을 몇 분 남겨 두고 내가 리암 선배의 기숙사에 가서 입회식을 앞두고 몹시 긴장된다고 말한다. 리암 선배의 룸메이트는 할머니가 돌아가시는 바람에 고향에 갔기 때문에 내일까지 돌아오지 않을 예정이었다. 선배는 혼자 있을 터였다. 어딘가에 숨겨 두었을 망토를 보여 달라고 한 뒤, 선배가 그걸 찾느라 정신을 딴데 파는 사이에 주사기로 찌르는 거다.

리암 선배가 묘지에 갈 때까지 기다릴까도 생각해 보았지만, 바깥에 쓰러져 있도록 하는 건 선배한테나 우리한테나 너무 위험한 일이라는 생각이 들었다. 선배가 자기 침대에서 편안하게 밤을 지내는 게 모두에게 안전할 거다. 일단 선배를 잠재우고 나면 망토를 챙겨서 묘지로 달려가 노스를 만난 뒤, 현자가 문자 메시지를 보낼 때까지 기다린다.

노스가 리암 선배의 기숙사에 같이 가겠다고 했지만, 다른 사람이 볼 수도 있어서 나 혼자 가기로 했다.

"한 시간 뒤에 여기서 다시 만나서 오토바이에 짐을 싣는 거지?"

나는 고개를 끄덕이고는 노스의 입술에 살며시 입을 맞추었다. 이제는 모든 순간이 더없이 소중했다.

학교에 도착했을 때는 해가 이미 숲 뒤로 기울고 있었다. 식당의 이중문이 활짝 열려 있어서 음식 냄새가 바람결에 실려 왔다. 위가 꿈틀거렸지만 식사를 할 여유가 없었다. 짐을 챙겨서 노스의 집에 갖다준 다음, 다시 학교로 돌아와 샤워를 하고 옷을 갈아입은 뒤 리암 선배한 테 가야 했다.

눈을 깜박거리자 눈썹에 눈물이 맺혔다. 동그란 가로등에 불이 하나 둘 켜졌다. 하지만 아직 완전히 깜깜해지지는 않았다. 해질 녘의 하늘 이 무척 아름다워 보였다. 이 건물을 지은 사람에 대해 너무나 많은 것 을 알고 있으면서도, 자기밖에 모르는 극단적 이기주의자가 운영하고 있다는 걸 뻔히 알고 있으면서도, 아직은 이곳을 떠나고 싶지가 않았 다. 나는 이곳을 사랑했다. 명성과 소속감……. 내가 중요한 무언가를 위해 사명감을 갖고 태어난 것 같은 느낌이 들었다. 타서스 선생님이 녹음한 말과 정확히 일치했다. 테덴은 나에게 새로운 삶을 안겨 주었 다. 절대로 잃어버리고 싶지 않은 삶을.

하지만 곧 다시, 몇 주 전에 내가 다웃을 믿기로 결심한 순간에 이미 모든 걸 잃어버렸다는 사실을 깨달았다. 광장은 텅 비어 있었다. 아테 네 홀 앞의 벤치에 누군가 앉아 있는 것이 보였다. 가까이 다가가 보니, 뜻밖에도 리암 선배였다.

"로리, 어디 있었어?"

선배가 나를 보더니 자리에서 일어섰다.

"일이 있어서 시내에 갔다 왔어요. 무슨 일 있어요?"

"러드맨 선생님이 널 찾고 계셔."

리암 선배의 몸이 잔뜩 긴장한 듯 뻣뻣해 보였다.

"러드맨 선생님이 왜 날 찾으시는데요?"

"네 입회식 시간을 옮긴다나 봐. 그분이 삼인자야. 올빼미 가면을 쓴 사람……."

러드맨 선생님이 현자였다고? 게다가 서열 3위라니! '삼인자'라는 단어가 내 피부에 소름을 돋게 했다.

"교장 선생님이 '일인자'이신 거죠?"

뱀 가면 뒤에 있는 사람이 교장 선생님이라는 건 이미 알고 있었지만, 리암 선배가 고개를 끄덕여 확인해 주었다.

"교장 선생님과 러드맨 선생님, 그리고 타서스 선생님이 아지트에서 널 기다리고 계셔."

리암 선배가 주변을 둘러보며 말했다. 하지만 주의할 필요는 전혀 없었다. 주변에 살아 있는 움직이는 것이라곤 아무것도 보이지 않았다.

"널 데려가려고 줄곧 여기서 기다렸어."

"지, 지금 당장이요?"

나도 모르게 말을 더듬거렸다. 노스네 집에서 물약과 주사기를 가져오지 않았다. 입회식을 지금 할 수는 없었다.

리암 선배가 얼굴을 찌푸렸다.

"그런데 네 입회식에 왜 나더러 망토를 가져오라고 하지 않는지 모르겠어."

그 말을 듣는 순간, 공포가 온몸을 휘감았다. 그들이 모든 걸 알고 있었다.

"이런, 세상에!"

나는 탄식을 하듯 힘없이 중얼거렸다.

"로리, 무슨 일이야? 너, 대체 무슨 짓을 한 거야?"

"그사이 동아리에 대해 뭘 좀 알아냈어요."

나는 조심스럽게 말을 꺼냈다. 그러면서 리암 선배의 반응을 살폈다. 표정이 다소 복잡해 보였다.

"그 사람들은……. 선배가 생각하는 그런 사람들이 아니에요. 그 사람들은……."

선배가 내 손목을 꽉 움켜쥐었다.

"'그 사람들'이 아니야, 로리. 적어도 나한테는 아니라고."

나는 마치 손이 불에 데기라도 한 듯이 확 잡아 뺐다. 리암 선배의 시선이 아지트의 벽같이 차갑고 딱딱하게 굳었다. 그 순간, 나는 깨달았다. 리암 선배에게 현자는 '그 사람들'이 아니라 '우리'라는 것을. 그 사람들이 리암 선배에게 미래를 보장했고, 언제까지나 함께하리라고 약속했을 터였다.

이윽고 리암 선배가 입을 열었다.

"네가 도망칠 생각이라면 굳이 쫓아갈 마음은 없어. 하지만 그분들이 지금 아지트에서 우리를 기다리고 계셔. 나는 그분들을 기다리게 만들지 않을 거야."

리암 선배가 자리에서 일어났다. 1초 동안, 어쩌면 2초 동안, 지금이라도 도망쳐야 하는 게 아닌가, 하는 생각이 들었다. 노스에게로, 안전한 곳으로, 내 미래를 향해서. 하지만 내 발이 바닥에 들러붙기라도 한 것처럼 한 발자국도 움직일 수가 없었다. 현자에게 맞서기로 결심했을 때, 그 생각은 이미 포기한 것이나 마찬가지였다.

멀리서 종탑이 시각을 알렸다. 7시 정각이었다. 노스는 지금 아무 생각도 하지 않고 있을 것이다. 내가 짐을 챙겨서 노스네 집으로 가기로 한 시각까지 아직 한 시간이나 남아 있었다. 8시까지는 아무 걱정도 하지 않은 채 느긋이 있을 것이다. 설령 뒤늦게 뭔가를 깨닫는다 해도 묘지까지 오려면 적어도 15분 이상이 걸린다.

어쩌면 노스를 다시는 볼 수 없을지도 모른다는 생각이 온몸을 아프게 했다. 하지만 지금 도망간다면, 그노시스 서버에 침투할 수 있는 기회를 영영 잃어버리게 된다. 지금 내가 할 수 일은 시간을 질질 끄는 것뿐이다. 할 수만 있다면 한 시간 이상을.

차라리 더 이상 못 하겠다고 소리치고 싶었다. 제발이지 당장이라도 다웃이 생각을 바꾸라고 말해 주길 기다렸다. 하지만 다웃은 그저 침묵할 뿐, 끝내 아무 말도 하지 않았다.

리암 선배가 몸을 돌리더니, 숲 쪽으로 천천히 걸음을 옮겼다.

"잠깐만요. 같이 가요."

나는 선배를 불러 세웠다. 그제야 다웃이 말을 했다.

"두려워하지 마, 내가 함께할 거야."

"두렵지 않아."

나는 조용히 대답했다. 그 순간만큼은 진심이었다.

묘지의 중심부에 도착했을 때, 하늘은 거의 어두워져 있었다. 마지막 남은 희미한 빛마저 지평선 너머로 빠르게 사라져 갔다. 천사는 이미 팔을 하늘을 향해 올리고 있었다. 관뚜껑 또한 우리를 위해 훤히 열려 있었다.

"이제 와서 왜 같이 가겠다는 거야?"

리암 선배가 묘지로 들어가면서 물었다. 이제는 모든 것이 그 전과 달라 보였다. 대리석 장식물은 아름다운 게 아니라 위협적으로 보였다. 그리고 이 공간은 아늑한 게 아니라 숨 막힐 정도로 갑갑했다.

"그 사람들은 현자예요. 도망쳐 봤자 무슨 소용이 있겠어요? 내가 원하지 않는다고 해서 설마 죽이기야 하겠어요?"

나는 이렇게 말하면서 헛웃음이 비어져 나오는 걸 겨우 참았다. 사실은 그것이야말로 그들이 나에게 지금 하려는 짓이라는 걸 누구보다 잘 알고 있으니까. 리암 선배의 표정을 보니, 내 운명에 대해 똑같이 예상하고 있는 것 같았다. 자신이 하고 있는 일에 언뜻 갈등하는 것처럼 보이기도 했지만, 돌아설 만큼 갈등의 골이 깊은 것 같지는 않았다.

"로리, 널 진심으로 좋아했어."

좋아했어. 과거형이었다. 마치 내가 벌써 사라지기라도 한 것처럼. 리암 선배가 관을 향해 고갯짓을 했다.

"먼저 들어가. 아래로 내려가서 기다려."

"눈은 안 가리고요?"

리암 선배가 내 시선을 피했다.

"러드맨 선생님이 그럴 필요 없다고 하셨어."

내가 다시 나올 일이 없다면, 들어가는 방법을 알고 있다는 사실을 들킨다 해도 아무 상관 없다는 생각이 들었다. 나는 침을 꿀꺽 삼키고 아래쪽으로 내려갔다. 난간을 잡고 어두운 방을 향해 나선형 계단을 천천히 걸어갔다. 리암 선배가 바로 뒤에서 따라왔다. 밑바닥에 도착하자, 선배가 작은 금속 막대기를 꺼냈다. 손전등이었다. 버튼을 엄지로 누르자 불이 켜졌다.

"세 번째 방에 제단이 있어. 세 분은 거기에 계셔."

리암 선배가 숨을 헐떡이며 말했다. 선배가 내 팔꿈치를 잡고는 하나밖에 없는 문을 통해 좁은 복도를 지나 다음 방으로 데려갔다. 그 방은 먼저 지나온 방보다 큰 데다 가구까지 있었다. 진홍색 소파와 작은 마호가니 탁자가 놓여 있었고, 얇은 모직 카펫이 문에서 문으로 구불구불하게 이어져 있었다. 나는 이 구불구불한 길이 나선형으로 바뀌면서 터널로 이어질 거라는 걸 한눈에 알아차렸다

반쯤 걸어 들어가자, 옆방에서 러드맨 선생님의 목소리가 들렸다.

"나한테 정말로 고마워해야 한다고요."

"고마워."

아트워터 교장 선생님이 딱딱한 목소리로 대답했다.

"내가 이 문제를 해결했다는 걸 꼭 기억해 두세요."

러드맨 선생님이 뭔가 마뜩지 않은 목소리로 대꾸했다.

우리는 곧 아치형 출입구에 도달했다. 리암 선배가 걸음을 멈추고 나를 바라보았다. 나는 손가락 하나를 들어 보였다. 1분만 시간을 달라는 뜻이었다. 리암 선배가 고개를 살짝 끄덕였다. 선배 역시 나만큼이나, 안에서 무슨 일이 벌어지고 있는지 궁금한 눈치였다.

"그런데 이걸 어떻게 정확히 해결했다는 거지? 열일곱 살짜리 여자애랑 사귀는 걸로? 흠, 내가 모를 줄 알았나?"

교장 선생님이 냉랭한 목소리로 따지듯 말했다.

리암 선배의 눈이 곧장 나를 향했다. 눈썹이 물음표처럼 찡긋 올라갔다. 나는 재빨리 고개를 저었다. 나는 아니라고!

타서스 선생님의 목소리는 들리지 않았다. 여기에 있기는 한 걸까? 선생님이 없을지도 모른다는 생각이 들자 괜스레 조바심이 났다. 타서스 선생님이야말로 나의 유일한 희망인 셈이었다.

"그건 제가 잘못 판단한 것 같습니다."

마침내 러드맨 선생님이 힘없이 대답했다.

"그게 문제라는 거야. 그런 식으로 하면 내가 판단의 실수를 한 것 같지 않겠나?"

어떤 얘기를 주고받는 건지는 알 수 없었지만, 러드맨 선생님이 궁지에 몰린 듯해서 안쓰러운 느낌이 들었다. 그때 왼쪽에 있는 소파에서 삐걱거리는 소리가 들렸다. 내가 그쪽으로 고개를 돌리려 하자, 리암 선배가 내 팔꿈치를 꽉 쥐었다. 교장 선생님의 판단 어쩌고 하는 얘기를 듣는 순간, 자기가 어느 편인지를 깨달은 모양이었다. 나를 아치형 문 쪽으로 급히 끌고 갔다.

"하지만 제가 그 아이랑 아무 관계가 없었다면, 로리에 대해서도 알아낼 수 없었을 거예요."

우리가 막 방 안으로 들어섰을 때, 러드맨 선생님이 이렇게 말했다. 그제야 나는 러드맨 선생님이 누구와 사귀었는지를 깨달았다. 바로 허쉬의 비밀 남자 친구였던 것이다.

"그 아이가 알고 있는 사실에 대해선 어떡할 생각이야?"

"걔는 아무것도 몰라요. 게다가 이제 그건 중요하지도 않잖아요. 어차피 그 애는……."

내 발소리가 나자, 세 사람이 동시에 나를 돌아보았다. 타서스 선생님도 그곳에 함께 있었다. 세 사람은 삼각형으로 서 있어서 누가 누구 편인지 알 수가 없었다. 리암 선배도 누구에게로 다가가야 할지 모르는 것 같았다. 러드맨 선생님한테 지시를 받긴 했지만, 결정권자는 따로 있었기 때문이다.

"리암."

러드맨 선생님이 리암 선배에게 눈짓을 했다. 리암 선배는 주저주저하더니 교장 선생님 쪽으로 향했다. 교장 선생님의 눈은 리암 선배가아니라 나에게로 꽂혔다.

"고맙네, 리암. 자넨 이만 기숙사로 돌아가게."

교장 선생님은 나를 바라보며 리암 선배에게 말했다.

리암 선배가 얼마나 놀랐는지, 그 충격이 내 팔로 고스란히 전해졌다. 선배는 마치 내 팔이 뜨겁기라도 한 듯이 갑자기 훅 떨어뜨렸다.

"알겠습니다."

리암 선배는 내게 눈길 한번 주지 않고 뒤돌아 나갔다. 교장 선생님은 여전히 나를 응시했다. 거리가 얼마 떨어져 있지 않아서 교장 선생님의 눈동자가 일렁이는 게 그대로 보였다. 눈빛이 어찌나 강렬하던지, 내 피부가 다 타 버릴 것만 같았다. 내 얼굴에 땀이 송글송글 맺혔다.

"안녕, 오로라."

아트워터 교장 선생님이 인사를 건넸다. 나는 역겨움이 치밀었지만 애써 미소를 지어 보였다.

"무슨 일로 절 찾으셨어요?"

"그건 우리가 묻고 싶은 말이구나."

교장 선생님이 대답했다. 한 손을 주머니에 넣고 무언가를 만지작거리고 있는 것 같았다. 총일까? 내 머리에서 차가운 땀방울이 흘러내리기 시작했다. 나는 머리를 살짝 흔들었다. 타서스 선생님을 흘깃 보았지만, 불빛이 흐릿한 탓에 무슨 생각을 하는지 가늠할 수가 없었다.

"제 입회식 시간이 변경되었다는 얘기를 듣고 리암 선배를 무작정 따라온 거예요."

"그럼, 우리에게 맹세할 준비가 되었다는 거냐?"

교장 선생님이 물었다.

"물론이에요. 그런데 그 전에 몇 가지 여쭤 보고 싶은 게 있어요."

나는 최대한 부드럽게 말했다. 교장 선생님은 재미있다는 듯한 표정을 지었다.

"질문이 있다고?"

교장 선생님이 주머니에서 손을 뺐다. 손에 든 물건이 총처럼 생기긴 했지만 익히 보던 것과는 사뭇 달랐다. 총신이 있어야 할 곳에 파란색 액체가 든 병이 붙어 있었다.

"넌 지금 뭘 착각하고 있는 것 같구나. 오로라, 누가 누구한테 질문할 차례인지를 말이야."

교장 선생님이 방아쇠에 손가락을 걸었다.

"무슨 질문을 하시든 성의 있게 대답할게요. 전 다만 저희 엄마에게 일어난 일에 대해 알고 싶을 뿐이에요."

나는 시간을 벌려고 가능한 한 다소곳이 말했다.

"네 엄마는 폐 색전증 때문에 죽었어. 제왕 절개를 할 때 흔히 오는 합병증이지."

교장 선생님이 차갑게 말했다. 순간, 내 속에서 분노가 훅 치밀었다.

"사망 진단서를 봤어요. 저는 진실을 알고 싶어요. 나노봇으로 그렇게 한 거죠? 페인 회장님을 죽인 것과 같은 방법으로 저희 엄마를 죽였나요?"

나는 거세게 맞받아쳤다. 너무너무 화가 난 나머지, 아무것도 무섭지 않았다. 교장 선생님의 양 눈썹이 위로 치켜 올라갔다.

"페인 회장님에 대해 알고 있어요. 그분의 죽음에 대해선 이해한다고 쳐요. 그노시스의 CEO였으니까요. 현자가 애써 이뤄 놓은 걸 망가뜨리려는데 가만히 두고 볼 수야 없었겠죠. 하지만 저희 엄마는 한낱 고등학생에 불과했어요. 엄마가 그렇게까지 위협적이었어요?"

"아니었어."

아트워터 교장 선생님이 얼음처럼 차가운 목소리로 말을 내뱉었다.

"걔가 자료랍시고 들고 언론사에 찾아간들 아무도 안 믿어 줬을 테니까. 그 아이의 의료 기록 따위로는 어림도 없지."

교장 선생님은 입술을 삐죽거리며 큰 소리로 웃었다.

"그러면 왜 죽인 거예요?"

"너무 거슬렸으니까. 방해가 되었거든."

내 눈에 눈물이 그렁그렁 맺혔다. 눈을 깜박거려 보았지만 너무 늦었다. 교장 선생님이 그걸 보고 말았다. 나는 침착해지려고 안간힘을 썼다. 교장 선생님은 그것도 눈치를 채었다. 이제 나를 슬슬 자극하기 시작했다.

"그래, 나노봇이 그랬어. 나노봇이 정맥으로 침투해서 몸 전체를 휘돌아 혈전이 어디에 생겼는지 찾을 수 없게 만들었지. 생각할수록 대단한 실력이야. 진짜 행운이었어."

행운이었다고? 나는 내 눈앞에 서 있는 이 작자의 눈두덩을 한 대후려치고 싶었다. 하지만 이자가 나를 자극해서 얻으려는 반응이 빤해서 꾹 눌러 참았다. 이런 사람에게 만족감을 줄 수는 없었다.

교장 선생님은 총을 들어 올리며 말을 이었다.

"그 당시에는 우리의 방법이 좀 더 우아했지."

순식간에 등을 타고 공포심이 쭉 밀려왔다.

"그 안에 든 게 저를 미치게 만드나 보죠?"

교장 선생님은 메스꺼운 미소를 지었다.

"아니, 네 뇌가 스스로 모든 일을 하게 할 거야. 이 나노봇이 네 측두엽으로 접근해서 불협화음을 일으킬 거거든. 분노, 폭발, 고함. 결국 잠을 자지 못하게 되겠지. 하지만 그 전에 너를 안전하게 보호 시설에 넣어 주마."

"이미 결정을 다 내린 것처럼 말씀하시네요."

그때 타서스 선생님이 끼어들었다. 또각거리는 구두 소리와 함께 타서스 선생님이 내 옆으로 다가와 섰다.

"내 생각에는 이 아이를 의심해서 얻을 게 무엇인지 한 번 더 생각해 봐야 할 것 같아요.

"의심해서 얻을 게 있나? 의심해서 얻을 수 있는 건 절대로 없어."

교장 선생님은 단정하듯 말했다.

"로리에 대한 건 러드맨 선생 혼자서 한 말이잖아요."

타서스 선생님은 이렇게 대답하고는 한 걸음 앞으로 나섰다. 이제 내 앞에 서 있었다. 그것도 발끝으로……. 마치 금세라도 뛰어오를 준비를 하고 있는 고양이 같았다.

"이 아이가 고통받고 있다는 증거는 없어요."

고통? 타서스 선생님은 다웃이 마치 저주라도 되는 듯이 말했다.

"지금 장난해요? 더 생각할 것 없어요. 두 분은 이 아이의 장난질에 더 이상 속아선 안 됩니다."

러드맨 선생님이 소리쳤다.

"장난하는 거 아네요. 저는 엄마랑 달라요."

나는 가능한 한 믿음이 가도록 진지한 목소리로 말했다.

"오, 그렇단 말이지?"

교장 선생님이 물었다.

"속지 말아요!"

러드맨 선생님이 비꼬듯 말했다. 그러자 교장 선생님이 러드맨 선생님을 쏘아보았다.

"나가, 당장."

"하지만 저는……."

"당장 꺼지라고!"

교장 선생님이 고함을 지르자, 러드맨 선생님이 문 쪽으로 슬금슬금

달아났다.

"그럼, 너는 그게 들리지 않니? 다웃을 듣지 않아?"

러드맨 선생님이 사라지고 나자, 교장 선생님이 방아쇠에 손가락을 단단히 걸고 물었다. 지금은 오직 한 단어만 필요했다. 아니요. 하지만 그 말이 입에서 새어 나오지 않았다. 나는 주저하고 있었다. 하지만 교장 선생님은 주저하지 않았다. 방아쇠를 힘껏 당겼다. 딸깍 소리가 나는가 싶더니, 툭 소리가 이어졌다. 나는 재빨리 무릎을 구부렸다. 그런데 타서스 선생님이 왼팔에 화살을 맞고 말았다.

"타서스 선생!"

아트워터 교장 선생님이 당황해서 소리쳤다. 그러고는 입을 쩍 벌린 채, 손에 든 총을 보다가 타서스 선생님을 보다가 했다.

타서스 선생님이 차분한 목소리로 말했다.

"로리, 내 말 잘 들어."

나는 타서스 선생님을 바라보았다. 선생님이 오른손으로 화살을 꽉 움켜쥐더니 훅 잡아 빼 버렸다.

"나는 젤라틴에 알레르기가 있어. 이 화살에 들어간 혈청은 젤라틴이 주 원료야. 얼마 안 있어서 호흡이 멈출 거야. 너의 계획이 무엇인지는 모르겠지만……."

"저 아이의 계획은…… 무엇이든 아무 소용이 없지."

교장 선생님이 차갑게 말하면서 총에 또 다른 화살을 꽂았다.

그때 교장 선생님 뒤에서 조심스럽게 움직이는 그림자가 보였다. 누군가 왔다! 까만색 마스크로 얼굴을 가렸는데, 손에는 아까 구한 주사기가 들려 있었다. 노스였다. 나를 어떻게 찾은 거지?

타서스 선생님이 말했다.

"로리, 시간이 얼마 없어."

그 순간, 내 안의 뭔가가 폭발했다. 나는 교장 선생님 앞으로 한 발 나서며 소리쳤다.

"당신은 괴물이야!"

교장 선생님이 웃음을 터뜨리며 내 목을 향해 총을 겨누었다.

"그리고 너는 멍청한 꼬맹이일 뿐이지. 딱 네……."

그 순간, 노스가 교장 선생님의 팔을 잡고 뒤로 비틀었다. 뼈가 우두둑 부러지는 소리가 들리더니, 교장 선생님이 비명을 질러 댔다. 노스가 교장 선생님의 주사기를 목에 깊숙이 꽂았다. 곧이어 발소리가 들리면서 러드맨 선생님이 방으로 다시 들어왔다. 그리고 무슨 일이 벌어졌는지 파악하는 데 채 몇 초 걸리지 않았다. 아니, 몇 초도 필요 없었다. 곧 우당탕 하는 소리가 나더니 비명과 함께 러드맨 선생님의 몸이 바닥으로 꼬꾸라졌다.

허쉬가 불을 붙이지 않은 횃불꽂이를 들고 그 뒤에 서 있었다. 눈동자는 마치 불이 붙은 듯 이글거렸고, 마스카라는 온 얼굴에 까맣게 번져 있었다. 허쉬는 바닥에다 침을 탁 뱉더니 횃불꽂이를 집어 던졌다.

"나쁜 자식!"

러드맨 선생님은 거칠게 숨을 쉬다가 곧 의식을 잃었다. 허쉬가 부츠 신은 발로 러드맨 선생님을 힘껏 걷어찼다.

"허쉬, 괜찮은 거니?"

나는 허쉬에게로 얼른 다가갔다.

"이제 괜찮아. 저 사람은 어떻게 된 거야?"

허쉬가 주사기에 찔린 채 바닥에 누워 있는 교장 선생님을 턱으로 가리켰다. 교장 선생님은 연방 눈을 깜박이면서 정신을 차리려고 애를 썼다.

"곧 잠들 거야."

내가 말하자 허쉬가 물었다.

"살려 주는 거야?"

"우리가 사람을 죽일 순 없어, 허쉬."

허쉬가 팔짱을 꼈다.

"왜 안 돼?"

"우리가 저 사람을 죽이면, 저 사람이 이기는 거니까."

노스가 가까이 다가오며 대신 말했다. 곧이어 허쉬의 눈이 교장 선생님의 발목 쪽에 무릎을 꿇고 앉아 신발 끈을 풀고 있는 타서스 선생님에게 꽂혔다.

"저 사람은 왜 아직 멀쩡한 거야?"

"우리 편이야. 타서스 선생님은 계속 우리 편이셨어. 이제 나가면 다 설명해 줄게."

'이제 나가면'이다. 30초 전까지만 해도 '만약 나가면'이었는데.

나는 타서스 선생님 옆에 무릎을 꿇었다. 타서스 선생님은 교장 선생님의 발목을 신발 끈으로 단단히 묶고 있었다.

"선생님, 에피펜이요. 그거 어디 있어요?"

내가 다급히 물었다. 타서스 선생님은 내 볼을 손으로 어루만지며 미소를 지었다. 눈 주위가 서서히 부어오르기 시작했다.

"어젯밤에 썼어. 로리, 지금 이럴 시간이 없어."

순간, 눈물이 앞을 가렸다. 어젯밤에 나를 살리기 위해 에피펜을 사용한 거다. 타서스 선생님은 교장 선생님의 손목을 잡더니 소매를 걷어 올렸다. 뱀 가죽처럼 쩍쩍 갈라진 피부가 드러났다.

"우리는 해야 할 일이 있어."

나는 노스를 돌아보았다. 노스는 로드맨 선생님의 등을 돌려놓고선 발목을 묶고 있었다. 내가 그쪽으로 달려가서 줄을 꽉 묶자, 무심결에도 아팠는지 끙 하고 신음 소리를 냈다.

"네가 무사해서 정말 다행이야."

노스가 나를 바라보며 말했다. 나는 노스를 향해 환히 웃었다.

"나, 어떻게 찾았어?"

"네 로켓 목걸이 덕분에. 그 안에 추적 장치랑 카메라를 달아 두었거든. 나 몰래 아무 짓도 못 하게 하려고."

노스가 내 목에 걸린 비둘기를 향해 고갯짓을 했다. 나는 가슴이 벅차올랐다. 노스에게, 타서스 선생님에게, 그리고 내가 지금껏 무사하도록 도와준 모든 힘에…….

"그럼, 허쉬도 네가 데리고 온 거야?"

"아니, 허쉬는……."

"나는 러드맨 선생을 따라온 거야."

허쉬가 부드럽게 말했다. 조금 전의 기세당당하던 모습은 어디론가 사라지고 없었다. 허쉬는 눈물을 흘리면서 러드맨 선생님을 물끄러미 바라보았다. 밉거나 화가 난 게 아니라 몹시 슬픈 울음이었다. 마치 길을 잃은 어린아이 같아 보였다. 나는 허쉬에게 다가가 꼭 안아 주었다.

"어떻게 된 거야?"

내가 묻자 허쉬가 울먹이며 말했다.

"저 사람 마스터키를 사용했어. 저 사람이 잘 때……. 너한테 준 게 다 그렇게 구한 거야. 그런데 오늘 아침에 들켜 버렸어. 그래서 다 털어놓았지. 네 엄마를 죽인 나쁜 놈들을 우리가 가만 안 둘 거라고. 저 사람이 우리를 도울 수 있을 거라고 생각했거든. 그런데 저 사람이 도리어……."

허쉬가 눈물을 뚝뚝 흘렸다.

"나는 정말 바보였어. 저 사람이 나를 사랑한다고 했어. 그래서 멍청하게도 저 사람을 굳게 믿었어."

"로리, 서둘러야 해."

그때 타서스 선생님이 나를 불렀다. 숨을 약간 헐떡이고 있었는데, 통증이 있는지 한쪽 팔을 꽉 움켜쥐었다. 선생님은 대답을 기다리지 못하고, 몸을 일으켜 어두운 터널 쪽으로 비틀거리며 걸어갔다.

허쉬가 놀란 눈으로 물었다.

"왜 그러는 거야?"

"넌 모르는 게 더 나아. 노스네 집에 가서 기다리고 있어."

나는 허쉬가 싫다고 하거나 더 설명해 달라고 조를 줄 알았는데, 뜻밖에도 순순히 고개를 끄덕였다. 노스가 주머니에서 열쇠를 찾아 허쉬에게 건넸다.

"조심해."

허쉬의 입술이 약간 떨렸다.

"두 시간 정도면 돌아갈 거야."

노스가 횃불을 가지러 간 사이에 나는 허쉬를 안심시켰다. 내 말이 맞기를 간절히 기도하면서.

타락하는 것은 자유이나

타서스 선생님은 그노시스의 서버에 10미터 조금 못 미치는 곳에서 결국 숨을 거두었다. 팔이 엄청나게 부어올라서 굉장히 고통스러웠을 것 같았지만 단 한마디도 불평을 하지 않았다. 나중에는 피부가 아예 파란색으로 변하기 시작했다.

타서스 선생님이 기침을 연거푸 토해 낼 때, 나는 결국 울음을 터뜨리고 말았다. 죽어 가는 선생님 앞에서 우는 건 옳지 않다는 생각이 들었지만, 심장이 터질 것만 같아서 견디기가 힘들었다. 한 번도 표현한 적은 없지만, 나한테 준 녹음 파일을 들으면서 선생님이야말로 내가 한 번도 가져 본 적 없는 엄마와 같은 존재라는 생각을 했다. 나는 선생님과 함께한 시간 내내 미움을 쌓고 있었지만, 정작 선생님은 나를 지키기 위해 온 힘을 다 쏟아붓고 있었다.

나선형의 마지막 코너를 돌자마자, 타서스 선생님이 벽에 몸을 기대었다. 말을 한마디 한마디 내뱉는 것조차 무척 고통스러워 보였다.

"거기까지 못 갈 거 같아. 내 목소리를 녹음해서 이용해야 할 거야.

잘될지는 모르겠지만, 시도는 해 보자."

타서스 선생님은 어린아이처럼 바닥에 쪼그려 앉았다. 나는 그 옆에 무릎을 꿇어앉은 채 선생님의 손을 마주 잡았다. 그러자 선생님이 나를 향해 미소를 지었다.

"네 엄마가 너를 무척 자랑스러워할 거야, 로리."

선생님이 고통으로 인해 숨을 헐떡이면서 천천히 말했다.

"하나만 약속해 줘, 로리. 여기를 떠나고 난 뒤에 다시는 돌아오지 않겠다고."

"사랑해요, 선생님."

나는 '약속한다'는 말 대신 이렇게 말했다. 선생님은 손을 내 무릎에 대고 힘겹게 미소를 지었다.

"나도 사랑한다, 로리."

"준비되셨어요?"

그때 노스가 이렇게 물으면서, 아이폰의 녹음 버튼 위에 엄지손가락을 올렸다. 타서스 선생님이 고개를 끄덕였다.

"타락하는 것은 자유……."

단어 하나하나를 내뱉을 때마다 짧게 숨을 멈추었다. 그러더니 눈을 깜박거리면서 고개를 저었다. 선생님은 숨을 쌕쌕거리다가 힘겹게 들이마시곤 했다.

"다시 해 볼게. 타락, 하는, 것은, 자유……."

나는 심장이 멎을 것만 같았다. 음성 인식 프로그램에 대해서 잘 알지는 못하지만, 목소리가 실제로 앞에서 내는 것처럼 아주 자연스럽게 들려야 한다는 것 정도는 안다. 다시 한 번 해 주세요. 나는 선생님한테 속으로 간절히 부탁했다. 잠시 후, 선생님의 거친 숨소리가 잦아들었다. 나는 선생님의 손을 꼭 쥐었다. 선생님은 입 모양으로 어서 가라는 말을 했다. 소리는 나지 않았지만, 그 힘은 매우 강력했다. 나는 선생님의 볼에 살며시 입을 맞추었다.

"고마워요, 전부 다."

내가 속삭였다. 선생님이 다시 미소를 지었다. 그러더니 머리가 축 처지면서 숨을 거두었다.

돌벽까지 걸어가는 동안, 노스도 나도 아무 말도 하지 않았다. 돌문이 열리고 형광등 불빛 아래로 들어섰을 때에야 노스가 다급한 목소리로 말했다.

"손가락을 사용하지 마. 지문이 찍히면 안 돼!"

나는 고개를 끄덕이며 엄지손가락 마디로 유리를 툭 건드렸다. 화면에 열두 개의 글 상자가 떠올랐다. 처음 숫자 네 개는 지난번과 달랐다.

나는 이 순간을 대비해서 피보나치 수열에서 50번째까지 미리 다 외워 두었다. 노스가 그렇게 하라고 미리 일러 주었다. 10946은 스물세 번째 숫자니까, 그다음 여덟 개는 6, 1, 7, 7, 1, 1, 2, 8이었다. 나는 재빨리 그 숫자를 입력했다.

내 엄지손가락 마디가 8을 입력하자마자 유리문이 스르륵 열렸다. 신기하게도 시뮬레이션에서와 똑같이, 따뜻한 바람이 쉭 하고 스쳐 갔다. 노스와 나는 작은 방으로 얼른 들어갔다. 잠시 후 유리문이 닫히고 돌문마저 닫히면서 방 안에 갇혔다. 노스가 아이폰을 꺼낸 후 음성 인식기 앞으로 다가섰다.

"이게 통할 거 같아?"

내가 물었다.

"글쎄."

노스도 확신하는 것 같지는 않았다. 노스가 첫 번째 녹음 파일을 열어서 시도를 해 보았다. '승인 거부'라는 말을 듣기도 전에 안 되리라는 걸 알아차렸다. 나조차도 선생님 목소리라고 생각되지 않았기 때문이다. 두 번째 녹음 파일은 더 엉망이었다.

"빌어먹을!"

나는 이렇게 중얼거리면서 두 눈을 꼭 감았다. 다웃이 어떤 조언이라도 해 주길 기다렸다. 그런데 그 순간, 다웃 대신 타서스 선생님의 목소리가 귓전에서 울렸다.

타락하는 것은 자유이나, 일어서기에 충분하도록.

나는 눈을 번쩍 떴다.

"노스, 아이폰에 아직 그 녹음 파일 있어? 타서스 선생님이 주신 거!"

"응, 왜?"

"그 파일에 '타락하는 것은 자유'라는 말이 있었어. 시작 부분이었던 거 같아."

노스가 그 파일을 찾아 열었다. 트랙 바를 오른쪽으로 돌리더니 재생 버튼을 눌렀다. 타서스 선생님의 건강한 목소리가 방 안을 가득 채웠다.

밀턴이 뭐라고 했니? '타락하는 것은 자유이나, 일어서기에 충분하도록.' 선택은 우리가 하는 거야. 우리는 스스로 선택한 거지.

노스가 트랙 바를 다시 돌려서 아이폰을 음성 인식기에 갖다 댔다.

노스가 재생 버튼을 다시 누를 때, 나는 긴장한 나머지 숨을 꾹 참았다. 제발 통과하게 해 주세요.

"저것 봐."

노스가 갑자기 내가 시뮬레이션에서 본 제어판을 손으로 가리켰다. 녹색 불이 하나씩 빨간색 불로 바뀌고 있었다.

"이건 보안 제어판이야. 이 불빛은 모두 카메라에 연결되어 있어. 내 생각엔 지금 오프라인인 거 같아."

잠시 후 철컹하는 소리가 크게 울리더니, 자물쇠가 열리고 철문이 옆으로 스르륵 움직였다. 우리는 안으로 재빨리 들어갔다. 파란 불빛으로 가득 찬 방은 텅 비어 있었다. 그리고 몹시 시끄러운 데다 얼어붙을 만큼 추웠다. 나는 문을 살짝 열어 두었다. 안에서 문을 여는 방법을 알지 못하기 때문이었다.

노스가 양손에 장갑을 꼈다. 매우 얇아 보였는데, 손가락 부분에 고무 패드가 붙어 있었다.

"해커용이야, 지문 방지용."

그 장갑을 보는 순간, 우리가 지금 얼마나 엄청난 일을 하려는 것인지 실감이 났다. 나는 두려움을 떨치기 위해 짐짓 눈을 빠르게 깜박거렸다.

"서버가 자정까지 오프라인일 거 같지는 않아."

나는 노스의 뒤를 따라 터미널 쪽으로 가면서 말했다. 우리가 딛고 있는 바닥은 철망처럼 되어 있었다. 몇 미터 아래에 회색 콘크리트 바닥이 보였다.

"그렇겠지."

노스는 이렇게 대답하면서 터미널 앞부분에 있는 키보드를 만지작거렸다. 그러자 화면 세 개에 불이 들어왔다.

"그래서 더 어렵기는 하지만, 내 흔적을 감추는 게 영 불가능한 일도 아니야."

각 화면에 로그인 상자가 떴다.

"이제 어쩌지?"

내가 걱정스레 물었을 때, 노스는 이미 로그인 화면을 넘어갔다. 빛의 속도로 글자를 입력했다. 손가락이 거의 안 보일 지경이었다. 화면에 컴퓨터 코드가 끝도 없이 이어졌다. 노스의 눈이 화면에서 화면으로 넘나들면서 천 개도 넘는 화면을 열었다 닫았다 했다. 럭스 프로그램의 코드를 찾는 것이었다. 나는 그 옆에서 공연히 왔다 갔다 했다.

"로리."

노스가 나를 불렀다.

"왜?"

"가만히 좀 있어 줄래? 정신 사나워 죽겠어."

나는 노스 뒤쪽의 바닥에 쭈그려 앉았다.

"내가 너무 쓸모없다는 생각이 들어. 도울 만한 게 없을까?"

노스는 화면에서 눈도 떼지 않은 채 뒷주머니에 손을 넣어 아이폰을 건넸다.

"괜찮은 음악 좀 찾아 줘."

몇 시간 동안 방 안에 음악 소리만 흘러 다녔다. 노스는 가끔씩 노래를 따라 흥얼거렸다. 나는 노스가 작업하는 모습을 가만히 지켜보았다. 끝도 없이 타다닥거리는 키보드 소리가 잠잠해지길 기다리면서.

키보드 소리는 11시가 지나서야 잠잠해졌다.

"로리, 내가 제대로 변경했는지 확인해 줘."

나는 손가락으로 바닥의 철망을 만지작거리고 있다가 노스의 목소리를 듣고 벌떡 일어섰다. 한가운데에 있는 화면에 글자와 기호가 가득했다.

"어, 그런데 뭐가 뭔지 모르겠어. 내가 어떻게 하면 돼?"

"큰 소리로 읽어 줘."

노스는 이렇게 말하면서 눈을 감았다. 노스의 목소리가 갈라져 몹시 거칠었다. 얼마나 피곤한지 말을 안 해도 알 듯했다.

"눈이 빠질 거 같아. 그래서 더 이상 화면을 볼 수가 없어. 화면에 보이는 걸 정확히 읽어 주기만 하면 돼."

나는 화면에 적힌 글자를 찬찬히 읽어 나갔다. 시간이 흐르면서 노스의 얼굴이 조금씩 풀어졌다. 얼마 뒤 다 읽고 나자, 노스가 여전히 눈을 감은 채 말했다.

"한 시간 전에 열다섯 번째쯤 시도했을 땐 안 될 거라고 생각했어. 프로그램이 너무 복잡해서 데이터를 하나하나 바꾸는 걸로는 해결될 것 같지가 않았거든. 사람들이 탄 자동차를 서로 들이박게 하거나, 집단 자살의 위험을 감수하지 않고서는 도저히 안 될 것 같았어."

집단 자살……. 럭스 프로그램이 변덕을 부리면 불가능한 일도 아니었다. 럭스에 푹 빠져서 멍청한 미소를 짓던 벡의 모습이 떠올랐다. 그러자 나도 모르게 몸서리가 쳐졌다.

노스가 다시 말을 이었다.

"더는 어떻게 해야 할지 모르겠더라고. 그래서 막 포기하려던 참이었어."

"그런데?"

"그런데 그때 다웃이 들렸어. '거기에 있다'고. 바로 그 순간에 모든 것이 보이기 시작했어. 위협 요인 목록에서 카테고리를 조절하는 방법에 아주 약간의 변수가 있더라고. 그래서 카테고리를 분리한 다음, 위협 요인을 기회 요인으로 바꿨어. 생각했던 것보다 몇만 배는 힘들었지만 다행히도 제대로 실행이 된 거 같아."

나는 노스의 목을 팔로 감싸며 무릎 위에 올라앉았다.

"너는 천재야."

나는 노스의 입술에 입을 맞추었다. 노스는 내게서 몸을 떼면서 고개를 저었다.

"아니야, 그런 칭찬을 받을 수 없어. 나 혼자였다면 분명 포기했을 테니까."

나는 노스에게 반박하고 싶었지만 지금은 그럴 때가 아니라는 생각이 들었다. 현자라면 당연히 자신의 승리를 과하게 칭찬받고 싶어 할 거다. 하지만 내가 사랑하는 이 아이는 아니다. 그래서 내가 사랑하는 거다.

"이제 여기서 나갈 수 있는 거야?"

"응, 곧. 이 변환 공식을 다른 제어판에 복사하고 코드를 서버에 심은 다음 그노시스가 재부팅하기를 기다리면 돼."

나는 화면에 뜬 시계를 보았다. 11시 53분이었다.

"그 일을 다 끝내는데 7분이면 충분해?"

"아마도 그럴 거야. 일단 시스템이 재부팅되고 나면 내 흔적을 지우고 버그를 심을 거야. 그러고 나면 여기서 나갈 수 있어."

"버그?"

"일종의 덫이야. 그노시스에서 내가 네트워크에 침입한 걸 알게 될 경우를 대비해서. 버그를 잡아내면 간단히 해결될 거라고 생각하게 만드는 거지."

"진짜 끝내준다. 다웃이 그렇게 하라고 한 거야?"

노스가 빙그레 웃더니 내 코에 입을 맞추었다.

"아니, 이건 내가 생각해 낸 거야."

노스는 곧 나에게서 몸을 돌리고 책상 위의 터치 패드를 건드리기 시작했다. 나는 노스의 얼굴을 물끄러미 바라보며 어서 끝이 나길 기다렸다. 어느새 노스의 얼굴에서 피곤한 기색이 말끔히 사라졌다.

"너, 진짜 멋져."

나는 이렇게 속삭이면서 노스의 볼에 입을 맞추었다. 그런데 갑자기 노스의 몸이 뻣뻣하게 굳었다. 나는 몸을 뒤로 홱 젖혔다.

"왜 그래?"

"제기랄! 알람을 건드렸어."

노스가 숨을 거칠게 쉬면서 욕을 내뱉었다. 그러고는 엄청나게 빠른 속도로 키보드를 치기 시작했다.

"무슨 알람?"

나는 노스의 팔을 건드리지 않으려고 조심하면서 물었다. 내 가슴이 두방망이질을 치면서 다리가 후들거렸다.

"모르겠어."

나는 화면으로 눈길을 돌렸다. 처음에는 컴퓨터 코드인 줄 알았는데, 다시 보니 그리스 문자의 나열이었다.

"잠깐! 저건 수수께끼야."

나는 노스의 팔을 잡으면서 말했다.

"수수께끼?"

"응, 잠깐만 기다려 봐."

노스가 터치 패드에서 손가락을 떼자마자, 화면에 뜬 글이 영어로 바뀌었다.

그들을 자유롭게 만들었다.
스스로의 노예가 될 때까진 자유롭게 지내리라.
아니면 그들의 본성을 바꾸고.
그들의 자유를 정해 준 영원불변의 높은 섭리도 폐지해야 하리라.
정녕 그들 스스로 자신들의 타락을 정하였도다.

계속 진행하려면 필요한 키를 누르시오.

옆눈으로 힐끗 보니, 노스의 눈이 엄청나게 커졌다.
"이건 《실낙원》에 나오는 구절이잖아. 네 엄마가 남기신 부분이네. 그래서 금방 알아챈 거야?"
노스가 나를 바라보았다. 나는 고개를 끄덕였다.
"저 구절이 때문이 아니라, 전에 이런 퍼즐을 본 적이 있거든. 비밀 동아리의 시험에서. 항상 빨간색 그리스 문자로 시작했어. 하지만 그건……"
"시간이 정해져 있어."라고 말하려는 순간, 화면의 오른쪽 아래 모퉁이에서 숫자 60이 깜박이는 게 보였다. 1분. 그게 우리에게 주어진 시간의 전부였다.
"서둘러, 시간이 60초밖에 없어."
내가 급히 말했다.
"로리, 이걸 그렇게 빨리 깰 수는 없어."

"그러니까 문제를 풀어야지. '계속 진행하려면 필요한 키를 누르시오.' 답은 이 구절 안에 있어."

몇 초간 우리는 아무 말도 하지 않은 채 화면만 뚫어져라 응시했다.

"로리, 이 키보드에는 백한 개의 키가 있어. 그리고 우리에게는 이제 30초의 시간밖에 없고. 내 생각엔 도저히……."

노스가 머리를 손으로 쓸어내리면서 참담한 표정으로 말했다.

"시프트(Shift) 키가 아닐까? 본성을 바꾼다고 하잖아."

노스가 갑자기 흥분해서 벌떡 일어섰다.

"아, 밀턴은 여기서 인간의 구속에 대해 얘기했어. 그렇다면 필요한 단어는 도망가다(Escape), 즉 Esc야."

그러고 보니 맞는 말이었다. 노스의 손가락이 Esc키 위에서 내 눈짓을 기다리면서 머뭇거렸다. 이제 20초밖에 남지 않았다. 나는 가슴이 두근거리는 걸 느끼면서 두 눈을 꼭 감았다. 마침내 결정할 시간이 되었다. 문득 뱀이 입회식에서 한 말이 생각났다.

그래도 자유는 있어야 한다. 어리석은 자는 항상 현명한 자를 찾는다.

나는 눈을 번쩍 뜨면서 소리쳤다.

"아니야, 도망갈 곳은 없어. 그게 밀턴이 계속 하는 말이잖아. '스스로 노예가 될 때까지.' 이건 착각하게 만들려는 덫일 뿐이야. 계속하기 위해서 우리 모두에게 필요한 건 엔터(Enter)야."

노스는 곧바로 엔터키를 쳤다. 그러자 모든 단어가 사라졌다. 딱 한 문장만 빼고.

계속 진행하시오.

그와 동시에 새로운 창이 열리더니, '지시 사항 완료'라는 글이 나타났다.

"고마워."

노스는 힘없이 중얼거리더니 긴장을 풀고 의자에 몸을 기대앉았다. 그러더니 내 쪽으로 고개를 휙 돌렸다.

"이대로 망하는 줄 알았어."

"그런데 아니야?"

나는 확신을 얻기 위해 되물었다. 노스는 내 다리에 머리를 대고 누우며 대답했다.

"아직은 아니야. 이제 조금 더 기다려 보자."

화면 아래에 있는 시계를 보니, 11:59에서 12:00로 막 넘어가고 있었다. 하지만 아무 일도 일어나지 않았다. 나는 노스의 머리를 손끝으로 톡톡 쳤다.

"자정이야. 아무 일도 일어나지 않았어."

"몇 분 더 걸릴 거야. 그노시스에서 누군가 재부팅을 해야 해. 그 전에 내부 네트워크에서 모두 로그아웃했는지도 확인해야 하고."

"그래야 새로운 프로그램이 럭스에 영향력을 미치는 거야?"

"응, 태양 흑점 폭발이 럭스에 어떤 영향을 끼칠지는 정확히 모르지만 말이야. 하지만 앱이 작동하는 한은 이 프로그램이 적용될 거야."

노스가 몸을 일으켜 다시 의자에 앉았다.

"우리는 어떡해? 괜찮을까?"

"아, 우리는 무사할 거야."

노스가 나를 다시 무릎에 앉혔다.

"우리는 뉴욕으로 가서 아파트에 숨어 살면서, 건전지로 작동하는 전자 기기를 사용하고 깡통에 든 스파게티를 먹으면 돼."

12:02가 되자, 주변의 수많은 기계에서 윙윙 소리가 나더니 전원이 훅 꺼졌다. 터미널의 전원이 마지막으로 꺼지자, 방 안이 순식간에 조용해졌다. 비상벨에서 나는 녹색 불빛만 아른거렸다.

"누가 여기로 오면 어떡해?"

내가 속삭이자, 노스가 고개도 들지 않고 말했다.

"도망가지, 뭐."

하지만 아무도 오지 않았다. 몇 분 뒤, 서버에 다시 전원이 들어오면서 윙 하는 소리가 울렸다. 얼마간 조용했던 탓인지, 그 소음이 무척 크게 들렸다. 그러자 나는 괜스레 바짝 긴장이 되었다. 그러고 나서 얼마 뒤, 내 뒤쪽에서 철컹하는 소리가 났다. 노스가 고개를 번쩍 들었다. 나는 겁에 질려 속삭였다.

"무슨 소리야?"

"모르겠어."

노스의 목소리에도 나만큼이나 걱정이 배어 있었다. 노스가 의자를 돌려서 나를 바라보았다. 문이 있던 곳에 다시 벽이 생겼다.

"재부팅될 때 문이 닫히도록 설정돼 있나 봐."

노스가 끙 하는 소리를 냈다. 나는 아무 말도 하지 못했다. 그저 속으로 '우린 갇혔어.'라고 중얼거릴 뿐이었다. 하지만 내 뇌는 아직 상황 파악을 못 하고 있는 것 같았다. 이 상황을 제대로 인지했다면, 나는 놀란 나머지 안절부절못하며 허둥거리는 게 정상이었다. 이대로 가만히 앉아서 벽만 쳐다보고 있지는 않을 터였다.

"나가는 문이 또 있을 거야."

나도 모르게 이렇게 말했다. 너무나 차분해서 나 스스로도 놀랄 지경이었다. 엄마는 나를 벌써 죽게 내버려 두지 않을 거란 생각이 들었다. 내 담요에는 노란색 X자가 두 개 수놓여 있었다. 하나가 묘지에 있는 출입구라면, 나머지 하나는 저수지에 있는 게 분명했다.

노스가 말했다.

"그노시스에는 엘리베이터가 두 개야. 그걸 타려면 스마트키가 필요할 거야. 그런데 우리가 들어온 문은 안쪽에서 자동으로 열리게 돼 있을 거 같아. 그렇지?"

노스의 목소리가 딱딱해졌다. 긴장한 게 틀림없었다. 나는 솔직하게 말했다.

"모르겠어. 현자가 누구든 이리로 쉽게 들어올 수 있도록 해 두지는 않았을 것 같은데. 그래도 우리가 갇힌 건 아닐 거야. 바깥으로 나가는 길이 또 있을 거 같아."

나는 터미널 화면을 가리켰다.

"너는 하던 일을 마저 끝내. 내가 여기서 나가는 길을 찾아볼게."

노스는 걱정스런 표정으로 고개를 끄덕이고는 화면을 바라보았다. 어느새 밝아진 화면에는 그노시스의 로그인 상자가 떠 있었다.

나는 방 주변을 둘러보았다. 노스가 본 엘리베이터가 두 대 있었고, 그 옆으로 '비상구'라고 쓰여 있는 문이 보였다. 여기는 화장실조차 없었다. 천장을 살펴보았지만 너무 높아서 설사 열린다 해도 거기까지 닿을 방법이 없어 보였다.

여기서 나가는 길이 있다면 아마도 바닥일 듯했다. 철망 아래쪽의 시멘트 바닥을 찬찬히 살펴보았다. 유난히 매끄럽게 마감된 부분이 보였다. 나는 잠시 다웃을 기다렸다. 그쪽이 맞다고 확신을 심어 주기를 기대하면서. 하지만 한참이 지나도록 아무 소리도 들리지 않았다. 생각해 보니, 이 계획을 실행하는 동안 한 번도 다웃을 듣지 못했다. 단 한 번도 다웃이 우리가 여기서 나갈 수 있을 거라고 확실하게 말해 준 적이 없었다.

아, 보안 카메라! 만약 재부팅해서 문을 닫았다면 카메라도 다시 켜졌을 거다. 나는 노스의 이름을 크게 부르려고 입을 열었다가 재빨리 다물고는 머리를 숙인 채 황급히 뛰어갔다.

절반 정도 뛰어갔을 때 신발 끝이 철망에 걸려서 그만 넘어지고 말았다. 한쪽 손이 바닥을 치면서 철망 사이로 빠졌다. 이어서 무릎까지 빠지고 말았다. 순식간에 통증이 몰려와 눈이 뻐근했지만, 아래쪽을 내려다보고는 통증을 깨끗이 잊었다.

둥그런 맨홀 뚜껑에 'ἔξοδος'라는 글자가 새겨져 있었다. 그 단어가 무슨 뜻인지는 알 수 없었지만, 평범한 맨홀 뚜껑에 그리스 문자를 새겨 놓을 리 없다는 것쯤은 알고 있었다. 나는 눈으로 바닥을 살피면서 철망 아래로 내려가는 길을 찾아보았다. 아니나 다를까, 한쪽 모서리에 걸쇠가 있었다.

나는 허둥지둥 일어나서 노스 쪽으로 뛰어갔다. 아무 말도 하지 않고 노스의 모자를 얼른 머리에 씌었다.

"카메라."

나는 노스의 귀에 대고 속삭였다. 노스의 몸이 곧바로 경직되었다. 그와 동시에 스피커에서 경보음이 날카롭게 울렸다. 들켰다! 나는 노스의 팔을 잡아당겼다.

"나가는 길을 찾았어."

"잠시만. 증거를 다 지워야 해."

내 손톱이 노스의 팔뚝으로 파고들었다.

"시간이 없어."

"그노시스 본사는 10킬로미터 밖에 있어."

노스는 이미 타이핑을 시작했다. 노스가 네트워크로 드나들자, 엄청나게 많은 창이 열리고 닫혔다.

"거기서 여기까지 오려면 적어도 5분은 걸려. 잠깐만 기다려. 60초면 다 끝낼 수 있어."

노스의 목소리는 아주 단호했다. 나는 엘리베이터 문을 쳐다보았다. 가슴이 하도 두근거려서 숨이 막힐 지경이었다.

"다 했어."

마침내 노스가 의자를 뒤로 밀면서 일어섰다. 나는 맨홀 쪽으로 서둘러 걸음을 옮겼다. 노스가 바로 뒤따라왔다. 걸쇠를 들고 철망 한 칸을 문처럼 열었다. 아래로 내려간 뒤 걸쇠를 다시 건 다음, 맨홀 뚜껑의 홈에 손가락을 넣어 돌리기 시작했다. 그다음엔 맨홀 뚜껑을 옮기는 게 문제였다. 무게가 20킬로그램이 넘는 데다, 우리는 엎드린 상태여서 힘을 쓰기가 몹시 불편했다. 게다가 머리 위에서 경보음이 시끄럽게 울어 대고 있어서 불안감이 한층 증폭되었다.

우리가 간신히 맨홀 뚜껑을 옆으로 밀었을 때, 엘리베이터 문이 스르륵 열렸다. 가! 노스가 소리 없이 말하면서 구멍 아래쪽을 가리켰다. 나는 깜깜한 곳을 내려다보았다. 깊이를 가늠하기 어려웠지만, 사다리가 없는 걸로 보아 그다지 깊은 것 같지는 않았다.

나는 다리를 먼저 넣은 뒤 아래로 천천히 내려갔다. 맨홀 뚜껑 아래쪽으로 완전히 내려가자, 달걀 썩는 냄새와 같은 악취가 진동했다. 게

다가 혹시라도 실수를 할까 봐 두려운 나머지 끔찍한 공포가 밀려왔다.

"제발."

나는 이렇게 중얼거리면서 오른발로 왼쪽 신발을 툭툭 차서 벗었다. 제발 목을 부러뜨리지 않게 해 주세요. 제발 들키지 않게 해 주세요. 몇 초 후, 신발이 돌바닥에 구르는 소리가 들렸다. 나는 용기를 내어 아래로 풀쩍 뛰어내렸다. 그리고 재빨리 손으로 바닥을 짚었다.

온 사방에 뾰족한 돌이 깔려 있었다. 철망에서 채 5미터 높이도 되지 않는 것 같은데, 위에서 비치는 불빛이 아득하게 느껴질 만큼 깜깜했다. 머리 위에서 고함 소리와 달리는 소리가 나는가 싶더니, 노스가 바닥으로 떨어지기 전에 맨홀 뚜껑을 제자리로 돌려놓는 소리가 들렸다. 맨홀 구멍에 대롱대롱 매달린 채 뚜껑을 옮기느라 노스의 발이 내 머리 위에서 연방 흔들거렸다. 쾅 소리와 함께 뚜껑이 제자리로 돌아가자 완전히 깜깜해졌다. 노스가 쿵 소리를 내면서 내 옆으로 떨어져 내렸다.

내가 조그만 목소리로 물었다.

"저 사람들, 우리를 본 거 같아?"

"그렇다고 여기서 기다리면서 알아볼 필요까지는 없잖아."

노스는 이렇게 대답하면서, 아이폰의 플래시 앱을 켰다. 그러자 희미한 빛이 우리가 서 있는 좁은 공간을 비추었다. 양옆으로 금을 점점이 박아 둔 돌벽이 보였다. 만약 우리가 갇힌 신세만 아니었다면 무척 아름답게 보였을지도 몰랐다.

나는 점점 숨이 막혀 왔다. 우리가 들어온 문은 이제 철판으로 단단히 막혔다. 내가 노스의 어깨에 올라선다 해도 손이 닿지 않을 듯했다.

노스가 말했다.

"로리, 저쪽에 통로가 있어. 좁지만 지나갈 순 있을 거 같아. 저기로 가 보자."

노스가 돌벽 사이로 나 있는 통로를 플래시로 비추며 내 손을 꼭 잡았다. 통로는 아래쪽으로 연결되어 있었는데, 매우 좁아서 노스의 어깨가 꽉 끼일 정도였다. 천장도 낮아서 일어설 수조차 없었다. 나는 바위에 머리를 부딪히지 않으려고 몸을 한껏 숙였다. 아래로 내려갈수록 달걀 썩은 냄새가 더 진동을 했다.

얼마 뒤, 우리는 평평한 바닥에 닿았다. 지나온 길보다는 넓었지만 천장은 더 낮았다. 노스가 간신히 몸을 세울 수 있을 정도였다. 플래시를 비추자, 울퉁불퉁한 구릿빛 벽이 보였다. 노스가 몇 걸음 앞으로 더 가서 벽에 그려진 그림에 불빛을 비추었다. 탄광에서 수레가 지나갈 때 대충 그려 놓은 그림처럼 보였다. 그 그림을 보는 순간, 우리가 지금 어디에 있는지 어렴풋이 알 것 같았다. 폐쇄된 광산에 있었다. 다시 살펴보니 벽에서 반짝이는 것은 금이 아니라 싸구려 광물이었다.

현자가 이런 곳에다 자신의 왕국을 세우려 했다니! 참으로 아이러니한 일이었다. 아니면 오히려 딱 맞아떨어진다고 해야 할까? 자신들의 궁전을 가짜 금을 만드는 곳에다 세우려 했으니.

나는 노스를 따라 통로로 들어갔다. 통로는 위쪽으로 뚫려 있었는데, 기울기가 무척 심하고 바위가 층층이 쌓여 있었다. 갈수록 경사가 더 심해졌다. 노스가 걸음을 멈추고 먼저 가라며 옆으로 비켜섰다. 혹시라도 미끄러지면 뒤에서 받쳐 줄 생각인 듯했다.

얼마쯤 올라갔을까? 갑자기 노스의 아이폰에서 알림음이 울렸다. 순간적으로 나는 겁에 질렸다. 배터리의 잔량이 거의 없다는 신호였던 것이다. 그래도 우리는 묵묵히 계속 올라갔다. 아무 말도 하지 않은 채.

굳이 서로의 생각을 털어놓을 필요가 없었다. 만약 위에 출구가 없다면 우리는 이대로 끝이기 때문이었다.

어느 순간, 내 발이 쭉 미끄러졌다. 나는 잡을 만한 걸 찾기 위해 손으로 바위를 더듬었다.

"노스, 바위가 젖어 있어!"

나는 어깨 너머로 돌아보며 노스에게 소리쳤다. 노스는 내 발 바로 밑에 있었다.

"저 위에서 물이 흘러 들어오는 거겠지?"

노스의 목소리에 희망이 스며들었다. 나는 고개를 끄덕이고는 계속 위로 올라갔다. 얼마쯤 가자 평평한 바닥이 나타났다. 노스가 내 팔을 황급히 잡았다.

"잠깐만! 앞에 절벽이 있을지도 몰라."

노스는 플래시로 주변을 비추었다. 순간, 가슴이 철렁 내려앉았다. 우리가 올라온 곳이 정말로 절벽이었던 것이다. 나는 소리를 꽥 지르고 싶었다. 이렇게 끝나고 말 거라는 걸 뻔히 알면서, 나에게 두려워하지 말라고 끊임없이 주절거린 다웃이 저주스러워졌다.

"바른 길로 온 거야."

그때 다웃이 속삭였다. 그러자 놀랍게도 이내 분노와 공포 대신 평온함이 찾아들었다. 노스가 플래시로 돌벽을 비췄다.

"로리, 이리 와 봐."

돌벽에 그림이 그려져 있었다. 언뜻 보아선 원 세 개를 그린 것 같았다. 하지만 비둘기 모양인 건 확실했다. 나는 말없이 다가가 손을 뻗어 만져 보았다. 비둘기를 왜 여기다 그려 놓은 거지? 무언가를 알리기 위한 신호 같았다. 마치 선물 같은…….

그런데 그 순간, 노스의 아이폰이 훅 꺼져 버렸다. 우리는 얼음처럼 굳은 채 잠시 동안 꼼짝도 하지 않았다. 예상하고 있었던 일이지만, 막상 불빛이 사라지자 두려움이 밀려왔다. 그러다 곧 마음을 바꾸어 먹었다. 불빛이 언제 사라질지 몰라 두려워하는 것보단 차라리 이 상황을 견디는 편이 낫다는 생각이 들었다.

노스가 어둠 속에서 나를 찾아 끌어안았다. 노스의 두 손이 내 팔을 지나서 얼굴로 향했다. 보이지는 않았지만 느낌으로 알 수 있었다. 노스가 천천히 입을 맞추었다. 그 순간, 나는 머릿속에서 모든 것을 지웠다. 어둠, 악취, 갈증, 두려움……. 내 입술을 덮은 노스의 입술과 내 몸을 감싼 노스의 체온만을 오롯이 느낄 뿐이었다. 내가 맡는 냄새는 오직 노스의 머릿결에서 풍기는 샴푸 향뿐이었다.

그때 갑자기 머리 위에서 우르릉 하는 소리가 울렸다. 소리가 어찌나 크게 들리던지, 지구가 반으로 쪼개지는 것 같은 느낌이었다. 우리는 그 자리에 그대로 얼어붙었다.

"저거 혹시……."

"천둥소리야."

노스가 소리쳤다. 나는 비둘기 그림을 다시 손으로 더듬었다. 순간, 비둘기가 왜 거기에 그려져 있는지 알아차렸다.

"광부들, 광산에 갇혔던 광부들이 여기에 있었던 거야."

"그걸 어떻게 알아?"

"판옵티콘에서 봤어. 구호 물품을 여기로 내려 보냈는데, 그걸 비둘기라고 불렀대. 결국 그런 용도로 쓰이던 구멍을 넓게 뚫어서 광부들을 모두 구조해 냈어. 그러니까 위가 뚫려 있을 거야."

내가 말했다.

그때 천둥이 다시 쳤다. 나는 고개를 젖히고 위를 올려다보았다. 빗방울이 내 볼에 떨어졌다. 한 방울, 또 한 방울……. 얼굴이 빗물에 젖자, 나는 웃음을 터뜨렸다. 그걸 보고 노스가 물었다.

"왜 그래?"

"비가 와."

나는 노스를 빗방울이 떨어지는 곳으로 끌어당겼다.

"정말로 비가 오네?"

노스 역시 이렇게 말하고는 크게 웃음을 터뜨렸다. 나는 두 번을 시도한 끝에 노스의 어깨 위로 올라갔다. 그러자 바위 위로 뚫린 구멍이 확실하게 보였다. 우리가 지나온 맨홀만큼이나 넓었다. 그리고 그 옆에 밧줄의 끝 부분이 있었다.

별이 빛나는 밤에

"좀 으스스하다, 그지?"

나는 몇 시간째 아파트 발코니에 앉아 어두컴컴한 빌딩의 숲을 바라보고 있었다. 노스는 연방 '우리 집'이라고 고쳐 말했다. 세 시간 전에 태양 흑점이 폭발하면서 코로나 질량 방출과 더불어 갖가지 입자들이 지구를 향해 돌진했다. 전력 공사에서는 곧장 전기를 차단했다. 태양의 거대한 플라스마덩어리가 새벽 1시를 조금 넘어서 지구 대기권을 덮칠 거라는 예보가 있었다. 지금은 12시 30분이었다.

지난 스물네 시간은 그야말로 정신없이 지나갔다. 광산에서 찾은 출구는 엔필드 저수지를 둘러싼 전기 담장에서 20미터가량 떨어진 숲으로 이어졌다. 겉으로만 봤다면 저수지를 아주 구식이라 생각했을 거다. 그곳이 광부들을 구출한 출구였다는 설명은 그 어디에도 없었다. 안으로 연결되는 통로가 있다는 안내도 없기는 마찬가지였다. 그런데 그게 바로 핵심이었다. 거기가 바로 현자의 탈출구였기 때문이다. 이른바 비밀 탈출구.

허쉬는 노스의 아파트에서 덜덜 떨면서 우리를 기다리고 있었다. 러드맨 선생님이나 테덴 따위는 훌훌 털어 버리고 같이 뉴욕으로 가자고 설득했지만 굳이 그곳에 그대로 남고 싶어 했다. 허쉬와 작별 인사를 하는 건 생각보다 힘들었다. 우리 관계는 늘 복잡했지만, 언젠가부터 허쉬는 나의 일부가 되었다. 그리고 내 안의 일부는 허쉬가 되었다. 우리는 노스네 집 현관에서 한참 동안 껴안고 있었다. 그러다 마침내 떨어졌을 때는 우리 둘의 팔이 온통 눈물로 젖어 있었다.

노스와 나는 6시가 조금 지난 시각에 RFK 다리를 건넜다. 뉴욕 주에 흐르는 이스트 강 위로 태양이 떠올랐다. 노스의 아파트는 타임 스퀘어 바로 옆 47번가에 있었다. 모퉁이에 있는 식당에서 기름이 좔좔 흐르는 아침 식사를 하고 난 뒤, 우리는 곧장 아파트에 올라가 잠을 잤다. 마치 의식을 잃은 사람처럼 정신없이 잠 속으로 빠져들었다.

다시 잠에서 깨어났을 때는 해가 이미 떨어진 뒤였다. 노스가 손을 뻗어 내 머리카락을 배배 꼬았다. 노스를 보면서, 내 볼에 닿는 노스의 손길을 느끼고 있노라니 가슴이 마구 벅차올랐다. 우리는 무사했다. 무사한 정도뿐만이 아니었다. 이제 자유였다!

우리는 저녁으로 깡통에서 바로 꺼낸 스파게티를 먹고, 발코니에 나와서 어두운 도시를 바라보고 있다. 네온사인을 가리려고 걸어 둔 블라인드가 등 뒤의 유리창을 가리고 있었다. 하지만 오늘 밤은 그럴 필요가 없었다. 그 어떤 간판에도 불이 들어오지 않았다. 달빛조차 없었다. 그저 뿌연 은빛으로 가득할 뿐이었다.

하지만 까만 하늘에 별들이 반짝거리며 모여 있었다. 맨해튼에 사는 사람들은 그동안 별을 거의 보지 못했을 거다. 그건 시애틀에 사는 사람도 비슷했다. 빛의 공해가 너무 심해서 별을 보려야 볼 수가 없었다.

하지만 오늘 밤은 달랐다. 동부 연안 전체가 정전이어서 하늘 곳곳이 별빛의 향연이었다.

인도를 오가는 사람들은 이따금 고개를 들고 하늘을 올려보았다. 그러면서도 손목에 찬 반짝거리는 네모 상자를 수시로 들여다보았다. 별이 빛나는 밤. 마치 우주에서 럭스를 더 이상 가까이하지 말라고 경고하는 것만 같았다.

우리가 조작한 프로그램은 다행히 의도한 대로 작동하는 것으로 드러났다. 우리가 쓰러지듯 잠이 든 동안, 앱은 하루 종일 사람들 사이에서 혼란을 일으키느라 바빴다. 교통 체증, 어마어마하게 긴 줄, 대낮에 일터를 떠나는 사람들……. 사람들은 혼란에 빠지기 시작했다.

그노시스는 태양 흑점 폭발 때문에 GPS에 문제가 생겼다고 발표했다. 그리고 지구 폭풍이 가라앉고 위성이 제자리를 찾을 때까지는 럭스를 사용하지 말 것을 당부했다. 럭스 사용자들은 그 조언을 가볍게 무시했다. 나노봇은 사용자의 뇌가 애초에 그 앱을 만든 사람보다 더 럭스를 믿도록 만들었다. 심지어 도로를 벗어나서 수십 킬로미터를 운전하게 되어도, 회의 중간에 회의실을 뛰쳐나가게 만들어도, 사람들은 한 치의 흔들림 없이 럭스를 믿었다. 우습고도 슬픈 일이었다.

하지만 모든 사람이 럭스를 신봉하는 건 아니었다. 노스의 말대로라면, 인터넷 상에는 휴대폰에서 럭스를 제거하자는 '반(反)럭스' 모임이 있다고 했다. 아직은 대단한 움직임이라고 할 수는 없지만, 포럼에서 퍼지기 시작하면서 이제는 뉴스에서 럭스의 오류를 다루는 일도 종종 있었다.

우리가 프로그램을 조작했다는 걸 그노시스가 알아차리는 데 시간이 얼마나 걸릴지는 모른다. 나는 그저 벡이 럭스 중독 상태에서 벗어

나는 데 충분한 시간이기만을 바랄 뿐이다. 벡이 진실을 깨달을 때까지 태양이 몇 번이나 뜨고 져야 할까?

라디오에서 새로 선출된 그노시스의 CEO 목소리가 들렸다. 새 CEO는 어떻게든 전임자를 흉내 내 보려 하지만 뜻대로 잘되지 않는 것 같았다. 사람들은 여전히 페인 회장의 죽음에 대해 모르고 있었다. 그노시스의 최근 발표에 따르면, 페인 회장은 알려지지 않은 치료 시설에서 '여전히 치료 중'이었다. 전기가 다시 들어왔을 때는 제발 진실이 밝혀졌으면 좋겠다.

우리는 가능한 한 많은 뉴스 채널에 페인 회장의 의료 기록 자료와 하이페리온 프로젝트에 대한 자료를 전송했다. 우리가 럭스 프로그램에 손을 댔다는 걸 그노시스에서 눈치채기 전에, 적어도 한 군데에서는 페인 회장의 죽음에 관한 뉴스를 내보내기를 바랐다.

그노시스의 새 CEO가 말했다.

"우리의 최첨단 인프라는 철 대신 가벼운 광섬유를 사용합니다. 기계가 전자 방해를 받지 않게 되기 때문에, 사용자는 제미니 골드나 G-태블릿을 정전이 되어도 문제 없이 사용할 수 있습니다. 물론 GPS가 제대로 잡히려면 인공위성이 제 구실을 해 줘야 합니다. 머지않아 태양 흑점 폭발이 잠잠해지고 나면 럭스는 다시 이전처럼 오류 없이 작동할 겁니다."

나는 '오류 없이'라는 말을 듣는 순간 몸을 움찔했다.

새 CEO가 말을 이었다.

"그때까지는 럭스 앱의 사용을 중단하시길 권합니다."

노스가 네트워크에 심은 버그에 대해서는 한마디도 언급이 없었다. 우리에게는 다행스런 일이지만, 그노시스는 해킹당한 사실을 꽁꽁 숨기려는 모양이었다.

"저 사람들, 뭐 하는 거지?"

그때 노스의 목소리가 들렸다. 나는 노스의 시선을 따라 난간 너머를 살폈다. 인도에 백 명가량 되는 사람들이 모여서 하늘을 쳐다보고 있었다.

"기회 요인을 좇는 거지."

나는 비꼬듯이 말했다. 별이 빛나는 밤은 어디까지나 기회 요인이니까. 알 수 없는 존재에 대해 놀라고 감동하는 것, 초월적인 존재를 따르는 것. 현자는 이것을 알기 때문에 사람들에게 집 안에 가만히 있으라고 하는 것이다. 초월적인 존재가 럭스에게 미칠 영향을 너무도 잘 알고 있기 때문에.

노스가 갑자기 일어섰다.

"로리, 뭔가 일이 일어나고 있는 것 같아. 순식간에 사람들이 수천 명으로 늘어났어."

노스 말이 맞았다. 사람들이 마치 새해를 하루 앞둔 날의 밤같이, 타임 스퀘어 근처에 옹기종기 모여 있었다. 전기가 차단된 이후에 자동차 전기 충전소가 문을 닫았기 때문에, 거리를 오가는 차는 가스 자동차 몇 대밖에 없었다. 사람들이 거리로 쏟아져 나오고 있었다.

나는 가슴이 죄어 왔다. 우리가 사람들을 밖으로 끌어내었다. 만약 무슨 일이라도 생기면 어떡하지? 아니면 태양 흑점 폭발 때문에 생긴 예상 밖의 효과인 걸까?

이제 밖에 모인 사람들은 수천을 넘어 수만 명이 되었다. 게다가 타임 스퀘어에만 모인 게 아니었다. 지붕 위와 발코니에도 헤아릴 수 없이 많은 사람들이 나와 있었다. 별 때문에 나온 걸까? 하늘이 전에 비해 아름다운 건 분명하지만, 그렇다고 밖으로 우르르 몰려나올 만큼 특별하게 멋진 건 아니었다. 혜성이나 유성도 없었고, 달이 낮게 뜨지도 않았다. 이젠 사람들에게 하늘을 보는 것이 가장 중요한 기회 요인이 된 것일까?

사람들은 여전히 제미니 골드의 화면을 정신없이 확인하고 있었다. 자기들이 한밤중에 밖으로 나온 것에 대해 나만큼이나 당혹스러워하고 있는 게 분명했다. 사람들은 더 이상 하늘을 바라보지도 않았다. 제미니 골드의 화면을 쉼 없이 두드리면서 럭스가 어떻게든 반응해 주길 기다렸다.

나는 사람들을 내려다보면서 제발 집 안으로 들어가라고 마음속으로 빌었다. 그런데 갑자기 온몸에 전기가 흐르는 듯 찌릿한 느낌이 스쳤다. 노스도 옆에서 몸서리를 쳤다. 똑같은 걸 느낀 모양이었다. 거리에 서 있는 사람들의 입에서 탄식과 웅성거림이 쏟아져 나왔다. 다른 사람들도 같은 경험을 한 듯했다.

"뭐였지?"

노스가 물었다.

"모르겠어. 지구 폭풍 때문인가?"

나는 가슴이 두근거렸다. 팔에선 솜털이 빳빳이 일어서고 입안에서 쓴맛이 났다. 나는 다시 사람들을 내려다보았다. 어두워서 뚜렷이 보이지는 않았지만 모두 무사한 것 같았다.

그때 노스가 숨을 헉하고 들이마셨다.

"아, 오로라!"

노스가 내 본명을 부른 것은 처음이어서, 나는 눈을 동그랗게 뜨고 쳐다보았다. 그런데 아래에서도 똑같은 탄식이 쏟아져 나왔다. 그러더니 사람들의 시선이 하늘로 옮겨 가면서 점점 더 많은 탄식이 흘러나왔다. 나는 두려움으로 온몸의 세포가 바짝 긴장하는 것을 느끼면서 고개를 위로 젖혔다. 시선에 하늘에 닿자마자, 내 입에서도 내 이름이 저절로 흘러나왔다.

오로라!

놀라운 빛의 무리를 보는 순간, 나는 몸을 바르르 떨었다. 그 놀랍고 독특한 빛깔이 뭔지를 깨닫는 데 약간의 시간이 걸렸다. 아래로 향하는 초록색 빛줄기와 위로 치솟은 보라색 빛줄기가 만나서 다채로운 색감을 뿜어 내었다. 경이로운 오로라는 곧 날개를 뻗은 비둘기 모양을 만들었다. 나는 놀라움을 가라앉히기 위해 숨을 깊게 내쉬었다. 노스가 내 손을 꼭 잡았다.

"이 모든 게 너를 위해서야."

아래쪽에서는 사람들이 웅성거리는 소리가 계속해서 들렸다. 나는 하늘에서 시선을 거두고 길 아래쪽을 바라보았다. 제미니 골드에서 시간이 다 되었다는 신호를 보내고 있었다. 사람들의 손목에 찬 네모 상자에서 불빛이 깜빡거렸다. 하지만 아무도 눈치채지 못했다.

이제 사람들의 눈은 다른 곳을 향하고 있었다. 하늘, 그리고 옆에 있는 사람. 아주 오랜만에 사람들이 어우러지고 있었다. 사람들의 얼굴에 기운이 넘쳐났다. 화면 대신 서로의 얼굴을 바라보며 환하게 웃었다.

희망이 내 몸 구석구석에 퍼져 나갔다. 내 마음 깊은 곳에서부터 미소가 얼굴까지 번졌다. 그때 다웃이 속삭였다.

"잘했어."

에필로그

"새로운 봄이 온 걸 축하해."

노스가 작은 상자를 탁자에 내려놓으며 뒤에서 나를 꼭 껴안았다.

"내 생일이라도 된 것 같은데?"

나는 짐짓 장난을 쳤다. 사실은 진짜로 내 생일이었다.

"네 마음에 꼭 들었으면 좋겠는데. 환불이 안 되거든."

내가 상자 뚜껑을 열 때, 노스가 웃으면서 말했다. 상자 안에는 작게 접은 종이가 들어 있었다. 나한테 온 이메일을 출력한 것이었는데, 위쪽에 보라색 NYU(뉴욕 대학교) 로고가 새겨져 있었다.

친애하는 오로라 본 양!

축하합니다! 뉴욕 대학교의 2032학년도 신입생으로 선발되었음을 알려 드립니다.

"오늘 아침에 왔어. 합격했대."

이 말을 전하는 노스의 눈이 반짝반짝 빛났다.

"어, 아주 재미있는 일이네. 나는 지원한 적이 없는데 말이야."

"아, 지원했어. 지원서가 아주 인상적이었지. 그중에서도 에세이 말이야."

노스가 내 손등에 입을 맞추었다. 그리고 이렇게 덧붙였다.

"그 남자, 정말 멋진 것 같던데?"

노스는 일부러 목소리를 낮췄다. 하지만 그럴 필요가 없었다. 옆 탁자는 아예 비어 있었고, 종업원은 멀리 떨어진 탁자에 앉은 손님들에게 붙들린 채 메뉴를 설명하느라 바빴다. 럭스가 하라는 대로 주문을 하지 않게 되면서, 요즈음은 주문할 음식을 고르는 데 시간이 꽤 많이 걸렸다. 결정해야 할 게 여러 가지였기 때문이다.

"네가 직접 지원한 거랑은 다르다는 거 알아. 하지만 일단 들어가고 나면 그다음은 순전히 너의 몫이 될 거야. 모든 게 너한테 달려 있어. 그래도 만약 가기 싫으면……."

"사랑해."

나는 이렇게 말하면서 노스에게 키스를 했다. 노스가 빙그레 웃으며 물었다.

"그러면 다닐 거야?"

"뭐, 우리 둘 중 한 명이라도 제대로 된 직업을 가져야 하지 않겠어?"

나는 놀리듯이 말하면서 웃음을 터뜨렸다.

종업원이 계산서를 갖고 왔다. 노스가 현금으로 음식 값을 냈다. 예전 같았으면 종업원의 눈썹이 이상하다는 듯이 치켜 올라갔겠지만, 이제는 절대로 그러는 일이 없었다. 사람들이 전자 기기에 경계심을 가지기 시작하면서 점점 더 손에 쥘 수 있는 걸 선호하게 되었다. 현금과 종이 지도, 열쇠 같은 것들 말이다.

사람들이 휴대폰을 아예 건드리지도 않던 태양 흑점 폭발 직후 며칠 동안보다는 그나마 좀 나아진 편이었다. 그때는 거의 모두가 편집증 환자처럼 보였다. 의사 몇몇은 이런 증상을 거부 효과라고 밝혔다. 나노봇이 활동을 멈추자, 뇌가 지시를 기다리면서 헤매게 되었다는 것이다. 옥시토신이 자연스럽게 제 기능을 회복되는 데는 몇 주가 걸렸다. 하지만 나중에 확인된 바에 따르면, 사람들이 전자 기기를 버리기 시작한 이유는 편집증이 아니라 진실 때문이었다.

오로라를 보기 직전에 사람들이 찌릿한 전율을 느낀 것은 인체에 전혀 해를 끼치지 않았다고 과학자들이 먼저 밝혔다. 사람의 몸은 태양 흑점 폭발이 일으킨 충격보다 훨씬 더 센 전자기파를 충분히 견딜 수 있다는 것이었다.

"이건 MRI와 비슷한 수준입니다. 우리 몸은 그 충격을 거의 느끼지도 못할 정도이지요."

태양 흑점 폭발이 일어난 후, NASA에서 개최된 회의에서 한 과학자가 이런 내용을 골자로 입장을 표명했다.

모든 것이 밝혀지고 나자 참으로 아이러니했다. 현자는 자신의 비밀 프로젝트명을 고대 그리스 신인 하이페리온으로 정했다. 하이페리온은 태양을 관리하는 신이다. 하지만 현자의 하이페리온을 단 한 방에 무력화시킨 것이 바로 태양이다. 그러고 보니, 현자는 자신들의 신성을 잘못 판단한 것처럼, 하이페리온의 신성 역시 잘못 판단한 것 같았다.

며칠 후에 드디어 일이 터졌다. 나노봇이 조종을 하지 않자, 백열한 명의 기자들이 모여서 그노시스의 자료에 대해 진지하게 논의를 했다. 그리고 동시에 기사로 내보냈다.

FDA는 즉각 소자의 독감 백신 스프레이의 사용을 중단시켰다. 법무부는 그노시스에 대한 수사에 착수했다. 크리스마스를 일주일 앞둔 날, 보스턴의 대법원에서 그노시스에 대해 일곱 건의 기소를 했다. TV에서 그노시스 임원들이 체포되어 수갑을 찬 모습을 보았다. 문득 그들이 안 되었다는 생각이 들었다. 얼마나 많은 사람이 페인 회장처럼 진짜로 무슨 일이 일어나는지 모른 채로 살아가고 있을까? 정말로 수갑을 차야 할 범인은 뉴스에서 이름조차 언급되지 않았다.

현자는 무너지지 않았다. 나나 태양 흑점 폭발 정도로는 꿈쩍도 하지 않았다. 하지만 그 사람들은 신이 아니라 그저 똑똑한 사람일 뿐이었다. 타서스 선생님이 말했듯이, 그 사람들은 환자였다. 결국 또다시 일을 벌일 게 틀림없었다. 하지만 적어도 나는 그 사람들의 손아귀에서 벗어났다. 지금은 그걸로 충분했다.

허쉬에게 전해 듣자니, 내가 캠퍼스를 떠난 뒤로 며칠 동안 추측이 난무했다고 한다. 그러고 나서 러드맨 선생님이 테덴을 떠나자, 나를 성추행했다는 소문이 떠돌았다고 한다. 학교에서는 진상을 규명하기 위해 어떤 조치도 취하지 않았고, 소문 역시 떠돌다가 서서히 수그러들었다나. 결국 러드맨 선생님은 감옥에 가지 않았다. 제자에게 그런 일을 저지르고도 무사히 산다는 사실이 몹시 화가 났지만, 정작 허쉬는 지금 이대로 지내는 것이 좋다고 말했다.

"도서관에 잠깐 들를까?"

노스가 인도로 내려가면서 물었다. 5번가에 있는 중앙 도서관이 요즘은 자정까지 문을 열어서, 우리는 거의 매일 밤 도서관에 들렀다. 중앙 도서관에는 컴퓨터가 오백 대가량 있었는데, 늘 그렇듯이 오늘도 컴퓨터를 쓰려는 사람들이 정문에서부터 돌계단까지 죽 이어져 있었다.

이 줄은 많은 것을 의미했다. 사람들이 휴대폰이나 개인 컴퓨터로 로그인하기에는 사생활이 보호되지 않는다고 여기는 것이었다. 그러면서도 전자 기기를 완전히 끊어 내지는 못했다는 걸 여실히 드러내 보여 주는 셈이었다. 사람들은 현금 다발을 주머니에 넣고 종이로 된 지도를 손에 들고 다니지만, 불나방이 불을 쫓듯이 컴퓨터를 졸졸 따라다니고 있었다.

나는 컴퓨터 앞에 앉자마자 밤마다 하는 의식을 시작했다. 가짜 프로필을 사용해서 페스티벌—즉, 정부가 포럼을 폐쇄한 뒤에 새로 만든 사이트—에 들어가 친구들의 소식을 확인했다.

메일 수신함에 아빠가 생일 축하한다는 메시지를 남겼다. 아빠는 내가 왜 가짜 프로필을 사용하는지, 왜 주소를 알려 주지 않는지 이해하지 못했지만 잠시 동안은 어쩔 수 없다고 여기는 듯했다. 나는 굳이 숨는 건 아니지만, 일단 조심하기로 했다. 내 자유를 마냥 누리기에는 너무 많은 일들이 있었기 때문이다.

벡이 그다음이었다. 내 절친은 나노봇이 멈춘 그 순간, 럭스에 사로잡힌 바보에서 벗어나 오로라가 하늘에서 사라지기도 전에 제미니 골드를 콜롬비아 강에 던져 버렸다. 이제 엄마의 구형 갤럭시를 사용하면서 필름 카메라에 사진을 담고 있었다. 요새는 이런 구형 기계에 대한 관심이 폭발했다. 이반 할아버지는 머지않아 돈을 갈퀴로 긁어모을 게 분명했다.

나는 지금 벡이 찍은 사진을 들여다보고 있다. 그노시스에 관한 뉴스가 방송된 날, 수천 명의 사람들이 파이오니아 스퀘어에 모여 제미니 골드를 불태우는 사진이었다. 시애틀 경찰은 이 모임을 제지하지도 않았다.

이 사진은 타임 스퀘어 근처에 있는 국제 사진 전시장에서 열릴 행사에 초청을 받았다. 그래서 벡도 6월까지는 뉴욕에 머무를 예정이었다. 나는 벡을 깜짝 놀라게 해 줄 상상에 빠져서 씨익 웃었다. 벡의 말라빠진 목을 끌어안고 못다 한 이야기를 몇 시간 동안 늘어놓을 참이었다.

자정이 가까워지자, 스피커에서 곧 도서관 문을 닫는다는 방송이 흘러나왔다.

"잠깐만."

나는 노스의 손을 잡고 재빨리 마지막 클릭을 했다. 허쉬의 글은 항상 마지막으로 남겨 두었다. 허쉬는 테덴에 그대로 남아 있었다. 자신이 원해서 하는 일이라고 했다. 하지만 활짝 웃고 있는 사진과 행복하다는 상태 메시지로 나를 속일 수는 없었다. 함께 있을 때보다 지금 오히려 더 허쉬를 잘 이해했다. 나는 그런 결정을 내린 허쉬가 쉽게 용서되지는 않았다. 그 모든 사실을 알고도 테덴을 선택하다니! 그곳이 바로 이 모든 싸움의 시작점이건만.

그래도 이해하려 노력한다. 두렵지만 영광스러운, 우리 모두의 '실수할 자유'를 위해서……

실수할 자유

첫판 1쇄 펴낸날 2016년 3월 30일
6쇄 펴낸날 2021년 2월 26일

지은이 로렌 밀러 **옮긴이** 강효원
펴낸이 박창희
편집 김수진 이민주 **디자인** 권은숙
마케팅 이상민 **회계** 양여진

펴낸곳 (주)라임
출판등록 2013년 8월 8일 제 406-2013-000091호
주소 경기도 파주시 회동길 57-9, 우편번호 10881
전화 031) 955-1820, 1821 **팩스** 031) 955-1825
이메일 lime@limebook.co.kr **인스타그램** @lime_pub